二十世纪中国诗选书系

古近体诗卷

（1895～1949）

中华诗词研究院 编

杨天石 主编

王贺 编选

文物出版社

图书在版编目（CIP）数据

二十世纪中国诗选书系．古近体诗卷／中华诗词研

究院编；王贺编选．—北京：文物出版社，2023.7

ISBN 978 – 7 – 5010 – 8132 – 5

Ⅰ．①二…　Ⅱ．①中…②王…　Ⅲ．①诗集 – 中国

Ⅳ．①I22

中国国家版本馆 CIP 数据核字（2023）第 125861 号

二十世纪中国诗选书系·古近体诗卷

编　　者：中华诗词研究院

主　　编：杨天石

编　　选：王　贺

责任编辑：刘永海

装帧设计：刘　远

责任印制：张道奇

出版发行：文物出版社

社　　址：北京市东城区东直门内北小街 2 号楼

邮　　编：100007

网　　址：http://www.wenwu.com

经　　销：新华书店

印　　刷：宝蕾元仁浩（天津）印刷有限公司

开　　本：710mm×1000mm　1/16

印　　张：21.5

版　　次：2023 年 7 月第 1 版

印　　次：2023 年 7 月第 1 次印刷

书　　号：ISBN 978 – 7 – 5010 – 8132 – 5

定　　价：128.00 元

《二十世纪中国诗选书系》前言

杨天石

1900年，八个帝国主义列强打进中国、打进北京，西太后挟光绪皇帝仓皇西奔，中国面临前所未有的亡国危机，于是，爱国救亡、推行新政、共和革命、实业救国、共产革命等运动相继兴起。从19世纪末叶就开始起步的中国社会转型进一步向前发展：从农业文明转向工业文明，专制主义转向民主主义，传统文化转向现代文化。相应地，作为文化一部分的传统诗歌也在发展、变化。

中国传统诗歌源远流长，繁荣丰富，产生过无数各具特色的流派和繁星满天、各有独特魅力的诗人。千百年来，他们的作品脍炙人口，传诵不绝，既表达，也同时塑造着中国人的精神世界。但是，在进入20世纪之际，中国传统诗歌却必须随着变化。这是因为：

时代变了，中国面临着救亡、改革、革命等新课题；

世界变了，中国人面临着前所未见的新世界、新事物；

思想变了，马克思主义以及西方的各种思潮、流派，东方近邻日本以及北方苏俄的思想、文化相继输入；

语言变了，产生了大量的新词汇和新的语法结构与句式。

这四大变化要求作为语言艺术的诗歌也发生相应的变化，其结果便是"诗界革命""新派诗"和"白话新诗"的相继出现。

戊戌变法前夜，约光绪二十二年至二十三年（1896～1897）之间，夏曾佑、谭嗣同、梁启超三人相约"作诗非经典语不用"。当时，维新派正企图融合佛教、儒家、基督教三教的思想资料，建设为维新运动服务的"新学"，所谓"经典语"，即三家著作中的词汇。这类诗，被称为"新学之诗"。其代表作为谭嗣同的《金陵听说法》:"而为上首普观察,承佛威神说偈言。一任法田卖人子,独从性海救灵魂。纲伦惨以喀私德,法会盛于巴力门。大地山河今领取,庵摩罗果掌中伦。"诗中"卖人子"一典取自《新约·路加福音》,"喀私德"为英语Caste的译音,用来指印度封建社会把人分为几种等级的种姓制度;巴力门为英语Parliament译音,指英国议会;法田、性海、庵摩罗果均为佛家语。谭嗣同通过这首诗批判封建等级制,表达对英国议会制度的向往。主题是积极的,思想是先进的,但是,全诗堆砌来自"三教"的新名词,使诗的语言源泉更为窄小,完全忽视诗的艺术特点,既算不上诗,也算不上好的政治宣传品。

1898年的戊戌变法失败后,梁启超流亡日本,继续推进"诗界革命"。他在《清议报》《新民丛报》《新小说》等刊物开辟《诗界潮音集》等专栏,又发表《饮冰室诗话》,提倡"以旧风格含新意境"。他说:"欲为诗界之哥伦布、玛赛郎,不可不备三长:第一要新意境,第二要新语句,而又须以古人之风格入之,然后成其为诗。"又曾在《夏威夷游记》中表示:"竭力输入欧洲之新思想,以供来者诗料。"梁启超的这一段议论,鼓励开创、革新,虽提倡用"新语句",但将"新意境"列为首位,这样就既符合诗歌的艺术特点,又纠正了早期"诗界革命"者的形式主义偏颇。中国古典诗歌在漫长的岁月里创造了多种多样的诗体和相应的格律,积累了丰富的艺术经验,梁启超要求接受这些诗体、格律、经验和遗产,"以旧风格含新意境","保持古人之风格",貌似软弱、调和或不彻底,实际上方向正确,是一条正道。

黄遵宪是最早走出国门的中国外交官之一,也是最早描写域外风物"吟到中华以外天"的诗人,题材、内容都空前扩大,风格上也相应有所变化。"费君半月官书力,读我连篇新派诗",他将自己的这些具有新特点的诗作称为"新派诗",以与传统诗词相区别。在《饮冰室诗话》中,梁启超大力推崇黄遵宪,树之为"诗界革命"的样板和主将。康有为诗风和黄遵宪有所不同,但他在和人论诗时主张借助"欧亚"的思想和资料,以"新声"表现"新世",即所谓:"新世瑰奇异境生,更搜欧亚造新声。"可见,他和黄遵宪、梁启超都是同调。

在"诗界革命"中,梁启超虽主张"革其精神,非革其形式",但是,在西方音乐教育传入,歌词写作兴起之后,传统诗词的格律和形式也受到挑战。黄遵宪写作的《军歌》,梁启超赞美"其文藻为二千年所未有",是"诗界革命""至斯而极"的顶峰之作。《江苏》杂志发表的几首歌词也得到梁启超的充分肯定,希望作者们由此精进,出现中国的莎士比亚和弥尔顿。黄遵宪的诗作早年受到梅县民间山歌的影响,1902

年，他向梁启超建议，进一步向民间文学学习，发表《杂歌谣》，"斟酌于弹词、粤讴之间"，或三言，或五言，或七言，或九言，或长短句。梁启超接受这一建议，除刊出《爱国歌》《新少年歌》等新式歌词外，也发表《粤讴·新解心》和《新粤讴》一类作品。这些作品，在格律上已经和传统诗词大相径庭，但梁启超仍然高度评价其艺术成就，赞美其"芳馨悱恻，有《离骚》之意"。

晚清时期，维新派、革命党人为了争取下层群众的理解和支持，纷纷提倡白话文，《无锡白话报》《杭州白话报》《中国白话报》等纷纷兴起。于是，长期统治书面语言的文言文受到冲击，白话文盛行一时，但是，白话报的创办者们普遍认为，白话文只适用于"普及"，供"种田的、做手艺的、做买卖的、当兵的以及孩子们、妇女们"之用，不能用以写作高雅的文学作品。南社发起人陈去病就曾写诗说："女学萌芽魄量低，要须俚俗导其迷。梁园文采邹枚笔，一例推崇待异时。"话说得很明白，为了启蒙，为了导迷，语言必须"俚俗"，至于如西汉时的梁园一样，集中一批如邹阳、枚乘、司马相如等第一流高手，写出第一流的高雅之作，那是要等待未来的。

1915年，民国初建的第四个年头，胡适首次提出"文学革命"的号召。他在送梅光迪进入美国哈佛大学的诗中说："神州文学久枯馁，百年未有健者起。新潮之来不可止，文学革命其时矣。"诗中，胡适连用11个外国名词，自称是"文学史上一种实地试验"。同时又在赠任鸿隽诗中提出"诗国革命"的号召，要求在美国绮色佳读书的中国同学共同努力。1916年4月，胡适研究中国文学的变迁，批评文言是一种"半死文字"，盛赞明代以"俚语"写作的文学为"活文学"。他力主用白话作文、写诗、写戏曲及小说，相信白话作品可以进入"世界第一流文学之林"。这是文学语言和文学观念的一次真正的"大转变"和"大革命"。1917年2月1日，胡适在《新青年》第2卷6号上发表《白话诗》8首，这是中国文学史上在明确理论和自觉意识指导下创作的第一批白话诗。1918年5月，《新青年》第4卷第1号推出胡适、刘半农、沈尹默三人的白话新诗，被称为"现代新诗的第一次出现"。1920年，胡适的《尝试集》出版，这是中国诗歌史上第一部白话诗集。

对胡适的白话诗，当时的南社领导人、诗坛盟主柳亚子却不以为然。他认为，"文学革命"，"所革当在理想，不在形式，形式宜旧，理想宜新"，"若白话诗，则断断不能通"。柳亚子的意见立即遭到胡适的反驳。胡适肯定柳亚子"理想宜新"的主张，认为"形式宜旧"的主张"则不成理论"。他反问柳亚子等南社诗人，何以不采用周朝的宗庙乐歌

《清庙》《生民》的古老形式，而要用后起的"近体"诗与更"近体"的词来写作，以此说明诗的形式是可变的，事实上也在不断变化。胡适的反驳很有力。1924年，柳亚子终于承认：文学是善于变化的东西，中国诗由四言变而为五七言，由五七言古体变而为近体，再变而为词，为曲，是中国诗歌发展中的已然事实，因此由有韵变而为无韵，也是"自然变化的原则"。1921年8月，郭沫若的诗集《女神》出版，这部诗集反映五四时期的时代精神，以其冲决一切的昂扬、奔放激情震动了中国的文坛和思想界，显示白话诗的实绩。柳亚子特别称赞其中的《匪徒颂》，誉为"有高视阔步，不可一世的气概"，是"白话诗集中无上的作品"。柳亚子的态度转变反映了传统派诗人对白话诗成绩的肯定。此后，白话诗迅速成为诗坛主流。

　　白话诗，如其名所示，以白话写作。初期的白话诗人，如胡适，其作品还留有脱胎旧体和文言的痕迹。至郭沫若，则纯用口语，既不讲格律，也不用严格押韵，激情所至，信口道出，信笔写来，不受任何拘束，可以说彻底扫除了传统诗词的一切格律和形式的羁绊。当然，也有人，例如闻一多，试探过"带着脚镣跳舞"，企图建立新的格律体或半格律体；或者，引进日本的俳句；或者，引进苏联马雅可夫斯基式的"楼梯诗"。五四运动以后中国的新诗坛，出现了思潮汹涌、流派众多、名家辈出、作品如林的局面，既前所未有的繁荣，也前所未有的复杂。有人认为："我们的新诗很伟大，新诗的建树了不起，要说唐诗是伟大的，中国新诗也是伟大的。"甚至说："新诗一百年，在艺术上一步步地达到了她的高峰。""只要有一丝阳光照进来，穿上她应穿上的漂亮衣服，她仍然是在世最美的美人。"不过，也有人持完全相反的论调。

　　五四运动以来的新诗流派众多。最早出现的是20世纪20年代的尝试派、文学研究会（人生派）、创造社（早期浪漫主义）、湖畔诗派、新格律诗派（新月派）、中国早期象征诗等流派；30年代出现过中国现代派诗群、七月派等流派；40年代出现过九叶诗派和以《王贵与李香香》为代表的民歌派；50年代出现过中国现实主义、新现代主义（现代派诗群）、蓝星诗群（蓝星诗社）、创世纪诗群（创世纪诗社）；70年代出现过朦胧派（今天派）、白洋淀诗群、中国新现实主义等流派；80年代出现过新边塞诗派、大学生诗派、第三代诗群（新生代诗群、新世代）等流派；90年代出现过网络诗歌（网络诗人）、民间写作、第三条道路写作、中间代、信息主义、70后诗人等流派；至1997年，则出现新时代派。

　　以诗人论，除前述胡适、郭沫若外，先后出现沈尹默、俞平伯、康白情、刘半农、刘大白、周作人、王统照、冰心、朱自清、宗白华、王独清、冯乃超、穆木天、应修人、汪静之、徐志摩、孙大雨、林徽因、闻一多、朱湘、邵洵美、卞之琳、陈梦家、李金发、戴望舒、何其芳、李广田、冯文炳、林庚、冯至、纪弦、辛笛、徐迟、艾青、胡风、田间、牛汉、鲁藜、绿原、阿垅、邹荻帆、李季、李瑛、郭小川、公刘、张志民以及闻捷、邵燕祥、舒婷、北岛等众多名家。

在白话新诗成为主流的情况下，传统诗和传统派诗人退居边缘，文学刊物、报章杂志通常不登旧体诗词，书写、记录中国新文学发展历史的著作通常也不讲旧体诗和旧体诗作者。

这是一种两极化的思维方式，既不可取，也不足为法。

然而，世间事大体都是复杂的。白话诗虽然成了诗坛主流，几乎一统天下，但是却只在部分知识青年中流行。推其缘由，可能在于它口语化、散文化、欧化、朦胧化、怪诞化的情况过于严重，既脱离中国传统诗歌的艺术传统，也脱离人民群众的欣赏习惯。它既不好记忆，又不便吟唱，因此，流传不起来。一些熟悉旧体诗或写惯旧体诗的人还是愿意用旧体诗词的格式写作。他们坚守旧域，默默写作，默默出版、流传。一些推进和引领时代的革命者和文化人也继续利用旧体诗词的格式抒情言志，表现新的思想和新的生活，毛泽东、朱德、陈毅、叶剑英以至鲁迅、赵朴初、聂绀弩诸人，都乐于用旧体写作。他们也确实写出了一批能上继传统，又为人民群众所喜爱的优秀作品，说明传统诗词的格律和形式虽然古老，但却仍然拥有强大的生命力。

1957年1月，《诗刊》创刊，毛泽东曾给《诗刊》的首任主编臧克家写了一封信。内称："《诗刊》出版，很好，祝它成长发展。诗当然应以新诗为主体，旧诗可以写一些，但是不宜在青年中提倡，因为这种体裁束缚思想，又不易学，这些话仅供你们参考。"毛泽东的这封信和同时发表的18首诗词在当时曾经产生很大影响。尽管毛泽东认为诗应该"以新诗为主体"，但他本人却仍然喜欢并以传统诗词的格律和形式写作。值得注意的是，一些新诗开创者，如郭沫若、臧克家等人，到晚年也回头写旧诗。近年来，越来越多的人喜欢用旧格律、旧形式写作，发表旧体的诗刊、诗社风起云涌，出现了诗歌创作向旧体复归的现象。这些现象，值得人们的重视和研究。如何既得心应手地反映新的时代和生活，揭示、抒发人们丰富、优美、多姿多彩的感情世界，而又保持中国诗歌好记能唱，境界鲜明而又意味深长的优良传统，可能需要人们长期的努力和探索。"万物并育而不相害，道并行而不相悖"，在文学艺术领域，在新诗的创作和发展中，可能更需要中国自古就有的这种兼容并包、百花齐放的精神，而不能定于一，止于一，唯一是从。有一段时期，只认白话诗为诗，旧体诗，写得再好，也不能写进文学史，这是一种形式主义的错误做法。

众川入海，万流成洋，中国古代诗歌史、现代诗歌史的客观事实是众体并存，我们在编辑20世纪中国诗选时也力求众体并录，因此本书系分为《古近体诗卷》《词卷》《散曲卷》《新诗卷》《歌词卷》《歌谣卷》等，共六卷，辅以《理论卷》六卷（编辑中），旨在展示20世纪以来中国各派诗人、各种体裁的创作面貌和曾经有过的理论研究与争议，以期总结历史经验，探讨未来的发展道路，既为读者提供一部阅读和借鉴的选本，也为研究者提供一部分析和研究的资料。

写诗难，选诗也并不易。20世纪的中国诗歌有如浩瀚的大海。据统计，五四运动以来，仅仅公开出版的新体诗集，就有1万余种，旧体诗词集更难以计数。作为选本，自然要拣选思想和艺术都好的诗；作为资料，自然要选录能代表其流派、其风格特点的诗。要做到这两点，选好、选准，以艺术性为主，兼顾思想性、学术性与资料性，是件很难的事。我们的篇幅有限，入选的大家、名家，所选者也只能寥寥几首，至多，也只能一二十首。要选好、选准，自然难上加难。而且，见仁见智，各有所爱，我们虽邀请专家，多次讨论，反复斟酌，屡易其稿，但自感学力不足，水平有限，可资参考的资料不多，加之时间匆促，缺漏不当之处肯定很多，期望听取广大读者的意见，不断修订、完善，我们将不断更新，为读者提供日益完善的选本。

应该说明的是，近代社会发展迅速，人物经历变化多端。有些作者，或一度居于时代前列，写过较好，甚至很好的作品，或代表当时重要的诗歌流派及其风格，有过重要影响。这其中的少数人，后来逆潮流而动，不是拉车前进，而是拉着车屁股向后，甚至堕落为民族败类，大节亏污。但是，我们为再现20世纪中国诗坛的真实发展和整体面貌，对于此类作者，在指出其亏污，予以批判的同时，也酌收其作品，对此，读者当能理解。

2018年8月17日写定

诗文随世运，无日不趋新

—— 1895～1949年间古近体诗歌的走向

　　近代以来，中国社会逐步由传统型向现代型转变，表现在社会政治、经济以及文化各个方面传统性的消解与现代性的生成。作为传统文学体裁，古近体诗也在发生变化。正如钱仲联在《中国近代文学大系（1840～1919）》导言中所说："它在精神实质上已不同于古代诗歌，在艺术形式上亦不完全同于古代而有所拓展。"现代古近体诗发展的主线是创变，以此为标准可以将此段诗歌分为三个阶段：第一阶段自1895年前后至1915年，是古近体诗创变的启蒙阶段，新派诗、新学诗以及诗界革命的概念被提出，旧体诗人开始从探索改良诗体的角度进行创作，并尝试在旧有格律中融入新的意境，代表诗人为黄遵宪、梁启超等；第二阶段为1915年至1931年"九一八"事变爆发，是白话文运动阶段，旧体诗创作承受了来自新文学的巨大压力，创作上表现出对传统诗体形式的坚守，同时也更为强调诗词的革命性与战斗性，以迎合社会革命的需要，代表诗人为柳亚子等南社诗人；第三阶段自1931年至1949年，是提倡民族文艺形式的阶段，旧体诗词创作出现高潮，突出强调文学的革命性，宣扬民族主义，激荡抗战情绪，同时寻找改造古近体诗创作的途径，代表诗人为卢前等。

　　当然，我们必须承认，传统诗歌创作包括古近体诗创作的走向与趋势同社会转型的发生并不完全同步，在创作观念、体裁形制甚至艺术手法运用等方面仍旧存在传统的一面。关于它传统一面的界定，常引发文学进步与否的争议。事实上，诗词创作并不能用"进步"或"新旧"来评判，应当从文学本质、艺术水准以及反映人性与生活等方面，做出相对公允的判定。因此，研究现代古近体诗既要注重诗歌艺术的现代质变，也尽量注意到诗歌传统艺术的内在量变。

一

“新学”与创作理念的转变

古近体诗现代转型的标志性事件，就是新学诗与新派诗的提出，时间发生在1895年前后，标志性人物是黄遵宪、梁启超、夏曾佑与谭嗣同等。

黄遵宪出生于1848年，是古近体诗现代转型的关键性人物。他在21岁时创作《杂感五首》，提出“我手写我口，古岂能拘牵”的创作主张。1877年（光绪三年）至1894年（光绪二十年），先后受命前往日本、英国、新加坡等地，历充使日参赞、旧金山总领事、驻英参赞、新加坡总领事等职。旅外期间，他确立了“中国必变从西法”（《己亥杂诗（四十七）》自注）的观念，在诗歌创作方面有了变革的意识，在题材方面大量抒写域外见闻与社会现实，在语言上主张解放诗歌语言，不拘文言，大量使用新语汇甚至口语、俗语，在诗歌形式上关注民歌、山歌等。《流求歌》《登巴黎铁塔》《哭旅顺》，就是他诗歌探索的实践。1897年，他在《酬曾重伯编修》一诗中写道：“废君一月官书力，读我连篇新派诗。风雅不亡由善作，光丰之后益矜奇。文章巨蟹横行日，世变群龙见首时。手撷芙蓉策虬驷，出门惘惘更寻谁？”提出“新派诗”，更为自觉地改革诗歌创作。他创作《军歌》二十四章寄给梁启超，对此梁启超评论道：“其精神之雄壮活泼沉浑深远不必论，即文藻亦二千年所未有也。诗界革命之能事至斯而极矣。”（《饮冰室诗话》）“新派诗”的提出，为梁启超明确“诗界革命”的概念奠定基础。

除了黄遵宪，在1895年前后，梁启超、谭嗣同、夏曾佑等人开始诗歌改革的新实践——“新学诗”，即以新学思想充实诗歌创作。谭嗣同出生于1865年，湖南浏阳人。“少倜傥有大志，淹通群籍，能文章，好任侠，善剑术”，主张“学诗宜穷经，方不终身囿于诗人”（《报刘淞芙书二》）。甲午战争清王朝惨败，谭嗣同受到巨大打击，全面反思与批判传统思想与学术，甚至发誓“长与旧学辞矣”（《与唐绂臣书》）。他撰写《仁学》，借助西方平等、博爱思想改造传统儒学与佛学，以此构建变革的理论基础，即“新学”。在新学思想影响下，谭嗣同与梁启超、夏曾佑等人“相约以作诗非经典不用。所谓经典者，普指佛、孔、耶三教之经”（《饮冰室诗话》），所创作的诗歌表现出对平等、自由的追求，对传统伦理与纲常的批判，比如《赠梁卓如诗四首》《金陵听说法诗》等。戊戌变法失败后，他被捕入狱，写下《狱中题壁》“我自横刀向天笑，去留肝胆两昆仑”的绝唱后被杀，走完短暂而精彩的一生。

夏曾佑出生于1863年，早年深谙旧学。甲午海战后，他逐渐转向今文经学，与谭嗣同、梁启超相约为新学之诗。对于夏曾佑的新学诗，梁启超曾评价道："穗卿自己的宇宙观、人生观，常喜欢用诗写出来。他前后作有几十首绝句，说的都是怪话。"（《饮冰室诗话》）像"冰期世界太清凉，洪水茫茫下土方。巴别塔前一挥手，人天从此感参商"（《无题》），带有新学的味道。梁启超《饮冰室诗话》曾将黄遵宪、蒋智由、夏曾佑目为"近世诗家三杰，此言其理想之深邃闳远也"，正是对他从事新学诗创作的肯定。

梁启超在"新学诗""新派诗"基础上，提出"诗界革命"的口号。在1899年12月25日《夏威夷游记》中，梁启超肯定诗歌创作需要革命，其原因就是"诗之境界，被千余年之鹦鹉名士占尽矣。虽有佳章佳句，一读之，似在某集中曾相见者""今日不作诗则已，若作诗，必为诗界之哥伦布，玛赛郎然后可""中国非有诗界革命，则诗运殆将绝"，正式提出"诗界革命"一词。他认为，"诗界革命"应该表现在，"第一要新意境，第二要新语句，而又须以古人之风格入之，然后成其为诗"[①]。1903年他在《饮冰室诗话》更为清楚地界定"诗界革命"，称"过渡时代，必有革命。革命者，当革其精神，非革其形式。吾党近好言诗界革命。虽然，若以堆积满纸新名词为革命，是又满洲政府变法维新之类也。能以旧风格含新意境，斯可以举革命之实矣。苟能尔尔，则虽间杂一二新名词，亦不为病"（《饮冰室诗话》）。突出强调诗界革命的核心就是"当革其精神，非革其形式""旧风格含新意境"。梁启超的诗歌创作也践行着诗界革命的主张，比如《二十世纪太平洋歌》《朝鲜哀词》等，或者在语词上运用新词汇，或者在内容题材上有所拓宽，或者在旧风格中融入新意境。

新派诗、新学诗以及诗界革命的提出是19世纪末至1915年白话文运动期间，古近体诗歌创作的重要现象。黄遵宪、梁启超等人对传统诗歌进行改良，尤其注重以"新学"与时代精神充实诗歌创作，开始古近体诗创作的现代启蒙。尽管这种有意识的创变发生较为缓慢，但毕竟持续地发展着。这一阶段的代表人物，除上述几位外，蒋智由、丘逢甲、金天羽等也积极尝试诗歌改革，创作了不少带有革新性质的诗歌作品。

---

① 梁启超：《夏威夷游记》，《中国近代文学大系·文学理论集一》，上海书店，1944年，675页。

二

白话文运动与创作功能性的凸显

1915年，以提倡白话创作为主的新文化运动爆发，传统诗词被动地站到了白话文的对立面，受到前所未有的打击。这一阶段，古近体诗处在白话文学重压下，诗人们一方面坚守传统诗体形式，另一方面又尝试与发生巨变的社会生活对接，以增强古近体诗创作的现实功能。这是现代诗词发展的第二个阶段。

陈独秀于1915年在其主编的《青年杂志》（后改名《新青年》）刊载文章，提倡民主与科学，开启了新文化运动。新文化运动的发起人胡适、陈独秀、鲁迅、李大钊等，将文学革命作为新文化运动的重要部分提出。1917年1月，胡适在《新青年》第2卷第5号发表《文学改良刍议》，提出文学进化论观念，强调"一时代有一时代之文学""今日之中国，当造今日之文学"，并提出白话文学的观念。2月，《新青年》发表陈独秀《文学革命论》，正式提出"文学革命"的口号，批判旧文学的弊端，提倡白话写作。文学革命的本质是以语言的变革，促使思维方式以及思想观念的革新，白话文学作为变革的应有之义被郑重提出，虽有矫枉过正之嫌，但也不啻对文化思想彻底颠覆的一种有力手段。

关于白话语言运用于诗词，"诗界革命"阶段就已提出。黄遵宪早年在《杂感》诗中提到"即今流俗语，我若登简编。五千年后人，惊为古斓斑"，认为大胆使用当代口语与俗语，若干年后这俗语也"自然作古"了。梁启超在《夏威夷游记》也将"新语句"提升至诗界革命的重要表现。但诗界革命者，多认为新语句与旧风格较难融合，梁启超评论黄遵宪诗词，就说道："（黄遵宪诗歌）纯以欧洲意境行之，然语句尚少。盖由新语句与旧风格，常相背驰，公度重风格者，故勉避也。"对满纸堆积新名词的做法，他们也给予否定。可以看出，古近体诗歌创作并非排斥白话语言，而是苦于无法实践，没能成功运用白话语言进行传统诗体创作。新文化运动提倡白话文创作，与诗界革命并不矛盾，但其以白话文学作为革命手段去批判传统文学，不可避免地将传统文学包括诗词放在了白话文学的对立面，自然造成了文言与白话、传统与现代对抗的局面。

白话文学与传统诗文对抗过程中，"南社"柳亚子等人对文学革命以及白话诗提出了质疑："又彼（胡适）创文学革命。文学革命非不可倡，而彼所言殊不了了。所作白话诗直是笑话。中国文学含有一种美的性质，纵他日世界大同，通行'爱斯不难读'（Esperanto，世界语），中文中语尽在淘汰之列，而文学犹必占美术之一科，与希腊罗马古文颉颃，何必改头换面为非驴非马之恶剧耶！《新青年》陈独秀，弟亦相识，所撰非礼诸篇，先得我心。至论文学革命，则未免为胡适所卖。弟谓文学革命，所革在理想，不在形式，形式宜旧，理想宜新。"并称："诗文本同源异流，白话文便于说理论事，殆不可少，第亦宜简法，毋伤支离。若白话诗，则断断不能通。"①肯定文学革命的意义，但对以白话革命旧体诗词则坚决反对。直到1923年，章太炎在《答曹聚仁论白话诗》中还称："中国自古无无韵之诗""（白话诗）以新式强合旧名，如史思明所为也。苟取欧美偶有之事为例，此亦欧美人之纰漏耳，何足法焉。"②大抵从中国诗歌传统出发，认为诗韵及文言等形式是汉语"诗"一词的本来之意，批判白话所作"新诗"不可称之为诗。

在持续的论争中，白话诗和旧体诗词得到很好的交流，对各自的规范和艺术成绩都有相当程度的认识，甚至有部分传统诗文创作者转而创作白话诗，部分白话诗创作者也兼作旧体诗。即便是最初激烈反对白话诗的柳亚子，也给予白话诗创作以充分的肯定："文学是善于变化的东西，由四言而变为五七言，由五七言的古体变而为律诗，变而为词，再变而为曲，那末现在的由有韵诗变为无韵诗，也是自然变化的原则，少数人的反对是没有效力的。"③甚至称："仆为主张语体文之一人，良以文言文为数千年文妖乡愿所窟穴，纲常名教之邪说，深入于字里行间，不可救药，故必一举而摧其壁垒，庶免城狐社鼠之盘踞。"④新文学阵营的郭沫若则在《致宗白华信》中称："无论是新体的或旧体的，今人的或古人的，我国的或外国的，我总恨不得连书带纸地把它吞咽下去，我总恨不得连筋带骨地把它融化下去。""诗无论新旧，只要是真正的美人穿件什么衣裳都好，不穿衣裳的裸体更好。"⑤可见，在20世纪20年代后期，新旧文学的论争已渐趋平和，不再是最初那种"非此即彼"的激烈对抗状态，新旧诗体几乎并存于诗坛，进入互相了解、互为映照的阶段。吴芳吉以"白话长于写情，文言长于写景"的观念创作文白间杂的《婉容词》等作品，颇能体现当时风尚。

在此阶段，值得一提的旧体诗词创作社团南社。南社成立于1909年，发起人为陈去病、高旭和柳亚子，首批南社成员大多为同盟会会员。名为

---

① 柳亚子：《与杨杏佛论文学书》，《民国日报》，1917年4月27日。
② 章太炎：《答曹聚仁论白话诗》，《华国月刊》第1卷第4期，1923年12月15日。
③ 柳亚子：《致吕天民》，《新黎里》，1924年8月1日。
④ 柳亚子：《致某君》，《新黎里》，1923年11月1日。
⑤ 郭沫若：《论诗三札》，林林主编《郭沫若诗词鉴赏》，河北人民出版社，1996年，429、427页。

"南社"，取"操南音不忘本"之意，暗含反清之意，以提倡民族气节，响应民主革命为宗旨。其诗学主张不一，但大体承绪诗界革命，更为强调文学的革命性与战斗性，突出文学为革命服务的功能性。除了三位发起人外，陆续加入南社的古近体诗人有苏曼殊、马君武、宁调元、周实、郁华、黄侃、潘飞声等。南社解体于1923年，后又陆续有新南社、南社雅集等成立，先后延续30余年。自1910年推出《南社》（包括文录、诗录、词录三部分），共出版22集，据统计成员人数最高时达1200人之多。无论从存续时间、参与人数还是创作数量上来看，南社无疑是白话文运动阶段旧体诗词创作最有影响力的社会团体，其社员也是此间旧体诗坛最为活跃的代表诗人。

三

民族主义与"民国文学"的创作愿景

1931年，"九一八"事变爆发，日本侵占整个东北三省。次年，日军在长春扶持溥仪建立伪满洲国政权。1937年7月7日，卢沟桥事变爆发，日军全面侵华战争开始。到1945年，抗战是中华民族的首要任务。在抗日战争的大背景下，民族主义的观念受到更多关注。

孙中山在中华民国十三年（1924）三月三十日演讲中高举民族主义，称："人为刀俎，我为鱼肉，我们的地位在此时最为危险。如果再不留心提倡民族主义，结合四万万人成一个坚固的民族，中国便有亡国灭种之忧。我们要挽救这种危亡，便要提倡民族主义，用民族精神来救国。"[1]"我们要发达世界主义，先要民族主义巩固才行；如果民族主义不能巩固，世界主义也就不能发达"[2]。民族主义作为精神上的黏合剂被提出，其直接目的就是救亡图存。在这一精神指引下，20世纪20年代末期、30年代初期，国民政府对民族主义及民族文化大加提倡。1928年，国民革命时期废止孔子祭祀的国民党政府重新批准各地孔子祭典，教育部也发布训令，称"嗣后孔子诞日，全国学校，应各停课二小时，讲演孔子事迹，以作纪念"，命各省教育厅、各特别市教育局一体遵照[3]。1934年5月，蒋介石、戴季陶、汪兆铭、叶楚伧提议"以八月二十七日为先师孔子诞辰纪念日"，并"定为国家纪念日"，进行纪念大典，表现出对传统文化的重视和提倡。1935年，由国民党中央执行委员会组织委

---

① 黄彦编注《三民主义》，广东人民出版社，2007年，第8页。
② 黄彦编注《三民主义》，广东人民出版社，2007年，第53页。
③ 《训令第六〇号》（1928年11月17日），《教育部公报》第1卷第1期，1929年1月。

员会主任委员陈立夫担任理事长的中国文化建设协会机关杂志《文化建设》，发表《中国本位的文化建设宣言》一文，称："从文化的领域去展望，现代世界里面固然已经没有了中国，中国的领土里面也几乎已经没有了中国人。要使中国能在文化的领域中抬头，要使中国的政治、社会、思想都具有中国的特征，必须从事于中国本位的文化建设……我们的文化建设就应是：不守旧；不盲从；根据中国本位，采取批评态度，应用科学方法来检讨过去，把握现在，创造将来。"[①]此份宣言出自王新命、何炳松、陶希圣等十位教授之手，被称为"十教授宣言"。它明确提出加强"中国本位的文化建设"，要对旧的历史文化取其精华、弃其糟粕，对西方文化要有取舍，绝不能全盘西化。

民族文艺形式也作为民族主义的一部分，受到国民政府的大力宣扬。1930年初，国民党政府发起"民族主义文艺运动"，发表运动宣言称："艺术和文学是属于某一民族的，为了某一民族，并由某一民族产生的……因之，民族主义的文艺，不仅在表现那已经形成的民族意识；同时，并创造那民族底新生命。……现今我们中国文坛底当前的危机是对于文艺缺乏中心意识。那么，我们要突破这个危机，并促进我们的文艺底开展，势必在形成一个对于文艺底中心意识……为促进我们民族的繁荣，我们须促进民族的向上发展的意志，创造民族的新生命。我们现在所负的，正是建立我们的民族主义文学与艺术重要伟大的使命。"[②]并出版《前锋周刊》《前锋月刊》等刊物。

在新旧文学论争渐趋平和之际，受到国民党政府民族文化本位的激发，20世纪30年代，旧体诗词出现一个创作高潮。一个重要的表现就是，不少旧体诗文刊物创刊，已创刊的文学刊物也纷纷开辟旧体诗文专栏，刊发旧体诗文作品。比如《词学季刊》于1933年4月创刊、《同声月刊》于1940年12月创刊、《雅言》（北京余园诗社）于1940年1月创刊、《民族诗坛》于1938年5月创刊等。《民族诗坛》在第1卷第1辑《中国民族诗坛组织章程草案》中指出，民族诗坛的宗旨是"以韵体文字发扬民族精神激起抗战之情绪"，几乎可以代表此间旧体诗词创作发扬民族主义和激发抗战情绪的倾向。

这一时期，晚清旧式文人仍旧保持旺盛的创作力，如陈衍、陈三立、姚永朴等；部分新诗人也创作旧体诗词，如鲁迅、郁达夫、郭沫若等；在新文化运动滋养下的年轻旧体诗人崛起，如王统照、潘伯鹰、卢前等。对于作为民族文艺形式的诗词，这三类诗人观点有所不同，但他们都在尝试改进、创新传统诗体。正如卢前在《民族诗坛》中提到的，民众对今日文学的理想"一言以蔽之曰：'建立中华民国文学'"，开辟一代之文学便是要"创造新

---

① 《文化建设》（月刊）第1卷第4期，1935年1月10日。
② 《"民族主义文艺运动"宣言》，《前锋周报》第2、3期，1930年6月29日、7月6日。

体""融合古今诗体之形式，兼采域外歌诗之长"。《民族诗坛》将旧体诗词曲与新诗、译诗混编，还邀请新诗人创作旧体诗，旧体诗人创作新诗与歌词等。此间旧体诗词创作的一个总体特色，就是借鉴与开创，尝试建设属于那个时代的民族诗体。从"创造新体"和"建立中华民国文学"的主张中，可以看出白话文运动时"一时代有一时代之文学""今日之中国，当造今日之文学"的痕迹，这无疑与1915年以来白话文影响有关。

四

"旧式"文人诗论与诗风的渐变

创变是现代古近体诗发展的主线，但这并非说它没有传统的延续。钱仲联在《近代文学大系·诗词卷》中曾称："近代诗歌具有新旧交替、承先启后的特点。"现代诗歌也是如此。从诗歌流派来看，现代古近体诗创作有新诗派、诗界革命派、南社、《民族诗坛》等的开新，也有同光体、湖湘派、中晚唐诗派等的传承。无论同光体、湖湘派，还是没有显著流派特征的遗老诗人，多以接续传统为使命，同时积极探索古近体诗的现代化，在他们笔下，诗歌艺术表现出在传统框架下的缓慢演进。不妨以同光体代表人物陈衍、陈三立为核心，试论民初"旧式"文人从理论到创作的一系列改良意图。

对传统诗人奉为圭臬的诗教观，清末民初的传统文人并未一例尊奉。陈衍在《何心与诗序》中说，诗歌为"寂者之事，一人而可为，为之而可常。喧者反是。故吾尝谓：诗者，荒寒之路，无当乎利禄，肯与周旋，必其人者贤者也。"[1]他认为作诗乃一己之事，说诗更要知人论世，而不能以"诗教"一言以概之，即"后世诗话汗牛充栋，说诗焉耳，知作诗之人，论作诗之人之世者，十不得一焉。不论其世，不知其人，漫曰'温柔敦厚，诗教也'。几何不以受辛为天王圣明，姬昌为臣罪当诛，严将军头、嵇侍中血，举以为天地正气耶？"[2]而诗歌说到底是性情的抒写，与政治没有直接关系。"诗以理性情，书以道政事。政事外至，性情内出。外至者，其所本无；内出者，其所自有也。春鸟秋虫，鸣乎不得不鸣，人之所之，有善不善之分，而鸟与兽恶乎知？"[3]因主张诗歌是对个人性情的抒写，所以强调诗歌为个人之事。陈三立则开始思考诗的本原，认为诗是内心情志的抒写，归根结底是"心之疏密"。他在《蔡公湛诗集序》中

---

① 《中国古典文学名著分类集成·文论卷（三）》，百花文艺出版社，1994年，405页。
② 《石遗室诗话》卷三，40页。
③ 《健松斋诗存叙》，《石遗室文三集》，福建人民出版社，2001年，638页。

就说："（蔡诗）往往造深微归自媚，其进于古作者，盖颇契本原所在，不必尽狃声律、规体制也……但课治心之疏密，验为诗之进退，其可矣。"①

对于古人推崇的"乐而不淫，哀而不伤""温柔敦厚"的诗风，也有不同的理解。陈三立曾在《苍虬阁诗集序》中称："余与太夷所得诗，激急抗烈，指斥无留遗，仁先与之同，乃中极沉郁，而澹远温邃，自掩其迹……仁先格异而意度差相比，所谓志深而味隐者耶？嗟乎！比世有仁先，遂使余与太夷之诗，或皆不免为伧父，则仁先之宜有不可及，并可于语言文字之外落落得之矣。"②虽赞赏"中极沉郁""澹远温邃"之作，甚至自嘲伧父，但仍以"拔刀亡命之气"为诗，"愤悱之情，噍杀之音，亦颇时时呈露而不复自遏"③。陈衍甚至将清末民初的诗歌整体风格定义为"挚"与"横"，称"以为诗者，人心哀乐所由写宣，有真性情者，哀乐必过人。时而齑咨涕洟，若创巨痛深之在体也。时而忘忧忘食，履决踵，襟见肘，而歌声出金石、动天地也。其在文字，无以名之，名之曰挚曰横，知此可与言今日之为诗"④。

在对古代诗歌传统的态度上，主张学古但不泥古，重点在求变与求新。陈衍曾说："学问之事，唯在至与不至耳。至则有变化之能事焉，不至则声音笑貌之为耳。""子孙虽肖祖父，未尝骨肉间一一相似，一一化生，人类之进退由之，况非子孙，奚能刻意蕲肖之耶？"⑤他也认为作诗应该不袭他人、自成体系，所谓"一景一情也，人不及觉，己独觉之；人如是观，彼不如是观也；人犹是言，彼不犹是言也：则喧寂之故也。清而有味，寒而有神，瘦而有筋力，己所自得，求助于人者得乎？"⑥观他人所未观，觉他人所未觉，言他人所未言，才能有所树立。对于新派诗人提倡的时语入诗，陈衍也从诗歌传统的角度进行了反思，认为"以粗语、俗语入诗者，未易悉数，善学之可以上追圣俞、后山，不善学而一味为之，或流于钉铰、击壤，后世袁简斋多学诚斋，近人则竹坡先生（宝廷）、木庵先生（陈书）、林暾谷（林旭）亦时为之"⑦。当然，无论是宝廷、陈书、林旭，还是本书提到的林宰平（林志钧）、沈涛园（沈瑜庆），陈衍对他们的肯定还仅限于"似诚斋体"，这或许可以称之为他诗论的局限性。

传统诗论的朦胧美与不可言说性已非他们审美追求的主要方向，取而代之的是对精确与真实的推崇。陈三立在《蒿庵类稿序》中称："窃维天地万

---

① 陈三立著，李开军校点《散原精舍诗文集》卷十六，上海古籍出版社，2014年，1093页。
② 《苍虬阁诗序》，1139页。
③ 《梁节庵诗序》，825页。
④ 《山与楼诗叙》，《石遗室文四集》，690页。
⑤ 《剑怀堂诗草叙》，《石遗室诗话·附录》，810页。
⑥ 《中国古典文学名著分类集成·文论卷（三）》，百花文艺出版社，1994年，405页。
⑦ 《石遗室诗话》卷十六，257页。

物之精英，形诸文字，各从其类，不可掩焉。有能者出，因而存之，曲肖而达之，而其真乃永于人心，相续而不敝。学者不察，或溢于奇衺浮剽，苟以为名，皆汩其真而速其敝者也。"①主张以内心之真进行创作，作品才能传之久远。陈衍亦如此，直言："作诗文要有真实怀抱，真实道理，真实本领。"②"真者何？自写其性情而已。"真实之外，陈衍也注重精微，所谓"作文字先精微而后广大，故能一字不苟，字字有来历，非徒为大言以欺人，既算学之微积，禅宗渐之义也。……不广大固所患，不精微尤其大患，则画虎刻鹄之譬矣。"③这种对真实与精微的推崇与近代中国科学思潮不无关系④。对古代诗论中"不可解""不可说"的理论表达了不满，"唯锺（锺惺）、谭（谭元春）于诗学虽不甚浅，他学问实未有得，故说诗既不能触处洞然，自不能抛砖落地，往往有'说不得''不可解'等评语，内实模糊影响，外则以艰深文固陋也。张九龄《湖口望庐山瀑布泉》云：'天清风雨闻'。谭云：'瀑布诗此是绝唱矣，进此一想，则有可知不可言之妙。'夫天清本不应有风雨，而闻风雨自是瀑布，有何不可言之妙？"⑤

在这一系列诗论的影响下，此间"旧式"文人诗作颇为强调主体意识，流露出末世的绝望与荒诞感，近代小说的传奇演绎手法影响下的长篇叙事诗取得较高成就，传统意象出现了扭曲变形的特质。这些传统框架下的渐变或许是古近体诗发展的一条可行道路。

嘉庆、道光年间龚自珍曾称："天地，人所造，众人自造，非圣人所造。圣人也者，与众人对立，与众人为无尽。众人之宰，非道非极，自名曰我。我光照日月，我力造山川，我变造毛羽肖翘，我理造文字言语，我气造天地，我天地又造人，我分别造伦纪。"⑥发现了"自我"，认为自我创造了世界、创造了历史，创造了人文与伦理，拥有无穷的力量。自我意识的张扬极大地影响了清末民初的诗人，他们在作品中彰显自我，渴望对自我情感与思想的表达与抒发。陈曾寿的古近体诗对自我的关注与抒写比较有代表性，他创作的咏物诗历来被认为是题材狭隘的表征，但是逐篇阅读，会发现他笔下的咏物并非炫技也非文人的无聊之作，而是与诗人合而为一的咏叹。他咏叹的是落花，实际上是末世飘零的自我；他不断地言说，实际上是不断地叩问与确认。陈曾寿吟咏《泪》，称泪为大千世界唯一真诚之物，以哀愍之心看

① 陈三立著，李开军校点《散原精舍文集》卷七，上海古籍出版社，2014年，896页。
② 《石遗室诗话》卷八，105页。
③ 《石遗室诗话》卷六，94页。
④ 《使黔草序》，《陈衍诗论合集》上册，880页。
⑤ 《石遗室诗话》卷二十三，351页。
⑥ 《壬癸之际胎观第一》。

待苍生，任谁都会流下惊天地、泣鬼神的泪水。这种伤心自然是多情的诗人对世界、对万物、对时局、对自己的感慨。正是这些以自我精神为主导的诗篇，才能让后世记住清末民初人们的情感世界以及一个个有血有肉的诗人。

清末民初的社会剧烈变革，在新派人物看来是积极的、向上的，是愿意投身其中、弄潮天下的，但在"旧式"文人眼中则可以说是毁天灭地，是万事皆空的绝望。的确，末世绝望感在此间"旧式"文人的笔下几乎是个共同的母题。陈三立《登楼看落日》："素辉赤气散仍凝，千万山如入定僧。乞取长绳谁能系，楼头缩手泣无能。"氤氲的落日就这样慢慢沉坠，风光无限的千万座山峰此时就如入定的老僧，漠然地等待着日落。"安得长绳系白日"（晋傅玄《九曲歌》），即便乞得长绳，也无人能阻止，徒留楼头的诗人瑟缩着哭泣自己的无能为力。就连用世极深，以"作高腔"著名的郑孝胥，诗中也多有飘零衰飒之感。在一首《九日》（戊午）诗中写道："遂付虫沙期共灭，并疏文字但余哀。朋侪乱后凋零甚，怅望斜阳更不回。"又有"枉被人称郑重九，更无豪情压悲辛"（《九日》［壬戌］）句，都流露出旧式文人所感受到的末世飘零感。

此间古体诗重新获得了生命，涌现不少优秀篇章。他们"感于哀乐，缘事而发"，用乐府旧题或者文人新乐府，辛辣讽刺社会现实；他们血脉贲张，用古风歌颂侠肝义胆或有勇有谋的英雄人物；他们着眼奇人奇事，用颇富传奇色彩的笔墨，为众生描绘。湖湘派代表诗人王闿运创作的《圆明园宫词》，通篇八百八十二个字，规制宏大，大开大阖，既体现了诗人学力的深厚，又流利婉转、声情并茂，被誉为"卿云而后，仅见斯文；唐宋以来，无此作者"（李肖聃《湘学略.湘绮学略第十九》）。林纾用以"补察时政，泄导人情"（白居易《与元九书》）的29题《闽中新乐府》，是一部出版于1897年的白话诗集，在诗体革新以启发民智方面有特殊的意义，正如魏瀚所作序称："世局危迫，固执者既万不可变，吾辈子弟无罪，不当使其瞢瞢以老。子之诗虽无救于世局，然使吾子弟读之，亦知有人间之事，不死于帖括之手，为功岂不伟大乎。"[①]樊增祥《彩云曲》《后彩云曲》以清末民初名妓赛金花的经历为素材，极尽笔墨描写一代名妓的传奇人生，以见出王朝的盛衰与朝代的兴废，为人一时传诵。这两首长篇歌行，与曾朴的《孽海花》一样，塑造了与传统女性完全不同的人物形象，展现了复杂而广阔的社会变革场景，在艺术上保留了传统歌行体的流利婉转的特点，尤其是元白体的传奇色彩，颇具代表性。

剧烈的变革往往在旧式文人心中留下较深的印痕，尤其是传统文化衰落对这一代文人的打击尤为巨大。他们依旧追求温柔敦厚的美学风格，但更包

---

① 《魏瀚为林纾〈闽中新乐府〉作序》，黄濬：《花随人圣庵摭忆》，中华书局，2013年，393页。

容"哀毁骨立"式的极端表达，包括对浓重色彩的描摹以及对诡异气氛的捕捉等。像陈三立，在父亲陈宝箴去世第二年，回崝庐祭扫时所作的《述哀诗五首》，自称罪不可赦的、有如赘疣的"孤儿"，几度"气结泪已凝""但有血泪涌"，将内心的悲愤与哀戚抒写到无以复加。当代学者刘梦溪曾在《戊戌政变和陈宝箴之死》一文中剖析了诗人这样抒写的原因，有助于我们对陈三立诗作的理解，此不赘述。不止抒情如此，在景物描写时陈三立也表现出这一特点，在《十一月十四夜发南昌月江舟行》中称："露气如微虫，波势如卧牛。明月如茧素，裹我江上舟。"写冬夜舟行，湿雾有如微虫丝丝侵入皮肤，不强烈也不突然，只是如影随形，有万般难受说却说不清道不明，直令人头皮发麻。明月如蚕茧一般，将诗人紧紧包裹在小舟上，无处可逃。陈三立之子陈师曾，将绘画中的浓墨重彩用于诗歌，如《月下写怀》"丛竹绿到地，月明影斑斑。不照死者心，空照生人颜"，将怀念亡妻的场景写得"凄厉"（钱基博语）无比。前二句写景，将月光下丛竹的"惨绿"以"绿到地"三字道出，泼洒的墨绿奠定了此诗怀人的忧郁基调，墨绿底色上月影斑斑，又刻画出丛竹的另一番样貌。月下的诗人也因为浓郁压抑的气氛变得有些奇怪，"气急败坏"地指责起月光，不去照耀死去亲人冷寂的心灵，偏偏曝光那个思念他们的、活着的、窘迫的"我"，将"我"的影子深深地刻在竹影中，摇曳而孤独。

"旧式"文人对古近体诗的改良，尤其是以创作实践徐徐推进的态度，尽管与革新派诗人比起来并不剧烈，但他们以传统的视角审视现代，在延续传统的范畴内，有节制地现代化，这或许给予当代古近体诗理论研究与创作实践新的启示。

近代启蒙运动以来的古近体诗歌创作，经历诗界革命的启蒙、白话文运动的冲击以及民族文艺形式的崛起三个阶段的发展，在诗体探索、白话语言与民歌语言的应用、新意境开拓、现代文艺手法运用等方面，都取得不少极具价值的创变经验或者说成绩。即便是尊崇传统诗体规范、抒写传统士大夫情绪、坚守文言创作的同光体、汉魏六朝派以及中晚唐诗派诗人，也在古近体诗歌的传统体制内融入现代性因素，追求适度的改良。在社会转型时期，古近体诗传统与时代风尚相融合，涌现一批颇具现代意味的诗作，为现代诗歌发展史绘出浓墨重彩的一笔。

2017 年 7 月 18 日初稿
2018 年 1 月 18 日一次修订

凡 例

一、本卷所选诗作创作时间原则上自1900年至1949年新中国成立。1895年，梁启超、夏曾佑、谭嗣同等人发起新学诗，1897年黄遵宪在《酬曾重伯编修》中正式提出"新派诗"开始。因此很多学人将1895年作为古近体诗现代性演进的标志。故本书将诗作创作上限推至1895年前后。

二、本卷次第以诗人生年为准，诗作系于诗人之下。

三、本卷共选录代表诗人180余位，卒年上限为1911年，生年下限为1919年。因与20世纪古近体诗发展有密切关系，卒于1911年前的黄遵宪、谭嗣同破例列入。

四、本卷诗人附简介，包括生卒年、字号爵里、履历以及著作，字数200字左右。

五、本卷每位诗人选诗不超20首，目前共选录诗作近千首。

六、本卷将古体诗和近体诗统编，不做细分。

七、本卷选录每位诗人具有代表性的诗作，主要以艺术审美为标准，重点选录具有独特个性、体现诗歌现代演进轨迹的诗作。

八、由于此间诗人经历较多重大历史事件，如甲午中日战争、庚子事变以及抗日战争等，故本卷大量选录表现此类题材的诗作。应制、应酬、咏物、祝寿诗少录。

九、本卷诗作多录全文，部分长篇歌行为节录，题后标注。诗序大多因篇幅过长等原因删除。

十、本卷所选诗，部分题目过长，不利于排版，故将其进行了重命名，原题以注的形式加以说明。

十一、本卷选录内容受时间、材料所限，仍有诸多不足，敬请方家指教。

目　录

28

29

古近体诗卷（1895～1949）

王闿运

王闿运（1833~1916）字壬秋，一字壬父，晚号湘绮，时称湘绮老人。湖南湘潭人。咸丰二年（1852）举人。初受山东巡抚崇恩聘，开馆讲授。曾客曾国藩幕府。辛亥革命后，任国史馆长，后辞职归乡。著作颇丰，有《春秋公羊传笺》《湘军志》《湘绮楼诗文集》等，辑为《湘绮楼全书》。

齐河道中雪行偶作（二首）

甲子岁，从番禺还。未逾月，江宁初复，因访曾侯。便循扬淮，北游清苑，将有从宦之志。十一月，至齐河，濒渡，会夜冰合，船胶，还宿草舍。大雪五尺，人马瑟缩，方坐辕吟啸，傲然自喜其耐寒暑也。俄而悟焉。夫以有用之身，涉无尽之境，劳形役物，达士所嗤，乃自矜夸，诚为谬矣。适遇南使，附家书，因题示意。

六月炎州火作山，冬来河朔雪盈鞍。冰天热海闲经过，未觉人间万事难。

六花偏傍锦裘飞，湿尽重襟火力微。湘绮楼中他夜雪，好将鸳瓦当油衣。

王闿运著，马积高主编《湘绮楼诗文集》，岳麓书社，1996年，1711页

早行

猎猎南风拂驿亭，五更牵缆上空泠。惯行不解愁风水，涧瀑滩雷只卧听。

王闿运著，马积高主编《湘绮楼诗文集》，岳麓书社，1996年，1897页。原题"泊昭灵滩下，早行，南风甚壮。船人殊不顾也，得诗一首"。

姑苏道中

我来姑苏道，黯然丧精魂。四野浩无垠，纵横但荆榛。昔时十万户，衡宇何鳞鳞。冠带相娱乐，歌舞忘朝昏。慨自经乱离，零落无一存。狐狸嗥且怒，白昼跳颓垣。更闻墟莽中，野哭声悲吞。白骨收不得，下缠枯树根。一二小村落，少少聚鸡豚。日暮山鬼啸，大泽阴云屯。掩面不忍视，有泪下沾巾。

冯煦著《蒿庵类稿》卷四，民国二年（1913）金坛冯氏刻本，第4筒页（288）。

十日枕上作

簟凄灯暗夜孤清，卧病空堂月半明。我已思归眠不得，乱虫莫更作秋声。

冯煦著《蒿庵类稿》卷四，民国二年（1913）金坛冯氏刻本，第10筒页（300）。

江上望匡庐

淡烟斜日下平芜，江柳萧衰似我疏。更倚危樯一回首，去鸿影里是匡庐。

冯煦著《蒿庵类稿》卷五，民国二年（1913）金坛冯氏刻本，第2筒页（322）。

南征口号（八十五首选一）

九域轮蹄日夜纷，沙黄水黑望中分。卢沟桥上风如翦，割取西山一段云。

冯煦著《蒿庵类稿》卷八，民国二年（1913）金坛冯氏刻本，第4简页（466）。

夜雨不寐（三首选二）

阴阴凉翠沁尊边，又是栖鸦流水天。记向城东踏黄叶，一襟残月淡于烟。

霜前白雁一绳斜，故国无书空白嗟。病久不知秋色改，西墙瘦尽断肠花。

陈衍编《近代诗钞》，华东师范大学出版社，2016年，1314页。此为拟题。

吴俊卿

吴俊卿（1844~1927）原名俊，初字香补，中年更字昌硕，浙江安吉人。杭州西泠印社首任社长，与任伯年、蒲华、虚谷合称为"清末海派四大家"。有《缶庐集》《缶庐诗》《缶庐别存》等传世。

沧浪亭

白鹤冲霄舞，黄鹂坐树鸣。石敧亭子破，山铲夕阳平。中酒诗肠话，临流病眼明。胸无尘一点，底事濯吾缨。

钱仲联编《近代诗钞》，江苏古籍出版社，2001年，646页。

风露香榭为胡匊邻

一屋藏古南天贫，石东西汉金先秦。荷花小榭供涉趣，露气扑地香风邻。
豁达到门洲上水，潦草避世芦中人。何日访君恣谈艺，一笑饱啖鲈鱼莼。

钱仲联编《近代诗钞》，江苏古籍出版社，2001年，648页。

过鹭老新居

拙宧一诗伯，吟诗坐固穷。短墙扶竹色，虚牖纳江风。病味酸咸外，
人情睥睨中。吹来一庭雨，天为洗梧桐。

吴昌硕著，童音点校《吴昌硕诗集》，华东师范大学出版社，2009年，246页。

共此清况

灯火照见黄花姿，闭户吟出酸寒诗。贵人读画怒曰嘻，似此穷相真难医。
胡不拉杂摧烧之，牡丹遍染红燕支。

吴昌硕著，童音点校《吴昌硕诗集》，华东师范大学出版社，2009年，325页。原题"子
欲写吟诗画，谓必极天下枯寂寒瘦之景，方能入妙，苦无稿本。丁亥初冬，寓黄歇浦上，
夜漏三下，妻儿俱睡熟，老屋中一灯荧然，光淡欲灭，缺口瓦瓶养经霜残菊，憔悴如病
夫，窗外落叶杂雨声潇潇，倏响倏止，可谓极天下枯寂寒瘦之景，才称酸寒慰拥鼻微吟佳
句欲来时也。即景写图，不堪示长安车马客，远寄素心人，共此清况"。

大庾岭古梅

老梅天矫化作龙，怪石槎枒鞭断松。青藤老人画不出，破笔留我开鸿濛。
老鹤一声醒僵卧，追蹑不及逋仙踪。拚取墨汁尽一斗，兴发胜饮珍珠红。
濡毫作石石点首，倚石写花花翻空。山妻在旁忽赞叹，墨气脱手推碑同。
蝌蚪老苔隶枝干，能识者谁斯与邕。不然谁肯收拾去，寓庐仄悬无从。

香温茶熟坐自赏，心神默与造化通。霜风搴帷月弄晓，生气拂拂平林东。

吴昌硕著，童音点校《吴昌硕诗集》，华东师范大学出版社，2009年，335页。原题"客有言大庾岭古梅，齐梁时人植，花开香闻数里，碧藓满身，龙卧岩壑间，一夕为雷火烧而枯，作薪久矣。山中老道人能指其处，述其状甚异，客去，以败笔扫虬枝倚怪石夭矫骇目，虽非庾岭千数百年物，亦岂寻常园林山谷所有？老缶画梅十年，从无此得意之笔，长歌激越，庭树栖鸟皆惊起，安得浮大白与素心人共赏之"。

春夜新咏

梅溪水平桥，乌山睡初醒。月明乱峰西，有客泛孤艇。除却数卷书，尽载梅花影。

吴昌硕著，童音点校《吴昌硕诗集》，华东师范大学出版社，2009年，337页。原题"春夜梅花下看月，花瓣皆含月光，碎玉横空，香沁肌骨，如濯魄于冰壶中也，但恨无翠羽啁啾声和予新咏"。

方守彝

方守彝（1845~1924）字伦叔，号贲初、清一老人。安徽桐城人。其父方宗诚为桐城派后期代表人物。幼承家学，喜网罗旧闻，搜寻古义。亦好诗。著有《网旧闻斋调刁集》等。

授书题示

曤也吾弟出，堕地攘为女。年华一瞥间，长大惊汝骤。人怪吾亦笑，不自明其故。祇觉笃爱怜，深深入肺腑。近我丧慈亲，一心瞿百苦。疾病渐侵凌，人事缠不宥。欧阳赋《秋声》，一读泪一注。诸姊嫁远方，独汝吾左右。明慧好诗书，今古勤问究。有时弄笔墨，佳句清朝露。有时学临池，秀色夺春岫。顾之辄欣然，幽鸟鸣庭树。人生不百年，烦忧苦奔凑。鲜民霜侵颠，劬劳结永慕。风木悲心来，遣之不能去。

对汝聊自慰，衰年寄情愫。图画《列女》篇，贤母温曾语。闺壶有芳型，挑灯细讲授。愿汝淑性情，温柔复敦厚。德宏福自高，不在古人后。眼前戏吾言，他年定当悟。题诗意殷勤，春风满户牖。

方守彝著《网旧闻斋调刁集》卷第二，徐成志点校《晚清桐城三家诗》，黄山书社，2012年，42页。原题"壬寅正月十日游书肆，得同文局石印百宋斋藏本《列女传》，喜其精美，购归，授符曜，题示五言二十二韵"。

留园舞鹤篇

赤骥伏枥志千里，苍鹰在韝思凌云。不羁之才困羁绊，鹰伤骥恼心如焚。虽然天生二物为世用，受制被抑犹可云。如何仙禽若鹤者，乃亦入栅同鸡群？既入栅矣同鸡群，焉能轩举向秋雯？谁伐淇园半亩竹，纵横结构制俨屋。高仅盈丈广称之，麀眼四周中地蹙。势家使令多豪奴，豪奴饲养比家畜。受奴饲养比家畜，止可驯雏阶前伏，那得翅车展轮轴！作势便欲指蓬壶，昆仑阆风在须臾。芝田朝戏瑶池夕，周匝日域驰云衢。奔踜腾跃屡振迅，蹈天踏地乃为俘。扬音激烈亮清迥，矜顾昂藏余长咮。缟衣玄裳敛若儒，矫首孤耸高睢盱。已矣乎，石同云巢付清梦，长悲永结万里途。鹤不能盐车太行供驾驭，又不能攫取狡兔秋原赴。程能效力事主人，狗盗鸡鸣邀盼顾。貌既傲岸气孤清，岁寒专忆不凋树。如此性情与世戾，主人何必深闭锢！儿时待游过裕溪，彭公水军二鹤携。公之好鹤适鹤性，每纵鹤去开天恢。伫看鹤盘出大野，使人心志与之齐。鹤感公知迈流俗，振翼高举复旋回。人为公凛去不返，公则一笑付谐诙。后竟一日放二鹤，乐哉饮颍栖于稽。乐哉饮颍栖于稽，园主曷不彭公跻！

方守彝著《网旧闻斋调刁集》卷第四，徐成志点校《晚清桐城三家诗》，黄山书社，2012年，81页。

登观澜楼简赵纮士

子前对雪赋新诗，索我和篇苦不得。诮让直比追亡逋，短句铦如锥刺骨。我时抱病苦支离，大度包容不动色。犹嫌小雪难盖地，未堪狼藉供挥斥。

儿童忽叫天崩云，鸟避兽逃无一只。居人闭户凛无声，游子心惊神不怪。
步上家楼凭望槛，天公怒碎万金璧。碎作杨花三月飞，轻薄颠狂满空塞。
大者如掌小如绵，散者如筛叠如襞。高岭低田村市桥，坐看神皋化砂碛。
可怜茅屋炊烟冷，似听呜呜泪暗滴。寒威觉有刀剑光，讵是饥驱人作贼？
胡不父子买狐裘，胡不妻儿拥炉侧？果腹胡不宰猪羊，醉酒酣歌长夜席！
不闻客自京华来，艳说王侯金山积。香车宝马最纵横，巷衢宁似当年窄。
不见圣武整军容，处处貔貅起第宅。养士恩深过盛时，万间广厦供炮炙。
尽榷尔织征尔耕，恭顺输将能竭力。胡为残年当雪威，不食不衣不自惜。
树里老鸦冻懒鸣，独我悲吟对寒寂。起扫烦恼弄六花，发子奇怀莫强默。

方守彝著《网旧闻斋调刁集》卷第七，徐成志点校《晚清桐城三家诗》，黄山书社，2012
年，160页。原题"十二月初十日大雪登观澜楼看作，此简赵纶士"。

有感

开卷复开卷，往复百回读。变起商声哀，直欲放歌哭。现身大圜中，
正如处深屋。门庭初整齐，和气酿家福。敦说古礼乐，宾敬乡老宿。
家法流美型，风雅追正鹄。旁观羡叹深，交际情文笃。过目成欢笑，
椒蕃桂郁馥。岁月曾几何，贤秀见凋剥。陵替矩矱思，薰染缁尘服。
丝管新声张，诗书高阁束。凉风吹旧雨，邪进正裹足。房闼界华夷，
诟谇容羹粥。鬼瞷盗起心，群偷在奴仆。荒鸡粪堂前，饥鼠号仓曲。
门网尘色深，庭荫望中秃。一朝鸠鹊换，路人笑以目。零落有白头，
守身行不辱。恨多无言语，流离吊影独。亲见盛与衰，老眼泪悬瀑。
生死两不成，凄风吹巾幅。出门望八荒，玄黄转一轴。悲哉真不幸，
遭今动回瞩。人物百年余，忠贞三世续。考献征斯文，今古一昏旭。
晓晴午风雨，棉著扇已握。不测不测间，涨进不复缩。今人哀古人，
古较今犹縠。祇恐后人哀，比今哀更毒。忧端决大河，秋风怀汉筑。

方守彝著《网旧闻斋调刁集》卷第十，徐成志点校《晚清桐城三家诗》，黄山书社，2012
年，233页。原题"读冯蒿叟先生题汤贞愍诗龛卷子，深有感于'生亦非生，死亦非死'
之言为近喻以况远悲，亦伤世祸而切幽痛，聊作短歌"。

喜雨

一雨欢声竟若雷，翘翘万目意良哀。隔江蝗欲遮天起，荒野虎将哭妇来。
连日西风鸣箭弩，阴云南亩灌琼瑰。老农感激皇天厚，或免卖儿应吏催。

作者自注：前月见一农夫携五岁儿沿衢巷呼卖。

方守彝著《网旧闻斋调习集》卷第十二，徐成志点校《晚清桐城三家诗》，黄山书社，2012年，271页。

樊增祥

樊增祥（1846~1931）原名樊嘉、又名樊增，字嘉父，别字樊山，号云门，晚号天琴老人，湖北恩施人。光绪进士，历任渭南知县、陕西布政使、护理两江总督。辛亥革命爆发，避居沪上。袁世凯执政时，官参政院参政。著有《樊山全集》。

八月六日过灞桥口占

残柳黄于陌上尘，秋来长是翠痕顰。一弯月更黄于柳，愁煞桥南系马人。

樊增祥著，涂晓马、陈宇俊校点《樊樊山诗集》，上海古籍出版社，2004年，180页。

彩云曲并序

傅彩云者，苏州名妓也。年十三依姊居沪上，艳名噪一时。某学士衔恤归，一见悦之，以重金置为箧室，待年于外。祥琴始调，金屋斯启，携至都下，宠以专房。会学士持节使英，万里鲸天，鸳鸯并载。既至英，六珈象服，俨然敌体。英故女主年垂八十，雄长欧洲，尊无与并。彩出入椒庭，独与抗礼。曾偕英皇并坐照相，时论荣之。学士代归，从居京邸。与小奴阿福奸，生一女，学士逐福，留彩，寝与疎隔。俄而文园消渴，竟夭天年。彩故与他仆私，至是遂为夫妇。居无何，私蓄略尽，所欢亦粗，仍返沪为卖笑计，改名赛金花。苏人公檄逐之，转至津门，虽年逾三十，而艳名不减畴昔。己亥长夏，与客谈此事，因记以诗。先是学士未第时，为人司书记，居烟台，与妓爱珠有啮臂盟。比再至，已魁天下，遽与珠绝。珠冤痛累月，竟不知所终。今学士已矣，若敖鬼馁，燕子楼空，唱金缕者，出节度之家，过市门者，指状元之第，得非霍小玉冥报李十郎乎？余此曲，亦如元相所云，甚愿知之者不为，而为之者不惑耳。

姑苏男子多美人，姑苏女子如琼英。水上桃花知性格，湖中秋藕比聪明。
自从西子湖船住，女贞尽化垂杨树。可怜宰相尚吴棉，何论红红兼素素。
山塘女伴访春申，名字偷来五色云。楼上玉人吹玉管，渡头桃叶倚桃根。
约略鸦鬟十三四，未遣金刀破瓜字。歌舞常先菊部头，钗梳早入妆楼记。
北门学士素衣人，蹀踏球场访玉真。直为丽华轻故剑，况兼张小是乡亲。
海棠聘后寒梅喜，侍中居外明诗礼。两见泷冈墓草青，鸳鸯弦上春风起。
画鹢东乘海上潮，凤凰城里并吹箫。安排银鹿娱迟暮，打叠金貂护早朝。
深宫欲得皇华使，才地容斋最清异。梦入天骄帐殿游，阏氏含笑听和议。
博望仙槎万里通，霓旌难得彩鸾同。词赋环球知绣虎，钗钿横海照惊鸿。
女君维亚乔松寿，夫人城阙花如绣。河上蛟龙尽外孙，房中鹦鹉称天后。
使节西持娄奉章，锦车冯嫽亦倾城。冕旒七毳瞻繁露，槃敦双龙赠宝星。
双成雅得君王意，出入椒庭整环佩。妃主青禽时往来，初三下九同游戏。
妆束潜随夷俗更，语言总爱吴娃媚。侍食偏能餍海鲜，投书亦解翻英字。
凤纸宣来镜殿寒，玻璃取影御床宽。谁知坤媪山河貌，只与杨枝一例看。
三年海外双飞俊，还朝未几相如病。香息常教韩寿闻，花枝每与秦宫并。
春光漏泄柳条轻，郎主空嗔梁玉清。只许丈夫驱便了，不教琴客别宜城。
从此罗帐怨离索，云蓝小袖知谁托？红闺何日放金鸡，玉貌一春锁铜雀。
云雨巫山枉见猜，楚襄无意近阳台。拥衾总怨金龟婿，连臂犹歌赤凤来。
玉棺昼下新宫启，转尘玉郎长已矣。春风肯坠绿珠楼，香径还思苎萝水。
一点奴星照玉台，樵青婉娈渔僮美。穗帷犹挂郁金堂，飞去玳梁双燕子。
那知薄命不犹人，御叔子南后先死。蓬巷难栽北里花，明珠忍换长安米。
身是轻云再出山，琼枝又落平康里。绮罗丛里脱青衣，翡翠巢边梦朱邸。
章台依旧柳毵毵，琴操禅心未许参。杏子衫痕学宫样，枇杷门榜换冰衔。
吁嗟乎，情天从古多缘业，旧事烟台那可说。微时菅蒯得恩怜，贵后萱芳都弃掷。怨曲争传紫玉钗，春游未遇黄衫客。君既负人人负君，散灰扃户知何益。歌曲休歌金缕衣，买花休买马塍枝。彩云易散玻璃脆，此是香山悟道诗。

樊增祥著，涂晓马、陈宇俊校点《樊樊山诗集》，上海古籍出版社，2004年，817页。

庚子五月都门纪事八首（选三）

阿奴下策火初然，岛客乘墉守益坚。白帝向来欺赤帝，苍天未死立黄天。
梯冲飞舞窥楼上，矢石荒唐满御前。十国衣冠同一炬，可无颇牧卫幽燕。

擎拳竖脚尽神兵，炮火弓刀日夜惊。欲去徘徊端正树，忧来吟讽董逃行。
大言夔伯轻君子，往谶巴颜促五庚。吾爱大夫名五羖，殷廖一曲向秦京。

都市萧条俨被兵，繁华非复旧神京。不虞建业金瓯缺，更比澶渊瓦注轻。
鼍禁月明闻鬼哭，凤城白日断人行。宫奴不念家山破，犹道如今是太平。

樊增祥著，涂晓马、陈宇俊校点《樊樊山诗集》，上海古籍出版社，2004年，882页。

入雁门

雁门山色入云斜，危磴盘纡一驻车。蹑足百重皆鸟道，回头千里尽龙沙。
虬松尚是前朝树，莺粟新看内地花。满目河山似唐季，赤心何处得朱耶。

樊增祥著，涂晓马、陈宇俊校点《樊樊山诗集》，上海古籍出版社，2004年，884页。

效唐人西宫怨

月转宫帘蘸玉波，桐飘金井夜如何。玉阶秋怨年年有，不似今年白露多。

樊增祥著，涂晓马、陈宇俊校点《樊樊山诗集》，上海古籍出版社，2004年，892页。

闻都门消息（五首）

上林秋雁忽西翔，凝碧池头孰举觞？市有醉人称异瑞，巢无完卵亦奇殃。
犬衔朱邸焚余骨，乌啄黄骢战后疮。满目蓬蒿人迹少，向来多是管弦场。

京师赫赫陷鲸牙，十国纵横万户嗟。旧宅不归王谢燕，新亭分守楚梁瓜。
蛾眉身世唯青冢，貂珥门庭但落花。龙武诸军谁宿卫，孤儿一一委虫沙。

百年乔木委秋风，三月铜街火尚红。崇恺珊瑚兵子手，宋元书画冷摊中。
金华学士羁僧寺，玉雪儿郎杂酒佣。闻得圆明双鹤语，庚申庚子再相逢。

岛人列檄罪诸王，玉牒瑶潢绝可伤。待取血眥觥福鹿，谁将眼箸谜贪狼。
伯霜仲雪俱危苦，宋劭殷辛僭比方。公法每宽亲贵议，可须函首越重洋。

繁华非复凤城春，玉辂于今隔陇秦。金雀觚棱虚御仗，铜驼荆棘泣孤臣。
朱门白屋多新鬼，卜肆僧寮几故人。莫问北池旧烟月，雨霖铃夜一沾巾。

樊增祥著，涂晓马、陈宇俊校点《樊樊山诗集》，上海古籍出版社，2004年，911页。

二十四日日本攻旅顺毁俄舰三

惊起骊龙卧榻眠，排云战舰出仁川。毡裘久傲弦歌地，炮火横飞雨雪天。
铁鹿沈沙船带甲，金蛇绕屋药无烟。山东豪杰今何在？野哭千家过小年。

樊增祥著，涂晓马、陈宇俊校点《樊樊山诗集》，上海古籍出版社，2004年，1193页。

中立

眈眈两虎薄庭除，画我辽阳作阵图。争鹿未知谁得者，斗龙何取我观乎。
鼎形早失三分二，博局曾微一注孤。三十五条中立例，春王正月出皇都。

樊增祥著，涂晓马、陈宇俊校点《樊樊山诗集》，上海古籍出版社，2004年，1198页。

营州（二首）

营州消息近何如？旧国遗黎少奠居。燕垒似闻骑劫将，聊城谁致鲁连书。
鲸鲵各欲封京观，蚌鹬何曾畏老渔。举世清明争上冢，四陵松柏日凋疏。

营州消息近如何？黑水西来卷怒波。前敌已回平壤道，后军犹阻大凌河。
民间转粟牛车尽，战后添兵马贼多。辛苦沈阳诸父老，五年一再被干戈。

樊增祥著，涂晓马、陈宇俊校点《樊樊山诗集》，上海古籍出版社，2004年，1199页。

黄遵宪

黄遵宪（1848~1905）字公度，别号人境庐主人，广东嘉应（今梅州）人。光绪二年（1876）举人，历驻日参赞、旧金山总领事、驻英参赞、新加坡总领事，戊戌变法期间署湖南按察使。为诗主张以新事物熔铸入诗，提倡"诗界革命"。著有《人境庐诗草》《日本国志》《日本杂事诗》等。

杂感五首（选一）

大块凿混沌，浑浑旋大圜。隶首不能算，知有几万年。羲轩造书契，
今始岁五千。以我视后人，若居三代先。俗儒好尊古，日日故纸研。
六经字所无，不敢入诗篇。古人弃糟粕，见之口流涎。沿习甘剽盗，
妄造丛罪愆。黄土同抟人，今古何愚贤？即今忽已古，断自何代前？
明窗敞流离，高炉爇香烟。左陈端溪砚，右列薛涛笺。我手写我口，
古岂能拘牵。即今流俗语，我若登简篇。五千年后人，惊为古斓斑。

黄遵宪著，钱仲联笺注《人境庐诗草笺注》，古典文学出版社，1957年，15页。

流求歌

白头老臣倚墙哭，颓鬓斜簪衣惨绿。自嗟流荡作波臣，细诉兴亡溯天蹙。
天孙传世到舜天，海上蜿蜒一脉延。弹丸虽号蕞尔国，问鼎犹传七百年。
大明天子云端里，自天草诏飞黄纸。印绶遥从赤土颁，衣冠幸不珠崖弃。
使星如月照九州，王号中山国小球。英簜双持龙虎节，绣衣直指凤麟洲。
从此苞茅勤入贡，艳说扶桑茧如瓮。酋豪入学还请经，天王赐袭仍归赗。
尔时国势正称强，日本犹封异姓王。只戴上枝归一日，更无尺诏问东皇。
黑面小猴投袂起，谓是区区应余畀。数典横征贡百牢，兼弱忽然加一矢。
鲸鲵横肆气吞舟，早见降幡出石头。大夫拔舍君含璧，昨日蛮王今楚囚。
畏首畏尾身有几，笼鸟唯求宽一死。但乞头颅万里归，安将口血群臣誓。
归来割地献商于，索米仍输岁岁租。归化虽编归汉里，畏威终奉吓蛮书。
一国从兹臣二主，两姑未觉难为妇。称臣称侄日为兄，依汉依天使如父。
一旦维新时事异，二百余藩齐改制。覆巢岂有完卵心，顾器略存投鼠忌。
公堂才锡藩臣宴，锋车竟走降王传。刚闻守约比交邻，忽尔废藩夷九县。

吁嗟君长槛车去，举族北辕谁控诉。鬼界明知不若人，虎性而今化为鼠。
御沟一带水溶溶，流出花枝胡蝶红。尚有丹书珠殿挂，空将金印紫泥封。
迎恩亭下蕉阴覆，相逢野老吞声哭。旌麾莫睹汉官仪，簪缨未改秦衣服。
东川西川吊杜鹃，稠父宋父泣鹡鸰。兴灭曾无翼九宗，赐姓空存殷七族。
几人脱险作遣逃？几次流离呼伯叔？北辰太远天不闻，东海虽枯国难复。
毡裘大长来调处，空言无施竟何补。只有琉球恤难民，年年上疏劳疆臣。

黄遵宪著，钱仲联笺注《人境庐诗草笺注》，古典文学出版社，1957 年，115 页。

登巴黎铁塔

塔高法国三百迈突，当中国千尺。人力所造，五部洲最高处也。

拔地崛然起，峻峥矗百丈。自非假羽翼，孰能蹑履上？高标悬金针，
四维挂铁网。下竖五丈旗，可容千人帐。石础森开张，露阙屹相向。
游人企足看，已惊眼界创。悬车倏上腾，乍闻辘轳乡。人已不翼飞，
迥出空虚上。并世无二尊，独立绝依傍。即居最下层，高已莫能抗。
苍苍覆大圜，森芒列万象。呼吸通帝座，疑可通胖䰷。自天下至地，
俯察不复仰。但恨目力穷，更无外物障。离离画方罫，万顷开沃壤。
微茫一线遥，千里走河广。宫阙与城垒，一气作苍莽。不辨牛马人，
沙虫纷扰攘。我从下界来，小大顿变相。未知天眼窥，么麽作何状？
北风冰海来，秋气何飒爽。海西数点烟，英伦郁相望。缅昔百年役，
裂地争霸王。驱民入锋镝，倾国竭府帑。其后拿破仑，盖世气无两。
胜尊天单于，败作降王长。欧洲古战场，好胜不相让。即今正六帝，
各负天下壮。等是蛮触争，纷纷校得丧。嗟我稊米身，尫弱不自量。
一览小天下，五洲如在掌。既登绝顶高，更作凌风想。何时御气游，
乘球恣来往。扶摇九万里，一笑吾其傥。

黄遵宪著，钱仲联笺注《人境庐诗草笺注》，古典文学出版社，1957 年，203 页。

哀旅顺

海水一泓烟九点，壮哉此地实天险。炮台屹立如虎阚，红衣大将威望俨。

下有深池列巨舰，晴天雷轰夜电闪。最高峰头纵远览，龙旗百丈迎风飐。
长城万里此为堑，鲸鹏相摩图一啖。昂头侧睨视眈眈，伸手欲攫终不敢。
谓海可填山易撼，万鬼聚谋无此胆。一朝瓦解成劫灰，闻道敌军蹑背来。

黄遵宪著，钱仲联笺注《人境庐诗草笺注》，古典文学出版社，1957年，233页。

哭威海

台南北，若唇齿。口东西，若首尾。刘公岛，中间峙。嗟铁围，薄福龙。
龙偃屈，盘之中。海与陆，不相容。敌未来，路已穷。敌之来，又夹攻。
敌大来，先拊背；荣城摧，齐师溃。南门开，犬不吠。金作台，须臾废。
万钧炮，弃则那。炮击船，我奈何？船资敌，力犹可。炮资敌，我杀我！
危乎危，北山嘴。距南台，不尺咫。十里墙，薄如纸。李公睡，戴公死。
寇深矣，事急矣。麾海军，急上台。雷轰轰，化为灰。山号跳，海惊猜。
击者谁？我实来。南复北，台乌有。船子子，东西口。天大雪，雷忽发。
船藏裂，龙见血。鬼夜哭，船又覆。地日蹙，龙局缩。坏者撞，伤者斗；
破者沉，逃者走。噫吁嚱，海陆军。人力合，我力分。如蠖屈，不得申；
如斗鸡，不能群。毛中虫，自戕身。丝不治，丝愈棼。火不戢，火自焚。
遁无地，谋无人。天盖高，天不闻。四援绝，莫能救。即能救，谁死守？
炮未毁，人之咎。船幸存，付谁某？十重甲，颜何厚？海漫漫，风浩浩。
龙之旗，望杳杳。大小李，愁绝倒。岿然存，刘公岛。

黄遵宪著，钱仲联笺注《人境庐诗草笺注》，古典文学出版社，1957年，234页。

马关纪事（五首）

既遣和戎使，翻贻骄倨书。改书追玉玺，绝使复轺车。唇齿相关谊，
干戈百战余。所期捐细故，盟好复如初。

卅载安危系，中兴郭子仪。屈迎回鹘马，羞引汉龙旗。正劳司宾馆，
翻惊力士椎。存亡家国泪，凄绝病床时。

括地难偿债，台高到极天。行筹无万数，纳币一千年。恃众忘蜂虿，
惊人看雀鹯。伤心偿博进，十掷辄成枭。

竟卖卢龙塞，非徒弃一州。赵方谋六县，楚已会诸侯。地引相牙犬，邻还已夺牛。瓜分倘乘敝，更益后来忧。

蕞尔句骊国，群知国必亡。本图防北狄，迁怒及西皇。患转深蝉雀，威终让虎狼。弟兄同御侮，莫更祸萧墙。

黄遵宪著，钱仲联笺注《人境庐诗草笺注》，古典文学出版社，1957年，241页。

台湾行

城头逢逢雷大鼓，苍天苍天泪如雨。倭人竟割台湾去，当初版图入天府。天威远及日出处，我高我曾我祖父。艾杀蓬蒿来此土，糖霜茗雪千亿树。岁课金钱无万数，天胡弃我天何怒。取我脂膏供仇虏，眈眈无厌彼硕鼠。民则何辜罹此苦？亡秦者谁三户楚。何况闽粤百万户，成败利钝非所睹。人人效死誓死拒，万众一心谁敢侮。一声拔剑起击柱，今日之事无他语。有不从者手刃汝，堂堂蓝旗立黄虎。倾城拥观空巷舞，黄金斗大印系组。直将总统呼巡抚，今日之政民为主。台南台北固吾圉，不许雷池越一步。海城五月风怒号，飞来金翅三百艘。追逐巨舰来如潮，前者上岸雄虎彪，后者夺关飞猿猱。村田之铳备前刀，当辄披靡血杵漂。神焦鬼烂城门烧，谁与战守谁能逃？一轮红日当空高，千家白旗随风飘。缙绅耆老相招邀，夹跪道旁俯折腰。红缨竹冠盘锦绦，青丝辫发垂云髾。跪捧银盘茶与糕，绿沈之瓜紫蒲桃。将军远来无乃劳，降民敬为将军犒。将军曰来呼汝曹，汝我黄种原同胞。延平郡王人中豪，实辟此土来分茅。今日还我天所教，国家仁圣如唐尧。抚汝育汝殊黎苗，安汝家室毋哓哓。将军徐行尘不嚣，万马入城风萧萧。呜呼将军非天骄，王师威德无不包。我辈生死将军操，敢不归依明圣朝！噫嚱吁！悲乎哉，汝全台。昨何忠勇今何怯。万事反复随转睫。平时战守无豫备，曰忠曰义何所恃？

黄遵宪著，钱仲联笺注《人境庐诗草笺注》，古典文学出版社，1957年，245页。

度辽将军歌

闻鸡夜半投袂起，檄告东人我来矣。此行领取万户侯，岂谓区区不余畀。将军慷慨来度辽，挥鞭跃马夸人豪。平时蒐集得汉印，今作将印悬在腰。

将军乡者曾乘传，高下句骊踪迹遍。铜柱铭功白马盟，邻国传闻犹胆颤。
自从珥节驻鸡林，所部精兵皆百炼。人言骨相应封侯，恨不遇时逢一战。
雄关巍峨高插天，雪花如掌春风颠。岁朝大会召诸将，铜炉银烛围红毡。
酒酣举白再行酒，拔刀亲割生麤肩。自言平生习枪法，炼目炼臂十五年。
目光紫电闪不动，袒臂示客如铁坚。淮河将帅巾帼耳，萧娘吕姥殊可怜。
看余上马快杀贼，左盘右辟谁当前？鸭绿之江碧蹄馆，坐令万里销烽烟。
坐中黄曾大手笔，为我勒碑铭燕然。么麼鼠子乃敢尔，是何鸡狗何虫豸？
会逢天幸遽贪功，它它籍籍来赴死。能降免死跪此牌，敢抗颜行聊一试。
待彼三战三北余，试我七纵七擒计。两军相接战甫交，纷纷鸟散空营逃。
弃冠脱剑无人惜，只幸腰间印未失。将军终是察吏才，湘中一官复归来。
八千子弟半摧折，白衣迎拜悲风哀。幕僚步卒皆云散，将军归来犹善饭。
平章古玉图鼎钟，搜箧价犹值千万。闻道铜山东向倾，愿以区区当芹献。
藉充岁币少补偿，毁家报国臣所愿。燕云北望忧愤多，时出汉印三摩挲。
忽忆辽东浪死歌，印兮印兮奈尔何！

黄遵宪著，钱仲联笺注《人境庐诗草笺注》，古典文学出版社，1957年，248页。

赠梁任父同年（选一）

寸寸河山寸寸金，瓜离分裂力谁任？杜鹃再拜忧天泪，精卫无穷填海心。

黄遵宪著，钱仲联笺注《人境庐诗草笺注》，古典文学出版社，1957年，256页。

书愤（五首）

一自珠崖弃，纷纷各效尤。瓜分唯客听，薪尽向予求。秦楚纵横日，
幽燕十六州。未闻南北海，处处扼咽喉。

岂欲亲豺虎，联交约近攻。如何盟白马，无故卖卢龙？一着棋全败，
连环结不穷。四邻墙有耳，言早泄诸戎。

扰扰无穷事，吁嗟景教行。乍闻祆庙火，已见德车旌。过重牵牛罚，
横光啮犬争。挟强图一逞，莫问出师名。

古有羁縻地，今称隃领州。竟闻秦失鹿，转使鲁无鸠。地动山移恐，天悬日坠忧。君看黑奴国，到此属何洲？

弱肉供强食，人人虎口危。无边画瓯脱，有地尽华离。争问三分鼎，横张十字旗。波兰与天竺，后患更谁知？

黄遵宪著，钱仲联笺注《人境庐诗草笺注》，古典文学出版社，1957年，273页。

感事（选二）

父子相从泣狱扉，老翁七十荷征衣。一家草索看生缚，三寸桐棺待死归。凿空虚槎疑汉使，涉江奇服怨湘妃。可怜时俊才无几，瓜蔓抄来摘更稀。

太白星芒月色寒，五云缥缈望长安。忍言赤县神州祸，更觉黄人捧日难。压己真忧天梦梦，穷途并哭海漫漫。是非新旧纷无定，君看寒蝉噪众官。

黄遵宪著，钱仲联笺注《人境庐诗草笺注》，古典文学出版社，1957年，277页。

雁

汝亦惊弦者，来归过我庐。可能沧海外，代寄故人书。四面犹张网，孤飞未定居。匆匆还不暇，他莫问何如。

黄遵宪著，钱仲联笺注《人境庐诗草笺注》，古典文学出版社，1957年，285页。

己亥杂诗（选三）

日光野马息相吹，夜气沉沉万籁微。真到无闻无见地，众虫仍着鼻端飞。

海国能医山国贫，万夫荷舌转金轮。最怜一二虬髯客，手举扶余赠别人。

滔滔海水日趋东，万法从新要大同。后二十年言定验，手书心史井函中。

黄遵宪著，钱仲联笺注《人境庐诗草笺注》，古典文学出版社，1957年，286页。

病中纪梦述寄梁任父（选二）

阴风飒然来，君提君头颅。自言逆旅中，倏遇狙击狙。闪电刃一挥，
忽如绛市苏。道逢两神人，排云上天衢。此挹寒民袖，彼褰烈士襦。
邂逅哭复歌，互讯今何如。君言今少年，大骂余非夫。当服九世仇，
折箠笞东胡。逐逐挥日戈，弯弯射天弧。孰能张网罗，尽杀革命徒？
汝辈主立宪，宁非愚欲迂。我方欹枕听，鸣鸡乱惊呼。残日挂危檐，
犹照君眉须。遥知白日光，明明耀子躯。子魂渡海来，道有风波无？
蛟螭日攫人，子行犹坦途。悬金购君头，彼又安蔽辜。在在神护持，
天固弗忍诛。君头倚我壁，满壁红模糊。起起拭眼看，噫吁瓜分图。

子今归自美，云梦俄罗斯。愤作颠倒想，故非痴人痴。中原今逐鹿，
此角复彼犄。此鹿竟谁得？梦境犹迷离。辽东百万家，战黄血淋漓。
不特薄福龙，重重围铁围。哀彼金翅鸟，毛羽咸离披。方图食小龙，
展翼漫天池。鼓衰气三竭，遍体成疮痍。吁嗟自专主，天鉴明在兹。
人人自为战，人人公忘私。人人心头血，濡染红日旗。我今托中立，
竟忘当局危。散作枪炮声，能无惊睡狮？睡狮果惊起，牙爪将何为！
将下布宪诏，太阿知在谁？我惭嘉富洱，子慕玛志尼。与子平生愿，
终难偿所期。何时睡君榻，同话梦境迷？即今不识路，梦亦徒相思。

黄遵宪著，钱仲联笺注《人境庐诗草笺注》，古典文学出版社，1957年，384页。

陈宝琛

陈宝琛（1848~1935）字伯潜，号弢庵、陶庵、听水老人。福建闽县（今福州）人。
同治七年（1868）进士及第，授翰林院庶吉士。历编修、翰林院侍讲、日讲起居注官、
内阁学士兼礼部侍郎。光绪十年（1884）因言获罪连降九级，赋闲家中。宣统元年
（1909），复调京充礼学馆总裁，后为溥仪之师。著有《沧趣楼诗集》《听水斋词》等。

七月廿五夜山中怀黄齐

东坡饮啖想平安，塞上秋风又戒寒。此别岂徒吾辈事，即归能复曩时欢。

数声去雁霜将降，一片荒鸡月易残。独自听钟兼听水，山楼醒眼夜漫漫。

陈宝琛著，刘永翔、许全胜校点《沧趣楼诗文集》，上海古籍出版社，2006年，2页。

感春四首

一春谁道是芳时，未及飞红已暗悲。雨甚犹思吹笛验，风来始悔树藩迟。
蜂衙撩乱声无准，鸟使逡巡事可知。输却玉尘三万斛，天公不语对枯棋。

阿母欢娱众女狂，十年养就满庭芳。那知绿怨红啼景，便在莺歌燕舞场。
处处风楼劳剪彩，声声羯鼓促传觞。可怜买尽西园醉，赢得嘉辰一断肠。

倚天照海倏成空，脆薄原知不耐风。忍见化萍随柳絮，倘因集蓼惩桃虫。
到头蝶梦谁真觉，刺耳鹃声恐未终。苦学挈皋事浇灌，绿阴涕尺种花翁。

北胜南强较去留，泪波直注海东头。槐柯梦短殊多事，花槛春移不自由。
从此路迷渔父棹，可无人坠石家楼？故林好在烦珍护，莫再飘摇断送休。

陈宝琛著，刘永翔、许全胜校点《沧趣楼诗文集》，上海古籍出版社，2006年，29页。

感别小帆世丈移藩湖南

人生聚散安可量，五年君再官吾乡。别后相思莫复道，灯前感旧真断肠。
我乘轺出遂归卧，君亦剖竹浮沅湘。积年党籍坐不调，转徙岭表鸣循良。
豸衣入闽髭满颊，相视此别周星强。是时节府气沉瀣，喁喁滨海希天浆。
君独胡为慕止足，潞河厂市闲相羊。征书强起牧旧治，无乃造物巧报偿。
艰虞欲引义未可，龙性肯与时低昂。公余墨墨就我语，玉堂天上谁能忘。
当年忧天亦自哂，宁料及世沧尘扬。山中麻鞋阙奔问，读诏西向涕泗滂。
伏蒲碧血半亲故，招魂那更哀国殇！长安如棋近廿载，陆沈谁实尸其殃！
亲贤再起天不慭，剧哉国珍人之亡！君今移官何所骋，不管耆孺怀甘棠。
哀鸿在野鼠在社，念此岂独离情长。吾衰倘免蹈海死，还望三至绥南疆。

陈宝琛著，刘永翔、许全胜校点《沧趣楼诗文集》，上海古籍出版社，2006年，37页。

珍午和诗感及昔游因叠前韵奉答

液池缭碧回团城，红云亿千承露茎。金鳌车过辄流憩，忍向沧海寻鸥盟。
比闻宸游肃禁卫，花光仗影波纵横。梦中犹疑香满载，绝驰道度还自惊。
谁知沧桑在俄顷，急雨打叶声皆兵。妖狐据殿鸟鸣社，咄此一劫灰方瀛！
红梨汗竹并焦土，巢痕廿载悲西清。对君伤时复感旧，蒿目何限魴鱼赪。
风涛池馆且凄厉，矧揽京华霜前英。苇湾往日足可惜，酒人散尽朱华倾。
再来葭蔚恐弥望，老矣宁复舟招情。君行持橐直清籥，六飞河洛占归程。
秋房心苦听候雁，莫误变徵为新声。

陈宝琛著，刘永翔、许全胜校点《沧趣楼诗文集》，上海古籍出版社，2006年，41页。

颖生自浙寄示烟台小泊二律即次其韵

生丁天宝费呻吟，一泪新亭况陆沈。兵甲侧身三载过，烟涛举目四愁侵。
倚楹漆室徒为尔，谋鼎晖台岂自今。十丈软红还恋否，湖山大好且登临。

虚盼龙宫有禁方，吾行何处不迷阳。一场春梦供诗料，六月凉风老睡乡。
积劫终知天倚杵，及身忍见海生桑。射鱼鞭石休追想，古道当时已杳茫。

陈宝琛著，刘永翔、许全胜校点《沧趣楼诗文集》，上海古籍出版社，2006年，55页。

沧趣楼杂诗九首（选一）

建瓴千里走滩声，汇到双流濑顿平。入峡海潮还出峡，和沙淘尽可怜生。

陈宝琛著，刘永翔、许全胜校点《沧趣楼诗文集》，上海古籍出版社，2006年，63页。

漳州道中

卅年爇地未全苏，食货河渠费究图。多事鸡虫殊可已，忍心鹳雀为谁驱。

岩疆百粤通重险，陆海全闽占上腴。斜日据鞍犹骋望，万松关外立斯须。

陈宝琛著，刘永翔、许全胜校点《沧趣楼诗文集》，上海古籍出版社，2006年，79页。

吉隆车中口号

荒榛野箐满空山，瓯脱宁知不放闲。三十年前谁过此，琼州莫再作台湾。

陈宝琛著，刘永翔、许全胜校点《沧趣楼诗文集》，上海古籍出版社，2006年，87页。

缅侨叹

开眼见杲日，出门愁飞埃。冬晴气爽况春早，夏潦秋涨将何哉！前者不归
后且来，娶妇生子死便埋。嗟而岂若贪殉财。无田可耕乃至此，时节先垄
宁忘怀。积赀难赍乡里望，有吏如虎胥如豺。中伤不售恣剽劫，要赎殃及
坟中骸。令君见惯厌雀鼠，循例批答谁亲裁。部文宪檄只益怒，上吁无雨
空闻雷。一廛异域岂得已，邦族欲复心滋灰。流人幸蒙圣主念，倘置一吏
贤且才。护商万国有通则，行见同轨滇边开。

陈宝琛著、刘永翔、许全胜校点《沧趣楼诗文集》，上海古籍出版社，2006年，90页。

大悲寺秋海棠

当年亦自惜秋光，今日来看信断肠。涧谷一生稀见日，作花偏又值将霜。

陈宝琛著、刘永翔、许全胜校点《沧趣楼诗文集》，上海古籍出版社，2006年，127页。

次韵逊敏斋主人落花四首（选二）

生灭元知色是空，可堪倾国付东风。唤醒绮梦憎啼鸟，胃入情丝奈网虫。
雨里罗衾寒不耐，春阑金缕曲初终。返生香岂人间有，除奏通明问碧翁。

流水前溪去不留，余香驶荡碧池头。燕衔鱼唼能相厚，泥污苔遮各有由。
委蜕大难求净土，伤心最是近高楼。庇根枝叶从来重，长夏阴成且小休。

陈宝琛著、刘永翔、许全胜校点《沧趣楼诗文集》，上海古籍出版社，2006年，180页。

赋寄庐山

平生相许后凋松，投老匡山第几峰？见早至今思曲突，梦清特地省闻钟。
真源忠孝吾犹敬，余事诗文世所宗。五十年来彭蠡月，可能重照两龙钟？

陈宝琛著、刘永翔、许全胜校点《沧趣楼诗文集》，上海古籍出版社，2006年，243页。
原题"散原少予五岁，今年八十矣，记其生日亦九月，赋寄庐山"。

沈曾植

沈曾植（1850~1922）字子培，号巽斋，别号乙盦，晚号寐叟，又自号癯禅、寐翁。浙江嘉兴人。光绪六年（1880）进士，官至安徽布政使。宣统二年（1910）辞官居上海。辛亥革命后以清朝遗老自居，仍用宣统年号纪年。著有《乙盦诗存》《海日楼诗集》《海日楼诗补编》《寐叟乙卯稿》《倦寐联吟集》《海日楼余音集》《曼陀罗寱词》等。

石遗书来却寄

浩劫微生聚散看，空江老眼对辛酸。河山落日沧浪色，兄弟危时冗散官。
肠绕蓟门通梦远，石穷溟海化禽难。

沈曾植著，钱仲联校注《沈曾植集校注》，中华书局，2001年，323页。

湖楼公讌奉呈湘绮

泆荡湖山偶主宾，危楼百尺谢风尘。江流不隔中原望，塔影难回梵劫春。

阅世衣冠都似梦，会心鱼鸟故亲人。南来兰浪诚何事，且伴先生一垫巾。

沈曾植著，钱仲联校注《沈曾植集校注》，中华书局，2001年，334页。

国界桥

水驿西南路乍分，病夫犹自惜余春。修多罗说家常话，冥漠君为化乐身。棹去波光回虎眼，水繁云气淰鱼鳞。桥塓庙令应怜我，长是东西南北人。

沈曾植著，钱仲联校注《沈曾植集校注》，中华书局，2001年，893页。

还家杂诗（选三）

九服蹙靡骋，我怀良郁陶。憧憧野马尘，送我乘轮飙。修轨一超忽，春光满江皋。黄花菜根味，紫花地丁膏。五色蚕豆花，如鸣茧丝劳。农宗生民始，击壤成咸韶。谁与饬五材，禾边倚之刀。遂使糜烂战，不惜乾坤焦。吾里缩吴越，风雨忧漂摇。有粟无金汤，慢藏盗之招。经行揆形要，日暮玄云高。

荒草春茫茫，言寻大夫墓。两海风马牛，魂归自何所。散民怯公战，矫以鹤轩拒。懿公死社稷，玦矢志先谕。伤哉空国走，不见舆尸旅。刲腹作黄肠，呼天心独苦。有臣乃若此，足以知其主。卫国君臣乖，十世余殃注。亡虏幸偷生，有言皆粪土。苌弘血在蜀，精卫翔漳渚。神化妙难量，吾言公傥许。

元季九州沸，吾州独安宁。濮川丛桂枝，雅咏琴清英。景德录僧卷，金兰有友声。顾徐孙卓陈，卜宅皆宾萌。山纪贝家宅，溪环仲孚庭。淮张死不怨，谣谚观人情。地理有变易，径涂入夷庚。战士负羽守，兵家扼吭争。嵬峨细柳营，月波夜凄清。昔者乐郊语，今兹劫棋征。僬乐岂无恋，鹊枝依复惊。愧无孙叔智，甘寝息郢兵。长为越流人，踞顾重行行。

沈曾植著，钱仲联校注《沈曾植集校注》，中华书局，2001年，895页。

乙卯五月重至西湖口号（二首）

来趁西湖五月凉，凭阑尽日醉湖光。圣因寺古佛无语，一杵残钟摇夕阳。

聚散由知有定缘，故人重见各凄然。观河莫话波斯面，已隔风轮五百年。

沈曾植著，钱仲联校注《沈曾植集校注》，中华书局，2001年，907页。

晚望

如此江山夕照明，野夫那不际承平。蜃楼海气剧暮气，鱼筮湖声如雨声。静夜吴船闻打鼓，昔游蜀道记初程。白头负戴难重说，四十三年枯菀情。

沈曾植著，钱仲联校注《沈曾植集校注》，中华书局，2001年，920页。

忆甲午中秋

依然圆满清光在，多事山河大地依。十五年来天不骏，百千劫去泪长挥。当时棘为铜驼叹，后夜潮催白马归。垂发髯鬐凭阑影，只怜朝露未能晞。

沈曾植著，钱仲联校注《沈曾植集校注》，中华书局，2001年，943页。原题"中秋前二夕，月色至佳。忆甲午中秋京邸望月有诗，今不能全忆矣"。

寒柝

寒郊如大漠，乡柝入空冥。衣褐劳人计，山河静夜声。有来心自诉，直下意难平。作作星芒动，诸天努眼睛。

沈曾植著，钱仲联校注《沈曾植集校注》，中华书局，2001年，986页。

和谢石卿红叶诗

秋潮异僧魂，秋树猛士血。器界热煎熬，忏以甘露灭。湖山二客对，乾坤一发绝。心肝邈谁论，不若堕阶叶。

沈曾植著，钱仲联校注《沈曾植集校注》，中华书局，2001 年，1102 页。

八大山人画睡猫

鼠子尔何庆？猫儿睡亦宜。窃毛原是虎，醒梦即成狮。雪自鸿荒白，云哀世界痴。日天当午在，一线怒睛驰。

沈曾植著，钱仲联校注《沈曾植集校注》，中华书局，2001 年，1433 页。

释敬安

释敬安（1851～1912）俗名黄读山，字福余，法名敬安，字寄禅，自号八指头陀，湖南湘潭人。少致力诗文，得王闿运指授。辛亥革命后，当选为中华佛教总会会长，卒于法源寺。殁后杨度为刻《八指头陀诗文集》。

咏白梅

了与人境绝，寒山也自荣。孤烟淡将夕，微月照还明。空际若无影，香中如有情。素心正宜此，聊用慰平生。

释敬安撰，梅季点校《八指头陀诗文集》，岳麓书社，2007 年，168 页。

东禅寺与达公夜话

定中孤月自常明，身外浮云屡变更。欲舍福田纡国计，每谈净理厌诗名。渡杯只恐鱼龙觉，施食还怜鸟雀争。天上人间尽惆怅，与师唯有证无生。

释敬安撰，梅季点校《八指头陀诗文集》，岳麓书社，2007 年，181 页。

书胡志学守戎牛庄战事后五绝句并序

胡君志学，从左文襄，积功至守备，乙未牛庄之役，胡君负营主尸，力杀数贼，中炮折足，遂擒。羁海城六月，和议成，始还。至上海，西人续以木足。戊戌秋，晤余长沙，出木足及身上枪痕以示，为之泣下，感为五绝句。

折足将军勇且豪，牛庄一战阵云高。前军已报元戎死，犹自单刀越贼濠。

海城六月久羁留，谁解南冠客思忧？夜半啾啾闻鬼语，一天霜月晒骷髅。

一纸官书到海滨，国仇未报耻休兵。回看部卒今何在，满目新坟是旧营。

收拾残旗入汉关，阴风吹雪满松山。路逢野老牵衣泣，不见长城匹马还。

弹铗归来旧业空，只留茅屋惹秋风。凄凉莫问军中事，身满枪痕无战功。

释敬安撰，梅季点校《八指头陀诗文集》，岳麓书社，2007年，186页。

林纾

林纾（1852~1924）原名群玉，字琴南，号畏庐，别署冷红生。福建闽侯（今福州市）人。光绪八年（1882）举人，屡试进士不第。曾在北京、福建等地学堂讲授古文。著有《畏庐文集》《畏庐文钞》《畏庐诗存》《闽中新乐府》《春觉斋论文》等。

村先生

讥蒙养失也。

村先生，貌足恭，训蒙大学兼中庸。古人小学进大学，先生躐等追先觉；古人登高必自卑，先生躐等追先知。童子读书尚结舌，便将大义九经说。谁为鱼跃鸢鸟飞，且请先生与析微。不求入门骤入室，先生学圣工程疾。村童读书三四年，乳臭满口谈圣贤。偶然请之书牛券，却寻不出上下论。

读书三年券不成，母咒先生父成怨，我意启蒙首歌括，眼前道理说明豁；
论月须辨无嫦娥，论鬼须辨无阎罗。勿令腐气入头脑，知识先开方有造；
解得人情物理精，从容易入圣贤道。今日国仇似海深，复仇须鼓儿童心。
法念德仇亦歌括，儿童读之涕沾襟。村先生，休足恭，莫言芹藻与辟雍。
强国之基在蒙养，儿童智慧须开爽，方能陵驾欧人上。

林纾著《闽中新乐府》，清光绪二十三年（1897）油印本。

经袁元素墓下作

如皋先生礼阳羡，年年定惠斋中元。今朝稍复仿此例，主人乃即如皋孙。
万历辛亥公生日，三百年所俄朝昏。老鹤通赡得祖研，直从水绘探诗源。
坏堂咫尺说万柳，稽摭前事须眉轩。野云消歇益都袭，彼此攘夺如争墩。
雨余蹑屐趋廓庑，倡条四五低颓垣。积阴联亩矗孤塔，野水数曲环穷村。
回思三月湘中阁，垂垂万缕摇春暄。当时簪绂重遗老，龚陈沈赵恒临存。
先生抑抑念胜国，三十以后潜田园。朱明标季政颠倒，长城先坏熊与袁。
枭獍东莞尤蛆酷，引妖就瞑成艰屯。断坟残碣迓夕照，同龛祀合招忠魂。
礼成联辔犯泥潦，瞑色咸盼城东门。

林纾著《畏庐诗存》卷上，《民国丛书》第四编，上海书店，1992年，第2筒页。原题
"辛亥三月十五日雨中，冒鹤亭集同人于夕照寺，为巢民先生作生日。雨止，出游冯益都
万柳堂，归途经有明督师袁元素墓下作"。

入都至故宅

忆从辛丑来，孔道蟠群狼。百夫竞行李，千钱负一囊。端门集外兵，
曹署空诸郎。所赖京尹贤，为余安琴装。匆匆十一年，戎马复苍皇。
避地岂长策，感时思旧创。稍归挈残书，风物逾荒凉。野水渐成冰，
林叶新耀霜。道少衣冠人，翻疑非帝乡。戚蜀迁徙尽，空宅留斜阳。
吾轩竟月闭，凝尘黯东房。家具掷零星，触目皆怆伤。唯余小黄耳，
恋主神飞扬。投肉与汝别，明日仍殊方。

林纾著《畏庐诗存》卷上，《民国丛书》第四编，上海书店，1992年，第6筒页下。

同饮遇险

酒人闻变杯齐覆，楼下炮声过爆竹。十夫力锁铁阑干，火光已射阑干角。
闭窗灭烛瞷微隙，嚖声如哑奴厮伏。武冠数猛聚楼下，枪刃力与铁扉触。
再攻不克舍我去，月中移影犯邻屋。居人争效猢狲蹲，叛军直作老熊扑。
烛光暗处影塞扉，剑声锵然刃破椟。万声杂动呼开门，掠索旋过舍五六。
斗然枪止不闻声，趣行颇似鬼相逐。人人握刃手巨火，非灯非炬焰深绿。
仅半炊许光绛天，栋摧瓦覆觚棱烛。城中火聚十二屯，前后惊盼疲吾目。
对门一卒挟火入，心知祸至气为促。昊天似悯一楼人，幸非纵火但冥索。
更沉鼓寂月如水，驼卒沿街拾珠玉。得大遗小贼弗校，屑屑转为细民福。
平明楼下见行人，贼亦杂行果其腹。汝曹一夕恣捆载，吾民百室空储蓄。
大帅充耳若弗闻，拥贼作卫谬钤束。利熏心痒那即已，都门行见一路哭。

林纾著《畏庐诗存》卷上，《民国丛书》第四编，上海书店，1992年，第7简页下。原题
"壬子正月十二日入都，同刘资颖及高甥稔饮于小有天三层楼上，某将军所部兵溃纵火攻
剽，火发可十二处，楼高铁栏固，益以铁扉，贼止弗攻，飞弹流空，厥声达晓，余亦几濒
于险"。

自徐州看山至浦口

心上江南日往还，今朝真个破愁颜。通宵诗思偏无月，数里徐州早见山。
颓绿尚饶秋望美，片云如傲旅人闲。群喧静后潮初上，坐听江声过下关。

林纾著《畏庐诗存》卷上，《民国丛书》第四编，上海书店，1992年，第15简页下。

过行宫

湖西寂寞古行宫，柳外宫墙一带红。今日凉棚高百尺，兴亡不涉卖炭翁。

林纾著《畏庐诗存》卷下，《民国丛书》第四编，上海书店，1992年，第19简页上。

车中望颐和园有感

行人不忍过连昌，杰阁依然笋佛香。委命园林拼国帑，甘心骨肉听权珰。
鬼兵动后无完局，藩镇基成始下场。回望瀛台朱阙里，红桥断处水风凉。

林纾著《畏庐诗存》卷下，《民国丛书》第四编，上海书店，1992年，第27简页下。

陈三立

陈三立（1853～1937）字伯严，江西修水人。光绪十二年（1886）进士，官吏部主
事。其父陈宝箴任湖南巡抚，提倡新政，支持维新变法，陈三立随侍。辛亥革命后，
陈三立以遗老自居。为"同光体"中坚，著有《散原精舍诗》及《续集》《别集》。

书感

八骏西游问劫灰，关河中断有余哀。更闻谢敌诛晁错，尽觉求贤始郭隗。
补衮经纶留草昧，干霄芽蘗满蒿莱。飘零旧日巢堂燕，犹盼花时啄蕊回。

陈三立著，李开军校点《散园精舍诗文集》上卷，上海古籍出版社，2003年，1页。

人日

寻常节物已心惊，渐乱春愁不可名。煮茗焚香数人日，断笳哀角满江城。
江湖意绪兼衰病，墙壁公卿问死生。倦触屏风梦乡国，逢迎千里鹧鸪声。

陈三立著，李开军校点《散园精舍诗文集》上卷，上海古籍出版社，2003年，2页。

十六夜水轩看月（二首）

昨夜孤篷微雨寒，窥人今肯近阑干。一池春水明如镜，留与江南儿女看。

掩映霜痕深竹丛，迷茫雾鬓画楼东。更堪玉笛关山上，照尽飘零处处鸿。

陈三立著，李开军校点《散园精舍诗文集》上卷，上海古籍出版社，2003年，6页。

孟乐大令出示纪愤旧句，和答二首

九门白日照铜驼，烽火秦关惨淡过。庙社英灵应未泯，亲贤夹辅定如何？
早知指鹿为灾祸，转见攀龙尽婵娟。恍惚道旁求豆粥，遗黎犹自泣恩波。

八海兵戈仍禹甸，四凶诛殛出虞廷。匹夫匹妇雠谁复？倾国倾城事已经。
蚁穴河山他日泪，龙楼钟鼓在天灵。愚儒那有苞桑计，白发疏灯一梦醒。

陈三立著，李开军校点《散园精舍诗文集》上卷，上海古籍出版社，2003年，9页。

夜舟泊吴城

夜气冥冥白，烟丝窈窈青。孤篷寒上月，微浪稳移星。灯火喧渔港，
沧桑换独醒。犹怀中兴略，听角望湖亭。

陈三立著，李开军校点《散园精舍诗文集》上卷，上海古籍出版社，2003年，15页。

崝庐述哀诗五首（选三）

昏昏取旧途，惘惘穿荒径。扶服崝庐中，气结泪已凝。岁时辟踊地，
空棺了不剩。犹疑梦恍惚，父卧辞视听。儿来撼父床，万唤不一应。
起视读书帷，蛛网灯相映。庭除迹荒芜，颠侧盆与甑。呜呼父何之，
儿罪等枭獍。终天作孤儿，鬼神下为证。

哀哉祭扫时，上吾父母冢。儿拜携酒浆，但有血泪涌。去岁逢寒食，
诸孙到邱垄。父尚健视履，扶携迭抱拥。山花为插头，野径逐汹汹。
墓门骑石狮，幼者尤捷勇。吾父睨之笑，谓若小鸡𩾌。惊飙吹几何，
宿草同翕茸。有儿亦赘耳，来去不旋踵。

忆从葬母辰，父为落一齿。包裹置圹左，预示同穴指。埋石镌短章，
洞豁生死理。孰意饱看山，隔岁长已矣。平生报国心，只以来訾毁。
称量遂一施，堂堂待惇史。维彼夸夺徒，浸淫坏天纪。唐突蛟蛇宫，
陆沈不移晷。朝夕履霜占，九幽益痛此。儿今迫祸变，苟活蒙愧耻。
颠倒明发情，踯躅山川美。百哀咽松声，魂气迷尺咫。

陈三立著，李开军校点《散园精舍诗文集》上卷，上海古籍出版社，2003年，16页。

江行杂感五首（选一）

暮出北郭门，蹴踏万柳影。载此岁晏悲，往溯大江永。涛澜翻星芒，
龙鱼戛然警。峨艑掀天飙，万怪伺俄顷。中宵灯火辉，有涕如縻绠。
胶漆平生心，撼碎那复整。人国所仇耻，曾不一訾省。猥就羁散俦，
啁啾引吭颈。低屋杂瓮盎，日月留耿耿。睨之云水间，吾生固飘梗。

陈三立著，李开军校点《散园精舍诗文集》上卷，上海古籍出版社，2003年，35页。

十一月十四夜发南昌月江舟行四首（选一）

露气如微虫，波势如卧牛。明月如茧素，裹我江上舟。

陈三立著，李开军校点《散园精舍诗文集》上卷，上海古籍出版社，2003年，85页。

短歌寄杨叔玖

海涎千斛鼍龙语，血浴日月迷处所。吁嗟手执观战旗，红十字会乃虿汝。

天帝烧掷坤舆图，黄人白人烹一盉。跃骑腥云但自呼，而忘而国中立乎，归来归来好头颅。

陈三立著，李开军校点《散园精舍诗文集》上卷，上海古籍出版社，2003年，106页。原题"短歌寄杨叔玖，时杨为江西巡抚，令入红十字会观日俄战局"。

哭次申

锦衣玉貌过江人，几颠尘埃剩我亲。万恨都移疽发背，九幽更恐债缠身。羽毛自惜谁能识，圭角难砻稍未纯。此后溪桥候明月，一披萧卷一酸辛。

陈三立著，李开军校点《散园精舍诗文集》下卷，上海古籍出版社，2003年，183页。

枕上

枕上回残味，空文嚼四更。暗灯摇鼠鬣，疏雨合虫声。忧患随缘长，江湖入梦明。豆棚鸡唱外，辗转是余生。

陈三立著，李开军校点《散园精舍诗文集》卷下，上海古籍出版社，2003年，221页。

车栈旁隙地步月三首（选二）

荒陂苔冷月凄凄，负手听歌隔马蹄。我有佳人阻江海，倚楼应照数行啼。

初吐林梢浸水隈，看翻鸡鹊一人来。嫦娥犹弄山河影，未辨层层是劫灰。

陈三立著，李开军校点《散园精舍诗文集·续集》卷上，上海古籍出版社，2003年，325页。

留别散原别墅杂诗十首（选一）

登楼望山川，死气沉沉处。闲愁千万丝，吐挂鹃啼树。云日下照耀，
俄顷幻赤素。茅茨依溪岸，畦蔬得灌注。孰为旧居人，淘米归妇孺。
金风含疮痏，低昂穿雁鹜。江城初易帅，士卒犹狂顾。何术息闾阎，
酣寐复其故。埃氛乍开合，笳角递奔赴。钟山终眠余，矜此白头遇。

陈三立著，李开军校点《散园精舍诗文集·续集》卷下，上海古籍出版社，2003年，
388页。

步郊外山脚

衰鬓迎残照，听虫废垒间。苇根埋碎弹，人气冷秋山。野哭孤云驻，
钟声一杖还。寻僧来往径，谁及半山闲？

陈三立著，李开军校点《散园精舍诗文集·续集》卷下，上海古籍出版社，2003年，
486页。

挽陈石遗翁长男公荆

残年未灭思儿泪，今与而翁共此悲。我只吞声延气息，而翁犹及费文辞。
互为药误天难问，独许才强世所期。料得九冥怜二老，兵戈相望更何之？

陈三立著，李开军校点《散园精舍诗文集·别集》，上海古籍出版社，2003年，631页。

张謇

张謇（1853～1926）字季直，号啬庵，祖籍江苏常熟，生于江苏海门。光绪二十年（1894）状元及第，授六品翰林院修撰。因父病逝归家，后投身实业，创建纱厂、兴办学校。1912年，被任命为实业总长。著有《张季子九录》《张謇日记》《啬翁自订年谱》等，今有《张謇全集》传世。

奉呈常熟尚书四首（选二）

少小盛气志，颇亦羞群狙。家世服农亩，不眩车轮朱。上禀二人训，下规千载图。江河绝东写，日月骎西徂。中间气振荡，万物飞蓬俱。常恐愿力薄，堕此礼义躯。悠悠迫中岁，四顾增踟蹰。踟蹰思古人，遥遥唐与虞。

寸志不可遂，万事皆尘埃。犹是中国民，帝京时一来。昔岁荷推举，冥冥如天开。公今再荐士，隔绝中路霾。由来得丧际，出入材不材。公心照四海，涕泗生枯荄。不遇故细事，缠绵恻中怀。丈夫尚施报，所报安特哉。

张謇著，李明勋、尤世玮主编《张謇全集》，上海辞书出版社，2012年，87页。

过太平桥

旧场庙外太平桥，疏柳丛芦渐向雕。林月蒙蒙天影压，岸风飒飒涨痕消。乘除世变疑千劫，游钓童时亦两朝。感逝吊亡成底事，渔灯蟹火尽无憀。

张謇著，李明勋、尤世玮主编《张謇全集》，上海辞书出版社，2012年，110页。

赠陈伯严吏部三立

西江健者陈公子，流辈论才未或先。人海无端千劫过，京尘相惜十年前。

崎岖吴楚频移舍，唐突燕云正控弦。长叹新亭都寂寞，强开泪眼对山川。

张謇著，李明勋、尤世玮主编《张謇全集》，上海辞书出版社，2012年，115页。

憎乌

刺时相也。

昔汝来巢以为祥，东南西北巢相望。主人鹿鸣歌于乡，遂不汝厌任君翔。
攫雏窃肉朝夕哑哑嚣且狂，主人坆中树成行。鹊鸠鹪鹩百舌燕雀咸抢抢，
与汝上下抢榆枋。就中鸠也尤驯良，卑枝托巢深蔽藏。巡逻时立高枝旁，
何嫌何怨丁汝殃。鼓翅扑树风雨磅，巢不待覆已蹞蹢。卵已隤目犹怒张，
鸠自引避宁敢当。由来弱肉命县强，世上亦无真凤凰。汝族自大连太阳，
鸠上诉帝迷天阊。主人睨侧滋旁徨，便须操弓挟弹诛强梁。鹊鸠鹪鹩百舌
燕雀安知不被飞弹伤？乌可憎，非寻常。

张謇著，李明勋、尤世玮主编《张謇全集》，上海辞书出版社，2012年，118页。

题缩景碧玉十三行

松禅老人（翁同龢）诗云："芙蓉阁上珠光艳，机密房中酒兴长。今日山河已残
破，有人镌刻十三行。"

苏斋旧跋静娱藏，惠敏江南影本良。几许乾坤收缩了，等闲过眼十三行。

张謇著，李明勋、尤世玮主编《张謇全集》，上海辞书出版社，2012年，120页。

一人

一人有一心，一家有一主。东家暴富贵，西家旧门户。东家负债广田
原，西家倾家寿歌舞。一家嗃嗃一嘻嘻，一龙而鱼一鼠虎。空中但见
白日俄，海水掀天作风雨。

张謇著，李明勋、尤世玮主编《张謇全集》，上海辞书出版社，2012年，126页。

屡出

屡出真成惯，孤怀亦自遥。小车犹择路，独木已当桥。鹳影中霄月，蛙声半夜朝。无人能共语，默默斗旋杓。

张謇著，李明勋、尤世玮主编《张謇全集》，上海辞书出版社，2012年，123页。

东游纪行二十六首（选三）

海上神山不渺茫，麻姑亲自见沧桑。船过弱水频前望，五岛林间麦正黄。

朱明隆武纪弘光，绝域求援事可伤。破觥金瓯谁掣汝，更堪乞佛拜东方。

是谁丞续贵和篇？遗恨长留乙未年。第一游人须记取，春帆楼上马关前。

张謇著，李明勋、尤世玮主编《张謇全集》7，上海辞书出版社，2012年，127页。

严复

严复（1854~1921）初名体乾，字几道，晚号瘉壄老人，别号尊疑。福建侯官（今福州）人。光绪初年，赴英国留学。归国后执教于福州船政学堂，后历任复旦公学、安庆高师学堂、京师大学堂校长。译有《天演论》《原富》等。工诗，著有《严几道诗文钞》《瘉壄堂诗》等。

哭林晚翠

相见及长别，都来几昼昏。池荷清逭暑，丛桂远招魂。投分欣倾盖，湛冤痛覆盆。不成扶软弱，直是构恩怨。忆昨皇临极，殷忧国命屯。侧身求辅弼，痛哭为黎元。大业方鸿造，奇才各骏奔。明堂收杞梓，列辟贡玙璠。岂谓资群策，翻成罪莠言。衅诚基近习，祸已及亲尊。恾恍移宫狱，呜呼养士恩。人情方訾訾，天意与偏反。夫子南州彦，当时士论存。一枝翘国秀，三峡倒词源。荐剡能为鹗，雄图欲化鲲。

杨谭同御席，江郑尽华轩。卿月辉东壁，郎星列井垣。英奇相揣柱，契合互攀援。重译风皆耸，中兴势已吞。忽惊啼晚鴂，容易刈芳荪。古有身临穴，今无市举幡。血应漂地轴，精定叫天阍。犹有深闺妇，来从积德门。抚弦哀寡鹄，分镜泣孤鸳。加剑恩牵犬，争权遇偾豚。空闻矜庶狱，不得见传爰。投畀宁无日，群昏自不论。浮休齐得丧，忧患塞乾坤。上帝高难问，中情久弗谖。诗篇同乘杌，异代得根原。莫更秦头责，休将朕舌扪。横流看处处，只合老邱樊。

严复著《瘉壄堂诗》卷上，王栻主编《严复集》，中华书局，1986年，362页。

赠高啸桐三首（选一）

连岁苦旱潦，今年灾害尤。扬子流域间，万众生鱼头。岂伊天运乖，人事诚未修。征税苦日重，逼榨糠中油。异教扬风波，镪币如星稠。边境更崎嵚，权利相寇仇。庙堂富因应，为策恒苦偷。持此败劣者，底用当胜优。民献百千夫，请愿喧九州。皆言救亡计，非是国不瘳。但欲率众戚，筑室还道谋。嗟余与夫子，少日综九流。岂不爱国种，薪解黄屋忧。虞渊回日驭，欲往无轻舟。党人喜窘步，远跖还见邮。闺中日邃远，云琐难少留。徒然作两鸟，同捉一处囚。哀鸣相劳苦，旦夕声咿嚘。想象云门间，涕下不可收。

严复著《瘉壄堂诗》卷上，王栻主编《严复集》，中华书局，1986年，369页。

秋花次吕女士韵

秋花趁暖开红紫，海棠着雨娇难起。负将尤物未吟诗，长笑成都浣花里。绿章乞荫通高旻，剑南先生情最真。金盘华屋荐仙骨，疏篱茶几皆前因。故山丛兰应好在，抽叶悬崖俯寒濑。山阿有人从文狸，云旗昼卷声綷縩。修门日远灵均魂，玉虬飞鸟还相群。高丘无女日将暮，十二巫峰空黛鬈。君不见洞庭枇杷争晚翠，大雷景物饶秋丽。湖树湖烟赴暝愁，望舒窈窕回斜睨。五陵尘土倾城春，知非空谷无佳人。只怜日月不贷岁，转眼高台亦成废。女嬛琴渺楚山青，未必春申尚林际。

严复著《瘉壄堂诗》卷上，王栻主编《严复集》，中华书局，1986年，372页。

送朝鲜通政大夫金沧江泽荣归国（四首）

避地金通政，能诗旧有声。湿灰悲故国，泛梗薄余生。笔削精灵会，文章性命轻。江南春水长，魂断庾兰成。

笔谈尽三纸，人意尚惝惝。天演叨余论，阳明孰敢任。愿持无厚刃，载抚不弦琴。去去成连远，云涛识此心。

往者强邻斗，东风倒月支。自封原失计，中立坐成雌。瓶罄嗟罍耻，儿孤记母慈。风云原有待，天地本无私。

萍水论交地，艰难得此才。异同空李杜，词赋近邹枚。归国梅花笑，倾山瀑布来。中原自神圣，回首有余哀。

严复著《瘉壄堂诗》卷上，王栻主编《严复集》，中华书局，1986年，375页。

畴人（二首）

畴人谈浑天，寥廓不可拟。赫然众阳宗，如海一沤耳。地为之从星，叙列居三四。民物生是中，扰扰小虫豸。号为三才中，可怜不自揣。品庶固冯生，殉名讵即是。炽然争夺场，辛苦权与利。无贵贱不悲，无贫富不喜。妄窃聊自娱，狙虎相渠帅。蓬蓬飘风过，各各食蝼蚁。魂魄倘有知，往者难悉记。借问此时情，优劣何处异。所以古达人，率性聊尔尔。为善似差乐，有酒君当醉。

孔门说人性，愚智都三科。其才可为善，著论先孟轲。至今二千载，为说弥不磨。脱若荀卿语，黔首长荐瘥。人当自相食，白骨高嵯峨。岂能若今者，治化方纷罗。以兹推人理，前路知无他。日去禽兽远，用礼能贵和。人皆得分愿，后舞间前歌。自由复平等，一一如卢梭。所忧天演途，争竞犹干戈。藉云适者存，所伤亦已多。皇人未受谷，荆棘悲铜驼。黄炎日以远，涕泪双滂沱。

严复著《瘉壄堂诗》卷下，王栻主编《严复集》，中华书局，1986年，400页。

口号五绝

太息春秋无义战，群雄何苦自相残。欧洲三百年科学，尽作驱禽食肉看。

汰弱存强亦不能，可怜黄草尽飞腾。十年生聚谈何易，遍选丁男作射弸。

洄漩螺艇指潜渊，突兀奇肱上九天。长炮扶摇三百里，更看绿气坠飞鸢。

牛女中间出大星，天公如唤世人醒。三千万众膏原野，可是耶和欲现形？

由来爱国说男儿，权利纷争总祸基。为忆人弓人得语，奈何煮豆亦燃萁。

严复著《瘉壄堂诗》卷下，王栻主编《严复集》，中华书局，1986年，403页。原题"何嗣五赴欧观战归，出其记念册子索题，为口号五绝句"。

戊戌八月感事

求治翻为罪，明时误爱才。伏尸名士贱，称疾诏书哀。燕市天如晦，宣南雨又来。临河鸣犊叹，莫遣才心灰。

严复著《瘉壄堂诗·补遗》，王栻主编《严复集》中华书局，1986年，414页。

徐世昌

徐世昌（1855~1939）字卜五，号菊人，又号水竹邨人、弢斋。直隶省天津府（今天津）人。1918年，徐世昌被选为第二任中华民国（北洋政府）大总统。擅诗，著有《水竹村人诗集》《归云楼题画诗》《拣珠录》等。

题宋芝田新疆建置志

昔年左相西征日，曾遣貔貅百万来。大地山川归掌握，百年州郡辟蒿莱。艰难自有筹边策，忧患能成著作才。诸葛星沉谁嗣起，左文襄时以武乡侯自命。

箛声吹月照轮台。

徐世昌著《水竹村人诗集》卷二，《近代中国史料丛刊》（第六十七辑），文海出版社，1966~1989年，145页。

水竹村宴集

岁晚农闲万事轻，鸡豚社酒各言情。一湾绿水分桥路，十里青山绕县城。避世何人传朴学，逃名今日合躬耕。夕阳扶醉村边立，闲听乡人话稻粳。

晚晴

琼岛阴阴落照多，雨添太液晚来波。莺簧尚自鸣宫树，虹彩犹能散渚河。一代豪华余石虎，百年荆棘感铜驼。莫谈往迹唐贞观，奈尔苍生望岁何。

徐世昌著《水竹村人诗集》卷二，《近代中国史料丛刊》（第六十七辑），文海出版社，1966~1989年，142页。

新秋即事

夜凉初听蟀，午燥尚鸣蝉。窗静数声雨，畦分一脉泉。烟云弄柔翰，风露得清眠。九曲屏风外，青山卧榻前。

徐世昌著《水竹村人诗集》卷三，《近代中国史料丛刊》（第六十七辑），文海出版社，1966~1989年，171页。

雨中书事

城郭数日阴，小雨细如丝。晚霞露赪尾，薄雾掩微曦。不晴亦不雨，湿云天四垂。入夜声潇潇，瓜棚杂豆篱。侵晨看檐溜，庭树犹淋漓。秋燥得甘霖，欢舞动群黎。村村鸠妇鸣，家家驱犊犁。及时将种麦，菘芥正分畦。妇稚勤操作，饼饎饷东菑。忽闻催租声，不言愁上眉。

徐世昌著《水竹村人诗集》卷三，《近代中国史料丛刊》（第六十七辑），文海出版社，1966~1989年，173页。

陈衍

陈衍（1856～1937）字叔伊，号石遗，福建侯官（今福建福州）人。清末官至学部主事，后任京师大学堂教习。入民国后寓居苏州，创办国学会，任无锡国专教授。同光体闽派诗宗，工诗词，有《石遗室诗集》《石遗室诗话》行世。

冬夜示子培四首（选一）

往余在京华，郑君过我邸。告言子沈子，诗亦同光体。杂然见赠答，色味若粢醴。十年始会面，辍乐正读礼。从之索旧作，发箧空如洗。能者不自珍，翻悔笔轻泚。我言诗教微，百喙乃争启。风雅道殆丧，庬言天方瘠。内轻感外重，怨诽遂丑诋。何人抱微尚？不绝如追蠡。宋唐皆贤劫，胜国空祖祢。当涂逮典午，导江仅至澧。先生特自牧，颇谓语中綮。年来积怀抱，发泄出根柢。虽肆百态妍，石濑下见底。我虽不晓事，老去目未眯。谅有古性情，汩汩任有渳。

陈衍著《陈石遗集》，福建人民出版社，2001年，109页。

哀渐儿

儿在天津学堂，乱作，住同学袁宅。袁有新妇，洋兵将据焉，儿为说退之。兵旋复来，开枪戕儿。

冥鸿两两将五雏，年年翻飞度江湖。四雏南来一雏北，哀哉中镞亡其躯。
尔雏不为稻粱谋，胡独北去天一隅。仓颉鸟篆世久厌，旁行苦记羊皮书。
孽臣昏妖天下无，鬼兵守关先张弧。桃茢巫祝本无验，以车载鬼纷负涂。
众人相惊则皆走，有足谁萦长趑趄。晦暝白日鬼瞰室，况有粲者窥踦间。
尔非道安弓剑徒，宁能为人护孀孤。谬思谈笑却羌胡，哀哉性命戕须臾。
夷狄复仇闻句吴，大夫之寝居大夫。闾阎涂炭那忍道，不自逃匿翻当车。
吁嗟举世鬼画符，岁糜金钱非区区。余皇屡丧长鬒死，鲁囚犹脱金仆姑。
尔非前驱为执殳，尔非与师崤陵徂。尔非沟壑挤中途，又非汪锜邻与俱。
岩墙从并非正命，义形于色吁其愚。我非弃儿以全孤，我非初明丧妻孥。

又非死绥卜都督，何用有子眄与盱。我今行将终菰芦，环顾诸雏弥哀呼。
危邦乱邦动可死，王涯宅有玉川卢。

陈衍著《陈石遗集》，福建人民出版社，2001年，113页。

月蚀诗

张籍青盲吾衍眇，玉川涕下石遗笑。昌黎道德称大儒，刘向仲舒自同调。
荆公独言不足畏，群起訾訾护名教。既云有者不宜有，从月告凶日何告？
朱丝营社乃儿戏，布鼓雷门等斋醮。自从汉儒言灭异，遂启诗人托谤诮。
蟾蜍上天太清阒，虾蟆出地金色逃。李妃自与章宗坐，江总何如吴质妙？
吉凶枉问周内史，天道焉知郑神灶？扬鞭长揖月中人，阴喜自负敢僭号。
夜阑插梁不见斗，执豕于牢乃神效。行星世界云有八，宁复升恒皆两曜。
虾蟆谁令亲乌兔，虮虱何缘效鹔鹴？我今不畏月离毕，只畏离箕扬沙叫。
群豕从伊白蹢波，六鹢荡我黄头棹。我诗不学玉川子，亦匪陆浑观野烧。

陈衍著《陈石遗集》，福建人民出版社，2001年，118页。

次伯兄韵

山丘零落尽颜回，华表谁知化鹤来？五载关河拼死别，极天兵火助诗才。
对眠恰听浪浪雨，不饮真成兀兀杯。博得北楼圆月上，西风来雁任清哀。

陈衍著《陈石遗集》，福建人民出版社，2001年，125页。

清明日怀尧生荣县二首（选一）

君诗数数来，我去无一诗。微我懒下笔，微我懒构思。诗眼日以高，
诗笔日以低。诗料日以贫，诗力日以微。唯有作诗肠，日枉千百回。
偶然诗绪来，如彼千万丝。出手欲缫之，十指理不开。怪君如韩信，
市人驱之来。须臾已成军，千旟与万麾。昨拟建一社，八九白须眉。
廉颇与马援，百战旧健儿。吾亦厕其末，长城捣偏师。会当花下饮，

头上戴花枝。花羞上白头，片片入酒卮。今日酒病发，拉杂放言之。

陈衍著《陈石遗集》，福建人民出版社，2001年，227页。

题映庵诗稿后

命词薛浪语，命笔梅宛陵。散原实兼之，君乃与代兴。往者偶窥园，
高树缠虬藤。今兹探薮泽，豹雾杂蛟鼍。近贤盛宗宋，粗服随髯鬐。
与使人所狎，毋宁人所憎。昌黎与半山，艳色时自矜。炫缟桃李花，
辛夷开高层。谁知白发僧，冰雪敌嶒崚？酷爱自题句，茶瓯成砚冰。

陈衍著《陈石遗集》，福建人民出版社，2001年，269页。

哀师曾兼慰散原

师曾吾小友，亲厚俨吾侄。寻常敬父执，踪迹无汝密。长安居数年，
商榷几文笔。有造独戛戛，有思抽乙乙。画手无前辈，下笔风雨疾。
篆刻逼秦汉，奏刀缜以栗。刻印贻我子，饷画悬我室。吾尝誉汝诗，
优与汝父匹。汝爷戏谓我，妄言当汝抶。吾谓词若憾，深喜乃其实。
汝祖吾丈行，誉孙甘若蜜。早慧惊坐客，汝师为我述。写我萧闲堂，
同病深相恤。题句极呕心，一字酌累日。名父罕肖子，文度谁置膝？
人方羡汝父，凤毛皆超轶。吾选汝父诗，及汝与阿七。叔弼将季默，
有集附六一。汝舅汝妇翁，苦吟已先卒。如何汝中年，鬼录乃共帙？
汝貌甚奇古，方谓寿可必。将毋早蓄髯，遂抵老开秩。重鳏而三婚，
孤幼谁任恤？有叔能挈提，有兄能督率。何以慰汝父？此悲吾所悉。
高明鬼物瞰，愚鲁公卿吉。远伤元泽逝，近痛昆田失。彭殇固可齐，
阎罗亦何叱？

陈衍著《陈石遗集》，福建人民出版社，2001年，357页。

单士厘

单士厘（1856～1943，一作1858～1943）祖籍萧山城厢镇，后迁居硖石。父单棣华，曾任嘉兴等地教谕。丈夫钱恂，为钱玄同（德潜）之兄。光绪年间，钱恂先后出任驻日本和欧洲各国使节，单士厘随行。著有《癸卯旅行记》《归潜记》等。

初秋晚眺

谁云秋气悲？我爱秋容爽。微雨洗东皋，夕阳隐西嶂。落霞明远岫，疏柳寒蝉响。坐看白云升，凭栏惬幽赏。

单士厘著，陈鸿祥校点《受兹室诗稿》卷上，湖南文艺出版社，1986年，5页。

汽车中闻儿童唱歌

天籁纯然出自由，清音嘹呖发童讴。中华孩稚生何厄？埋首芸窗学楚囚。

单士厘著，陈鸿祥校点《受兹室诗稿》卷上，湖南文艺出版社，1986年，23页。

忆三强侄

今岁天中节，阶兰得二雏。一家兼戚党，四代共欢娱。不尽樽前话，难忘海外孤。烽烟怜小阮，无计整归途。

单士厘著，陈鸿祥校点《受兹室诗稿》卷下，湖南文艺出版社，1986年，113页。原题"庚辰端节家宴，忆三强侄，时在巴黎围城中"。

康有为

康有为（1858～1927）原名祖诒，字广厦，号长素，又号更生。广东南海人。光绪进士。早年游历香港，接触西学。曾讲学广州万木草堂，致力变法维新，有公车上书之举。戊戌政变失败，逃亡国外。后归国，出任孔教会会长，提倡尊孔读经，反对共和。著有《新学伪经考》《孔子改制考》《大同书》《康南海先生诗集》等。

过虎门

粤海重关二虎尊，万龙轰斗事何存？至今遗垒余残石，白浪如山过虎门。

康有为著《延香老屋诗集》，《康南海先生遗著汇刊·康南海先生诗集》卷一，宏业书局，1976年，64页。

出都留别诸公五首（选二）

吾以诸生上书请变法，开国未有，群疑交集，乃行。

沧海惊波百怪横，唐衢痛哭万人惊。高峰突出诸山妒，上帝无言百鬼狞。
岂有汉庭思贾谊，拚教江夏杀祢衡。陆沉预为中原叹，他日应思鲁二生。

天龙作骑万灵从，独立飞来缥缈峰。怀抱芳馨兰一握，纵横宙合雾千重。
眼中战国成争鹿，海内人才孰卧龙？抚剑长号归去也，千山风雨啸青锋。

康有为著《汗漫舫诗集》，《康南海先生遗著汇刊·康南海先生诗集》卷二，宏业书局，1976年，54页。

庐山谣

紫漠吹落青芙蓉，随风飘堕江之东。瓣开四面花玲珑，化作碧玉千百峰。
倒影翻湖黛色浓，突兀万丈绚青红。层峦重阜架为宫，五老挂杖碧云中，子孙诸峰咸侍从。尔来一万四千岁，白头昂首啸鸿蒙。我来经丧乱，九十九寺皆在焚劫中。瀑泉又已枯，秀色减昌丰。唯有重崖与叠嶂，苍翠合匝转无穷。陶谢妙述作，幽人不可逢。长卧龙潭石，醉欲骑苍龙。青鸾未能驭，白鹿已无踪。夜投东林访远公，殿宇哆剥瓦砾封。诚悬北海残碑在，古佛露坐似惭居尊无寸功。长萝盖山林蒙茸，天黑虎啸荡惊风。万籁笙竽泻青松，塔铃夜语不闻钟。宵深月出山径白，虎溪之水鸣潺淙，似闻山鬼说法谈空空。

康有为著《汗漫舫诗集》，《康南海先生遗著汇刊·康南海先生诗集》卷二，宏业书局，1976年，68页。

感事

海东龙泣舰沉波，上相辎轩出议和。辽台朒朒割山河，抗章伏阙公车多。连名三千毂相摩，联轸五里塞巷过。台人号泣秦桧歌，九城谣诼遍网罗。杠棺摩拳，击鼓三挝。桧避不朝，辞位畏诃。美使田贝惊士气则那。索稿传抄天下墨争磨。呜呼椎秦不成奈若何！

康有为著《汗漫舫诗集》，《康南海先生遗著汇刊·康南海先生诗集》卷二，宏业书局，1976年，88页。原题"东事战败，联十八省举人三千人上书，次日美使田贝索稿，为人传钞，刻遍天下，题曰《公车上书记》。是时主和者为军机大臣孙毓汶，众怒甚，孙畏不朝，遂辞位"。

马关感怀

碧海沉沉岛屿环，万家灯火夹青山。有人遥指旌旗处，千古伤心过马关。

康有为著《明夷阁诗集》，《康南海先生遗著汇刊·康南海先生诗集》卷四，宏业书局，1976年，58页。原题"九月二十四日夜至马关，泊船二日，即李相国议和立约遇刺地也，有指相国驻节处者，伤怀久之"。

科葛微那泉歌

黄石园以沸泉胜，凡千数穴黄碧涟漪。有名为科葛微那者，译言莫忘我也。泉深碧不可测，松石环之。口诵成此歌。

温泉兮摩诃，潶潶兮碧波。烟涌兮通天河，深难测兮可奈何。我心热兮难和，枉劳肝肺兮自多。君宁知兮莫忘我，科葛微那。松盘盘兮涧阿，石在涧底兮峨峨。温泉觱兮沸不和。既涌喷兮弃我，奈何不调鼎鼐兮漫泽陂。我能去宿疾兮起沉疴，日浴三斛兮酌以歌。君寿康兮莫忘我，科葛微那。

康有为著《寥天室诗集》，《康南海先生遗著汇刊·康南海先生诗集》卷八，宏业书局，1976年，37页

观犹太人哭所罗门城壁

崇壁严仡仡，围山上摩天。巨石大盈丈，莹滑工何妍。筑者所罗门，于今三千年。城下聚男妇，号哭声咽阗。日午巷数人，曲巷肩骈连。凭壁立而啼，涕泪涌如泉。惨气上九霄，悲声下九渊。始疑沿具文，拭泪知诚悬。电气互传载，真哀发中宣。一人向隅泣，不乐满堂缘。借问犹太亡，事远难哀怜。万国有兴废，遗民同衔冤。譬如父母丧，痛深限年旬。岂有远古朝，临哭且夕酸。罗马后起强，第度扬其鞭。虽杀五十万，流血染城闉。当时严上帝，清庙金碧鲜。我来瞻遗殿，痛心亦难谊。正当吾汉时，渺茫何足云。吾国二千载，亡国破京频。刘石乱中华，洛阳惨风云。侯景围台城，一切文物焚。耶律执重贵，雅乐遂不闻。暨至宋徽钦，汴京虏君民。岂无思古情，颇感骚人魂。或作怀古诗，亦传哀吊文。未有凭城哭，至诚逮野人。妇婴同洒泪，千载恸遗民。吾迹遍万国，奇骇何感因。答言祖摩西，奉天创业勤。艰苦出埃及，转徙红海滨。帝降西奈山，特眷吾家春。十二以色列，奄有佐顿川。大辟所罗门，两王尤殊勋。拓边大马色，筑庙耶路颠。武功与文德，焜耀红海滣。余波跃耶回，大地遍遵循。人种我最贵，天孙我最亲。岂意灭亡后，蹂躏最惨辛。罗马与萨逊，蹈藉久纷纭。英暴当中世，俄虐今尚繁。遗种八百万，

飘荡大地魂。有家而无国，处处逐辱艰。被虐谁为护，蒙冤谁为伸。
传言上帝爱，我呼彼充瑱。穷途无控诉，凭城号吾先。言罢又再啼，
四壁啼益喧。哀哀不忍闻，吾亦为垂涎。亡国人皆恨，唯汝有教贤。
他国不知愁，同化久忘筌。汝诚文明民，文明成障愆。区区此遗黎，
艰苦抱守坚。虽然犹太教，今犹立世间。吾游墨西哥，文字皆不传。
英哲与图器，泯灭咸无存。读学皆班文，性俗忘祖孙。岂比汝犹太，
能哭尚知原。哀哀念远祖，仁孝无比援。它日买故国，独立可复完。
先咷必后笑，物理固循环。吾哀犹太人，吾回睇中原。四万万灵胄，
神明自羲轩。唐虞启大父，禹汤文武联。孔圣实文王，制作大礼尊。
圣哲妙心灵，图器文史篇。后生坐受之，枕胙忘其源。如胎育佳儿，
如酿蕴良醇。我形胡自来，我动胡自迁。我识与我神，明觉胡为元。
喜怒胡自起，哀乐胡所偏。我咏歌舞蹈，我饮食文言。一一英哲人，
化我同周旋。忘之我坐忘，悟之大觉圆。一往情与深，思古吾翩跹。
庄周梦化蝶，吾实化国魂。若其国竟殇，哀恸不知端。凡亡非我亡，
畸士托古诠。吾未免为人，多情犹为牵。吾为有国故，身家频弃捐。
哭弟哀友生，柴市埋冤云。哭墓已不获，先骸掘三坟。十死亡海外，
谗侮百险煎。受诏久无功，缠身万苦难。十载逋亡人，拂逆痛心肝。
我本澹荡人，方外乐谈玄。胡事预人国，误为不忍缠。今既荷担之，
重远难释肩。地狱我甘入，为救生民难。受苦固所甘，忍之复忍焉。
久忍终难受，去去将舍游。浩荡诸天游，欢喜作散仙。天外不能出，
大地不能捐。国籍不能去，六凿不能穿。犹是中国人，临睨旧乡园。
眲眲涕被席，耿耿伤我神。愿告爱国者，犹太是何人。

康有为著《南兰堂诗集》，《康南海先生遗著汇刊·康南海先生诗集》卷十一，宏业书局，
1976年，49页。原题"耶路撒冷观犹太人哭所罗门城壁，男妇百数，日午凭城，泪下如
縻，诚万国所无也，唯有教有识，故感人深远，吾念故国，辄为怆然，赋凡百一韵"。

与菽园论诗兼寄任公、孺博、曼宣（三首）

一代才人孰绣丝，万千作者亿千诗。吟风弄月各自得，覆酱烧薪空尔悲。
正始如闻本风雅，丽葩无奈祖骚词。汉唐格律周人意，悱恻雄奇亦可思。

新世瑰奇异境生，更搜欧亚造新声。深山大泽龙蛇起，瀛海九州云物惊。
四圣崆峒迷大道，万灵风雨集明廷。华严帝网重重现，广乐钧天窃窃听。

意境几于无李杜，目中何处着元明。飞腾势作风云起，奇变见犹神鬼惊。
扫除近代新诗话，惝恍诸天闻乐声。兹事混茫与微妙，感人千载妙音生。

康有为著《南兰堂诗集》，《康南海先生遗著汇刊·康南海先生诗集》卷十一，宏业书局，1976年，88页。

赠郑大鹤同年（四首）

海内词人孰正声，画师樗散话居平。何当麋鹿游台感，又见龙蛇起陆争。

燕乐孤微知石竹，樵风哀艳入琵筝。西台铁笛曾吹裂，卖药悬壶断此生。

入山唯恐不能深，勾漏罗浮何处寻。欲问葛翁同徙宅，山樵妙墨有青岑。

身世可堪逢百忧，万方多难竟无休。死生契阔嗟吾辈，烟雨迷茫话小楼。

康有为著《纳东海亭诗集》，《康南海先生遗著汇刊·康南海先生诗集》卷十三，宏业书局，1976年，13页。

西湖杂咏

昨日扁舟放西湖，一抹横山泻青绿。今朝登楼望西湖，群山一夕换白玉。
玉龙百万战修罗，败鳞跳跃飞相属。天时人事固多变，皓皓高陵与修谷。
白银世界现突兀，琉璃天中来寄宿。

康有为著《游存庐诗集》，《康南海先生遗著汇刊·康南海先生诗集》卷十五，宏业书局，1976年，38页。

易顺鼎

易顺鼎（1858~1920）字实甫、实父、中硕，号眉伽，晚号哭庵。湖南龙阳人，易佩绅之子。工诗、词及骈文，尤以诗名，与樊增祥并称"樊易"。与黄遵宪、丘逢甲并称为晚清三大爱国诗人。著有《四魂集》等。

三峡竹枝词（其八）

山远水长思若何？竹枝声里断魂多。千重巫峡连巴峡，一片渝歌接楚歌。

易顺鼎著，王飚校点《琴志楼诗集》卷五《蜀船诗录·甲申十二月至乙酉正月》，上海古籍出版社，2012年，285页。

过驷马桥题诗

武皇好武不好文，人奴牧竖皆纷纷。当时上林无狗监，汉家词赋谁凌云。

相如落魄求凰操，独有文君赏才调。一别琴台酒市垆，终持使节灵关道。

意气相知还慨慷，龙门史笔共轩昂。食禽择木古来有，吕尚奸周尹就汤。

文园异日俱迟暮，放诞风流恐非故。白头凄断茂陵人，黄金却忆长门赋。

富贵区区安足论，文君情胜汉家恩。高车驷马终何物，不及临邛一犊裈。

易顺鼎著，王飚校点《琴志楼诗集》卷六《巴山诗录·乙酉正月》，上海古籍出版社，2012年，298页。

宿圣恩寺还元阁作（选一）

湖天光景入空濛，海立云垂暝望中。记取僧楼听雪夜，万山如墨一灯红。

易顺鼎著，王飚校点《琴志楼诗集》卷七《丙戌编年诗录》，上海古籍出版社，2012

年，332 页。原题"十二月二十四日，雪中独游邓尉元墓，宿圣恩寺还元阁，得绝句三十二首"。

十一日夜坐

人间不过隔关山，天上楼台远莫攀。今夜举头唯见月，才知最远是人间。

易顺鼎著，王飚校点《琴志楼诗集》卷八《游梁诗賸賸》，上海古籍出版社，2012年，386 页。

雨中山行

连山塞鸿濛，万秀争一雨。杳冥阴阳中，青苍割吴楚。长飙吹玄云，
散此鸦外缕。村偏行人稀，草木接太古。醋叶摇天声，怪石挟溪怒。
百霆与千雷，暝斗林壑语。喧笑杂蛙黾，跬步窘蛟虎。凄籁孤襟寒，
湿路一线取。佳游虽愉快，僮仆已劳苦。身穿云根幽，回首迷处所。

易顺鼎著，王飚校点《琴志楼诗集》卷九《庐山诗录》，上海古籍出版社，2012年，419 页。

喷雪亭瀑

惊雷破山龙衔衔，数里已闻飞瀑诔。隔山两重可望见，犹被青嶂微相遮。
连冈叠岭起又伏，其径屈曲常山蛇。先闻绝境早神往，一旦得路如奔麚。
适逢绝壁梯磴险，以手代足相钩爬。满山石镜亦可悦，日光照耀莹丹霞。
三步回看五步坐，远衔鄱岭明金沙。力穷足茧瀑始出，两谷跌断中嵚谼。
观龙垂胡各叫绝，乃叹述者言非夸。泣珠恍探泉客窟，织绡疑入鲛人家。
细如烟纨袭雾縠，危若冰柱转雪车。何年共工陷鳌极，海水倾向东南斜。
九州天惊雨脚逗，袖手颇复哀神娲。青霄倒垂星宿海，客欲往泛愁无槎。
力穿深潭九地破，对足或抵欧罗巴。横飞水气百步外，色有黛绿兼赪椵。
凄寒惊成满肌粟，奇幻疑是双眼花。石梁界空何代造，我意未较天台差。
其旁独树张大盖，太古冰霰融根芽。得非神参苗五叶，否则奇卉开三桠。
小僮相从颇解事，支炉煮瀑烹新茶。瀑似天龙下听讲，我如敷坐围袈裟。

更从石屋访遗迹，残砖坏藓空盘蜗。士有山林往不返，问名与氏知谁耶。
吾侪疏懒本天放，晚殉一壑非穷奢。奔腾不归少至老，人海一堕终无涯。
诛茅枕流愿莫遂，相对唯有长咨嗟。

易顺鼎著，王飙校点《琴志楼诗集》卷九《庐山诗录》，上海古籍出版社，2012年，423页。

登五老峰观三叠泉即送陈范罗三君别

天风怒挟楼船走，一夜吹人傍南斗。琴志楼头飞雨悬，日呼五老同杯酒。
诘朝海色连屏风，初阳灿烂金芙蓉。白云散尽五峰出，一朵芙蓉为一峰。
云霞精魂日月液，铸此空中数拳碧。斑驳疑经女娲炼，峥嵘想见灵胡擘。
孤根下插溟渤深，倒涌奇云作潮汐。上窥造化无四邻，横绝东南唯一石。
不知混沌未分前，此峰却倚何天立。乾坤崩坼海水翻，未倒鸿濛旧墙壁。
杞人莫忧天柱倾，乾坤赖此还清宁。阳开阴阖苞万灵，莠然吐出如新硎。
大鹏沸海搴金翅，孔雀摇天遮翠屏。江湖下通地道白，吴楚中断天门青。
独斟元枢执大象，坐览八极神明庭。我疑一峰肖一岳，五岳何处藏真形。
鸟道横空一万里，石梁卷尽昆仑水。龙愤雷霆斗穴骄，猿惊冰雪喷崖起。
鬓边河汉似西流，脚底须弥欲东徙。误道天公大笑声，投壶玉女输骁矢。
仙魅行霄瀑作梯，虹霞饮涧山如绮。匡君无言李白死，落落人寰初至此。
未许残飙冷剑花，肯让幽苔埋屐齿。醉倚磐陀钓海还，神州正拂长竿底。
坐对千峰休怅然，与君便可挟飞仙。青天涕唾六鳌背，白日歌呼五老颠。
君卧太虚犹衽席，我凭倒景作阑干。梦魂不逐斜阳去，相与提携十万年。

易顺鼎著，王飙校点《琴志楼诗集》卷九《庐山诗录》，上海古籍出版社，2012年，438页。

雪月即席

有月无雪非奇月，有雪无月非奇雪。月天雪地景已奇，况有江山助奇绝。
江山雪月自清新，遭遇明时更可珍。雪堂苏子太无偶，雪苑梁王徒有宾。
生世谁能皆盛世，主人岂必是天人。黄鹄矶头雪虽虐，乾坤清晏民欢乐。
为有陶公在武昌，还如何逊吟东阁。寒威任透鹈鹕裘，深谈共引鸬鹚杓。
仿佛寒塘有鹤飞，寥空雪月正争辉。三千世界悬金镜，十万楼台着锦衣。
梅花将开烛花吐，照公肝胆明如许。心光一缕湛灵台，化作阳春遍吾楚。

冬令祁寒无怨咨，明年春暖岁丰绥。已临快雪时晴帖，待写中和乐职诗。
畏垒从兹洗兵气，藐姑自古消疣疬。年年高会聚星堂，寸铁不持成定例。
藤峡春擒侬智高，蔡州夜缚吴元济。小队弓刀送槛声，银塘灯火照波明。
园林钟鼓清时事，不道防边百万兵。

易顺鼎著，王飙校点《琴志楼诗集》卷九《庐山诗录》，上海古籍出版社，2012年，541页。
原题"腊月十六日，督部师招同汪进士、杨舍人、陈考功集两湖书院看雪月，即席赋呈"。

感时四首（选一）

严冰冬雪满旌幢，荷戟长征近帝邦。鳞甲玉龙三百万，舳舻金爵九重双。
云开孤竹朝临塞，火照扶桑夜受降。有客南冠甘效死，泪痕盈眦血盈腔。

易顺鼎著，王飙校点《琴志楼诗集》卷十《四魂集·魂北集》，上海古籍出版社，2012年，
593页。

沈汝瑾

沈汝瑾（1858~1917）字公周，号石友，自号钝居士。江苏常熟人。不遇于时，以诸
生终老，未出吴越。与吴昌硕交尤笃，相知三十余年。逝后吴昌硕为刻其《鸣坚白斋
诗集》十二卷，另有《月玲珑馆词》一卷。

悲马尾

铁舰桅樯天尺五，十万貔貅挽强弩。书生高坐玉帐中，手握兵符气如虎。
红旗一举敌炮飞，鬼神号哭鱼龙悲。尸骸压波海流血，蔽江楼橹成寒灰。
军中大将黯无色，登岸残兵不成列。虏舶逍遥奏凯歌，鼓轮又犯台南北。
将材不生壮士死，战骨千年浸江水。江头少妇祭亡夫，酒浇麦饭秋风里。

钱钟联编《近代诗钞》，江苏古籍出版社，1973年，1064页。

题昌硕山海关从军图

君生未识边寒秋，一官懒散如海鸥。忽衣短后跨鞍马，饮器欲漆倭奴头。
倭奴寇边势飘忽，朝鲜沦为虎狼窟。长驱直渡鸭绿江，杀气冲霄惨边月。
是时湘军未败衄，树旗招降冀倭服。雅歌投壶主将闲，椎牛纵酒三军乐。
雄才专待书露布，筹边未借筵上箸。怀人梦醒五更笳，关中白云关外雨。
老亲白发愁倚闾，书生远寄塞上书。军功不换啮指痛，归舞莱彩为亲娱。
烟尘漠漠开画图，远东十万白骨枯。书生报国徒慷慨，未能执殳为前驱。
主忧臣辱谁致死，胜算唯知议和耳。流民扶携西入关，胡不图之献天子。

钱钟联编《近代诗钞》，江苏古籍出版社，1973年，1067页。

风灾行

听江北人口述而作。

大风拔木海水高，人畜入水鱼鳖骄，空中似有神鬼号。生者露宿夜枵腹，
父子夫妻相对哭，唯望开仓发积谷。十里五里无炊烟，波涛滚滚不见田，
县官还说大有年。

钱钟联编《近代诗钞》，江苏古籍出版社，1973年，1071页。

中秋夜独步荒野中

饮酒不乐浩歌去，荒野沉沉蒿没路。栖乌惊人移别林，流萤如磷出颓墓。
满城金粟迷花雾，踏月罗衣湿香露。欲呼才鬼相与谈，厌听寻常世间语。

钱钟联编《近代诗钞》，江苏古籍出版社，1973年，1071页。

闻道

闻道东三省，强夷兵苦鏖。黄金填海尽，白骨蔽城高。粮绝军宵遁，
山空鬼昼号。庙堂守中立，民命等鸿毛。

钱钟联编《近代诗钞》，江苏古籍出版社，1973年，1072页。

佣者自田间来，听其言，演而成谣

雷阗阗，云漫漫，黄梅寒，井底干。有秧无水不能莳，朝朝望雨眼看天。天不雨，难种田，菜麦收成不成半，种田已愁无本钱。前日冰雹大于拳，打坏隔壁看牛唔，我乡西南尚比东北好，小熟可作一月餐。东北乡已发急赈，每人可得三铜圆。阖家拼粜升半米，今夜吃饱明朝完。云中雨比撒灰细，各各望天垂血泪。刻闻城里请龙王，龙王铜铸无生气。官绅祈祷僧道求，断屠三日出告示。暂将迷信安人心，不得已照前朝例。督军内犯动干戈，赤羽如日过黄河。大兵凶年一时至，共和那得真共和？吾侪小人怖见乱事多，且望大雨来滂沱。河中有水可踏车，插秧耘草成嘉禾。吃白酒，披绿蓑，牛背笛吹太平歌。

钱钟联编《近代诗钞》，江苏古籍出版社，1973年，1083页。

沈瑜庆

沈瑜庆（1858~1918）字志雨，号爱苍、涛园，侯官县（今福建福州）人。沈葆桢第四子。光绪初年，恩荫签分刑部广西司行走，由李鸿章荐举，任江南水师学堂会办。后避居上海，以遗老自命。有《涛园集》传世。

哀余皇

城濮之兆报在郤，会稽已作姑苏地。或思或纵势则悬，后事之师宜可记。
昔年东渡主伐谋，严部高垒穷措置。情见势绌不战屈，转以持重腾清议。
铁船横海不敢忘，明耻教战陈六事。军储四百饷南北，并力无功感尽瘁。
宋人告急譬鞭长，白面书生臣请试。欲矫因循病卤莽，易箦谏书今在笥。
蓄艾遗言动九重，因以为功宜可嗣。谁知一举罢珠崖，东败造舟无噍类。
行人之利致连樯，将作大匠成虚位。子弟山河尽国殇，帅也不才以师弃。
即今淮楚尚冰炭，公卿有党终儿戏。水犀谁与张吾军，余皇未还晨不寐。
州来在吴犹在楚，寝苫勿忘告军吏。

沈瑜庆著《涛园集》，《近代中国史料丛刊（第六辑）》，文海出版社，1966~1989年，16页。

得损轩书，作此贻之

我生七尺躯，随时宁俯仰。近觉世议隘，周旋终勉强。外争晋楚衡，
内画牛李党。使君一往心，好直乃见枉。策奇主弗谅，计拙技若痒。
到官五月余，四野净伏莽。诰诫鉴悬书，流亡集负襁。何来贝锦言，
夺我抚字长。寇借信有期，公归劳梦想。保身在明哲，群吠正狙犷。
江水东西流，至诚通肸蠁。苍狗与白衣，初意恐惝怳。我心有真宰，
胡越如指掌。主奴惕方来，鸡虫况已往。大官盛鼎钟，蚯蚓饮槁壤。
倚伏未可知，国乱本无象。新诗虽有作，未必逢真赏。中立观诸侯，
此意为君广。

沈瑜庆著《涛园集》，《近代中国史料丛刊（第六辑）》，文海出版社，1966～1989年，23页。

赠洪荫之司马

常州人，北江先生曾孙。壬午三月，余访陈伯潜侍郎于信州试院，始获订交。
言论意气，殆不可一世。二十年来海上相逢，患难之余，情好弥笃。追维前后，
益以近日时事，不觉其辞之繁也。

忆我初识子，负气相角逐。隔坐抗狂言，尔师管才叔。校艺动勒帛，
刻论多入木。谓是名公孙，其言副要腹。当年君世父，遗书嫌韫椟。
过江携写本，行世苦不速。家君为集赀，补刊未完目。至今卷菹阁，
世间可尽读。君行念此意，向我益辑睦。安仁漉石子，信州叩祠屋。
人物王与谢，同时老尊宿。主人复爱客，夜语忘更仆。胡马一窥江，
气象顿频蹙。南北各分驰，平安未一祝。君随恪靖幕，转佐台阳牍。
龙性固难驯，人情亦反复。方知狱吏尊，未得臧洪服。脱身幸来归，
回首成沉陆。辽左与兵事，谤箧犹折轴。世人那得知，遭遇真栗六。
海上更相逢，所忧在饘粥。故交半黄土，门户等陵谷。弹指去来今，
陶情丝竹肉。昨得螺江书，尚问更生福。谢老亦健在，旧事记可熟。
烽火及燕郊，南方宴群牧。天王恐蒙尘，奔告奚我独。诸侯多中立，
举事何畏缩。同室谊被发，凡民理匍匐。误国岂一秦，书罪难罄竹。
一老在江湖，何以忧葊毂。子亦老宾客，庭槐安所哭。但对楚囚悲，
难觅詹尹卜。意念各已灰，语言忍再渎。综将事十年，写作诗一幅。
震瓦要聋听，击楫誓力戮。请君慨以慷，勿用含与蓄。

沈瑜庆著《涛园集》，《近代中国史料丛刊（第六辑）》，文海出版社，1966～1989年，60页。

骡马行

内厩有骡马，主人舍车徒。骡也狠而颠，马也蹇且瘏。以健得爱惜，
索价辞邻胡。以弱伏鞭策，易与娴仆夫。马券得沾润，骡栈悭薪刍。
蹇瘏厌恋豆，狠颠终妨吾。两者俱失计，我仆从滥竽。弱健两难用，
束手一策无。即今狡愤者，六飞误群驽。铜驼在荆棘，况如汝区区。
郊原富苜蓿，高蹄方长驱。孰谓子产智，乃作华元愚。市骏既无识，
相士焉可诬。黄金掷虚牝，索骥今无图。

沈瑜庆著《涛园集》，《近代中国史料丛刊（第六辑）》，文海出版社，1966~1989年，61
页。原题"有骡病狂，不忍卖去。为奴子所绐，误买病马，遂有徒行之叹，作骡马行"。

潘飞声

潘飞声（1858~1934）字兰史，别署老兰、剑士、水晶庵道士。广东番禺人。南社成
员。以诗、文、词名于时。著有《说剑堂诗集》《饮琼浆馆骈文词抄》《在山泉诗话》
《归省赠言》等。

题沈孝耕礼部《塞上雪痕集》

君向忆槎亭下过，才人往事泪千行。凭将饭颗边尘感，吹作秋笳塞上霜。

潘飞声著《说剑堂诗集》卷一，民国23年（1934）铅印本，34页。原题"题沈孝耕礼部
《塞上雪痕集》，并寄邱仲迟驾部客宁古塔"。

松寥阁

画里松寥淡作烟，西窗挂起水如天。虹桥未架青莲去，怅望仙人九百年。

潘飞声著《说剑堂诗集》卷二，民国23年（1934）铅印本，11页。

瓜洲

烟际山容写暮愁，已无短笛起渔舟。两三灯火平林外，认取瓜洲古渡头。

潘飞声著《说剑堂诗集》卷二，民国23年（1934）铅印本，12页。

重客吴门杂诗

春水如油浸冶芳，酒船对对载鸳鸯。行人指点垂杨外，斟酌桥边是醉乡。

潘飞声著《说剑堂诗集》卷二，民国23年（1934）铅印本，23页。

过虎门

挂帆狂啸渡沧溟，虎气腾腾剑底生。万里水浮天地影，一门山裂海涛声。
未来风雨旌旗动，欲上鱼龙鼓角惊。扼守最难形胜险，问谁鞭石作长城。

潘飞声著《西海纪行卷》，光绪廿四年（1898）刻本，2页。

地中海等舟作

浮槎一剑渡沧溟，绝城风尘久远征。客路我从牛斗别，危兰坐与水天平。
云开岛屿秋先见，塌绕蛟蛇气不惊。只有欧罗山送我，海潮东下是归情。

潘飞声著《天外归槎录》，光绪廿四年（1898）刻本，5页。

辛亥九秋送蒋万里从军 （二首）

汉上旌旗梦里过，苍凉横槊大风歌。一灯午夜闻鸡起，谁识诗人旧枕戈。

功名肯向马前休，一剑霜寒第几州。四万万人齐仰首，才人何必事封侯。

郑逸梅编著《南社丛谈》，上海人民出版社，1981年，575页。

渡黄河

莽莽中原尽战尘，沧桑残局又翻新。卅年吾道其南意，今日黄河以北人。
贾谊终惭虚席语，王通留得著书身。黄冠来去携琴客，弹向空山独自春。

郑逸梅编著《南社丛谈》，上海人民出版社，1981年，576页。

重九集陶然亭

蒹葭风漾绿如油，席敞轩窗占上头。地有酒人才入画，客非重九不惊秋。
但呼北海为豪侣，平揖西山话旧游。五载重来离乱后，可容身世学闲鸥。

胡朴安编《南社丛选2》卷三，上海国学社，1924年，155页。原题"重九集陶然亭，同实甫、孝耕"。

袁世凯

袁世凯（1859~1916）字慰亭，号容庵，河南项城人。辛亥革命时逼清帝退位，成为中华民国临时大总统，后当选为中华民国大总统。1915年12月称帝，建立中华帝国。著有《圭塘唱和诗》《洹村逸兴》《袁世凯全集》等。

春雪

连天雨雪玉兰开，琼树瑶林掩翠苔。数点飞鸿迷处所，一行猎马疾归来。
袁安踪迹流风渺，裴度心期忍事灰。二月春寒花信晚，且随野鹤去寻梅。

袁寒云编《洹上私乘附圭塘唱和诗、围炉唱和诗》，大东书局，民国十五年（1926），44页。

登楼

楼小能容膝，檐高老树齐。高轩平北斗，翻觉太行低。

袁寒云编《洹上私乘附圭塘唱和诗、围炉唱和诗》，大东书局，民国十五年（1926），50页。

梁鼎芬

梁鼎芬（1859~1919）字星海，又字心海、伯烈，号节庵。广东番禺人。光绪二年（1876）以国子监生应顺天乡试中举。六年，中进士，授翰林院编修。后因得罪李鸿章降五级调用。二十六年，起用直隶州知州，累迁湖北按察使、布政使。1917年，抱病参与张勋复辟。著有《节庵先生遗诗》、《欸红楼词》等。

秋怀

羁怀了无泊，抛去又相寻。闻雁知兵气，看花长道心。百年红烛短，一水夕阳深。独有双龙剑，时时壁上吟。

梁鼎芬著，黄云尔点校《节庵先生遗诗》卷三，华东师范大学出版社，2012年，87页。

哭邓鸿胪五首（选四）

秋新叶已故，铿然委阶黄。只禽悲我前，不知是何祥？启扉接凶问，反复旋目眶。已矣吾伯讷，一暝万世忘。不效君与民，竟舍儿共娘。世无此丈夫，使予肝胆伤。

孤特标一概，不谐者徐孙。公廷有夔龙，敷奏将何言？涕辞文石陛，身老梅花村。俄充割地使，遂出南关门。冲林截猛虎，啼木矜故猿。无惧神乃静，有耻命益尊。能使狡暴折，不恤瘅厉屯。辛苦称深宫，硕果迄不存。孰谓山木寿，五载焚其根？伤哉海南叟，头白翻哭君。

昔吾讲丰湖，书史略以润。树木匀天功，教士扶世运。还乡一笑握，夸我今已仅。崇雅院继设，尚志堂与近。终风猎芳林，区区亦几烬。离尊泻深衷，一语独弗信。青蝇正群飞，无惮不必忿。贱士戴如天，后世视犹粪。何以裂兕手，一发不再振。莫论冥冥理，雨洒愁一阵。

江水不可涸，我泪不可干。回思细席言，婉娈保岁寒。怀归苦不成，再见已为棺。莫过孟博祠，寿考古所难。莫饮清醒泉，来视吾已单。

虚吟朱鸟影，空拾丹凤翰。恤劳典不逮，沉抑其谁干。俯瞰九原底，仰瞩浮云端。潜然独夜人，愤慨于兹山。

梁鼎芬著，黄云尔点校《节庵先生遗诗》卷五，华东师范大学出版社，2012年，152页。

陈锐

陈锐（1859～1922）字伯弢，一字伯涛，号褎碧，湖南武陵县（今湖南常德鼎城）石公桥人。光绪十一年（1885），以拔贡考选入京。十九年，乡试中举，继而拣选知县加同知衔，候补江宁（今南京），充两江营务处提调。历江南乡试同考官、江苏靖江知县等。辛亥革命后，先后出任湖南省长公署政治顾问官、湖南省教育会会长。擅诗文，与易顺鼎、王以慜齐名，并称湘西"三才子"。著有《褎碧斋集》《梦鹤庵诗集》《秋出吟词稿》等。

闻台湾战事遥寄俞大明震

震也三十羞为郎，提刀跃马北斗旁。幽并少年能结客，燕赵佳人本擅场。宣南明月悬珠彩，痛饮狂歌几人在。我随鸿雁下南湘，君驾鼋鼍渡东海。海上波翻叠鼓声，六千君子拥旌行。檄书飞舞延枚叟，羽扇从容忆顾荣。一战天骄胆堪落，腥鳞沸沸游汤镬。铁甲牙旗下濑船，锦筵玉笛中军乐。居然世上一男儿，卫霍当年徒尔为。请看矫诏筹边者，会有凌烟画像时。

陈锐著，曾亚兰校点《褎碧斋集》，"湖湘文库"系列，岳麓书社，2012年，53页。

痛哭

痛哭闻西狩，苍茫说北征。衣冠涂炭尽，城社犬狐惊。几日烦征调，闲时忆太平。及兹身未老，早晚荷戈行。

陈锐著，曾亚兰校点《褎碧斋集》，"湖湘文库"系列，岳麓书社，2012年，63页。

庐山牯牛岭

兵火长毛一莒尘，黄龙白鹿也无神。当年晋宋隋唐寺，此时英俄美德人。
破碎山河劳点缀，摩挲岩碣与酸辛。匡庐何地堪栖隐，坐觉西风吹角巾。

陈锐著，曾亚兰校点《袌碧斋集》，"湖湘文库"系列，岳麓书社，2012年，78页。

口占挽词

王胡文范一时去，又丧通儒黄百家。扫地文章今已尽，回天心力望徒赊。
青枫湛湛浮江水，碧血澄澄篆土花。独有交情两行泪，年年痛哭日西斜。

陈锐著，曾亚兰校点《袌碧斋集》，"湖湘文库"系列，岳麓书社，2012年，84页。原题"闻
嘉应黄公度之丧，口占挽词并追悼王幼遐给谏、胡研孙粮储、文道義学士、范肯堂征君"。

郑孝胥

郑孝胥（1860～1938）字苏堪，一字太夷，号海藏，福建闽县（今福建福州）人。清
末官至湖南布政使，辛亥革命后隐居上海，再出任溥仪伪满洲国总理。同光体闽派代
表。有《海藏楼诗集》存世。

送栟弟入都

与子同出都，十六年于兹。子今复入都，良甚喜以悲。两兄虽未老，
皆异年少时。事业那可说，所忧寒与饥。我如风中船，奔涛猛相持。
不怨漂流苦，但恨常乖离。何时得停泊，甘心趋路岐。向来盛负气，
不自谓我非。进士弃不求，从人诟狂痴。念子行入世，科第政所期。
闽士多褊狭，此语古已讥。器阔乃受大，要须力戒之。何物益神智，
读书乌可迟。吾今之所行，世人讵见知。似傲非慢侮，似倦非摧颓。
寸心虹贯月，子胡愁我为？

郑孝胥著，黄坤、杨晓波校点《海藏楼诗集》卷一，上海古籍出版社，2014年，18页。

伤忍庵

彼苍不足恨，人事实可哀。莫复念忍庵，念之心胆摧。烈士尽夺气，
况我平生期。四海尽惊叹，矧我夙昔怀。聚时不甚惜，皎皎心弗欺。
别时不甚忆，落落意弗疑。如何无穷志，殉此七尺骸。交情日太短，
天绝非人为。命也审如此，终古宁可追。

朝士重清流，此风亦久息。不随薄俗移，通介见所植。抗言得弃外，
天日无惭色。谁知活人手，未恨江湖窄。为民奋请命，有此二千石。
世间污吾子，捐去诚上策。但縻老亲泪，冤苦滞魂魄。当时殉名人，
著望各藉藉。贪夫溺烈士，事定众乃白。公等当期颐，王济我恨惜。

郑孝胥著，黄坤、杨晓波校点《海藏楼诗集》卷二，上海古籍出版社，2014年，32页。

同季直夜坐吴氏草堂

一听秋堂雨，知君病渐苏。欲论十年事，庭树已模糊。

郑孝胥著，黄坤、杨晓波校点《海藏楼诗集》卷二，上海古籍出版社，2014年，50页。

从广雅尚书登石钟山昭忠祠

江湖交流山压城，祠堂照影收江声。千疮万痍痛徐定，唯见楼观栖峥嵘。

已乱终疑阙人力，三十余年民尚瘠。山县荒荒仅一祠，壁记含悲空入石。

劫后神州运渐开，救时须是异人来。沉吟高阁天风晚，落尽江梅长绿苔。

郑孝胥著，黄坤、杨晓波校点《海藏楼诗集》卷三，上海古籍出版社，2014年，60页。

十月二十八日夜起

楼前夜色暗屯兵，雨猛风饕正四更。呵壁问天终不测，枕戈待旦独难平。

寇雠土芥成酬报，猿鹤虫沙孰重轻？剩约毗陵子陆子，阳狂被发送余生。

郑孝胥著，黄坤、杨晓波校点《海藏楼诗集》卷七，上海古籍出版社，2014年，222页。

题刘氏从母小像

儿时事历历，壮岁反多忘。一忆姨相唤，真同母在堂。乱离负乡土，亲爱苦肝肠。莫话山兜尾，残年付夕阳。

郑孝胥著，黄坤、杨晓波校点《海藏楼诗集》卷十二，上海古籍出版社，2014年，380页。

楼上凉甚偶成一绝

湿草留虫语瓦沟，松须沾雨悄鸣秋。窗间才觉收残暑，一段新寒又满楼。

郑孝胥著，黄坤、杨晓波校点《海藏楼诗集》附录一《佚诗》，上海古籍出版社，2014年，447页。

晨起偶号

上为虎豹阖，下有蛟龙室。朝朝赴盥漱，呼出海底日。

郑孝胥著，黄坤、杨晓波校点《海藏楼诗集》附录一《佚诗》，上海古籍出版社，2014年，449页。

南台山作

山如旗鼓开，舟自南塘下。海日生未生，有人起长夜。

郑孝胥著，黄坤、杨晓波校点《海藏楼诗集》附录一《佚诗》，上海古籍出版社，2014年，473页。

俞明震

俞明震（1860～1918）字恪士，一作确士，号觚斋，晚号觚庵。浙江山阴（今绍兴）人。光绪十六年（1890）进士，以翰林改官刑部。甲午中日战争时，在台湾佐巡抚唐景崧戎幕。曾任江南陆师学堂总办，又移官江西、摄赣南道。宣统二年（1910）任甘肃提学使，署布政使。晚归江南，与陈三立、陈曾寿等唱和往还。著有《觚庵诗存》。

登钟山作

鸿蒙凿元胎，地脉郁王会。盘冈若蛇处，蹑足出鸟背。落日荡遥悲，
列风夺天隘。荒荒孝陵树，阴嶲失拱卫。磷飞遂殿黝，哀湍奋沉濑。
引睇排重阓，雄风讵彫瘵。貌兹喋血场，蚁聚争王气。聚散成古今，
乐往哀长系。栖霞余春姿，新亭空雪涕。登高我何托，色然倚天地。
到海水无多，即此悟边际。浮埃蔽城飞，渴壁俯睥睨。

俞明震著，马亚中校点《觚庵诗存》卷一，上海古籍出版社，2008年，6页。

重游通天岩宿山寺

深岩一穴天光聚，怪石当人如虎踞。荆棘相看已隔年，洞中石佛真顽固。
高飞一鸟破鸿蒙，涧底云烟失攀附。层峦椎鲁无性灵，点缀遥情出寒树。
山色宁知迟暮心，斜阳不到无人处。谁持肝胆照荒寒，胜有悲欢支世故。
晚钟催客入寺门，草背灯光如缀露。山僧向我说灵怪，夜深暂尔清百虑。
卧闻石齿漱泉声，缺月微明四边雾。岩颠忽吐银色云，曙星隐约在庭户。
半世劳劳向晓心，一枕深深佛前炷。官如残梦应自笑，人情剥尽随所遇。
万木不动风有声，晨光惨惨生幽怖。入山苦劳出山逸，掉首还寻出山路。

俞明震著，马亚中校点《觚庵诗存》卷二，上海古籍出版社，2008年，30页。原题"戊申十一月，重游通天岩宿山寺"。

移寓南安郡楼

微觉人间忧患长，树头寒雾减春光。儿时书卷存余味，静日江山但坐忘。

雨脚减收延返照，蛛丝何意近雕梁。野梅吹尽无人见，辜负高楼一夜香。

俞明震著，马亚中校点《觚庵诗存》卷二，上海古籍出版社，2008年，31页。

送马惕吾赴赣州

垂老将安归，光阴赴顽梗。稍通当世务，往往自矛盾。难与时人言，
逢君一吐鲠。往者读明诏，灿然具纲领。中原万钧弩，挽之而射影。
蒙马以虎皮，一哄终自窘。翻羡十年前，民劳俗尚整。此意至可伤，
及身容有幸。风气所趋重，道德司绳准。苟适得其反，圣哲甘泯泯。
送君步城隅，惜此须臾景。须臾亦何惜，来日殊未省。且作暂时人，
泪尽唯一哂。

俞明震著，马亚中校点《觚庵诗存》卷三，上海古籍出版社，2008年，42页。

月夜登兰州城楼望黄河隔岸诸山

月中望黄河，满目金破碎。沙堤不受月，因水得明晦。城影落山腰，
雁声出云背。三更天宇高，七月残暑退。树动风无声，坐久得秋态。
心知寒讯早，预作雪山对。暂与解烦忧，清露入肝肺。忽闻伊凉歌，
河声助慷慨。河流去不回，明月年年在。斟酌古今情，几人临绝塞。

俞明震著，马亚中校点《觚庵诗存》卷三，上海古籍出版社，2008年，49页。

渡黄河西岸行万山中

积土如穹庐，叠石如夏屋。落日如车轮，奔驰入荒谷。风含万里声，
草无一寸绿。人言开辟时，地水相抵触。至今水裂痕，纵横贯山腹。
山腹俯千寻，其下窈而曲。当年海底形，一一森在目。昆仑西来脉，
矫若龙蛇伏。积气尽东趋，尾闾成大陆。神功不到处，留此洪荒局。
八月雪花飞，高峰削寒玉。盘天入泱莽，度地有盈缩。欲穷变化根，
心远境转促。翻羡北窗人，卧游一丘足。

俞明震著，马亚中校点《觚庵诗存》卷三，上海古籍出版社，2008年，49页。

宿凉州

云与雪山连，不知山向背。残日在寒沙，婉娈得月态。群羊去如水，
远色倏明昧。此景夙未历，垂老临绝塞。地远古愁多，草枯残垒在。
天山一线脉，盘旋走关内。流泉满驰道，千里有灌溉。巍然古重镇，
四郊如拥戴。风吹大月来，南山忽沉晦。莽莽天无垠，静与长城对。

俞明震著，马亚中校点《觚庵诗存》卷三，上海古籍出版社，2008年，50页。

舟行杂咏（选四）

多少沧桑事，艰难有此行。穷边飞鸟尽，残月大河横。出塞人情远，
还家白发生。明知覆巢下，流涕说归耕。

日落长城窟，悲风起贺兰。草肥知马健，地僻引渠宽。石色天西尽，
人心乱后看。无为怨回纥，生事日千端。

西风不成雨，吹入小单于。弃地常千里，神功有后图。水低斜岸出，
天远片云无。碧眼谁家子，新开百道渠。

家似离巢燕，身如出塞云。窥天终自幸，垂老厌多闻。河尽东南转，
山从朔漠分。纪行聊复尔，大地本无垠。

俞明震著，马亚中校点《觚庵诗存》卷三，上海古籍出版社，2008年，56页。原题"泛黄
河自宁夏达包头镇，舟行杂咏"。

焦山松寥阁夜坐

月黑树蒙茸，惊鸦入窗里。团团一山雾，江势来不已。槛外灯忽明，
舳舻走千里。我亦东西人，往来送江水。滔滔有今日，惜此中流砥。
挂眼山无多，到海吾衰矣。僧寮绳床平，涛声在席底。倾耳来睡情，
平心得坐理。始知倚楼时，妄念杂悲喜。萝径非不深，真隐人有几。

俞明震著，马亚中校点《觚庵诗存》卷四，上海古籍出版社，2008年，64页。

湖庄示子大伯严

分得西湖一角凉，曲房低槛待秋光。生惭乱世能容我，静觉高荷已退香。
人意淡如山欲暝，归期愁与月相妨。放歌同是无家客，水枕风船老此乡。

俞明震著，马亚中校点《觚庵诗存》卷四，上海古籍出版社，2008年，66页。

登剑门峰拂水桥

鱼贯出层岚，帽檐欹晓日。咿哑答鸟声，风舆坐超忽。直上穷窅如，
下临诧奇绝。云与石争山，怒泉抵其隙。回风一震荡，乔林溅飞沫。
危桥通两崖，关锁见气力。曳杖入清雄，觅我经行迹。十年沧海心，
未与钟磬隔。人生重回首，春光有今昔。不见鹁鸪峰，墓草萋萋碧。

俞明震著，马亚中校点《觚庵诗存》卷四，上海古籍出版社，2008年，91页。

姚永朴

姚永朴（1862~1939）字仲实，晚号蜕私老人。安徽桐城人。姚莹孙、姚濬昌子。光绪九年（1883），北上京师，与郑福照及其姊夫马其昶相识。复受业于张裕钊与吴汝纶，受古文法。二十年，中举，得候选训导，任广东起凤书院山长。先后受聘北京大学、东南大学、安徽大学。抗日战争爆发，避难云南。著有《蜕私轩诗集》《素园丛稿》《文学研究法》《桐城姚氏碑传集》等。

夜起

雨过山气凉，虚室夜增爽。搴帷忽窗明，孤峰月初上。林疏竹萤流，
石冷壁虫响。微风动高檐，暗香入幽幌。披衣下前除，悠然绝尘想。

《蜕私轩诗集》卷上，姚永朴著，徐成志点校《晚清桐城三家诗》，黄山书社，2012年，473页。

写怀（选一）

我生穷达际，唯以浮云观。运艰戡林翼，时至振风翰。菌溺两无心，外物何由干？勿言荣逾悴，泥途非所安。古来贤达人，宁不饥与寒？

《蜕私轩诗集》卷上，姚永朴著，徐成志点校《晚清桐城三家诗》，黄山书社，2012年，474页。

赠肯堂

何人饮若虹饮川，醉倒不知雪压椽，我今南来即能然。何须远说魏晋年，共道今年无冻天，纸鸢风响空中弦。正思君家再煮泉，岂料天公不我贤。似怪昨日虚高筵，举杯不饮如磬悬。霎时衢桁铺白毡，缩脚何异雨潺湲，那敢走看梨花妍？案有樽酒釜有饘，家人围坐红炉烟。翁归车声如鸣泉，谓我思君冷难前。方今薄海抱寒眠，僵卧谁能解行缠？妻孥开甕坐如拿，劝君莫待三更旋。

《蜕私轩诗集》卷上，姚永朴著，徐成志点校《晚清桐城三家诗》，黄山书社，2012年，482页。原题"肯堂昨招饮，今拟访之，以雪盛不果，叠松风阁诗韵赠之"。

都门杂作之一

大钧转二气，随物范其形。人于众物中，赋性为最灵。莺花怜绮丽，蛩鸟感孤清。虽云镜万妙，多欲亦害诚。饮食匹偶间，即事兆嚣争。一念可喋血，片语能倾城。黄犬牵上蔡，唳鹤闻华亭。才高昧明哲，空复怆平生。采芝者谁子？千载擅英名。

《蜕私轩诗集》卷上，姚永朴著，徐成志点校《晚清桐城三家诗》，黄山书社，2012年，487页。

偕方伦叔守彝登郡城远望

猎猎秋风触树鸣，无边暮色逼天清。乱山回合云屯寺，落日苍茫水抱城。

到眼关河成粉泽，永怀今古感平生。小安差遣同危立，塞微犹传战鼓声。

《蜕私轩诗集》卷上，姚永朴著，徐成志点校《晚清桐城三家诗》，黄山书社，2012年，494页。

宿涿州

侵晓京华发，荒城此住鞍。马嘶风色暮，鸦语夕阳寒。征伐怀前古，驰驱惜路艰。明朝逢哲弟，话应到更阑。

《蜕私轩诗集》卷上，姚永朴著，徐成志点校《晚清桐城三家诗》，黄山书社，2012年，501页。

书感

无端芳树集蜩螗，生意知偕汝共亡。葛藟根披休论叶，蒹葭露冷欲为霜。早因被发忧辛有，未忍行歌效楚狂。覆帱斯民资恺悌，几时重睹凤鸣岗。

《蜕私轩诗集》卷上，姚永朴著，徐成志点校《晚清桐城三家诗》，黄山书社，2012年，509页。

夏曾佑

夏曾佑（1863~1924）字穗卿，号碎佛，笔名别士。浙江杭州人。早年结识梁启超、谭嗣同，讨论新学，与严复、王修植等创办《国闻报》，鼓吹维新变法。光绪三十二年（1906），曾以清廷五大臣随员身份赴日本考察宪政，历时两月。辛亥革命后，曾任北洋政府教育部社会教育司司长、北京图书馆馆长。著有《夏曾佑集》等。

无题二十六首（选一）

冰期世界太清凉，洪水茫茫下土方。巴别塔前一挥手，人天从此感参商。

夏曾佑著《夏曾佑集》，上海古籍出版社，2011年，426页。

赠任公二首

壬辰在京师，广座见吾子。草草致一揖，仅足记姓氏。洎乎癸甲间，
相居望衡宇。春骑醉莺花，秋灯狎图史。青霄与黄泉，上下穷其旨。
冥冥兰陵门，万鬼头如蚁。修罗举只手，阳乌为之死。祖裼往暴之，
一击类执豕。酒酣掷杯起，跌宕笑相视。颇谓天地间，差足快吾意。
夕烽从东来，孤帆共南指。再别再相见，便已十年矣。吾子尚青春，
英声乃如此。嗟嗟吾党人，视此为泰否！

衣食困庸才，遂老关山路。对人诩流略，清夜知其误。沧海正横流，
筌筏唱无渡。所望我佳人，崛起匡天步。长啸览太空，国土恒沙布。
而子都不游，乃独游此土。此土亿万年，又与此时遇。嗟哉天所戮，
那得知其故？为子发图书，治乱纷如雾。一治一乱间，铁血为其具。
譬如一滴水，微虫逞威怒。既生微虫间，此怒讵可措。落月满征衣，
烟帆从此去。雪耻酬百王，无为疾所怖。

夏曾佑著《夏曾佑集》，上海古籍出版社，2011年，428页。

送章枚叔之天津二首

我从北海君东海，浩荡江湖幸一逢。零雨凄风秋正苦，疏灯草具酒将空。
一生遗恨沉吟老，数著残棋万变中。世界果然无作者，殷勤重为拭青锋。

拔剑高歌望友生，强施枉策助长征。神经孤寄荀刘外，世法兼持老墨衡。
四海何年归倦羽，一生自受尽生平。筌筏唱遍西风恶，延伫孤云一怆情。

夏曾佑著《夏曾佑集》，上海古籍出版社，2011年，429~430页。原题"己亥与章枚叔夜
饮，即送其之天津二首"。

有感寄怀（其一）

暮雨掩柴门，秋声满庭树。萧瑟纸屏间，一灯静如鹭。仿佛少年时，

读书未驰骛。对此感生平，流转亡吾故。乙未在武昌，始与吴生遇。丙申在密云，读易亘朝暮。丁酉在京师，张元济赵从蕃日相晤。新机始萌芽，祷祀润雨露。戊戌在天津，噩梦正惊寤。素灯载浊酒，慷慨登楼赋。在天津时，与蒋性才、蒋澜深等时相过从饮酒，各有诗记之。今年在乡间，过此将焉驻？人生几中秋，何者为我素？问天天不闻，听雨雨不住。

夏曾佑著《夏曾佑集》，上海古籍出版社，2011年，431页。原题"己亥秋，别天津有感，寄怀严蒋陈诸故人四首"。

后黄公卢赠吴遂君

朝朝伏案赋大狗，忽思出门跨疲驴。立谈遍国竟无有，时有鬼物相揶揄。技穷仍自访吾子，狂谋谬算相嬉娱。须臾意尽计无出，入手幸有黄公卢。饿鬼见脓大欢喜，况有臃肿之与居。一壶怡愉两壶笑，三壶喧阗四欹歈。五壶骂座客尽散，兀然入梦忘登车。役夫脱籍履六合，哮吼跳掷皆诗书。方持文字作大狱，忽然境界皆为虚。教堂鸣钟拜磔鬼，壁虱列队如肥猪。秋风无赖犯破席，绳床兀桌如舆图。嗟乎我醒得非此，人生觉梦那不殊。嗟乎梦觉那不殊，然后孔丘代温即达尔文真吾徒。

夏曾佑著《夏曾佑集》，上海古籍出版社，2011年，434页。

晚泊荻港

廿载江湖感，茫茫对此生。残晖乱樯影，窄港但人声。颇复闻群盗，乘危一弄兵。大江流日夜，谁为挽前程？

夏曾佑著《夏曾佑集》，上海古籍出版社，2011年，437页。

寿严又陵六十

冥心测玄化，难以智力争。若就得见论，似亦粗可明。必与外物遇，始有新理成。造物凭此例，乃以有百昌。吾人用此例，学术乃可商。

邃古有巫风，物魅恣披猖。洞庭彭蠡间，苗民所徜徉。及与吾族遇，
其说稍精良。五行通天人，八卦明阴阳。糅合作史巫，用事最久长。
悠悠及柱下，哲理始萌芒。青牛遽沦隐，赤鸟来翱翔。又复合真伪，
后以制百王。自从制作来，大义未改常。然而微言际，委屈不可详。
秦皇覆六合，天下赖以平。左手携方士，右手挈儒生。二者交相妒，
乃各盗所长。高文冠千古，此义为宗纲。班马俨然在，吾说非荒唐。
金人既入梦，白马旋就荒。一时流略力，辟易莫敢当。尔来数百年，
唯释为主张。中间中国盛，非无梯与航。景教说沙殚，大食称天方。
摩尼辨光暗，突厥祀豺狼。细琐不足道，如沸羹蜩螗。委蛇及赵宋，
始决儒释防。剥极在明季，弥望成汪茫。斯时利氏学，乃适来西洋。
几何及名理，一挽空言狂。吾人与之遇，涉海得舟梁。翻然弃所学，
岂得为不祥。清朝盛考订，汉唐莫与京。推其得力处，讵非数与名。
悠悠岁千祀，沉沉书万囊。人事变如海，玄理日以张。寥寥数匹夫，
实斡其存亡。岂非图书力，天地为低昂。先生晚出世，时正丁晚清。
新忧日以迫，旧俗日以更。辕驹及枥马，静待鞭与烹。一旦出数卷，
万怪始大呈。譬如解骥足，一骋不可程。虽云世运开，要亦贤者诚。
阳春转寒冽，风日流辉光。两头安丝竹，中间罗酒浆。芜词发积素，
为寿登高堂。十年例见事，相对徒惭惶。所赖尚能饮，当为尽百觞。
彭篯非所志，相期在羲皇。

夏曾佑著《夏曾佑集》，上海古籍出版社，2011年，439页。

送井上先生归国

空山围落叶，孤骑背高城。此地一为别，征途讵有程？旧游温大梦，
凤誓在非兵。春草年年绿，青尊日日盈。

夏曾佑著《夏曾佑集》，上海古籍出版社，2011年，442页。

齐白石

齐白石（1863~1957）原名纯芝，字渭青，号兰亭。后改名璜，字濒生，号白石。湖南湘潭人。中华人民共和国成立后曾任中国美术家协会主席。著有《齐白石作品集》《齐白石全集》。

喜睡

自嗟多事累平生，晚岁方知睡味清。识字害于真快活，学诗夺却懒声名。竹床夏热西窗雨，草舍春寒午枕晴。堪笑抛竿旧渔侣，江湖孤负夕阳明。

齐白石著，郎绍君、郭天民主编《齐白石全集》第10卷《诗文（第一辑）》，湖南美术出版社，1996年，5页。

梅花

小驿孤城旧梦荒，花开花落事寻常。蹇驴残雪寒吹笛，只有梅花解我狂。

齐白石著，郎绍君、郭天民主编《齐白石全集》第10卷《诗文（第一辑）》，湖南美术出版社，1996年，8页。

画秋海棠（二首）

玉阶满地是相思，化作胭脂君不知。愁绝杜兰香去后，背人终日泪丝丝。

七月西风十指凉，卷帘斜日射银墙。山翁把笔忙何苦，争得秋光上海棠。

齐白石著，郎绍君、郭天民主编《齐白石全集》第10卷《诗文（第二辑）》，湖南美术出版社，1996年，17页。

鸬鹚

大好江山破碎时，鸬鹚一饱别无知。渔人不识兴亡事，醉把扁舟系柳枝。

齐白石著，郎绍君、郭天民主编《齐白石全集》第10卷《诗文（第二辑）》，湖南美术出版社，1996年，41页。

留饮

柴门常闭院生苔，多谢诸君慰此怀。高士虑危曾骂贼，一作"缘学佛和常抢佛"。将官识字未为非。受降旗上日无色，贺劳樽前鼓似雷。莫道长年亦多难，太平看到眼中来。

齐白石著，郎绍君、郭天民主编《齐白石全集》第10卷《诗文（第三辑）》，湖南美术出版社，1996年，75页。原题"侯且斋、董秋崖、余偶视余，即留饮"。

陈诗

陈诗（1864~1943）字子言，号鹤柴。安徽庐江人。诸生。光绪二十六年（1900）居上海，与范肯堂、陈三立、朱祖谋、吴昌硕讲论诗学，文廷式极赏之。与俞明震交尤挚。晚年入有正书局，从事安徽文献整理。有《尊瓠室诗》《尊瓠室诗话》《皖雅》《庐江诗苑》《庐江诗隽》等。

奉和《赴都赋诗留别沪渎》

风尘暗淡欲何之？强别还应倒一卮。孤榜空江闻落叶，满帘凉雨梦回时。

陈诗著《尊瓠室诗》卷一，徐成志、王思豪编校《陈诗诗集》，黄山书社，2010年，75页。原题"乙巳初秋，北山先生赴都赋诗留别沪渎云：'披发佯狂空尔为，此身此世亦堪悲。明朝无那金门去，如此江湖却付谁。'读之恨然，辄赋一绝奉和"。

哭五弟子修诗（选一）

江风寒激荡，万木竞辞枝。感汝同根生，频年相暌离。鸿雁有哀音，
书来含涕洟。书中亦何有？泉路顿相违。泪倾东南波，魂结泰山祠。
忆昔处贫贱，糠粃甘如饴。独抱贞谅怀，世路陟险峨。任侠慕古人，
宿诺常不欺。混迹尘土中，卓荦迈等夷。倏然遗骏骨，负我黄发期。
欲述平生事，哀来难为辞。

陈诗著《尊瓠室诗》卷一，徐成志、王思豪编校《陈诗诗集》，黄山书社，2010年，
86页。

书事

寰宇群龙战，孤生自可危。开弦频雁下，争席有鸥疑。且志三年谷，
难为天下牺。桓宽论盐铁，淡饭总相宜。

陈诗著《尊瓠室诗》卷一，徐成志、王思豪编校《陈诗诗集》，黄山书社，2010年，
93页。

丘逢甲

丘逢甲（1864~1912）又名秉渊，字仙根，号蛰仙，又号仲阏，辛亥革命后改名沧
海。祖籍广东镇平（今广东蕉岭），生于台湾苗粟县。光绪十五年（1889）进士，甲午
中日战争后在台湾组织义军抗日，失败后移居广东。辛亥革命后出任广东军政府教育
部长、参议院议员。著有《岭云海日楼诗钞》等。

春愁

春愁难遣强看山，往事惊心泪欲潸。四百万人同一哭，去年今日割台湾。

丘逢甲著，丘铸昌校点《岭云海日楼诗钞》卷二，上海古籍出版社，2009年，29页。

往事

往事何堪说？征衫血泪斑。龙归天外雨，鳌没海中山。银烛麈诗罢，
牙旗校猎还。不知成异域，夜夜梦台湾。

丘逢甲著，丘铸昌校点《岭云海日楼诗钞》卷二，上海古籍出版社，2009年，31页。

大风雨歌

乌轮晦光兔魄死，海上群龙方戏水。力撼乾纽摇坤维，骇听东南大风起。
大风吹云云飞扬，八荒一气云茫茫。绝无天地但有海，只恐人物沉汪洋。
谁鞭电鞭鼓雷鼓？忽起蛟龙满空舞。池中方困人不知，世眼惊看得云雨。
一风三日不得停，云昏雨黑宵冥冥。直疑天老易混沌，万古无复长空青。
谁知淫雨有时定，妄用推测群相惊。风收云歇天地静，归龙卷雨微闻腥。
大海无波平如镜，沐浴日月还晶明。山中道人蕴道妙，六根清净容长少。
风声雨声寂不闻，独抚乾坤发长啸。

丘逢甲著，丘铸昌校点《岭云海日楼诗钞》卷二，上海古籍出版社，2009年，32页。

客游鮀江

沦落天涯气自豪，故山东望海云高。西风一掬哀时泪，流向秋江作怒涛。

丘逢甲著，丘铸昌校点《岭云海日楼诗钞》卷十，上海古籍出版社，2009年，40页。原题
"去岁秋，初抵鮀江，今仍客游至此，思之怃然"。

秋怀（八首选一）

古戍斜阳断角哀，望乡何处筑高台？没蕃亲故无消息，失路英雄有酒杯。
入海江声流梦去，抱城山色送秋来。天涯自洒看花泪，丛菊于今已两开。

丘逢甲著，丘铸昌校点《岭云海日楼诗钞》卷二，上海古籍出版社，2009年，40页。

元夕无月（五首选一）

三年此夕月无光，明月多应在故乡。欲向海天寻月去，五更飞梦渡鲲洋。

丘逢甲著，丘铸昌校点《岭云海日楼诗钞》卷四，上海古籍出版社，2009年，57页。

梦中

绣旗犹飐落花风，不信楼台是梦中。十二阑杆摇海绿，八千子弟化春红。
奔驰日月无停轨，组织河山未就功。车下懒龙呼不起，钧天罢奏太匆匆。

丘逢甲著，丘铸昌校点《岭云海日楼诗钞》卷十，上海古籍出版社，2009年，221页。

离台诗（六选二）

卷土重来未可知，江山亦要伟人持。成名竖子知多少，海上谁来建义旗？

宰相有权能割地，孤臣无力可回天。扁舟去作鸱夷子，回首河山意黯然。

丘逢甲著，丘铸昌校点《岭云海日楼诗钞·选外集》，上海古籍出版社，2009年，415页。

谭嗣同

谭嗣同（1865~1898）字复生，号壮飞，湖南浏阳人。"戊戌六君子之一"。有《仁学》《莽苍苍斋诗》《寥天一阁文》等。

儿缆船并叙

友人泛舟衡阳，遇风，舟濒覆。船上儿甫十龄，曳舟入港，风引舟退，连曳儿仆，儿啼号不释缆，卒曳入港，儿两掌骨见焉。

北风蓬蓬，大浪雷吼，小儿曳缆逆风走。惶惶船中人，生死在儿手。缆倒曳儿儿屡仆，持缆愈力缆縻肉，儿肉附缆去，儿掌唯见骨。掌见骨，儿莫哭，儿掌有白骨，江心无白骨。

谭嗣同著《谭嗣同全集》，生活·读书·新知三联书店，1954年，461页。

金陵听说法（三首选一）

吴雁舟先生嘉瑞为余学佛第一导师，杨仁山先生文会为第二导师，乃大会于金陵，说甚深微妙之义，得未曾有。

而为上首普观察，承佛威尘说偈言。一任法田卖人子，独从性海救灵魂。纲伦惨以喀私德，法会盛于巴力门。大地山河今领取，菴摩罗果掌中论。

谭嗣同著《谭嗣同全集》，生活·读书·新知三联书店，1954年，485页。

有感一章

世间万物抵春愁，合向苍冥一哭休。四万万人齐下泪，天涯何处是神州。

谭嗣同著《谭嗣同全集》，生活·读书·新知三联书店，1954年，488页。

邠州

棠梨树下鸟呼风，桃李蹊边白复红。一百里间春似海，孤城掩映万花中。

谭嗣同著《谭嗣同全集》，生活·读书·新知三联书店，1954年，492页。

狱中题壁

望门投止思张俭，忍死须臾待杜根。我自横刀向天笑，去留肝胆两昆仑。

谭嗣同著《谭嗣同全集》，生活·读书·新知三联书店，1954年，496页。

灵岩看云

山顶行云不肯坐，坐看云起山下我。上山翁然被云裹，白云和我山顶堕。初视足底白云白，拨云下山云若失。回视白云上天黑，天如白纸云如墨。

曹元忠著《笺经室遗集》卷十七，民国三十年（1941）吴县王氏学礼斋铅印本，3页。

彰德感魏武帝事

手横铁槊定山河，百战归来对酒歌。今日乌桓谁北伐，孝廉我已愧公多。

曹元忠著《笺经室遗集》卷十七，民国三十年（1941）吴县王氏学礼斋铅印本，4页。

汉高帝

手提三尺赴功名，鸟尽何堪见狗烹？封到吴王旋有悔，击非刘氏早成盟。求贤下诏空思信，猛士长歌已醢彭。留得良平佐诸吕，英雄其奈误聪明。

曹元忠著《笺经室遗集》卷七，民国三十年（1941）吴县王氏学礼斋铅印本，5页。

鹤立峰

久别翩跹丁令威，当年化石此间飞。如何一去无踪影，应为辽东不忍归。

黄宾虹著，程自信校点《宾虹诗草》卷二《九华纪游》，黄山书社，2013年，38页。

灌县二首

木叶翻风激怒湍，雪山衔照耸晴寒。高楼徙倚忘炎夏，翻觉樽前白袷单。

山高玉垒对青城，内外江分眹浍盈。瓯脱蛮民联互市，离堆秦守补题名。
杖携林月繁花影，枕入风泉骤雨声。潆水自流山驿梗，可怜郊野未休兵。

黄宾虹著，程自信校点《宾虹诗草》卷三《入蜀纪游》，黄山书社，2013年，46页。

失题

春山阳朔纪南游，客路樯帆岭海秋。归思不随江水急，一湾云壑一勾留。

黄宾虹著，程自信校点《宾虹诗草·黄宾虹诗补抄》，黄山书社，2013年，159页。

蒋智由

蒋智由（1865~1929）字观云，别号因明子。浙江诸暨人。光绪二十八年（1902）冬赴日，参与《新民丛报》编辑，并发表诗文。三十三年，与梁启超、陈景仁等组织政闻社，鼓吹君主立宪，与同盟会相对抗。晚年寓居上海。著有《居东集》《蒋智由诗抄》《蒋观云先生遗诗》等。

旧国

畅然望旧国，时复梦中过。城郭春云白，江湖秋水多。不闻招贾谊，空自老廉颇。三径窗前竹，年来翠若何？

蒋智由著《居东集》，清宣统二年（1910）文明书局铅印本。

苦热

地球昔熔熔，万丈围火云。冷缩凝山川，万物始纭纭。今者帝何为？炮烙陈天廷。洪钧为橐龠，阴阳为炭薪。势欲尽万有，一呋付炮烹。

如遇身热阪，喘息为艰辛。如遇咸阳烧，赤日连红尘。或恐金石流，
亦已禾黍焦。土坼若裂龟，溪涸不容刅。逃穴蚓僵毙，阴树蜩沸骚。
我欲挽羿弓，射彼阳乌骄。复恐无一日，终古如长宵。我欲倒两极，
赤足蹈冰雪。炼石无娲皇，奈此天柱折。我欲翻沧海，白波若泰山。
神禹不再生，为鱼民其艰。我欲游海王，列宿远翱翔。黄鹄不飞来，
伫立以彷徨。上帝居绛霄，朱阙高岑嶕。赤龙迎我前，火官坐周遭。
再拜进一言，涕泪如江潮。非为臣一身，四方皆嗷嗷。愿帝平玉衡，
大化相和调。却立复再拜，精诚贯穹霄。帝意若颔之，通词以灵飚。
西北片云生，吾意其飘飘。

蒋智由著《居东集》，清宣统二年（1910）文明书局铅印本。

战又作

战争今又作，诸将意胡为？攘夺宁永保，亦连孟所规。四海既困穷，
万姓长奔离。原野露至骨，市暨失业啼。税科百端立，赋预积年支。
今要累钜去，明尤倍数催。急动如水火，诛有加斫劙。增兵日未已，
各复拥多师。兵盗互相生，枯桐恣栉篦。虎狼半人间，猛兽身更之。
金火一相烁，方隅为熠熝。蹒剩入死地，奔亡奈提携。回经斗战场，
胆栗泪交漼。百物靡一存，毁垣堆残尸。瞻方蘼靡骋，排年叠若兹。
谁实更国谋，能无执其非？由来人类性，本具杀伐机。坊维既不存，
治平欲何施？国柄共人人，罔不欲执持。相视平等间，推夺事亦宜。
权位一得丧，生死决于斯。兵利相煽轧，蜩螗急沸吹。横突四海立，
纵裂九寓披。民命迫探汤，国步阽卵危。古则荡以尽，欧说独偏知。
岂有业杀人，反信是良医？呜呼一横流，造端夫岂微？大道返仁义，
去兵会极归。政令一是出，各遂万民私。仁扶微弱存，义抑横强恣。
仁义苟不用，何莫丕丕基？此道甚中正，余说徒倔诐。丘轲不再生，
教化今伊谁？天下几杨朱，为哭人路歧。

蒋智由著《居东集》，清宣统二年（1910）文明书局铅印本。

吊邹慰丹容死上海狱中

蜀水泠泠写君心，蜀山嵚嵚壮君魂。囹圄夜雨春灯腥，魑魅舐舕罗刹嗔。

挥手君且叩帝阍，帝醉豺虎当其门。君怒谓天亦昏昏，革命今当天上行。
雨师风伯顽不鏖，耿耿孤衷合青冥。下界何有有孤坟，荒土三尺黄浦滨。
有人伐石为之铭，曰革命志士邹容。容有书曰《革命军》，读之使人长沾襟。

蒋智由著《居东集》，清宣统二年（1910）文明书局铅印本。

秋声

蛩鸣古砌金风紧，蝉噪空庭玉露生。莫谓微生无意识，秋来总作不平鸣。

蒋智由著《居东集》，清宣统二年（1910）文明书局铅印本。

鸣蝉满树读离骚

西风一叶下亭皋，明镜今朝见二毛。剩有中原歌哭意，鸣蝉满树读离骚。

蒋智由著《居东集》，清宣统二年（1910）文明书局铅印本。

有感

落落何人报大仇，沉沉往事泪长流。凄凉读尽支那史，几个男儿非马牛！

蒋智由著《居东集》，清宣统二年（1910）文明书局铅印本。

久思

久思词笔换兜鍪，浩荡雄姿不可收。地覆天翻文字海，可能歌哭挽神州？

蒋智由著《居东集》，清宣统二年（1910）文明书局铅印本。

东海

秦皇不能鞭石渡海成长桥，车驾逶迤成山坳。觑视白浪射巨鱼，滔天未减阳侯骄。尔来二千数百载，蒸汽制欲凌峰飙。倏忽横断巨鳌背，富士看连东岳高。祖龙祖龙笑三皇，功定六合谁与豪？采药东海畏蛟龙，此事亦恐今人嘲。不知更阅二千年，可能沧海如桑田。由来进化非人意，请君视此东海篇。

蒋智由著《居东集》，清宣统二年（1910）文明书局铅印本。

卢骚

世人皆欲杀，法国一卢骚。民约倡新义，君威扫旧骄。力填平等路，血灌自由苗。文字收功日，全球革命潮。

蒋智由著《居东集》，清宣统二年（1910）文明书局铅印本。

姚永概

姚永概（1866～1923）字叔节，号幸孙。安徽桐城人。姚莹之孙、姚永朴之弟。诸生。戊戌变法后，历任安徽高等学堂教务长、师范学堂监督。辛亥革命后，应北京大学之聘，为文科学长，兼任志正学校教务。与其兄永朴同任清史馆纂修。著有《慎宜轩集》《慎宜轩笔记》等。

戊戌秋中书感二首

孤月惊扬已敛辉，纷纷狐鼠煽阴机。虚传天位能移易，不信人间有是非。新议欲亲丰沛种，募兵近隶相公麾。台垣封事朝朝上，到此何人血洒衣？

此变乾坤古未逢，盱衡唐汉略相同。早知训注才非正，无那膺滂死本忠。

失水神龙堪一痛，垂涎禹甸有群雄。腐儒难继陈东迹，中夜悲歌和朔风。

《慎宜轩集》卷三，姚永概著，徐成志点校《晚清桐城三家诗》，黄山书社，2012年，610页。

方伯恺仲斐招游天坛，观古柏作歌

天坛锁钥放三日，士女长安空巷出。琉璃厂内鞭影骄，正阳门外车声疾。
方生邀客及衰朽，微醺莫放斜阳失。未到先惊势骏雄，入门已觉情萧瑟。
绕坛一碧皆种柏，罗列骈生咸秩秩。元耶明耶世不知，百株千株数难悉。
阴森夺日色凄凉，惨淡生风寒凛栗。怪根直下渴重泉，霜皮绉裂蟠修绿。
真宜虎豹据为宫，恐有狐狸攫作室。旁干犹承累叶露，中枝折为前宵飓。
无情树木尚如此，系日长绳知乏术。祈年殿上望西山，金碧依然暮霭间。
王气已随龙虎尽，夕阳只见雁乌还。往圣千秋垂教泽，严祀昊天威百辟。
彼苍视听悉依民，精意分明存简册。大道原为天下公，此心不隔耶回释。
斋宫肃穆水环垣，想见千官助骏奔。中夜燔燎半空赤，连营宿卫万夫屯。
五千运过苍天死，更闻开作公园矣。吁嗟乎！倚天拔地之古柏，愿与游
人勿轻摘。

《慎宜轩集》卷七，姚永概著，徐成志点校《晚清桐城三家诗》，黄山书社，2012年，683页。

灯歌

短檠灯点菜子油，两草奢觉逾王侯。十年借汝光明力，万卷容我勤爬搜。
而今石油光不烂，琉璃隐电室璀璨。惜哉我眼已生花，安能坐对长侵旦？
山窗萧萧风雪寒，黄茅盖屋暖且干。深宵把卷腹忘馁，只有千古胸中蟠。
人生快意唯心亨，多事谁教万里行？石油光好电更好，不及当年灯火情。

《慎宜轩集》卷八，姚永概著，徐成志点校《晚清桐城三家诗》，黄山书社，2012年，712页。

书郑子尹诗后

生平怕读郑莫诗，字字酸入心肝脾。邵亭尚可老巢酷，愁绝篇篇母氏思。
乃知文字到妙处，性情学历分张麾。无情终是土木偶，无学未免成伧儿。
昔者吾友江潜之，文令人快犹卑卑。唯酸方许语刻骨，此言真实不余欺。
学诗半生偶自喜，持以较古多然疑。世士得名殊妄耳，那晓三百风诗遗。

《慎宜轩集》辑遗，姚永概著，徐成志点校《晚清桐城三家诗》，黄山书社，2012年，
776页。

曾广钧

曾广钧（1866～1929）字重伯，号觙庵。湖南湘乡人。曾国藩之孙。光绪十五年（1889）进
士，授翰林院编修。官至广西知府。著有《环天室诗集》《环天室外集》《环天室支集》等。

观音岩

宝山珠殿插青天，万朵红莲礼白莲。一片空岚罩云海，全家罗袜踏苍烟。
烧香愿了花侵马，扫塔人归月上弦。更忆海南千叶座，天风引舰近真仙。

曾广钧著《环天室诗集》卷四，宣统元年（1909）刻本，第15简页上。

庚子落叶词十二首 （选四）

甄官一夕沦秦玺，疏勒千年出汉泉。凤尾檀槽陪玉辇，龙香璎络殉金钿。
文鸾去日红为泪，轻燕仙时紫化烟。十月帝城飞木叶，更于何处听哀蝉。

银床玉露冷金铺，碧化长虹转鹿卢。姑恶声声啼苦竹，子归夜夜叫苍梧。
破家巨耐云昭训，殉国争怜李宝符。料得珮环归月下，满身星斗泣红蕖。

帘外晓风吹碧桃，未央前殿咽秦箫。石华广袖谁曾揽，沉水奇香定未烧。
荷露有情同粉泪，菱波无赖学纤腰。云袍枉绣留仙褶，碧海青天任寂寥。

娉娉灵风起绿萍，幽磷断续掩春星。白杨径断闻山鸟，红藕行疏度冷萤。

关寒梦魂悲岁月，水天愁思接丹青。鸾舆纵返填桥鹊，咫尺黄姑隔画屏。

曾广钧著《环天室诗集·后集》，宣统元年（1909）刻本，第15简页下。

纥干山歌

纥干山头冻杀雀，生处何如此间乐。冰井银床五月秋，肯向华严觅楼阁。
南看犹自一作"已定"。波汹涌，北望徒惊雪峺嵝。何事金楼一斛珠，
偏献君王万年药。别殿仙人号丽华，连天姓氏出兵家。天教艳极还招妒，
地驾恩殊每自夸。十二玉书逢内召，三千犀甲拥如花。新妆竞羡宫衣好，
深抱谁知春带赊。水殿阿姨随水佩，云廊彩伴逐云车。笙歌未彻霓裳月，
浮白犹喧九酝霞。争知事势朝来异，河娰星娥满元会。红粉初披雉扇开，
紫袍已捧鸾舆至。瑶电俄通四大洲，签名最近重瞳字。耆旧中原见朔风，
园陵东郡还佳气。喜极鸥夷酒作肠，悲来驼狄铅为泪。婓嫱鬂长弹绿云。
倾城争学盘蛇髻。飞旐依然舞两螭，邮筒仍是镂双鲤。老子西行去不回，
山人南海闻风起。寺主鸳鸯且等闲，侍郎碧落先除拟。一经两海旧封疆，
入座三貂议宪章。广召散仙登秘殿，还将十赏宠华阳。顷刻桃花求圣解，
逡巡枣果觅灵香。只言天上光阴好，流浪人间抵十霜。谁知天上乌蟾速，
更比人间钟漏促。逡巡造酒酒难香，顷刻开花花不馥。几处黄旗举未成，
几家丹灶烧初熟。海上星羁献荔龙，陇头雪隔衔芝鹿。南国当熊旧绿娥，
鲛绡未到珍珠幅。西殿阿婆老令萱，雁飞尚滞关山曲。记得春风燕子楼，
一群娇鸟河阳谷。素女为师态万方，红绡结约胸三覆。自矜白日可回中，
自信黄河可西出。日不能中水不西，青琴绛树斗腰肢。卫贾相争因五可，
尹邢互诟为偷窥。明明如月言犹在，暮暮为云梦更迷。羽常迫处釁双翠，
粉镜抛时杀一围。朱雀桁头星火急，翔鸾阁上纸鸢风。浊泾姊妹参商恶，
清渭君臣去住悲。还君昨夜香罗带，着妾来时黑蝶衣。珠帘甲帐成焦炬，
永巷长门泪如雨。凤子能恰雾鬓酸，雁臣也识芳心苦。宝扇迎归驭气车，
罗帷拥入清虚府。只隔宫墙一道红，凄凉便断仙凡路。隐隐犹闻长乐钟，
依依正对昭阳树。烟岫浓边指泰陵，平芜尽处明雩杜。独立自怜倾国人，
凭栏细共余香语。寥廓何心逐海鸥，衷情无计瞒婴武。罗绮从风任作灰，
钗钿经乱抛如土。屡散万金何足惜，长垂双玉谁为主。绣枕斜欹晓到曛，
银缸坐照今非古。恨海经过仔细思，情天影事从头数。锦帕封题密密藏，
花笺细字层层贮。海月苍凉照屃楼，春星华艳排鸾柱。安息氍毹没翠翘，
扶南媚子安钗股。优婆色鸡曲项筘，答腊都昙细腰鼓。多谢摩登孔雀裙，
蒲桃劝酒胭脂舞。舞经泪眼损横波，酒入愁肠蹙眉妩。此错原非铸六州，

重来未必无三户。精卫虽填尚绿波，重华不见空瑶圃。当时不杀任蛮奴，至今枉恨韩擒虎。黛谢红零觅赏音，人间只有嵇延祖。

曾广钧著《环天室续刊诗集》，民国间铅印本。

王允晳

王允晳（1867～1929）字又点，号碧栖，福建长乐人。光绪十一年（1885）举人。入奉天将军依克唐阿和北洋幕府，后任安徽婺源（今属江西）知县。同光体闽派代表诗人，与何振岱、郑孝胥、沈瑜庆等齐名。著有《碧栖诗词》等。

七月十五夜再泛螺江

风景依然淡不收，空江十步便知秋。请看去水无留影，莫遣微云在上头。有酒就君先一醉，无诗愧我续兹游。经年世事何从说，借与船唇睡即休。

王允晳著《碧栖诗词》，民国二十三年（1934）铅印本。原题"七月十五夜再泛螺江，与听水老人同赋"。

友人招饮酒肆座有歌者（二首选一）

可是吴娘旧日颜，曲中用意怨关山。江南百事堪肠断，不在潇潇细雨间。

王允晳著《碧栖诗词》，民国二十三年（1934）铅印本。

十一月晦日渡江（二首选一）

对影分明一老翁，夕阳流水淡如空。陂塘群鸭尤情浅，商略寒芦要北风。

王允晳著《碧栖诗词》，民国二十三年（1934）铅印本。

郑无辩约看豹屏山红叶

日日闲行似有诗，沿村傍郭返迟迟。只愁岁晏无高意，不识山寒有别姿。

眼净未妨亲晚绚，霜清更与永幽期。乡园半亩关人处，摇落芙蓉正尔思。

王允皙著《碧栖诗词》，民国二十三年（1934）铅印本。

梅花

茆屋苍苔岂有春，翛然曾不步逡巡。自家沦落犹难管，只管吹香与路人。

王允皙著《碧栖诗词》，民国二十三年（1934）铅印本。

于役书见（二首选一）

几树萧条远见天，一溪寒冷自生烟。惠崇小景无人买，挂在荒村不计年。

王允皙著《碧栖诗词》，民国二十三年（1934）铅印本。

赵熙

赵熙（1867~1948）字尧生，别号香宋，四川荣县人。授翰林院编修，转官监察御史。工诗擅词曲，有《香宋诗集》《香宋词》行世。

大坪

天外一峰开，金银晃法台。崖经大斧劈，云涌怒潮来。秋尽花犹发，天青玉作胎。洪荒留海色，左股折蓬莱。

赵熙著《香宋诗集》卷一，《赵熙集》，浙江古籍出版社，2014年，68页。

乌尤晚泛

秋边斜照射游鳞，红叶无风只似春。画出襄阳归兴好，一船山影坐诗人。

赵熙著《香宋诗集》卷一，《赵熙集》，浙江古籍出版社，2014年，82页。

杂感十一首（选四）

诸君可叹善忘身，咫尺能扬碧海尘。犹道将军军令肃，路人方欲拜黄巾。

一策长沙自古悲，趋庭论谪亦何师。党人碑上新镌字，谁识闻歌泪满卮。

紫禁东华拂剑光，将星何日应封狼。诸公自引朝仪肃，瘴雨蛮烟满帝乡。

晴雷轰迸角声愁，玉署藏书碧草秋。零落十朝文献尽，可怜清曙尚胶州。

赵熙著《香宋诗集》卷二，《赵熙集》，浙江古籍出版社，2014年，125页。

蒲公庵

石径穿云见佛关，蒲公采药几时还？经年不断树根雨，说有苍龙在石间。

赵熙著《香宋诗集》卷五，《赵熙集》，浙江古籍出版社，2014年，458页。

病中怀范儿

终日勘经老闭关，百花生后雁飞还。良书未报相思切，梦往吴淞一带山。

赵熙著《香宋诗集》卷六，《赵熙集》，浙江古籍出版社，2014年，517页。

下里词送杨使君之蜀（选四）

九天开出一成都，华屋笙箫溢四隅。半壁由来天府重，可怜刘禅是人奴。

张仪楼接文翁室，逸少驰心广异闻。不到成都怎识得，当垆仍有卓文君。

春水香流万里桥，枇杷门巷依楼高。井泉染得花笺色，便恐桃花是薛涛。

故人王相临边久，莫为浮云叹此身。坐与岷峨为地主，当年扬马是州民。

赵熙著《赵熙集》附录二，浙江古籍出版社，2014年，225页。

峨眉纪游小诗（二首）

药池仙绿草萋萋，瀚罢香痕翠鸟啼。一去貌姑人不见，海棠红遍寺门西。

天地开时便此泉，一泓远在佛生前。梦中无路荆州去，夜月苍龙独矫然。

赵熙著《赵熙集》附录二，浙江古籍出版社，2014年，1156页。

山行杂诗四首（选二）

芳洲一水净无尘，何处桃花不是春？满地夕阳归路尽，此中宜有避秦人。

山上苏亭望转遥，市声浓处雨痕消。碧澜寸寸皆秋浦，何处青山是板桥？

赵熙著《赵熙集》附录二，浙江古籍出版社，2014年，1158页。

曾习经

曾习经（1867~1926）字刚甫，一作刚父，号蛰庵。广东揭阳人，祖籍福建莆田。光绪十八年（1892）进士，授户部主事，迁员外郎。后擢度支部左参议，晋右丞，历官税务处提调、清理财政处提调、印刷局总办、宪政编查馆学部咨议等。以诗名世，与梁鼎芬、罗瘿公、黄节合称岭南近代四家。著有《蛰庵诗存》《蛰庵词》等。

秋斋（五首选二）

一枕春愁似影烟，撩人秋色又今年。中庭已少闲花草，每到斜阳独惘然。

新凉庭院少人行，灯火依人不世情。一穗和烟媚幽独，花花草草可怜生。

曾习经著《蛰庵诗存》，岭南小荷花馆癸巳年（1953）刊印，第3简页。

题朝鲜闵妃影像（二首）

紫泥烧作鸳鸯瓦，红泪滴成玫瑰花。一样含情复含恨，弯弯眉月玉钩斜。
亡国曾逢赵大夫，落花台殿说啼乌。春来遍是红心草，曾见宫人瘗玉鱼。

曾习经著《蛰庵诗存》，岭南小荷花馆癸巳年（1953）刊印，第9简页。

平谷杂诗（十八首选三）

秋气已如此，归期竟寂寥。国觞何处酹？乡泪暗中消。觅食艰粱稻，
看人摣豆苗。荒山愁足茧，农圃坐相邀。

未倦穷途意，新凉正养疴。故家辞领海，残梦落交河。夜雨霖铃曲，
秋风敕勒歌。杜陵原野老，流泪满江沱。

乱势今无已，客行殊未央。长谣仍独酌，小枕当还乡。梨枣家家熟，
星辰夜夜望。十年忧国意，拭泪到沧桑。

曾习经著《蛰庵诗存》，岭南小荷花馆癸巳年（1953）刊印，第10简页。

南归初发都留别寓居草树五首（选二）

十年槐树下，劳劳役尘梦。起视西南枝，亦有微风动。

手种垂杨树，春来堪揽结。临夜正东风，会有淡黄月。

曾习经著《蛰庵诗存》，岭南小荷花馆癸巳年（1953）刊印，第17简页。

为袁觉生题潘莲巢焦山图

满眼江山涕泪成，廿年浮玉旧题名。故山好在今难讯，奈此江流日夜声。

曾习经著《蛰庵诗存》，岭南小荷花馆癸巳年（1953）刊印，第39简页。

张鸿

张鸿（1867～1941），字隐南，号橘隐、燕谷老人。清光绪进士。历任日本长崎、神户、朝鲜仁川领事。著有《续孽海花》《蛮巢诗词稿》等。

神户咏怀

浮海东来落拓身，谪留异国分沉沦。画墁求食宁吾志，击柝居卑只为贫。
山水自封真万户，功名遥望似三神。空言至竟难拯世，窃禄唯忧久负民。

张鸿著《蛮巢诗词稿》，民国间（1912～1949）铅印本，9～10页。

无恙属题岱顶观云图

季今畲画。

万峰林立倚碧霄，黑云严锁山之腰。泰安城头暗如漆，唐槐汉柏瘠不骄。
倏忽雨师严驾至，白羽万箭如射潮。我时独立泰山顶，当头旭日红霞烧。
俯视尘世付一哂，天人眼界宜超超。是时庚子方八月，北方烽火冲惊飚。
山灵变幻出奇诡，与目相遇风水遭。山河大地本虚耳，聊复适意供逍遥。
天穷人厄宁足论，坡公适被我侪嘲。披图恍惚似昨日，梦中犹有烟云招。

张鸿著《蛮巢诗词稿》，民国间（1912～1949）铅印本，12页。

掘壕

仿乐府体，以流行语制题志实也。

虞山青峨峨，城带束其腰。福地避兵祸，自诩历三朝。雄师忽弇集，
掘壕征急徭。铁锸限星下，泥担聊虹挑。旁有垂白叟，呜咽手相招。
泣指父母墓，白骨撑翘翘。薪及泥中棺，遑问田间苗。扰泪相慰藉，
暴风不终朝。劫波浩浩来，人鬼均莫逃。况兹值国难，孤棹卷烈飚。
努力渡此厄，白日终昭昭。虎豹在路旁，慎勿言哓哓。

张鸿著《蛮巢诗词稿》，民国间（1912～1949）铅印本，23页。

落花八首寄和无恙 (选三)

东风万点卷残红，掩映余霞落照中。纵令飘茵成艳果，会看抱蔓入枯丛。
金铃难护三更雨，玉笛谁吹五月风。薄暮倚栏人独立，伤春心事问谁同？

娄尾年年青帝回，惯看花落又花开。低飞万里原含怨，寂度三春幸少才。
遇雨方知思旧苑，避风何处筑高台！相思脉脉凭谁寄，送尽余晖一望哀。

问讯春光归不归，只留春泪上征衣。画堂人去诸缘寂，深院莺啼百事非。
红雨飞时兼落絮，绿荫浓处挂斜晖。忍将凤帚空阶扫，妆点林间白板扉。

张鸿著《蛮巢诗词稿》，民国间（1912~1949）铅印本，32页。

何振岱

何振岱（1867~1952）字梅生，号心与、觉庐、悦明，晚年自号梅叟，侯官（今福建
福州）人。光绪二十三年（1897）举人。民国四年（1915），受福建巡按使许世英聘
请重修《西湖志》，任总纂。次年，参加《福建通志》编纂。著有《觉庐诗存》《我春
室文集》《榕南梦影录》《心自在斋诗集》《寿春社词抄》卷。

孤山独坐，雪意甚足

山孤有客与徘徊，悄向幽亭藉绿苔。钟定声依无际水，诗成意在欲开梅。
暮寒潜自湖心起，雪点疑随雨脚来。一饮恣情宜早睡，两峰待看玉成堆。

何振岱著《觉庐诗存》卷一《桔春集》，刘建萍、陈叔侗点校《何振岱集》，福建人民出版
社，2009年，146页。

孤山晓望 (二首)

菰蒲声中见人影，残月瘦竿挂筅箸。翠禽摘水作花飞，一行都上凤篁岭。

欲曙湖心天转黑，寒松无风如塔直。是谁唤起海霞高？红抹峰南转峰北。

何振岱著《觉庐诗存》卷一《桔春集》，刘建萍、陈叔侗点校《何振岱集》，福建人民出版社，2009年，147页。

鹤涧小坐

涧在理安寺之前，千松万竹，高翠耸天。真仙境也。

地天忽自通，一碧不可绝。举眸悚阴森，恐入神灵窟。万篁争奋挺，
丛枥皆耸拔。桥行俯寒涧，自古流苍雪。愔愔琴思生，冥冥鹤迹没。
出山衣藓香，湖光渝不灭。

何振岱著《觉庐诗存》卷一《桔春集》，刘建萍、陈叔侗点校《何振岱集》，福建人民出版社，2009年，150页。

春感

时上事方急。

惜春何忍见花飞，张幕悬铃事已微。千里魂销同况味，经年头白为芳菲。
传书黄耳浑无实，吹浪江豚苦作威。岂有邻翁知爱护，借人耘耤计应非。

花落花开总有时，芳愁只在旧园池。飞茵坠溷终吾土，浪蝶狂蜂异所思。
早虑风霾妨始蘗，长嗟藤蔓束柔枝。玉儿漫恋雕栏好，倚损罗衫却未知。

自古沉愁未是愁，如今春色忍登楼。只闻索飨鸣墟鼓，焉用扬鞭策土牛。
彩树张花仍锦宴，华林奏乐漫移舟。散寒黍谷须吹律，安得邹生与远谋。

疾雨横风近画檐，春人小极只淹淹。讨方重读桐君录，请命时烦太史占。
靦面从来非悦怿，齐心还许有针砭。禽言格桀难舒郁，愿奋雷霆启户潜。

何振岱著《觉庐诗存》卷二《倦余集》，刘建萍、陈叔侗点校《何振岱集》，福建人民出版社，2009年，160页。

黄人

黄人（1869～1913，一说生于1866年）原名振元，字慕庵；改名黄人，字摩西，别署蛮。江苏常熟人。光绪二十六年（1900），受聘为苏州东吴大学教授。同年，与庞树柏在苏州组织三千剑气文社。后与王文濡创办国学扶轮社，编辑《国朝文汇》（即《清文汇》）。南社成立，较早入社。著有《摩西词》《石陶梨烟室诗存》等。

和谢女士落花诗韵四叠韵（选二）

偶然游戏色香中，木石同归紫海东。画壁双鬟无地醉，去年人面此门空。
微波目送销魂碧，小草心抽得意红。雨露何常颜易谢，深闺善保百年躬。

成败东风似汉何，比红百首为谁歌？小家碧玉知心少，锁子黄金蜕骨多。
芳谱广修讹亥豕，沼吴功就付烟波。六街无数香魂在，未忍青骢款段过。

黄人著《闻声对影稿》，江庆柏、曹培根整理《黄人集》，上海文化出版社，2001年，93页。

和幼香秋日游铁佛寺诗原句（选二）

振衣一长啸，风雨四山秋。惊起金人梦，寻来石隐流。胸中天海荡，
脚底俗尘收。笑谓蓟门客，千年好结俦。

山入禅关定，中藏太古秋。拈花同一笑，积翠不能流。屐齿寒云衬，
钟声大壑收。何当呼木客，世外结吟俦。

黄人著《膏兰集》次卷，江庆柏、曹培根整理《黄人集》，上海文化出版社，2001年，111页。

纪初六夜梦

双鬟尔何来，云有故人请。遥指天东边，飘然向前引。此身如轻云，
飞过千万岭。豁放大光明，已落芙蓉顶。回首所来处，深黑若枯井。
百花开三冬，楼阁织成锦。有女曳轻裾，花下香肩并。含笑争致词，

动极可思静。回眸溜春星，欲答又羞嗫。分明熟悉人，苦忆终不省。
低首见清池，菡萏香万顷。池水莹琉璃，照我毛发冷。腰剑带女萝，
非复尘中影。晶碗置荷露，共坐石叔品。贪玩好颜色，欲饮犹未饮。
清风洒然来，独鹤一声警。万象霎时无，仍伴残灯寝。非想亦非因，
是祥还是眚。或者诗画中，曾遇此等景。虽幻却胜真，得到岂非幸。
始知古刘阮，荒唐说梦境。蝴蝶逍遥游，蝼蚁功名炳。留作十日思，
好处不求尽。况有堂上亲，虽好只宜醒。

黄人著《膏兰集》次卷，江庆柏、曹培根整理《黄人集》，上海文化出版社，2001年，118页。

奔走倦甚席地卧彻晓三首（选一）

解衣踞坐汗淋浪，使酒征歌为底忙。尘土全非真面目，冰泉无奈热心肠。
地经日色常如炙，树有风声不觉凉。莫怪纷纷牛喘月，余炎我尚畏灯光。

黄人著《尔尔集》次卷，江庆柏、曹培根整理《黄人集》，上海文化出版社，2001年，
172页。

早起戏作

热粟逼肤汗未干，珍珠磊落白鸟攒。人生随处可高卧，银床罗帐翻不安。
新月在枕灯花落，先生坦腹鼾声作。手中一卷剑南诗，压在腰间浑未觉。
睁眼四顾无一人，清气飞来咽几口，张口还为狮子吼。庭中顽石乱点头，
枝头鸦鹊都惊走。昨宵梦为蚁，南柯郡人笑我寒酸气。今宵梦为蝶，南
华道人又嫌余热逼。再梦为虎三梦龙，变化无云威无风。梦非不佳醒亦
好，一样形神终扰扰。醒耶梦耶不可知，独醒者愚说梦痴。欲呼渴睡汉
作证，正在蕉边争鹿时。小梦不妨入，大梦何时出。思之思之无一言，
天东送上金轮赤。先生无言只作诗，又在梦中过一日。

黄人著《尔尔集》次卷，江庆柏、曹培根整理《黄人集》，上海文化出版社，2001年，175页。

十七日夜坐

屈戍无声对月开，重重树影压青苔。鸟扶残梦飞还坠，虫感秋凉语渐哀。列宿足陪传舍客，片云自养作霖才。偶然想到荷花荡，似有幽香绕枕来。

黄人著《尔尔集》次卷，江庆柏、曹培根整理《黄人集》，上海文化出版社，2001年，182页。

舟中望虞山作歌

虞山如牛终古眠，倔强不受秦王鞭。白云压背梦未醒，懒驮老子登青天。狂生家在山之边，日与猿鸟相周旋。少年意气如雷颠，缒幽凿险常独前。左摩七星顶，右拍维摩肩。有时夜半凌绝壁，一枝铁笛叫破芙蓉烟。寸管蛟跳舞，双袖鹤蹁跹。磨剑剑矗石，弄珠珠喷泉。西俯具区东沧海，千岩万岫一气相钩连。有如珊瑚出水发光怪，又若诸天游戏随意浮青莲。青莲不可采，巨浸将成田。造化怒我清福太求全，驱之出门年复年。林壑无主我常客，埋头尘海殊堪怜。山中同伴几谪仙，随风坠落相先后。钓台一竿已抛撇，虎溪三笑空俄延。惊人奇句千百篇，烟云失色苍苔镌。别山无一语，买山无一钱。归舟却喜与山遇，黛痕一抹侵珠涟。乌篷兀坐日气煎，灵孔早被浮尘填。云虫虫兮饥蝉若，风虎虎兮樯乌联。瀑布悬空不得上，榜师催发声喧阗。故人见面未许近，霞情云意添缠绵。咿哑一声交臂失，过门透色空垂涎。犹幸初平叱石石不起，应无移文来数狂生愆。虞山高眠得静便，狂生如牛还受尘缰牵。火迫即墨邑，风走太史迁。何时对月息残喘，一蓑一笠归卧山之巅。

黄人著《尔尔集》次卷，江庆柏、曹培根整理《黄人集》，上海文化出版社，2001年，186页。

元旦日蚀诗

皇帝二十四年岁在戌，告朔礼成初纪律。上天下地皆春声，排家爆竹如雷疾。黄人叩额辞瑶阍，云气五色环朝暾。东方出震木孕火，驻看黄金烂烂熔冶新乾坤。六宇献曝馨愚爱，三军挟纩邀殊恩。盾不得用猛，衰不得市温。调和三元气，万古归一尊。不料怪事发，烦冤啼血盆。老晴陡阴晦，白昼成黄昏。碧海从古无渣滓，乃如火敦脑儿泡泡而浑浑。不见金轮银轮铜轮铁轮轮转四天下，但见弹丸黑子颠倒相并吞。得非倚天剑，误断红桑根？否则稀有鸟，展翅翻昆仑。或疑夸父操蛇咄咄来相逼，不管赤道黄道黑道白道六龙且作惊鳞奔。又疑踆乌避白雀，张公高闭南天门。初若浴海衔山犹露几分面，俄而一盘烈火渐作柴灰痕。修罗天女，河伯外孙。日出处天子，日没处可敦。秘论邃语略可闻。艳此炙手物，高高不可扪。巧遇一阴为之剥，方诸和墨淋漓喷。然后十字饼样坼，一圜瓜样分，可以饱享七日七夜摇头摆尾馋鲸魂。吾闻龙汉初，混沌凿未开。人天龙鬼糅杂二气内，青灏黄壤处处堆煤炭。万瞽伥伥乱击触，至今昆明池底古鬼犹啼哀。于是东日西月巧安排，皇天两眼始高抬。妍媸黑白不敢遁，山川人物一一位置无所乖。日与月同功，何苦为日灾？向日借光乃为月所猜。一镜不见项，独阴不成胎，碧翁降作沙陀王，只恐蟾蜍一泪割尽无人揩。燧人铸阳燧，有巢构扶桑。庖羲一画破天荒，三画连中文曰王。神农尝百草，黄精饵太防。黄帝作镜三十六，蚩尤雾幕不得张。降至神尧世，洪水流汤汤。赤熛一怒泽洞息，乃有九日乘隙森妖芒。穷羿有矢不引满，反遣纯狐小婢蛊惑王母浮瑶觞。王母醉梦百怪喜，侵蚀一日无精光。一日蔽，一日伤。一日苦，九日猖。咸池旸谷渐破碎，神乌三足走且僵。南箕难簸扬，北斗无酒浆。二十八宿一盘劫子谁收场？荧惑随魃母，妖彗间欃枪。出作入息者，流涕感沧桑。嗟此一日积功累德万万世，初无桀恶何堪亡。何况睽睽万目仰一日，百日注海网在纲。奈何红沙金屑塞天地，坐令九州亿族糊其瞒。佞口善粉饰，似云交食轨有常。母子相食极人变，日为月蚀岂吉祥。日自救不遑，乃与世人商。扣槃扪籥者，献策何周详。或推女娲氏，七十二变最擅长。煮石作胶漆，积金如山岗。金多则富，火烈则强。铸为利器御侵犯，补平天路成康庄，从此日驭无所妨。吾谓巾帼见，只堪补衮裳。补天未补日，长夜殊茫茫。六州聚铁真大错，一旦石破还琳琅。或荐谪仙子，称吴刚，琼斤璧凿铦锋芒。召取八万四千户，玲珑七宝嵌栋梁。月安其居不凌日，自然无挂无碍行堂堂。吾道太机械，止沸扬其汤。修月不修日，明明日月将成昌。神工鬼斧事斫削，徒令碧桃红杏白榆丹桂皆遭戕，此等叛口党月万蝼蚁，只合宰割喂天狼。草莽臣某罪万死，稽首拜手上告日宫天子：金鼓不必鸣，金篦不必灵，臣有一方可治天眼睛。欲去蒙蔽患，先正贪饕刑。月止薄薄蚀，自月以下相率食人膏血成妖精。日食尚有说，其余磨牙张吻皆无名。愿帝一一空治之，贤于十百池上之水千空青。第一东方龙，叨长诸鳞虫。当日借雷雨，今日成痴聋。贪嗜大食燕炙味，巴蛇妖虿相交通。生子九种不成器，更有蛟鳄攀附行妖凶。日食不复恤，反吐云气瞒苍穹。是宜摘取颔珠褫尺木，金枷玉锁永锢幽泉中。余者无功罪不减，轻则割耳重则醢付天厨供。南方火鸟尾秃速，汝与日乌非异族。天市为巢，天仓啄粟，嘻嘻出出良非福。鬼车大笑凤凰哭，九婴披猖不加戮。汝视日食闭其目，汝幸日食膰其腹。曷不驱向纥干山头伴号寒？否则枭且成鸾鹤成鹏。西方号于菟，牙爪有若无。狗肉醉且饱，梦见羊踏蔬。一目睥睨一目眇，反思献媚心月狐。封侯万里谅无望，狰狞之貌合买脂胭涂。老龟最畏事，自负藏身智。首尾一缩即枯骨，七十二钻无可使。喜晦羞明本性然，见日被食反得志。急付豫且烹作臛，莫教阑入君平肆。小星如黑痣，大星如悬疣。累累千万颗，受累无时休。一目易朗，群丑难瘳。分别治罪，庶予无忧。九日环起不胜射。削去轮廓安置星辰俦。月虽朦胧日之配，娟娟自守银宫秋。编次夏小正，绍述鲁春秋。明德新民日熏沐，不许沴氛淫气纤毫留。帝纳刍荛，布新除旧。三台四辅，焕彻左右。群星坏政，或黜或宥。九日失色，退处列宿。姑释勿问，以备四守。月卜其夜，日卜其昼。各安其位，不相刺谬。天眼复完，永烛宇宙。

黄人著《编年集四》，江庆柏、曹培根整理《黄人集》，上海文化出版社，2001年，188页。

送章太炎去苏州（二首）

亚城风雪罄离尊，同课都都席未温。久分好头论价值，从他谬种竞生存。
自由思想超天演，碎磔河山重国魂。一笑修罗丝孔见，竟将吓鼠报追豚。

缮茸高文破坏才，擘空飞去挟山来。金时笑倒新天国，铁血期登大舞台。
风雨鸡鸣思鲁孟，舆图鲗墨感波埃。神奇朱绂终难畜，低首盐车我自哀。

黄人著《编年集四》，江庆柏、曹培根整理《黄人集》，上海文化出版社，2001年，192页。

金兆蕃

金兆蕃（1869～1951，一说生于1868年）原名义襄，字篯孙，号药梦老人，浙江秀水（今嘉兴）人。清光绪十五年（1889）举人，任内阁中书。后膺清廷经济特科之选。辛亥革命后任北京政府财政部佥事、会计司司长、财政部赋税司司长等。1919年，北洋政府设立清史馆修清史，参与纂修。著有《安乐乡人诗》《药梦词》等。

宫井篇

金辘轳收银绠绝，中有贞魂夜呜咽。
恭闻荀宪出侯家，露种云裁姊妹花。
珊玉交柯互葱蒨，那知合德惭飞燕。
漫问人间玉镜台，乌尼双报好音来。
是时长信方虚位，妙选良家循故事，
霞帔云轩拜早朝，双芙蕖压万花骄。
史官枉颂宣仁后，调护官家复何有？
手书特下定中宫，以侄从姑礼数隆。
先期仍建临春阁，相臣宣册宫悬作。
鸾舆平入止车门，亲近方知敌体尊。
普天同愒金轮圣，嘉礼初成诏归政。
排云楼阁瞰昆明，却借军兴助水衡。
贤妃心怀危机伏，灶臼新来语还恶，
螟蠃由来蜷易寻，中宫督过复相侵。
小印亲钤健仔赵，慈宁怒却充华表。
鞭鸾挞凤肯相宽，座上君王掩面看。
强颜甘受泥中辱，名花摧折罡风酷。
纨扇悲凉感不禁，况教同谪累婴婼。
从此龙颜常不怿，欲还阿柄嗟无策。
徙木威轻令不行，投梭谤急事谁明？
碧鸾顷刻重回驭，残星睒睒严霜曙。
表吁临轩作奏工，内传刑赏出宫中。
尧城即在华林囿，根叶犹教共辛苦。
宫庭行孟古应稀，湘竹斑痕遍御衣。

万劫缠绵精卫心，一泓黯淡子规血。
咏絮庭阶征慧业，颂椒戚里纪才华。
最小尤邀阿母怜，能诗每起诸昆羡。
岂因门户求光彩，多恐天人少婿才。
苹涧咨诹季女贤，椒途郑重君王意，
绿签留御丹毫染，共喻东风属二乔。
但冀门楣重外家，何尝钟鼓求嘉偶，
仙近瑶池班自贵，娇藏金屋语旋空。
共羡齐飞近太阳，还教连袂朝长乐。
甥舅婚姻先大国，晨昏瀁瀼怙慈恩。
廿年再撤白纱帏，此事朝家未为盛。
乍可武皇劳习战，揭来文母祝长生。
昭训何缘忤独孤，樊姬岂敢言孙叔，
佩玦朝正嫌位逼，盟钗夜半嫉恩深。
罗织焚椒一卷成，录中罪状知多少！
兰定当锄珠泪咽，菱因屡折玉容残。
点额何烦獭髓调，断肠谁乞鸾胶续？
共看永巷三更月，依旧君王万古心。
易得苏张辨士才，难收产禄诸军籍。
若为扶得潜龙起，至竟难求画虎成。
紫气争迎西母来，青阳暗逐东皇去。
太液池西显阳殿，寂寥真不减楼东。
万乘君王失意人，一片瀛台干净土。
失水蛟龙方意气，当关虎豹又戎机。

骄王迁怒违言始，欲册王孙作天子。主邑三朝策定无，叩关六国兵来矣！
丁甲神奇戊己屯，并成大错铸蒙尘。从亡已分偕良娣，临发犹能杀太真。
拜诏但言赐卿死，阿武相残何至此！自合缣囊扑杀休，初无复壁求生耻。
未悲此变起苍黄，但恨他生事渺茫！妾心早办井波定，妾身甘化井泥香。
嵬嵬留得余晖在，微躯赍粉原无悔！射日将如毒手何，化虹还向前头待。
悬崖决绝赴重泉，位业仍归离恨天。惨祸差同汉宫巇，残魂还作蜀山鹃。
乘舆此日悲歧路，珊瑚鞭折骅骝驻。豆粥分尝少一人，柘观还看不知处。
从官传报失倾城，凄恻君王马上情。共命文禽难遄死，纥干冻雀忍孤生！
昔潜于渊今在野，沉冥鱼服何为者？似闻挽辂议关中，又传定歃盟城下。
经年播越复收京，歌舞斑衣饰太平。彤陛三朝严礼法，黄台一摘噤歌声。
叹息北宫仍闭置，楚歌楚舞同挥泪。九龙殿侧夕阳中，念奴指点伤心地。
踟蹰庭院立多时，落尽桐花断蒨丝。倩影犹疑鉴环佩，血痕那肯作胭脂！
万一微波通缱绻，高唐梦亦君王愿。枉费东朝锡褉文，难偿南内闻铃怨。
闻道深宫意就业，苍鹅恶谶红羊劫。计左三渝海上盟，图穷一试荆公法。
往复平陂剧可哀，天心既厌岂能回！横磨利剑新经义，覆雨翻云尽祸胎。
帝江尤惧鬼谋验，魆黯穷泉求故剑。身到虞渊判共沉，心知炎井难重焰。
上阳病亦向秋屠，先后生天一日间。若使真冷迟旦暮，倘能返照满河山。
守桃重赖旁枝续，委裘负扆深相属。邵陵兄弟中外军，会稽父子东西录。
殿前钟簴忽苍凉，禅诏无端出未央。姑妇残棋分胜负，祖孙绣褓论兴亡。
沧波剩取灵鹣翼，昭阳非复寒雅色。随例铜镮作太妃，断肠玉树悲亡国。
想象神君领玉霄，青天碧海梦迢遥。雀台涕泪蟪矶殉，不负重瞳只二姚。
即今彤管无南董，碧血空随井华涌。落妃泉不变沧桑，报主人休比张孔。
凡楚存亡莫费辞，一朝终始托风诗。落花直下昆仑井，仙果追思阿耨池。

金兆蕃著《安乐乡人诗集》卷一，《近代中国史料丛刊续辑（第十二辑）》，文海出版社，
1966～1989年，5页下。

与冯延云共饮作歌

神仙家言何渺茫，日夜并力趋北邙。口言作达痛在骨，如魏公子还大梁。
枯鱼过河幸相煦，亏君尊酒自劳苦。平生干笑长爪儿，遮莫空浇赵州土。
醒既碌碌醉更休，所不能休畔牢愁。一瓻入腹百端进，鸡虫于我何恩仇！
鸡虫事大桑海小，此语支离君未晓。我心浩渺掷寒江，一夕金焦万回绕。
酒酣灯炧参斗高，如此措大犹能豪！八荒溟涬洞奈何许，有不落拓非吾曹！

呜呼，有不意气非吾曹！

金兆蕃著《安乐乡人诗集》卷一，《近代中国史料丛刊续辑（第十二辑）》，文海出版社，1966~1989年，9页下

钱新甫丈北来途中遇盗

万毂春雷去若飞，何来急弹拂征衣。徊徨难得黄巾拜，憔悴旋迎皂帽归。
纵虎山深谁有责，狎鸥海大我无机。中原极望多荆棘，却曲声悲叹道非。

金兆蕃著《安乐乡人诗集》卷二，《近代中国史料丛刊续辑（第十二辑）》，文海出版社，1966~1989年，11页上。

舟行嘉兴郭外

乡树青黄迓客船，鸭阑鱼槺尚依然。烟交残堞疑完阙，风约丛帆互后先。
桥坦望同新月偃，塔孤影负晚霞圆。市楼旧是神祠地，景物何当异昔年。

金兆蕃著《安乐乡人诗集》卷四，《近代中国史料丛刊续辑（第十二辑）》，文海出版社，1966~1989年，13页下。

章太炎

章太炎（1869~1936）原名学乘，后易名炳麟，字枚叔，别号太炎。浙江余杭人。光绪二十三年（1897）任《时务报》撰述，因参加维新运动被通缉，流亡日本。又因发表《驳康有为论革命书》并为邹容《革命军》作序，被捕入狱。出狱至日本参加同盟会，主编同盟会机关报《民报》。宣统三年（1911）回国，主编《大共和日报》，并任孙中山总统府枢密顾问。有《章太炎全集》《章氏丛书》等传世。

艾如张、董逃歌

泰风号长杨，白日忽西匿。南山不可居，啾啾鸣大特。狂走上城隅，

城隅无栖翼。中原竟赤地，幽人求未得。昔我行东冶，道至安溪穷。
酾酒思共和，共和在海东。谁令诵诗礼，发冢成奇功？今我行江汉，
候骑盈山丘。借问杖节谁？云是刘荆州。绝甘厉朝贤，木瓜为尔酬。
至竟盘盂书，文采骊田侯。去去不复顾，迷阳当我路。河图日以远，
枭鸱日以怒。安得起槁骨，搢袪共驰步？驰步不可东，驰步不可西，
驰步不可南，驰步不可北。皇穹鉴黎庶，均平无九服。顾我齐州产，
宁能忘禹域？击磬一微秩，志屈逃海滨。商容冯马徒，逝将除受辛。
怀哉殷周世，大泽宁无人？ 艾如张

变风终陈夏，生民哀以凉。自昔宋南徙，垢氛流未央。九域尊委裘，
安问秦与羌？眇我一朝菌，晦朔徒菸黄。百年遭大剂，揄袂思前皇。
前皇已蒿里，怀耤谁陈辞？大角出非辰，端门恸宣尼。梅福真神仙，
一言存奉祠。齐州有主后，素王县如丝。如丝亦危断，流涕空汍澜。
吾衰三百年，刑天烝舞干。狼弧又横怒，绛气殷成山。微命非陈宝，
畀鹑良独难。秦帝不蹈海，归莳千竹竿。 董逃行

章太炎著《太炎文录初编》卷二，《章太炎全集》，上海人民出版社，2014年，246页。

夏口行

夏口何迢迢，南国之纪纲。中有二猛士，威棱憺殊荒。力能斩地脉，
智能分天章。不念同胞苦，好自相扶将。斗鸡一寻衅，骨肉还相戕。
称兵犯莫府，五战皆夷伤。行行各分陌，千里不相望。远视尚角目，
焉知弟与兄。晓风忽陵厉，白露转为霜。赤松既云远，谁能无他肠。
良言不见听，思之泪沾裳。

章太炎著《太炎文录初编》卷二，《章太炎全集》，上海人民出版社，2014年，252页。

广宁谣

步出医巫闾，文石正累累。神丛亦时见，不知祀何谁。唯昔熊飞百，
楚材为之魁。临关建牙旗，长驾安东维。置堠亘千里，两军无交绥。
神京有左肘，故老知怀归。谁令斗筲子，居中相残摧。付卒不盈万，
虚位隆旌麾。一朝衄河西，泰山为尔颓。彼昏岂不醉，轻战忘其危。

何意千载下，弃地如遗锥？

章太炎著《太炎文录初编》卷二，《章太炎全集》，上海人民出版社，2014年，252页。

八月十五夜咏怀

昔年行束塞，旋机始云周。京洛多零露，举酒增烦忧。灼灼此明月，
皎皎当危楼。念我平生亲，忽如参与留。与子本同袍，含辛结绸缪。
飞丸善自弹，迳室寻戈矛。蒿邪识麻直，弦急知韦柔。去矣拔山力，
青雅羁长秋。丈夫贵久要，焉念睚眦仇？知旧半凋落。忍此同倾辀。
虞卿捐相印，蓬转随逋囚。魏网密凝脂，收骨知王修。寒燠变常度，
彼哉曲如钩。惜无不死药，西上昆仑丘。后羿无灵气，姮娥非仙俦。

章太炎著《太炎文录初编》卷二，《章太炎全集》，上海人民出版社，2014年，252页。

长歌

麒麟不可羁，解豸不可縻。沐猴而冠带，鸡犬升天啼。黄公秉赤刀，
终疗猛虎饥！玄武尚刳肠，筹策故难齐。牺牛遭鼷鼠，不如退服犁！
武昌一男子，老化为人妻。万物相回薄，安可以理稽？荡荡天门开，
所惜无云梯。不如饮醇醪，醉作甕间泥。幸甚至哉，歌以言志，麒
麟不可羁。

章太炎《著太炎文录初编》卷二，《章太炎全集》，上海人民出版社，2014年，253页。

黑龙潭

昔践送花岸，今临黑水祠。穷荒行欲匦，垂老策无奇。载重看黄马，
云南皆以马任重。供厨致白罴。五华山下宿，扶杖转支离。

章太炎著《太炎文录续编》卷七下，《章太炎全集》，上海人民出版社，2014年，419页。

西归留别中东诸君子

黄垆此抟抟，神州眇一粟。微命复何有，丧元亮同乐。蛞蝓思转丸，茅鸱唯啖肉，新耶复旧耶？等此一丘貉。轶荡天门开，封事苦仆遨。朝上更生疏，夕劾子坚狱。鲸鱼血故暖，凉液幻殊族。球府集苍蝇，一滴淄楚璞。潜蓄岂齐性，缟玄竟谁觉。吾衰久矣夫，白日噎穷朔。仕宦为金吾，萧王志胡蹙。江海此分袂，涕流如雨雹。何以赠君子，舌噤不敢告。弓月保东海，蚡冒起南岳。

本诗章太炎以笔名西狩发表，后收入新民社辑《清议报全编》卷十六第四集《文苑（下）·诗界潮音集》，《近代中国史料丛刊三编（第十五辑）》，文海出版社，1966~1989，39页。

狱中赠邹容

邹容吾小弟，被发下瀛州。快剪刀除辫，干牛肉作糇。英雄一入狱，天地亦悲秋。临命须掺手，乾坤只两头！

本诗发表时署名太炎，发表于《浙江潮》癸卯年第七期，193页。

熊希龄

熊希龄（1870~1937）字秉三，湖南凤凰人，祖籍江西丰城石滩。曾与黄遵宪、梁启超、陈伯严等于长沙筹办南学会及时务学堂。1913年当选中华民国第一任民选总理，因反对复辟被迫辞职。有《香山集》《定情词》行世。

与友人谈时事

因循贻误此谁辜，四十年来苟且图。邻国君臣犹惕厉，中原文武尚模糊。支持四境无豪杰，痛哭三闾有大夫。欲脱儒冠随李广，短衣匹马射匈奴。

熊希龄著《熊希龄先生遗稿·旧憾集》，上海书店出版社，1998年，5182页。

王瀣

王瀣（1871~1944）字伯沆、伯谦，号无想居士，晚自号冬饮。江苏南京人。早年肄业于南京钟山书院。后执教于南京陆师学堂、两江师范学堂、南京高等师范学校。著有《冬饮庐诗稿》《冬饮庐词稿》等。

秋感用杜少陵秋兴韵（选三）

晛睆娇莺啭上林，画旗淋雨尚森森。庄严劫火秦灰热，钟漏声遥汉殿阴。
双爵金觚愁挂眼，九龙香辇殢归心。御沟多少流红水，欲浣春衣泪满砧。

崤函襟带紫云斜，月满行宫驻翠华。远费供张天已泣，若探星宿海犹槎。
丹枫侍从盟铜券，芳草王孙输塞笳。一片沧桑问黄幄，长安风雨正看花。

津桥歇浦莽回头，番屋连云气不秋。紫燕黄莺常醉国，南船北马自边愁。
生憎急羽飞军鸽，敢倚忘机狎海鸥。衣带一条天水碧，几人戮力在神州？

王瀣著《冬饮庐诗稿》，《南京文献》第二十一号，南京市通志馆文献委员会，1948年，6页。

过明故宫

驱车出东郭，钟阜豁明靓。循行得辇路，坏壁余红映。有明造草昧，
四海颂仁圣。得贤辅太孙，正学受顾命。书生少大略，势亟但忧恘。
北兵夺门至，夷族过秦政。江山洒碧血，断石气余劲。无补家国事，
一死岂究竟？当时若早计，世危或转盛。徒刲戢乱志，曷不从卓敬？
西北易为兴，金元事可证。读史每三叹，揽古益愁迸。兴亡付徙倚，
斜阳一碑正。

王瀣著《冬饮庐诗稿》，《南京文献》第二十一号，南京市通志馆文献委员会，1948年，11页。

吴虞

吴虞（1871～1949，一说生于1872年）字又陵，四川新繁（今郫县东北）人。早年留学日本，归国任成都府中学堂教习。辛亥革命后投入新文化运动，加入南社。曾任北京大学、四川大学等校教授。著有《秋水集》《吴虞文录》等。

读《卢骚小传》感赋（选一）

冶佚猖狂第一流，能招诽谤亦千秋。人皆欲杀真名士，别有空华境自由。

吴虞著《吴虞集》，四川人民出版社，1985年，281页。

辛亥杂诗九十六首（选四）

河伯犹能叹望洋，蟪蛄全不解炎凉。广从世界求知识，礼教何须限一方。

同种相攻苦未休，余生容易落扁舟。可怜意气销磨尽，卧看银涛拍岸流。

小院秋深琐绿苔，低吟赤凤有余哀。谁知金井胭脂水，曾照惊鸿倩影来。

暮雨萧萧到夜阑，孤灯红穗怕重看。沈郎底事成消瘦，渐觉罗衾不耐寒。

吴虞著《吴虞集》，四川人民出版社，1985年，289页。

新繁作（四首选一）

辛苦东阡自不辞，占晴候雨顺天时。人间多少兴衰事，说与村姑总未知。

吴虞著《吴虞集》，四川人民出版社，1985年，306页。

书怀

四皓行采芝，严陵独披裘。达人能自贵，遂遗身外忧。不知高与光，岂屑萧邓俦。众生争扰攘，日夜未肯休。青简多断烂，举世徒恩仇。道德既已失，仁义至足羞。嗟此一丘貉，甘为名利囚。井蛙诚有乐，安识大海流。蟪蛄自云寿，宁辨春与秋。始知天地仁，万类各自由。吾生一蘧庐，何暇万古愁。青霞郁奇意，浊酒助清游。毋为反招隐，桂树生岩幽。

吴虞著《吴虞集》，四川人民出版社，1985年，308页。

谒费此度祠

老共苏门赋采薇，羞言杀贼马如飞。江湖满地遗民泪，三百年中此布衣。

吴虞著《吴虞集》，四川人民出版社，1985年，341页。

闻项城逝

威斗无灵笑渐台，冢中枯骨最堪哀。不知郿坞燃脐日，可有中郎雪涕来。

吴虞著《吴虞集》，四川人民出版社，1985年，354页。

寄郑宾于

六经糟粕运将终，扣角何须叹不逢。自负新情摧古梦，尚余奇端震诸聋。刺天已觉群飞苦，放眼方知举世空。应知湛冥蜀庄在，垂帘相对写清风。

吴虞著《吴虞集》，四川人民出版社，1985年，379页。

陈训正

陈训正（1872~1943），字无邪，一字屺怀，号天婴。浙江慈溪人。光绪二十八年（1902）举人，同盟会会员，曾任杭州市长。著有《天婴室丛稿》《玄林词录》《晚山人集》等。

秋风

秋风拂枯草，零落思一薙。短柯无远斧，浮埃空迢递。皇不降巨灵，坐令天地闭，生者尚未生，逝者今已逝。嗟我遭其时，有如项下赘。虽在一体中，恐非神所系。世多窈窕子，相就求其睋。无盐学夷光，明眸难为继。百骸无一妍，何事怨悴替。

陈训正著《天婴室丛稿》，《近代中国史料丛刊（第六十三辑）》，文海出版社，1966~1989年，9页。

过大宝山

是何感慨悲凉地，六十年前问劫灰。行路至今有余痛，谈兵从古失奇才。荒荒岁月天俱老，历历山川我独来，一角丛祠遗恨在，夕阳无语下蒿莱。

陈训正著《天婴室丛稿》，《近代中国史料丛刊（第六十三辑）》，文海出版社，1966~1989年，15页。

舟中同君木作

归途吾与子，薄莫发江洲。来日知何地，余生共此舟。情多杂今昔，迹有但欢愁。一霎都无语，相看月满头。

陈训正著《天婴室丛稿》，《近代中国史料丛刊（第六十三辑）》，文海出版社，1966~1989年，16页。

花子来五首

花子来，叩朱户。朱户鸡粮弃如土。花子朝朝饥饿苦，饥饿苦，君不闻窦中犬吠狺狺。

花子来，觅堡主。堡主昨夜逃荒去，盍无现粮奈何汝。奈何汝，汝且归。白日微，饥乌啼，汝归安所依。

花子来，沿坊走。主人米盈仓，千钱籴一斗。终朝乞得半百钱，估值数米暂糊口。米价一夕涨似潮，主人积钱如山高。钱山高，主人福，花子无福委沟壑。

花子来，花子亦人子，人家有子饭金玉，花子无天饥欲死。饥欲死，天不怜，富家犬，人间仙。

花子来，尔莫来。主人昨夜下谕帖，遍谕花子勿告哀。白米价高斗值千，委仓粒粒皆金钱。鹤俸鸳食犹未料，那有余粮到尔前。花子尔莫来，主人有令孰敢逆，不信看我狼尾鞭。

陈训正著《天婴室丛稿》，《近代中国史料丛刊（第六十三辑）》，文海出版社，1966~1989年，24页。

旅中梦与于相湖上剧饮

如何乍离别，忽又酒缠绵。意重心犹住，秋高目不前。谁移人外境，与坐梦中天。裸地深深语，分明到汝边。

陈训正著《天婴室丛稿》，《近代中国史料丛刊（第六十三辑）》，文海出版社，1966~1989年，55页。

明月怨

明月似金镜，遥挂青枫林。时作可怜色，流照远人心。远人心中意，何如妾意深。

陈训正著《天婴室丛稿》，《近代中国史料丛刊（第六十三辑）》，文海出版社，1966~1989年，99页。

梁启超

梁启超（1873～1929）字卓如，号任公，别号饮冰室主人，广东新会人。光绪间举人，1895年在京会试，参与"公车上书"。后参加强学会，主编《时务报》，主持长沙时务学堂。戊戌变法失败后，流亡日本，主办《清议报》《新民丛报》。辛亥革命后，出任北洋政府司法总长、财政总长。晚年，在清华大学任教。著有《饮冰室合集》等。

读陆放翁集（四首）

诗界千年靡靡风，兵魂销尽国魂空。集中什九从军乐，亘古男儿一放翁。

辜负胸中十万兵，百无聊赖以诗鸣。谁怜爱国千行泪，说到胡尘意不平。

叹老嗟卑却未曾，转因贫病气峻嶒。英雄学道当如此，笑尔儒冠怨杜陵。

朝朝起作桐江钓，昔昔梦随辽海尘。恨煞南朝道学盛，缚将奇士作诗人。

梁启超著《饮冰室合集8》，中华书局，1989年，4页。

太平洋遇雨

一雨纵横亘二洲，浪淘天地入东流。劫余人物淘难尽，又挟风雷作远游。

梁启超著《饮冰室合集8》，中华书局，1989年，7页。

纪事诗

猛忆中原事可哀，苍黄天地入蒿莱。何心更作喁喁语，起趁鸡声舞一回。

梁启超著《饮冰室合集8》，中华书局，1980年，8页。

广诗中八贤歌

诗界革命谁欤豪，因明巨子天所骄。驱役教典庖丁刀，何况欧学皮与毛。
东瓯布衣识绝伦，黎洲以后一天民。我非狂生生自云，诗成独泣问麒麟。
枚叔理文涵九流，五言直逼汉魏道。蹈海归来天地秋，西狩吾道其悠悠。
义宁公子壮且醇，每翻陈语逾清新。啮墨咽泪常苦辛，竟作神州袖手人。
哲学初祖天演严，远贩欧铅挽亚椠。合与莎米为鳒鹣，夺我曹席太不廉。
放言玩世曾皈庵，造物无计逃镌镵。曼歌花丛酒正醲，说经何时诗道南。
绝世少年丁令威，选字秾俊文深微。佯狂海上胡不归，故山猿鹤故飞飞。
君遂之节如其才，呼天不应归去来。海枯石烂诗魂哀，吁嗟吾国其无雷。

梁启超著《饮冰室合集8》，中华书局，1989年，13页。

二十世纪太平洋歌

亚洲大陆有一士，自名任公其姓梁。尽瘁国事不得志，断发胡服走扶桑。扶桑之居读书尚友既一载，耳目神气颇发皇。少年悬弧四方志，未敢久恋蓬莱乡。誓将适彼世界共和政体之祖国，问政求学观其光。乃于西历一千八百九十九年腊月晦日之夜半，扁舟横渡太平洋。其时人静月黑夜悄悄，怒波碎打寒星芒。海底蛟龙睡初起，欲嘘未嘘欲舞未舞深潜藏。其时彼士兀然坐，澄心摄虑游窅茫。正住华严法界第三观，帝网深处无数镜影涵其旁。蓦然忽想今夕何夕地何地，乃在新旧二世纪之界线，东西两半球之中央。不自我先不我后，置身世界第一关键之津梁。胸中万千块垒突兀起，斗酒倾尽荡气回中肠。独饮独语苦无赖，曼声浩歌歌我二十世纪太平洋。巨灵擘地镵鸿荒，飞鼍碎影神螺僵。上有抟土顽苍苍，下有积水横泱泱。抟土为六积水五，位置错落如参商。尔来千劫千纪又千岁，倮虫缘虱为其乡。此虫他虫相阅天演界中复几劫，优胜劣败吾莫强。主宰造物役物物，庄严地土无尽藏。初为据乱次小康，四土先达爱滥觞。支那印度邈以隔，埃及安息邻相望。厥名河流时代第一纪，始脱行国成建邦。衣食衍衍郑白沃，贸迁仆仆浮茶梁。恒河郁壮殑迦长，扬子水碧黄河黄。尼罗一岁一泛溉，姚台蜿蜿双龙翔。水哉水哉厥利乃尔溥，浸濯暗黑扬晶光。此后四千数百载，群族内力逾扩张。乘风每驾一苇渡，搏浪乃持三岁粮。就中北辰星拱地中海，葱葱郁郁腾光芒。岸环大小都会数百计，积气渺渺盘中央。自余各土亦尔尔，海若凯奏河伯降。波罗的与阿剌伯，西域两极遥相望。亚东黄渤壮以阔，亚西尾闾身毒洋。斯名内海文明第二纪，五洲寥邈殊中央。蛰雷一声百灵忙，翼轮降空神鸟翔。咄哉世界之外复有新世界，造化乃尔神秘藏。阁龙归去举国狂，帝国挟帜民赢粮。谈瀛海客多于鲫，莽土倏变华严场。揭来大洋文明时代始萌蘖，亘五世纪堂哉皇。其时西洋权力渐夺西海席，两岸新市星罗棋布气焰长虹长。世界风潮至此忽大变，天地异色神鬼瞠。轮船铁路电线瞬千里，缩地疑有鸿秘方。四大自由塞宙合，奴性销为日月光。悬崖转石欲止不得止，愈竞愈剧愈接愈厉卒使五洲同一堂。流血我敬侅顿曲，冲锋我爱麦寨郎。鼎鼎数子只手掣大地，电光一掣剑气磅礴太平洋。太平洋，太平洋，大风泱泱，大潮滂滂。张肺歙地地出没，喷沫冲天天低昂。气吞欧墨者八九，况乃区区列国谁界疆。异哉似此大物隐匿万千载，禹经亥步无能详。毋乃吾曹躯壳太小君太大，弃我不屑齐较量。君兮今落我族手，游刃当尽君所长。吁嗟乎，今日民族帝国主义正跋扈，俎肉者弱食者强。英狮俄鹫东西帝，两虎不斗群兽殃。后起人种日耳曼，国有余口无余粮。欲求尾闾今未得，拼命大索殊皇皇。亦有门罗主义北美合众国，潜龙起蛰神采扬。西县古巴东菲岛，中有夏威八点烟微茫。太平洋变里湖水，遂取武库廉奚伤。蕞尔日本亦出定，座容卿否费商量。我寻风潮所自起，有主之者吾弗详。物竞天择势必至，不优则劣兮不兴则亡。水银钻地孔乃入，物不自腐虫焉藏。尔来环球九万里，一砂一草皆有主，旗鼓相匹强权强。唯余东亚老大帝国一块肉，可取不取毋乃殃。五更肃肃天雨霜，鼾声如雷卧榻傍。诗灵罢歌鬼罢哭，问天不语徒苍苍。噫嚱吁，太平洋，太平洋，君之面兮锦绣壤，君之背兮修罗场。海电兮既没，舰队兮愈张。西伯利亚兮铁路卒业，巴拿马峡兮运河通航。尔时太平洋中二十世纪之天地，悲剧喜剧壮剧惨剧齐鞳鞺。吾曹生此岂非福，饱看世界一度两度为沧桑。沧桑兮沧桑，转绿兮回黄。我有同胞兮四万五千万，岂其束手兮待僵。招国魂兮何方，大风泱泱兮大潮滂滂。吾闻海国民族思想高尚以活泼，吾欲我同胞兮御风以翔，吾欲我同胞兮破浪以飏。海云极目何茫茫，涛声彻耳逾激昂。罼腥龙血玄以黄，天黑水黑长夜长。满船沉睡我彷徨，浊酒一斗神飞扬。渔阳三叠魂惨伤，欲语不语怀故乡。纬度东指天尽处，一线微红出扶桑，酒罢诗罢但见寥天一鸟鸣朝阳。

梁启超著《饮冰室合集8》，中华书局，1989年，17页。

毅安弟乞书

吾道将安适，苍生正苦艰。月华寒两戒，云气隐千山。渡海求秦药，怀沙葆楚兰。惯闻啼鴃语，莫便损朱颜。

梁启超著《饮冰室合集8》，中华书局，1989年，30页。

述旧抒怀

弘道宗先觉，安危仗大贤。行藏关一世，歌泣话千年。先德如陈实，
求师得薛瑄。渊源从此大，辟咡记曾传。夫子承家学，诸天旧散仙。
卷舒身万亿，出入界三千。乘愿来尘浊，能仁念泯颛。陈诗梦周鲁，
穷易得坤乾。名世应时出，奇怀与俗愆。罪言资贝锦，小隐托丹铅。
万木南天秀，群英东井联。天龙同法会，春夏盛歌弦。我以年家末，
躬陪弟子员。识仁思负荷，闻道怅高坚。霅抱波千顷，顽开石一卷。
传心时中义，授记大同篇。曲突谁当徙，明膏合自煎。正当令狐役，
忆共孝廉船。领袖争和战，锋芒謇佞便。甘陵伤祸始，濠濮返天全。
桂树幽幽绿，衡云郁郁连。寸心波共远，两载月同圆。亦有江湖兴，
其如大厦颠。谋曹惊百鬼，救宋走重趼。冒死犹言事，孤忠竟格天。
启心容傅说，神武是周宣。謇謇陈王道，兢兢捧御筵。瞻依唐日月，
整顿汉山川。小子才无似，同时席屡前。元良常握发，多士许随肩。
百日建新极，群生解倒悬。文萌监二代，庙战慑三边。谓是明良合，
应将国耻湔。妖谶来鸰羽，博祸起龙涎。风折垂天翼，云霾太白躔。
车中惊有布，殿上失诛嫣。痛哭承衣带，间关度陌阡。未容身蹈海，
空有泪如泉。同尽哀巴肃，何辜谴郑虔。微躯仍恋阙，敌忾但空拳。
绕树俱三匝，投荒共一廛。凄凉王粲赋，惨憺子卿毡。消息房州断，
忧伤绝域牵。秦庭无路哭，吴市更谁怜。客睡方难著，凶闻况屡扇。
将军斗米道，王母水衡钱。主器如棋置，佳兵玩火燀。豺狼横莘毂，
蛇豕斗幽燕。竞以千秋业，翻从一掷捐。陈骚西极马，险失北门键。
陇塞闻铃雨，滹沱执橐韽。诸侯娱栈豆，逐客泣兰荃。吁帝知何补，
呼群共式遄。丸泥填瓠子，援日入虞渊。鹬首天方醉，精禽力已绵。
分携瞻斗柄，行迈卜筵篿。杖履随春远，芒鞋踏地穿。驮经追法显，
凿空陋张骞。舍卫冲泥人，须弥倚颣眠。夜吟红海月，晓碾落机烟。
突阙宫依垒，波斯寺礼祆。火山遗市掩，狮首古陵镌。陈迹原堪吊，

新华亦可搴。仁贤友侨肝，掌故问聃籛。政教三千祀，图经二十编。
质文资损益，成坏说因缘。反顾忧荽纬，伤心拜杜鹃。萧萧髭鬓白，
冉冉岁时迁。四塞祲氛恶，群黎疾厄骈。昊天何不吊，恨海耿难填。
蛇影闻殊变，龙胡巨少延。哀哀身莫赎，惓惓泪长悬。凤谓新吾国，
终焉藉主权。霸图从已矣，前事倍潸然。萧瑟哀时客，羁愁瘴海堧。
生憎花的皪，可奈水潺湲。极目随回雁，惊魂堕跕鸢。江山已寥落，
吾道况屯邅。永忆违函丈，相望阅海田。公私几忧患，毁誉两拘挛。
望眼穷天末，心期托素笺。索居书咄咄，示疾念拳拳。潮拍须磨浦，
楼开八九椽。海风犹可吸，时卉亦能妍。旧有为邻约，中闲百累缠。
乱离重捧手，欣喜欲忘筌。青史迟陈范，吾庐合草玄。论诗酬二鸟，
讲学待三鳣。即此甘幽屏，何由堕象诠。功名原失马，流俗任怜蚿。
却上高楼望，翻然万感阗。楚云常漠漠，汉月自娟娟。时节催啼鴃，
芳心委暮蝉。吾徒空老大，何地足回旋。万姓方瞻止，千金尚慎游。
员舆正杌陧，间气必腾骞。超也弩思驾，犹之埴在埏。立诚常惕若，
未济卜终焉。物役情何极，心斋地幸偏。潮音唯喜受，暂拟住初禅。

梁启超著《饮冰室合集8》，中华书局，1989年，31页。原题"南海先生倦游欧美，载渡日本，同居须磨浦之双涛阁，述旧抒怀，敬呈一百韵"。

朝鲜哀词五律二十四首（选四）

时运有代谢，人天无限悲。哀哀箕子祀，恻恻黍离诗。授楚天方醉，
存邢事尽疑。苍茫看浩劫，绝域泪空垂。

地老天荒日，图穷匕见时。猿虫消并尽，牛马应何辞。涛咽仁川水，
云埋太极旗。只应旧时月，曾照汉官仪。

乘传降王去，伤离应黯然。行宫花自发，故国月长圆。幸免牵机药，
遑论少府钱。飞鸟啄大屋，留取后人怜。

槁饿还忧国，奇愁欲问天。迁流观物化，孤愤托诗篇。梦断潮空咽，
神伤月悄然。劳歌杂涕泪，今夕是何年。

梁启超著《饮冰室合集8》，中华书局，1989年，47页。

庚戌岁暮感怀 （选二）

岁云暮矣夜冥冥，自照寒灯问影形。万种恨埋无量劫，有情天老一周星。
催人鬓雪遥遥白，撩梦家山历历青。今古兹晨同一概，只应长醉不成醒。

入骨酸风尽日吹，那堪念乱更伤离。九洲无地容伸脚，一盏和花且祭诗。
运化细推知有味，痴顽未卖漫从时。劳人歌哭为昏晓，明镜明朝知我谁。

梁启超著《饮冰室合集8》，中华书局，1989年，58页。

须磨首涂遇雨口占

伏龙作鳞而，吟啸向何处？百灵伫声容，鼓之以风雨。

梁启超著《饮冰室合集8》，中华书局，1989年，68页。

金天羽

金天羽（1873～1947）初名懋基，改名天翮，又名天羽。字松岑，号鹤望，鹤舫。别署爱自由者、天放楼主人。江苏吴江（今苏州）人。光绪二十九年（1903），加入中国教育会与爱国学社，与章太炎、邹容、吴敬恒、蔡元培抵掌论革命。"苏报案"作，避居故里。辛亥革命后任江苏省议员、吴江教育局长、江南水利局长等。日据时期，任光华大学教授。著有《天放楼诗集》《天放楼诗续集》《天放楼诗季集》《天放楼文集》《天放楼续文言》等。

辽东癸卯 （选二）

纷争难解玉连环，一寸山河斗触变。鸡鹿塞头兵北至，蜻蜓洲畔客南还。
纵横方罫棋成卦，混沌中央帝最顽。辽豕正肥人竞逐，干戈曾有几时闲？

残年风雪咽悲筋，腊鼓催人度岁华。束帛乘韦劳地主，梓宫寝殿望天涯。

金疮雨洗沙中骨，血泪春开劫后花。火自隔河人自看，巫闾迢递况全遮。

金天羽著《天放楼诗文集》卷二《谷音集》卷中，上海古籍出版社，2007年，52页。

都踊歌

人境庐主人有此歌，谓日本西京旧俗，七月下浣，市上儿女悬灯数百，靓妆为舞蹈，其风俗犹之唐人合生歌，其音节则汉人董逃行也。因谱其调，以为托兴云雨。

秋风起兮，月生波，荷荷！蜻蜓飞兮，池上多，荷荷！烟梳风织兮，舞裙拖，荷荷！眼波溜兮，双颊窝，荷荷！心有眷兮，娇蹙蛾，荷荷！睇碧云兮，高挂银河，荷荷！郎在海西兮，珊瑚交柯，荷荷！妾在海东兮，斜抱云和，荷荷！孥舟欲往兮，海有蛟鼍，荷荷！心灵相许兮，流电飞梭，荷荷！常恐婵媛兮，嫁彼橐驼，荷荷！相彼呼韩之王兮，朝铁马而夕金戈，荷荷！妾既为郎憔悴兮，思郎作歌，荷荷！歌词宛转兮，嵌郎心窝，荷荷！郎得健妇兮，与郎当家，荷荷！郎若不来兮，盛年蹉跎，荷荷！一旦天缘相借兮，风吹女萝，荷荷！喜心翻倒兮，珠泪滂沱，荷荷！从此恩情甜蜜兮，唤郎哥哥，荷荷！雀儿飞上高枝兮，荣如登科，荷荷！昧旦驱车遂如皋兮，射彼头鹅，荷荷！归来饮至兮，酌金叵罗，荷荷！连臂蹋歌兮，对舞傞傞，荷荷！抛郎独宿兮，笑彼嫦娥，荷荷！天长地久为婚姻兮，之死靡他，荷荷！

金天羽著《天放楼诗文集》卷三《谷音集》卷下，上海古籍出版社，2007年，58页。

七月十六夜弥罗宝阁灾

秋高月照吴王城，万家灯火凉如冰。赤乌飞向城头鸣，琳宫蠹天天阙晶。流火烁烁丹鼎升，彩霞突出喷窗棂。火声隐隐如震霆，上烧天关煮列星。天龙八部窜帝庭，二十八宿闯太清。玄元皇帝踞灶楞，自夸入火不焦如定僧。青牛烧尾脱辐衡，群仙乱踏天阍行。长庚老子翻酒罂，或向慈航借净瓶。海水滴滴杨枝生，禁敕祝融如律令。融也掉头唤不应，火势已着最上层。嫦娥月窟开银屏，老兔抱杵梦里惊。红云楼阁天为颇，火凤四集张翅翎。仓卒命驾逃云轿，下界正撒盂兰盆。阿鼻狱卒夜打更，穷鬼饱噉豕腹膨。鬼门关上悬一灯，天崩地塌铿华鲸。化人宫作阿房倾，火攻下策功竟成。雨师却走云凭凭，红照浒墅关前亭。灵岩上方山不青，十里之外牛喘声。全城人马如沸羹，救火忙煞消防营。呜呼江南伽蓝古著称，弥罗阁子享盛名。行春善女绣帏停，高梯石级弓鞋登。炉烟篆作宝阁铭，幡幢百宝珠珞璎。一朝赤焰嘘腾腾，摧陷之力比甲兵。可惜画壁仙有灵，海蟾三足跳青冥。我欲上书摄六丁，还我七宝楼台形。银河斜挂星斗横，青烟突突诉不平。浩劫下降天难胜，墙角夜夜飞秋萤。

金天羽著《天放楼诗文集》卷四《雷音集》卷一，上海古籍出版社，2007年，84页。

车中望居庸关放歌

太行之脉常山蛇，西来争道相要遮。到此二蛇忽相轧，赪鳞翠甲纷腾拏。盘腰竦节屈项背，南望张口如虾蟆。我车逶从南口入，蜿蜒石壁行徐爬。卧观叠嶂泼石黛，起视怪石铦莫邪。山高谷深动百丈，关门雄踞如排衙。九地九天自升降，长城彩射朝曖霞。太行八陉此最隘，飞狐紫荆多岐叉。手掷万魂赌斯口，当关虎豹雄须牙。华夷兴丧决俄顷，批亢捣隙乘其瑕。此关若失走平地，铁骑半日趋京华。冥行大隧瞥如驶，山根地肺穿成洼。风雷疾止天地朗，康庄高柳垂平沙。回头却望八达岭，女墙百折屏风斜。我闻居庸看枫天下最，深秋九月红于花。宣化葡萄西来新酿熟，霜林爱晚行复来停车。

金天羽著《天放楼诗文集》卷六《雷音集》卷三，上海古籍出版社，2007年，150页。

虫天新乐府

飞蝶南，奥储皇及妃被刺于玻斯尼亚，欧战遂起。

花间何处来双蝶，螳臂捕蝉短兵接。仙虫生长玉皇家，断送春华太狼藉。一霎风云划地起，群蛾赴焰军前死。角分蛮触寄涎蜗，国并槐安斗垤蚁。东帝西帝争长雄，分曹势与连鸡同。虫沙猿鹤难收拾，万里江山战血红。秦并韩赵燕丹惧，荆轲入秦斩铜柱。一剑横挑劫连开，雄枭力掷倾孤注。大千公案一微尘，星火燎原玉石焚。偏衣金玦储皇帝，蒿里悲歌动路人。

君不见艨艟战鼓丹牛水，高冢祈连城外起。夜来双蝶上冬青，青陵台畔花连理。飞蝶南，葬于此。

金天羽著《天放楼诗文集》卷九《潮音集》卷一，上海古籍出版社，2007年，226页。

前七夕

夏正五月二十九日当公历七月七日，敌军芦沟桥始发难。

天上别多欢会少，牛女相逢苦不早。南风急转波粼粼，浮槎误着桑干津。
桑干河上月色苦，宛平城头夜打鼓。牛郎改行师战神，当暑横布火牛军。
将军惯看仇人面，猛士如云骄不战。轻车一夕渡芦沟，始信银河水清浅。
河流激箭会有时，灵槎系折扶桑枝。

金天羽著《天放楼诗文集》卷二十《天放楼诗季集》卷五，上海古籍出版社，2007年，440页。

后七夕

八一二之明日，上海以虹桥事件开战（七夕当八一二）。

金风吹空露华湿，鹧鸪学习鹰隼击。双星待渡河无梁，借得长虹跨空直。
虹桥知有卑飞翼，栏楯遮防拒弹射。惊心一弹起风波，顽仙化作波旬魔。
穿针楼头恶梦起，悲风猎猎驱驾鹅。浦潮鼓角声砰磕，江海襟喉此交会。
冲虚便近斗牛官，长剑使尔双翻铩。银浦流云学水声，几时为我洗甲兵，
举杯皓月中天明。

金天羽著《天放楼诗文集》卷二十《天放楼诗季集》卷五，上海古籍出版社，2007年，441页。

宁调元

宁调元（1873～1913）字仙霞，又字太一。湖南醴陵人。光绪三十二年（1906），入同盟会，创办《洞庭波》杂志（后易名《汉帜》）。后因策应萍浏醴起义，被捕。出狱后，任《帝国日报》总编。参加民社，并任《民声日报》总编。1913年赴武汉策划反袁，被捕就义。著有《朗吟诗草》《明夷诗抄》等，今人杨天石、曾景忠增补为《宁调元集》。

秋感

平原蒿目意纵横，斜日风高载酒行。玉杵敲残闺梦冷，霜钟撞破梵音清。
一杯酒洒新亭泪，千载乌啼故国情。深愧才疏无片策，谈何容易挽苍生。

宁调元著《朗吟诗草》卷一，杨天石、曾景忠编《宁调元集》，湖南人民出版社，1988年，30页。

早梅叠韵

姹紫嫣红耻效颦，独从末路见精神。溪山深处苍崖下，数点开来不藉春。

宁调元著《朗吟诗草》卷二，杨天石、曾景忠编《宁调元集》，湖南人民出版社，1988年，35页。

从军行

奏凯歌声四面环，战衣犹剩血斓斑。甲兵合挽银河洗，不许楼兰近玉关。

宁调元著《朗吟诗草》卷二，杨天石、曾景忠编《宁调元集》，湖南人民出版社，1988年，37页。

感怀四首（选一）

十年前是一重囚，也逐欧风唱自由。复九世仇盟玉帛，提三尺剑奠金瓯。
丈夫有志当如是，竖子诚难足与谋。愿播热潮高万丈，雨飞不住注神州。

宁调元著《太一诗存》卷一，杨天石、曾景忠编《宁调元集》，湖南人民出版社，1988年，138页。

燕京杂诗（选一）

河山元气入残秋，感慨时艰涕暗流。灾异江都曾作赋，功名李广不宜侯。
凤凰可惜供鹰犬，骐骥偏令作马牛。意志新来摧折尽，人间何处可埋愁。

宁调元著《太一诗存》卷三，杨天石、曾景忠编《宁调元集》，湖南人民出版社，1988年，153页。

武昌狱中书感

蔓尽瓜稀泪暗吞，须臾忍死可堪论。谁明黄雀螳螂意，频见朱门主仆喧。
生世不偕当五浊，问天毕竟隔重阍。身经波浪翻回在，待抉吾眸挂国门。

拒狼进虎亦何忙，奔走十年此下场。岂独桑田能变海，似怜蓬鬓已添霜。
死如嫉恶当为厉，生不逢时甘作殇。偶倚明窗一凝睇，水光山色剧凄凉。

宁调元著《太一诗存》卷四，杨天石、曾景忠编《宁调元集》，湖南人民出版社，1988年，162页。

秋兴三叠前韵（选一）

秋烟漠漠锁荒林，隔岸楼居气象森。逝水为谁留泡影，流光不惜分余阴。
一场筵散轻分手，千里月明共此心。等是不堪愁里听，朝来寒雨晚来砧。

宁调元著《太一诗存》卷四，杨天石、曾景忠编《宁调元集》，湖南人民出版社，1988年，165页。

黄节

黄节（1873～1935）字晦闻。广东顺德人。早年与章炳麟等在上海创国学保存会，后参加南社，以诗文鼓吹革命。辛亥革命后，任北京大学教授，讲授汉魏乐府和古体诗。著有《兼葭楼诗》《汉魏乐府风笺》《曹子建诗注》《谢康乐诗注》等。

宴集桃李花下

春色满中原，东风忽吹至。繁彼桃李花，笑知酒阑意。古人秉烛游，吾今独何志？草堂来故人，为我道时事。坐花且开筵，芳菲拂剑鼻。草木犹春荣，世运何大异！东望春可怜，千里碧血渍。山高风鹤哀，将军死无地。泱泱东海雄，一旦委地利。岂无鸦儿军，不可收指臂。兵事三十年，嗟嗟阃外帅！丈夫拊髀惊，冲冠裂目眦。我少学兵法，亦明古武备。何必怯舟师，何必畏利器。苟得死士心，无敌有大义。天下岂无人，苍苍果谁寄？边风吹虫沙，霾雾走魑魅。壮士怀关东，举酒问天醉。花落竟何言，奈何夜不寐。

黄节著，刘斯奋选注《黄节诗选》，广东人民出版社，1984年，1页。原题"宴集桃李花下，兴言边患，夜分不寐"。

庚子重九登镇海楼

东南佳气郁高楼，天到沧溟地陡收。万舶青烟瀛海晚，千山红树越台秋。曾闻栗里归陶令，谁作新亭泣楚囚？凭眺莫遗桓武恨，陆沉何日起神州！

黄节著，刘斯奋选注《黄节诗选》，广东人民出版社，1984年，5页。

沪江重晤秋枚

国事如斯岂所期，当年与子辨华夷。数人心力能回变，廿载流光坐致悲。不反江河仍日下，每闻风雨动吾思。重逢莫作蹉跎语，正为栖栖在乱离！

黄节著，刘斯奋选注《黄节诗选》，广东人民出版社，1984年，180页。

我诗

亡国哀音怨以思，我诗如此殆天为。欲穷世事传他日，难写人间尽短诗。
习苦蓼虫唯不徙，食肥芦雁得无危？伤心群贼言经国，谁谓诗能见我悲！

黄节著，刘斯奋选注《黄节诗选》，广东人民出版社，1984年，276页。

北风

北风吹春挟飞沙，打窗散几响齿牙。气呵万夫夺四塞，日光白缬黄生花。
婆娑老子坐痛蠹，庭竹深苞鸟敛翼。独有桃根动宕中，舒条破蕾无南北。
可怜鸿雁声更悲，度关入塞草不肥。春来逃命无处所，曷问秋寒倘得归。

黄节著，刘斯奋选注《黄节诗选》，广东人民出版社，1984年，282页。

徐自华

徐自华（1873~1935）字寄尘，号忏慧。浙江石门（今属桐乡）人。幼从舅父马彝卿读，性聪慧，喜吟咏，工诗词。曾受聘主南浔浔溪女学校务。与秋瑾相识，资助秋瑾创办《中国女报》。后入南社。辛亥革命后，主持上海竞雄女学。有《忏慧词》《听竹楼诗稿》及《续编》传世。

晓柳

曙光初透怯征程，烟柳条条露尚盈。残月晓风江上景，鞭丝帽影路傍情。
声飞玉笛乡心动，啼遍黄莺妾梦惊。怪道腰肢清减甚，欲眠又起送人行。

徐自华著，郭延礼编校《徐自华诗文集》卷二，中华书局，1990年，69页。

雨柳

连日春阴雨若丝，满堤杨柳湿参差。风流张绪谁青眼？憔悴秋娘剩翠眉。

一带笼烟枝袅袅，千条锁雾影垂垂。章台游子休轻折，留取浓阴护凤池。

徐自华著，郭延礼编校《徐自华诗文集》卷二，中华书局，1990年，70页。

病中感怀二首（其一）

寂寞闲庭欲暮时，疏帘细雨织愁丝。忏除慧业拼焚稿，感触乡心又赋诗。
瘦影怕临明镜照，吟怀剩有短檠知。比来悟得安心法，处世无才且学痴。

徐自华著，郭延礼编校《徐自华诗文集》卷二，中华书局，1990年，71页。

哭祖父大人四章（选三）

欲赋招魂泪雨涟，老人星忽损瑶天。归田屈指无多日，报国宣劳已暮年。
那有桑株栽八百，且欣桃李列三千。臣心可谓清如水，只饮庐江一勺泉。

评诗谓我胜诸孙，格律津梁细与论。每惜非男空好学，自怜作妇负慈恩。
数年隐抱西河痛，八秩刚开北海樽。忍听双亲悲失荫，凭棺一恸惨乾坤。

果然有志事能成，晚岁蓬山顶上行。且喜儿曹承祖志，更期孙辈振家声。
伤心此别真千古，共惜斯人返九京。留得口碑长载道，官声诗笔两俱清。

徐自华著，郭延礼编校《徐自华诗文集》卷二，中华书局，1990年，77页。

挽秋女士四章

刺弹惊飞五步间，日光如血满城殷。九州无限不平气，愁对苍苍皖北山。

九重求副苍生望，立宪天书忽照临。博得共和新价值，淋漓一颗健儿心。

一天风鹤公侯胆，四海馨香豪杰头。十日雨云愁惨甚，江城六月似残秋。

大吏尊严民命贱，无端流血到蛾眉。秋风秋雨愁如此，泪洒轩亭绝命词。

徐自华著，郭延礼编校《徐自华诗文集》卷二，中华书局，1990年，119页。

夏日过壶园赠叔问

日色不到处，苔气绿一尺。短桥卧流水，竟日无人迹。主人性耽静，颇复用典册。家世通侯门，声华况甚籍。十年吴趋坊，老大不自惜。坏壁张枯桐，寂寞风雨夕。欲奏郁轮袍，凄然吊魂魄。眷眷采珠人，沉沉楚天阔。我欲招之来，酤歌拓金戟。谓王壬秋先生。相期具区间，诘朝理裙屐。柁楼一倚笛，吹堕湖月白。

如皋冒氏清光绪刻本《小三吾亭诗文集》。

福州晤先君寅好感赋

廿载趋庭梦，重来涕泪潸。新交缔群纪，故国换河山。寥落天应醉，承平吏合闲。君看赤嵌水，何日复东还？

如皋冒氏清光绪刻本《小三吾亭诗文集》。

和董卿如皋城中古松诗

荒城三月飞狂花，中有独树森枝桠。霜皮久战向日雨，黛色欲拂青城霞。奇材不用世不识，坐令岁月埋尘沙。新蒲细柳纷眼底，怜汝不异蓬生麻。使君拂拭得佳句，凌铄李杜真名家。手持口诵一千遍，使我感慨无津涯。回头泪落如红雨，衣袂十年京雒土。鼙鼓渔阳苦战争，衣冠江左犹歌舞。宫花寂寞照行人，禁树凄凉委樵斧。大厦从知要栋梁，吾侪何独甘农圃。梦华往事久不省，偶尔为君一倾吐。慈仁寺坚双虬枝，未必经冬尚支拄。

如皋冒氏清光绪刻本《小三吾亭诗文集》。

咏史四首（选二）

如此江山为太真，阿蛮真个有情人。九原相见低头笑，难得官家竟舍身。

铜雀何曾锁二乔，汉家别有董娇娆。梅花万树坟三尺，足解诸郎奈苑嘲。

如皋冒氏清光绪刻本《小三吾亭诗文集》。

陈去病

陈去病（1873～1933），原名庆林，字佩忍，又字巢南、病倩，号垂虹亭长，江苏吴江（今属苏州）人。南社创始人之一。著有《浩歌堂诗钞》等，辑有《笠泽词征》。后人辑有《陈去病全集》。

将游东瀛赋以自策

长此樊笼亦可怜，誓将努力上青天。梦魂早落扶桑国，徒侣争从侠少年。
宁惜毛锥判一掷，好携剑佩历三边。由来弧矢男儿事，莫负灵鳌去着鞭。

《浩歌堂诗钞》卷二《壮游集》，《陈去病全集》，上海古籍出版社，2009年，18页。

重九歇浦示侯官林獬、仪真刘光汉

惨淡风云入九秋，海天寥廓独登楼。凄迷鸾凤同罹网，浩荡沧瀛阻远游。
三十年华空梦幻，几行血泪付泉流。国仇私怨终难了，哭尽苍生白尽头。

《浩歌堂诗钞》卷二《壮游集》，《陈去病全集》，上海古籍出版社，2009年，22页。

辑陆沉丛书初集竟题首

胡马嘶风蹀躞来，江花江草尽堪哀。寒潮欲上凄还咽，残月孤明冷似灰。
誓死肯从穷发国，舍身齐上断头台。如今挥泪搜遗迹，野史零星土一抔。

《浩歌堂诗钞》卷二《壮游集》，《陈去病全集》，上海古籍出版社，2009年，22页。

初夏越中杂诗

冠履一倒置，中原百事非。生无依汉腊，死亦采周薇。落日终成晦，
阳戈孰与挥。茫茫骠骑绩，长与壮心违。

《浩歌堂诗钞》卷四《袖椎集》，《陈去病全集》，上海古籍出版社，2009年，67页。

访安如

梨花村里叩重门，握手相看泪满痕。故国崎岖多碧血，美人幽抑碎芳魂。
茫茫宙合将安适，耿耿心期只尔论。此去壮图如可展，一鞭晴旭返中原。

《浩歌堂诗钞》卷五《岭南集》，《陈去病全集》，上海古籍出版社，2009年，72页。

中元节自黄浦出吴淞泛海

舵楼高唱大江东，万里苍茫一览空。海上波涛回荡极，眼前洲渚有无中。
云磨雨洗天如碧，日炙风翻水泛红。唯有胥涛若银练，素车白马战秋风。

《浩歌堂诗钞》卷五《岭南集》，《陈去病全集》，上海古籍出版社，2009年，73页。

哭钝初

柳残花谢宛三秋，雨阁云低风撼楼。中酒恹恹人愈病，思君故故日增愁。
豺狼当道生何益，洛蜀纷争死岂休。只恐中朝元气尽，极天烽火掩神州。

《浩歌堂诗钞》卷七《光华集》，《陈去病全集》，上海古籍出版社，2009年，97页。

泰山绝顶登封处题壁

天门诀荡荡，海甸莽苍苍。石栈千寻迥，汶流一线长。风多松愈劲，

云拥鍪难藏。雷雨中宵发，雄心动八荒。

《浩歌堂诗钞》卷七《光华集》，《陈去病全集》，上海古籍出版社，2009年，99页。

天贶节为亡妇生日

撒手黄埃又一年，魂兮缥缈落何边。当时生日浑闲事，此际寻思转惘然。
独客天涯谁与伴，买山归去竟无钱。眠牛未卜频惆怅，半夜踌躇月正弦。

《浩歌堂诗钞》卷九《护宪集》，《陈去病全集》，上海古籍出版社，2009年，130页。

恻恻

恻恻中原遍蔚罗，侧身天地一婆娑。图南此去舒长翮，逐北何年奏凯歌。
愧杀须眉逊巾帼，要将儿女属嫦娥。补天填海终须仗，岂谓徐陵彩笔多。

陈去病著《浩歌堂诗补钞》，《陈去病全集》，上海古籍出版社，2009年，233页。

商衍鎏

商衍鎏（1874～1963）字藻亭，号又章、冕臣，晚号康乐老人，广东番禺人。清末进士，曾任翰林院编修。1912年被聘为德国汉堡大学汉文教授，1914年回国。曾任财政部秘书等职。中华人民共和国成立后，任中央文史研究馆副馆长、广东文史研究馆副馆长、广东省政协常委。著有《商衍鎏诗书画集》。

戊寅除夕

白首乡心万里天，中原未定又残年。收京几断江湖梦，苦战频惊岁月迁。

杯酒颓龄聊自醉，今夜灯花为谁妍？千家爆竹三更雨，抚剑悲歌只惘然。

一九三九年初旧历除夕（二月十八日）成都

商衍鎏著《商衍鎏诗书画集·锦城集》，二十世纪六十年代香港自印本，24页。

丙戌暮春还金陵

八载兵戈老鬓须，归来岂是忆莼鲈。重逢风雨新杯酒，仍见江山旧版图。
废垒青磷残戟在，垂堂紫燕破巢孤。劫灰处处伤遗烬，柳色台城喜渐苏。

商衍鎏著《商衍鎏诗书画集·江海集》，二十世纪六十年代香港自印本，109页。原题"丙戌暮春还金陵，战后荒凉，喜渐宜诸公见过"。

许承尧

许承尧（1874~1946）字际唐，号疑庵，晚号婆娑翰林。安徽歙县人。光绪三十年（1904）进士及第，授翰林院编修。辛亥革命后，随皖省同乡、甘肃督军兼巡按使张广建前往甘肃，历任省长公署和督军公署秘书长、甘凉道尹（张掖）、代理兰州道尹等。有《疑庵诗》《疑庵游黄山诗》。

秋花

春花含明姿，秋花抱凄态。物情视节序，欢戚不相贷。幽卉傍空斋，
无言悄相对。预知霜霰警，不作非时悔。避暄适取洁，贱冶乃崇退。
炯炯秋士心，凉馨郁孤爱。

许承尧撰，汪聪、徐步云点注《疑庵诗》甲卷，黄山书社，1990年，4页。

茫茫

茫茫九天酣以嬉，天上视天青无倪。某星某星详偶奇，鞭策电光作龙骑。
闪影一掣纵横驰，贯珠累累周不遗。就中人物怪且奇，人自造身傅以皮。
以意巧构耳目施，必尽其用位置宜。能以梦交以魂怡，不言万里瞬息知。
无老病死无别离，无忧恐惧无嗔痴。有鹤麟凤无蛟螭，草树能笑花能啼。
各有口舌心肝脾，玉能生燠珠能辉。能变雨露霜雪曦，阴晴凉暖随欲为。
男女爱绝无乖违，别有嘘吸神淋漓。屏去一切罗网羁，着翅可泳着翼飞。
庄严未许人天窥，佛家百说言犹卮。槃槃地轴圆如规，如海一滴野一稊。
人在地上悲以欷，日茹腥血甘如饴。

许承尧撰，汪聪、徐步云点注《疑庵诗》甲卷，黄山书社，1990年，12页。

南陵道中

南天亦作北天色，日如铜钲晕圆白。此时行役号苦寒，十里五里宿荒驿。
孤村人少犬不肥，大风破壁掀茅衣。老翁饭我一盂饭，瓦器古如周鼎彝。
横木作床荻作扉，架竹取水掘地炊。邻家抱瓮谋贳米，苦诉米贵愁斯饥。
无言舍去心悄悄，道旁麦脚青芽小。

许承尧撰，汪聪、徐步云点注《疑庵诗》甲卷，黄山书社，1990年，21页。

黄山杂诗二十首（选三）

入山拨蒙密，雨气扑面寒。飞泉忽挂壁，满壑声潺潺。长练幻九折，
一折一玉盘。终古猛抉冲，顽坚被深刓。淳者贮澄碧，溢者悬崩澜。
梯空走蠕蠕，径直无曲蟠。命之曰九龙，吾意殊未安。嘘云或略肖，
首尾�无端。

窄径穿岩行，叠影沁一碧。虫声曳凄弦，泉气滑游屐。峰顽作儿戏，
云外恣跳掷。只此头角诡，收揽已病瘠。昔人爱标举，各以嘉名锡。
肖人与肖物，遗神强仪迹。我但赏奇姿，取娱吾怪癖。

荡荡平天矼，汹汹波涛生。绕足迭起伏，赫濯张旗旌。宾从暨仆妾，联袂朝光明。天都与并尊，秦赵分纵横。潜兵万壑底，甲马仍峥嵘。此诡轶五岳，殊胜谁敢争？一粟天海庵，何时得重营？于兹出奇计，凿险开西陉。必将庆创获，勇破荒石扃。

许承尧撰，汪聪、徐步云点注《疑庵诗》癸卷，黄山书社，1990年，253页。

过菜市口

薄暮过西市，踽踽涕洟归，市人竞言笑，谁知我心悲？此地复何地，头颅古累累。碧血沁入土，腥气生蚍蜉。愁云泣不散，六月严霜飞。疑有万怨魄，逐影争啸啼。左侧横短垣，茅茨覆离离。此为陈尸所，剥落墙无皮。右侧竖长竿，其下红淋漓。微闻决囚日，两役异囚驰。高台夹衢道，刑官坐巍巍。囚至匍匐伏，瞑目左右欹。发乱鬓霉鬑，欧刀厚以寸，锋钝断脰迟。不能辨颜辅，一役揢囚颈，一役持刀挥。中肩或中颅，刃下难预知。当囚受刃时，痛极无声噫。其旁有亲属，或是父母妻。泣血不能代，大踊摧心脾。我过少凭吊，万绪来相縻。念此决囚始，始于媚分宜。风吹枷锁香，门巷藤花疑。咋舌冤尤奇。党人受诛惨，刳腹兼解肢。明季郑氏狱，果谁为鬼雄？地下亦嵚崎。森森半麟凤，此外茹痛冤，偻指名难稽。坑在城南西。囚尸例不瘞，投以饲虺蛇。又闻万人坑，有鼠大如犬，饱餍人膏脂。眼赤声绝怪，白骨纵横排，深窨无寸泥。越夕无余胔。厉气发以猝，见人出牙齘。以故尸入坑，自古有杀业，疫至安可期？呼嗟我心悲，有泪酸以凄。皆为嗜欲滋。造化将何为？其初及异族，渐至同类夷。厥因究安在，世古刑愈惨，根荄递萌芽，鬼蜮阴狙窥。借以陷良善，赫怒嘘淫威。天良研无遗。铸铁作模范，火烙人如糜。我闻亦心痛，何人能实施？当别有脑藏，厉性天赋之。文明渐发生，刑律须改治。改律第一义，首贵民德移。立学普教育，渐摩及蚩蚩。仁让生和风，乃可缺陷弥。余尚有枭獍，苦役终身持。呜呼此大难，今尚非其时。

许承尧撰，汪聪、徐步云点注《疑庵诗》附录一，黄山书社，1990年，6页。

吴佩孚

吴佩孚（1874～1939）字子玉，山东蓬莱人，直系军阀首领曹锟部下。著有《蓬莱诗稿》两卷。

初至黄州走笔示云史

为谋统一十余秋，叹息时人不转头。赢得扁舟堪泛宅，飘然击楫下黄州。

吴佩孚著《吴佩孚文存·诗词》，吉林文史出版社，2004年，213页。

杨圻

杨圻（1875～1941）榜名朝庆，更名圻，字云史，一字野王。江苏常熟人。光绪二十八年（1902）举顺天乡试，调邮传部郎中。后请于外部，奏充英属南洋领事，驻新加坡。至辛亥革命，弃职归国，先后投靠吴佩孚与张学良。"八一三"事变后避居香港。著有《江山万里楼诗词钞》。

檀青引

江都三月看琼花，宝马香轮十万家。一代兴亡天宝曲，几分春色玉钩斜。
玉钩斜畔春色去，满川烟草飞花絮。都是寻常百姓家，欲问迷楼谁知处？
高台置酒雨溟溟，贺老弹词不忍听。二十五弦无限恨，白头犹见蒋檀青。
雕栏风暖凝丝竹，筵上惊闻朝元曲。其时雨脚带春潮，江南江北千山绿。
朱弦断续怨沧桑，望帝春心暗断肠。欲说先皇先坠泪，千言万语总心伤。
坐客相看共呜咽，金徽弹罢愁难绝。同时伤春事不同，飘零身世何堪说！
家在京师海岱门，少年往事不堪论。旗亭旧日多名士，北海当年侍至尊。
太行北尽仙园起，灵台缥缈五云里。年年豹尾幸离宫，百官扈从六宫徙。
万户千门鱼钥开，柳烟深浅见蓬莱。妆楼明镜云中落，别殿笙歌画里来。
祖宗旰食勤朝政，百年文物乾坤定。万方钟鼓与民同，九重乐事怡天听。

建康杀气下江东，百二关河战火红。猿鹤山中啼夜月，渔樵江上哭秋风。
军书榜午入青琐，从此先皇近醇酒。花萼楼前春昼长，芙蓉殿里清宵久。
三山清月照瑶台，夹道珠灯拥夜来。一曲吴歌调凤琯，后庭玉树报花开。
临春结绮新承宠，玉骨轻盈珍珠重。避面宁教妒尹邢，当筵未许怜张孔。
太液春寒召管弦，官家小宴杏花天。昭阳宫里春如海，五鼓初传燕子笺。
鞓红照睡繁华重，绝代佳人花扶拥。南府新声妒野狐，升平独赐龟年俸。
夜半青娥扫落花，深宫月色照羊车。庸知铜雀春深事，留与词人赋馆娃！
当时海内勤王事，慨慷誓师有曾李。未见江头捷旗来，忽闻海畔夷歌起。
避暑温泉夜气清，宫花露冷月华明。惊心一曲《长生殿》，直是渔阳鼙鼓声。
延秋门外黄昏路，城阙生尘妃嫔去。穆王从此不重来，马上天颜频回顾。
来朝胡骑绕宫墙，凝碧池头踞御床。昨夜《采莲》新制曲，月明多处舞衣凉。
太白睒睒欃枪吐，云房水殿都凄楚。咸阳不见阿房宫，可怜一炬成焦土。
和戎留守有贤王，八骏西行入大荒。金粟堆空啼杜宇，苍梧云冷泣英皇。
居庸日落离宫暮，北望幽州空烟树。初闻哀诏在沙丘，已报新君归灵武。
鼎湖龙静使人愁，福海悠悠春水流。山蝶乱飞芳树外，野莺啼满殿西头。
梨园寂寞闭烟雨，百草千花愁无主。汉家仙掌下民间，秦宫宝镜知何处。
玉泉山下少人行，琼岛春阴水木清。独有渔翁斜月里，隔墙吹笛到天明。
繁华事散堪悲恻，玉辇清游忆陪从。明年重过德功坊，梨花落尽柳如梦。
小臣掩面过宫门，犬马难忘故主恩。檀板红牙今落魄，寻常风月最销魂。
十年血战动天地，金陵再见真王气。南部烟花北地人，天涯那免伤心泪。
武帝旌旗满九州，湘淮诸将尽封侯。两宫日月扶双辇，万国车书拜五洲。
独有开元伶人老，飘泊秦淮鬓霜早。夜梦帘间唱谢恩，玉阶叩首依宫草。
糊口江淮四十年，清明寒食飞花天。春江酒店青山路，一曲霓裳卖一钱。
君问飘零感君意，含情弹出宫中事。乱后相逢话太平，咸丰旧恨今犹记。
怜尔依稀事两朝，千秋万岁恨迢迢。至今烟月千门锁，天上人间两寂寥。

杨圻著，马卫中、潘虹校点《江山万里楼诗词钞》卷一，上海古籍出版社，2003年，1页。

京口遇范肯堂先生

忧乐谁先后？含情未忍言。与君看落日，为我话中原。时难文章弃，
春深草木繁。卧来江渚冷，高枕向乾坤。

杨圻著，马卫中、潘虹校点《江山万里楼诗词钞》卷一，上海古籍出版社，2003年，29页。

哀大刀王五

长安谁健儿？王五四海友。高颡贯大鼻，河目胆如斗。策马过其门，
遮客不得走；大臂如巨橼，持我坐并肘；呼妻出见客，布衣椎髻妇。
杀鸡具面饼，酌我巨瓻酒。大声谈刀剑，眼光忽左右。自言少年事，
谈笑杀人夥。天下多好吏，安得尽授首！！悖入不悖出，此理天不取。
男儿贵坦白，为盗何足丑！英雄如落日，忽焉已衰朽。我时方弱冠，
闻言前席久。问以刀剑术，大笑握我手。公子好书生，才智得未有。
一人何足敌，六经乃真守。豚儿令读书，君能教之否？世道促浩劫，
饥寒十八九。天下一指掌，有事十年后。斯言犹在耳，斯人木已秀。
真气见肺肝，愧死肉食臭。乃知山泽间，奇士或一觏。人生共天地，
流品何薄厚。苟不知礼义，衣冠有禽兽！

杨圻著，马卫中、潘虹校点《江山万里楼诗词钞》卷四，上海古籍出版社，2003年，123页。

泰山玉皇阁

鸡鸣日出接天关，绝顶疏钟云汉间。气合大荒心似海，身临上界目无山。
九州寂寂孤僧睡，片石峨峨万古闲。便欲抠衣通帝座，手扶碧落看人寰。

杨圻著，马卫中、潘虹校点《江山万里楼诗词钞》卷四，上海古籍出版社，2003年，125页。

题五洲地图

入门屋大乾坤窄，八荒四极在我室。手扪五岳皆平地，坐观沧海忽壁立。
恍如上界一俯瞩，三分尘土水居七。又如置身洪荒前，当时不见一人迹。
昆仑之外原无山，余气磅礴散万脉。东南诸国临大水，西北川原岂终极！
乃知大块非无垠，直若盆水浮败叶。关塞古今称形胜，自我视之皆智力。
图中斑驳五色分，人种国界辨明晰。世上沿革血染成，此图变更乍朝夕。
人间无日无干戈，一万年后知何色？起来取图裂粉碎，无地存身计亦得。
回顾新月照空墙，似闻吴质嫦娥微叹息。

杨圻著，马卫中、潘虹校点《江山万里楼诗词钞》卷五，上海古籍出版社，2003年，168页。

天山曲

玉门风雪拂云鬟，一曲刀环破虏还。上将功勋开朔漠，美人幽怨念家山。
盛朝甲子贞元颂，八表澄清车书统。圣明天子太平年，瀚海乌梁修朝贡。
独有天方向化迟，东来声教渡车师。白环诣阙留王母，文马来庭款月支。
胡儿背德据西域，复拔汉旌寇边邑。当时妃子不知愁，一笑倾城再倾国。
天马高歌翠葆陪，阆风本自接瑶台。却从青海呼鹰去，还向河源射虎来。
于阗玉暖春烟腻，安息天香容光异。可汗衣佩惹芳菲，灵芸竟体吹兰气。
可汗雄武复温存，举国春风笑语闻。雪里开关连骑出，玉人相并看昆仑。
温柔终老宜行乐，扫穴犁庭孽自作。不闻鼓角动伊凉，岂有功名惊卫霍？
武皇西顾眷诸羌，数纪承平斥堠荒。骤报姑师遮汉使，更传胡马渡前王。
河西陇右匈奴臂，屠耆负固两兄弟。反侧难安叶护心，羁縻未就班超议。
橐驼东下满胡沙，三十六城皆虏骑。敦煌烽火达甘泉，渠黎早备窥边计。
明年骠骑取乌孙，西出河湟略边地。王师八月下连营，乌垒屯田旧制兵。
天子诏增都尉戍，将军请筑受降城。黑水营边鼓声寂，贰师失道陷深敌。
雪没人烟古战场，风摇刁斗大戈壁。绝域三更拜井泉，孤军百日悬沙碛。
夜静天秋塞雁高，围城月白吹羌笛。为觅封侯不肯归，五千貂锦齐鸣唈。
积雪千山与万山，驱兵再度玉门关。交河总管筹边策，不斩楼兰誓不还。
朔方健儿渡碛里，铁甲无声风沙起。黄昏万马饮金河，亭障悠悠九千里。
蛾眉颦蹙侍毡裘，夜报天戈下火州。国破休教妻子累，大王西去莫淹留。
阏氏雨泣单于舞，踟蹰提刀不忍去。帐中红粉抵死催，马上枭雄频回顾。
旌旗西指拂天狼，垓下歌声困项王。明日辕门传献馘，将军拜表破高昌。
班师郊劳迎箫鼓，诏建安西都护府。酒泉从此靖胡尘，不是穷兵非好武。
开疆拓土贺元戎，三箭天山早挂弓。岂似轮台哀痛诏，天王罪己将无功。
当年助顺辟蒿莱，别有降王壁垒开。一骑香尘烽火熄，明驼轻载美人来。
沙场风压貂裘重，阵云满地衣香冻。祁连山月远相随，恸哭爷娘走相送。
琵琶凄绝一声声，大雪纷纷上马行。一拍哀笳双泪落，可怜胡语不分明。
王头饮器献天子，妾心古井从今始。何难一死报君恩，欲报君恩不能死。
忽到阳关古戍楼，明眸皓齿一回头。失声长恸无家别，关下行人尽泪流。
牛羊万里望乡井，龙沙日远长安近。呼天不语山茫茫，天已尽头山未尽。
零乱惊魂起暮笳，关山落日暗平沙。凭栏掩面登车去，从此明妃不见家。
香轮缓缓朝天去，千乘万骑昏尘雾。肃州东下又甘州，从头重数幽州路。
入关拂面起东风，百草千花泪眼中。想像翠华三万里，至今父老忆惊鸿。
边城过尽中原好，风物伤心黯烟草。陇上春寒梳洗迟，骊山月落更衣早。

桃花杨柳短长亭，乳燕流莺京洛道。
蓟门烟树是皇州，阊阖天开拥冕旒。
玉阶扶定珠帘卷，天颜有喜催归苑。
千门万户建章宫，翠辇风飘闻凤琯。
瀛台小宴月笼沙，诏遣羊车拥丽华。
青娥阿监争嗟恻，如此繁华无欢色。
野字频侵帝座分，史官夜奏星占急。
洛女空令赋感甄，楚王有意怜绳息。
花自无言春自暖，亲裁手诏劝忘忧。
拥入东风海上楼，宫莺啼遍三山绿。
上国风华浓似锦，故宫归梦杳如年。
风和日丽断肠天，月明花暗销魂地。
忽变流沙塞上声，游鱼栖鸟俱悽恻。
此时一怒碎箜篌，剪断鲲弦不复弄。
夜梦天山猎雪回，龙堆火照夜光杯。
三年日月但悽咽，太后哀怜召相见。
温语偏承任似欢，淡妆不避尹刑面。
罗敷结发有狂夫，国破家亡白骨枯。
肝肠慷慨词决绝，再拜从容完大节。
金阙西厢深闭门，慈云祸水两无痕。
诏赐辒辌从藩俗，返骨故乡应瞑目。
旧臣遗老半生存，白马素车争迎哭。
剪纸招魂度玉关，步虚环珮五更寒。
汉城西北回城畔，后人省识湘灵怨。
吴宫花草葬西施，故主相逢地下知。
返生无计采灵药，官家惋惜复嗟愕。
南内霜寒掩洞房，宫人垂泪扫空床。
九重不豫多休暇，春色幽幽闲台榭。
碧云无际想衣裳，绣幄经年闻兰麝。
边臣褒鄂尽酬庸，紫阁图形诏画工。
英姿飒爽惊绝代，物换星移今犹在。
故教奇节付丹青，未必英雄非粉黛。
乾隆往事似开元，西苑重游问内宫。
五步一楼十步阁，太液秋哀凉风作。
犹见金茎承露盘，汉时宫阙晋衣冠。

紫陌鸡鸣见汉宫，蓟门烟树云中晓。
北极河山随彩仗，长杨车骑满瀛洲。
愁容瘦损况欢容，昭阳第一春光满。
三海恩波无限深，上林花鸟从今暖。
夜叩金铺楼殿寂，独眠人睡闭梨花。
君王含笑侍人愁，露似珍珠花似泣。
沉香甲煎到天明，唾壶红泪终宵湿。
官家为罢未央游，转惜倾城怒蔡侯。
清真赐洗华清浴，御沟水腻凝脂馥。
楼高不见故乡天，马邑龙城路万千。
朝朝暮暮愁城闭，自拨箜篌诉哀厉。
空房深坐屏侍从，慢撚轻弹凄调纵。
部曲夷歌久不闻，家山入破哀谁共？
可堪愁苦忆欢娱，往事悠悠来入梦。
大王欲看波斯舞，笑酌蒲萄拥膝催。
中使催朝长信宫，六飞已上祈年殿。
我见犹怜狂至尊，雪肤花貌心冰霰。
臣罪当诛妾薄命，覆巢完卵古来无。
含泪陈情含笑辞，六宫相顾俱悽咽。
全生不感君王意，就死犹衔圣母恩。
玉匣珠襦黄竹歌，哀琴细鼓苍梧曲。
河山无改故宫平，夜夜啼鹃觅金粟。
断无幽恨留青塚，月黑风高行路难。
终古冰山锁墓门，眉痕犹似青峰乱。
雨湿冬青携麦饭，年年伏腊拜荒祠。
当时谏笔命词臣，不赋哀蝉歌黄鹄。
五更长乐疏钟尽，鹦鹉犹疑理晓妆。
羊车重过殿西头，细雨无人落花下。
塞上烟消寒食天，宫中火冷清明夜。
一例承恩留玉貌，宝刀银甲气如虹。
明珰翠羽照人间，细骨轻躯来绝塞。
圣德珠还古未闻，佳人玉碎今难在。
水殿云房都不是，玉人何处倚栏杆？
两鬓烟鬟不可寻，白蘋无际红莲落。
马龙车水千门晚，凝碧池头一例看。

省中吏散蓬壶靓，金屋啼痕觅香径。夕殿微凉锁洞天，沉沉云海烟花暝。
此时月浸翠云裘，省识先皇照夜游。宝月楼南圆镜北，扁舟指点水天秋。
天章惊拜星云丽，此地垂裳想遭际。圣代千秋文藻情，孤臣此日攀髯意。
仙侣移舟旧迹空，繁华事散大明宫。少陵野老王摩诘，一代诗人涕泪中。
兴亡到眼清哀动，石鲸无恙铜仙重。圣武他年纪裕陵，冰心万古埋香塚。
苜蓿离宫信有之，羌笛哀乱怨龟兹。至今弱水悠悠恨，长向西流无尽时。

杨圻著，马卫中、潘虹校点《江山万里楼诗词钞》卷十一，上海古籍出版社，2003年，355页。

哀中原

贼来复官来，旦夕命如丝。嗟乎大河南，手足将安施！近年盗如毛，
数数攻城池。飘忽若风雨，流亡满泽陂。大郡如临敌，小县闻声驰。
饱掠复他去，空城弃如遗。狐狸出以昼，貔貅守其雌。妇女走山谷，
老弱化为骴。千里绝炊烟，午夜无啼儿。大索良家子，狞笑令纳赀。
赎命妻子切，救子父母慈。置身刀俎上，悉索焉避辞。岂不惜倾家，
求免虎口饲。平时聚敛才，驱雀唯恐迟。此时官何往，哀呼宁或知。
资贼在苟免，犹得留铢锱。忽闻官已至，民喜忘其饥。官曰"尔通贼"，
结舌莫置词。喘息犹未定，俯就狱吏笞。乱后四壁立，赂赎将何资。
贼来官先去，贼去官杀之。献俘上大吏，加爵功有差。贼去已经年，
城中何伏尸。所望父母心，后来乃若兹。死官不死贼，良民理如斯。
哀哀河南民，尔曷生今时。尔生不如死，死矣则莫悲。

杨圻著，马卫中、潘虹校点《江山万里楼诗词钞》卷十一，上海古籍出版社，2003年，389页。

夏敬观

夏敬观（1875~1953）字剑丞，又字鉴丞，号缄斋、映庵。江西新建人。生于湖南长沙。早年从皮锡瑞治经，后入张之洞幕，历江苏省参议、江苏提学使，兼任上海复旦公学、中国公学监督等。曾任涵芬楼撰述。著有《忍古楼诗钞》《忍古楼诗续》《映庵词》等。

净慈寺井

山寺云深万花冷，碧松倒破玻璃影。苔皴古甃绿如玉，的的丹砂夜飞井。
琳宫牙牙高入天，虹梁荷栋相钩连。余材沉弃九泉底，比之沟断千岁坚。
虬龙喑咽眠不得，丘山欲负苦无力。会当劫尽上天去，万里春雷昼生翼。
南屏千丈泼空翠，一禅酩酊万禅醉。寒钟透骨鸣一声，大心满山声满寺。

夏敬观著《忍古楼诗钞》卷一，王伟勇主编《民国诗集丛刊》，文听阁图书有限公司，2009年，第2简页。

秋士吟

人间秋士吟，苦作虫唧唧。肝肠夜机杼，万绪皆人织。中藏古人泪，
一语一泪滴。古人已悲今，我今更悲昔。

夏敬观著《忍古楼诗钞》卷二，王伟勇主编《民国诗集丛刊》，文听阁图书有限公司，2009年，第13简页。

悼亡诗

忆君生平言，遍历九回肠。思君生存日，未如此夜长。孤灯黯虚帏，
梦见不可常。再起视遗挂，含睇在我旁。生无一日安，瞑目归何乡？
当境有未察，事往丛悲伤。

静女嫁贫士，一世含酸辛。平生同歌哭，自非寻常人。寒花夜茫茫，两虫互吟呻。古声出房中，肝肺入酒醇。积纸覆尘蠹，汝我夙所亲。辒椟不忍启，病骨忽徂春。

深悲入病臆，百挥不能去。两家白发亲，慰我吐酸语。怜儿更哀妇，爱婿复伤女。昆弟得凶问，行将哭临汝。骨肉在道途，流离各无所。故土魂未归，黄泉亦羁旅。

修短信无常，所悲死君后。眼见小儿女，匍匐哭左右。同穴会有期，临棺执君手。神伤骨易出，眼枯泪何有？漂摇同命鸟，孤生那堪久？一再罹天罚，三岁已白首。

夏敬观著《忍古楼诗钞》卷三，王伟勇主编《民国诗集丛刊》，文听阁图书有限公司，2009年，第17简页。

与友同登北固山甘露寺四次前韵

破空箫吹咽云凉，劫火烧余梵宇香。僧榻已无容客处，佛堂还见点兵忙。江天落日成孤注，淮泗狂流各一方。扶掖危栏同数子，眼随残雁堕苍茫。

夏敬观著《忍古楼诗钞》卷四，王伟勇主编《民国诗集丛刊》，文听阁图书有限公司，2009年，第8简页。原题"贞长、襄庭、粟长、伯荪、应伯同登北固山甘露寺四次前韵"。

新春

春风不入时，来在汉腊后。王城酺十日，惜不得官酒。红尘暖游步，吹面弥作垢。强买新花枝，欲簪羞白首。相知罕新人，落落齐年友。杯阑忆绮语，且看春光否？人谁不姣好，春与增老丑。不如不逢春，犹可岁寒守。

夏敬观著《忍古楼诗钞》卷六，王伟勇主编《民国诗集丛刊》，文听阁图书有限公司，2009年，第14简页。

黄浦园坐对月

地车一西翻，举境黑如墨。案头亲灯火，老眼渐亏蚀。幸有月返照，
人间知夜色。得水意更朗，遂步浦江侧。川湄夹闹市，仍苦势相逼。
巨舰横中流，众槎复旁塞。凭阑贪江光，仅睹波路仄。我心如太清，
何物滓胸臆？近持多言戒，唯对月可默。但认月魄中，始是清凉国。
凡物皆不生，方免外见贼。

夏敬观著《忍古楼诗钞》卷十三，王伟勇主编《民国诗集丛刊》，文听阁图书有限公司，
2009年，第8简页。

山居口号四绝（选二）

楼窗不施帷，夜半惊雷电。起看云罅中，星斗犹灿烂。

初阳隐山背，晓月照云海。淡紫压轻蓝，遥天炫奇彩。

夏敬观著《忍古楼诗续》卷四，《近代中国史料丛刊（第九十七辑）》，文海出版社，
1966～1989年，69页。

诸宗元

诸宗元（1875～1932）字贞壮，又字贞长、真长，别号大至居士。浙江绍兴人。曾与黄节、
刘师培、邓实、陈去病、胡朴安等于上海设立国学保存会及藏书楼。南社成立，入社。著
有《大至阁诗》等。

戊戌秋中寄东虚

闻汝全家去抚州，未将消息告交游。人言张俭同亡命，我识梁鸿岂避仇？
有舌尚存言变法，此心未死莫悲秋。种瓜自是君家事，莫向青门问故侯。

诸宗元著《大至阁诗》，民国二十三年（1934）铅印本。

窃愤

亦许天光一亩开，星球九万里雄哉。不知有汉桃花老，旁若无人燕子来。
窃愤无端供涕泪，远情何事苦喧豗。松阴幽室求文稿，猛士终题廿一回。

诸宗元著《大至阁诗》，民国二十三年（1934）铅印本。

徐州

北望寒云晓不收，南归今始过徐州。日光将出云奔马，风力初温渚泛鸥。
地画中原风尚僄，民居山碛气难柔。半生乘障思为法，世论悠悠孰可谋？

诸宗元著《大至阁诗》，民国二十三年（1934）铅印本。

沈钧儒

沈钧儒（1875～1963）字秉甫，号衡山，浙江嘉兴人。早年参加中国民权保障同盟，
领导成立上海文化救国会，并任民盟中央常委。中华人民共和国成立后曾任最高人民
法院院长、全国人大常委会副委员长、民盟中央主席等。有《寥寥集》。

题画

小楼先生一九三七年元旦绘怒涛，旧历元宵复绘梅花，先后以赠韬奋，为赋诗，
以广其意。

小楼作画不似画，以手扪之疑有痕。元旦落笔起突变，峥嵘能写怒涛翻。
悬之狱壁海气湿，晴窗暗淡失朝暾。春风翩然忽满眼，幽梅着蕊吐奇馤。
疏疏点点复斜斜，瘦干中贮冰铁魂。丹青狡狯拟造化，意之所注操则存。
吾闻昔有流民图，把握现实鸣烦冤。方今国难日煎迫，何不咨嗟穷其原？
社会万象供素描，一花一水安足论。

沈钧儒著《寥寥集》，生活书店，1938年，60页。

晓闻炮声不能成寐

一九三七年十月十六日。

夜静炮声密，声声打入心。国魂随震荡，民意许追寻。九国盟犹在，三边寇日深。书生愿效死，抚枕动沉吟。

沈钧儒著《寥寥集》，生活书店，1938年，61页。

宿歌乐山咏红杜鹃

一丛红杜鹃，当窗色自妍。垂崖寒滴雨，带树远凝烟。疑有战时血，如吟杜老篇。更听子规鸟，啼破晚来天。

沈钧儒著《寥寥集》，生活书店，1938年，105页。

秋瑾

秋瑾（1875～1907，一说生于1877年）原名闺瑾，留学日本改名瑾，字竞雄，别号鉴湖女侠。浙江绍兴人。早年留学日本，先后参加光复会、同盟会。归国后，在上海创办《中国女报》提倡女权，宣传革命。因组织光复军，准备起义，事发被捕就义。遗稿辑为《秋瑾集》。

剪春罗

二月春风机杼劳，嫣红染就不胜娇。而今花样多翻复，劝尔留心下剪刀。

秋瑾著，中华书局上海编辑所编《秋瑾集》，上海古籍出版社，1979年，62页。

送别

杨柳枝头飞絮稠，那堪分袂此高楼！阑干十二云如叠，路程三千水自流。未免有情烟树黯，相留无计落花愁。送君南浦销魂处，一夜东风促客舟。

秋瑾著，中华书局上海编辑所编《秋瑾集》，上海古籍出版社，1979年，63页。

独对 次清明韵

独对春光抱闷思，夕阳芳草断肠时。愁城十丈坚难破，清酒三杯醉不辞。喜散奁资夸任侠，好吟词赋作书痴。浊流纵处身原洁，合把前生拟水芝。

秋瑾著，中华书局上海编辑所编《秋瑾集》，上海古籍出版社，1979年，66页。

轮船记事二章 (选一)

四望浑无岸，洋洋信大观。舟疑飞鸟渡，山似毒龙蟠。万派潮声迥，千峰云际攒。茫茫烟水里，乡思入眉端。

秋瑾著，中华书局上海编辑所编《秋瑾集》，上海古籍出版社，1979年，70页。

黄海舟中日人索句并见日俄战争地图

万里乘风去复来，只身东海挟春雷。忍看图画移颜色，肯使江山付劫灰！浊酒不销忧国泪，救时应仗出群才。拼将十万头颅血，须把乾坤力挽回。

秋瑾著，中华书局上海编辑所编《秋瑾集》，上海古籍出版社，1979年，79页。

日人石井君索和即用原韵

漫云女子不英雄，万里乘风独向东。诗思一帆海空阔，梦魂三岛月玲珑。

铜驼已陷悲回首，汗马终惭未有功。如许伤心家国恨，那堪客里度春风。

秋瑾著，中华书局上海编辑所编《秋瑾集》，上海古籍出版社，1979年，83页。

感时二章（选一）

忍把光阴付逝波，这般身世奈愁何？楚囚相对无聊极，樽酒悲歌泪涕多。
祖国河山频入梦，中原名士孰挥戈？雄心壮志销难尽，惹得旁人笑热魔。

秋瑾著，中华书局上海编辑所编《秋瑾集》，上海古籍出版社，1979年，83页。

对酒

不惜千金买宝刀，貂裘换酒也堪豪。一腔热血勤珍重，洒去犹能化碧涛。

秋瑾著，中华书局上海编辑所编《秋瑾集》，上海古籍出版社，1979年，86页。

吕惠如

吕惠如（1875~1925）原名湘，行名贤钟，字惠如（一作蕙如），又字云英。安徽省旌德县人。其父吕凤岐曾任国史馆协修、玉牒纂修、山西学政等。吕惠如与其妹吕美荪、吕碧城均以诗文闻名，号称"淮南三吕，天下知名"。有《惠如诗稿》、《惠如长短句》存世。

暮春书感

过眼繁华感不禁，芳菲无倚任消沉。竹怀独立凌云志，兰具孤芳卧雪心。
窗度飞红风漠漠，帘遮新碧日骎骎。自知锦躲催声急，收拾蘅芜入楚吟。

吕惠如著，安寒斋（英敛之）选辑《吕氏三姐妹集·惠如诗稿》，清光绪三十一年（1905），第1简页。

李宣龚

李宣龚（1876~1952）字拔可，号观槿，一号墨巢，福建闽县（今闽侯）人。光绪二十年甲午（1894）举人。有《硕果亭诗》《诗续》刊行。

深闭

客处荒城岁月增，此身未改旧崚嶒。不棻始觉多余暇，深闭犹能远所憎。砚水已干仍抱璞，瓶花相对亦传灯。冥然端坐穷群态，杞柳杯棬各有棱。

李宣龚著《硕果亭诗》卷上，《近代中国史料丛刊（第九十一辑）》，文海出版社，1966~1989年，23页。

岚山雨后作

东风吹雨太无端，俄顷花开旋复残。酒倦伤春人易睡，楼高近海昼多寒。商艰郁抑知谁拯？国论棼纭已厌看。尚恐多忧损怀抱，百年记取一凭阑。

李宣龚著《硕果亭诗》卷上，《近代中国史料丛刊（第九十一辑）》，文海出版社，1966~1989年，46页。原题"岚山雨后，樱花狼藉，怅然有作"。

夜坐示贞壮

眼中时事益纷纷，默坐相看我与君。秋老叶声时作雨，夜寒海气易成云。穷愁强饮终难遣，异地狂歌不可闻。千里映庵明月在，故应分照白鸥群。

李宣龚著《硕果亭诗》卷上，《近代中国史料丛刊（第九十一辑）》，文海出版社，1966~1989年，78页。原题"夜坐示贞壮，并寄映庵江南"。

焦山枕江阁同沤尹丈夜坐

风江终日意难平，不掩秋虫入夜声。地尽偶容山突兀，林深微露月峥嵘。陆沉自古将谁罪？息壤如今尚可盟。汲水采薪吾亦惯，甘从寂寞送余生。

李宣龚著《硕果亭诗》卷上，《近代中国史料丛刊（第九十一辑）》，文海出版社，1966～1989年，84页。

野竹

野竹密成村，无云已如雾。一从云里看，矗立见风度。乃知君子人，朋党不妄附。因依失所亲，观生当自悟。

李宣龚著《硕果亭诗》卷上，《近代中国史料丛刊（第九十一辑）》，文海出版社，1966～1989年，102页。

哀次女昭质

平生木石肠，临老恋儿女。尔姊有远行，一力欲借汝。汝性得吾偏，褊衷非所许。秉身虽云懦，好学莫能御。如何构短折？病久卒难愈。徒痛事无及，内热空自煮。床棱摸欲穿，鼻息断犹数。伤哉不出户，一出即死所。廿年椟中珠，掩此和泪土。雨锸会当晴，风柯向谁语？汝病人岂知？吾愁翻见疑。相牵游西山，犹不谓汝危。归视计已迫，镵硈遂杂施。以死将谁怼？活我亦此医。香花舁一棺，瞑目甘自机。毫发不受垢，无烦盥以匜。但恨顾未了，何妨待吾衰？恩爱若是妄，悲忧宁自欺。达理不可喻，魂气终安之。咫尺果从我，虹桥非路歧。

李宣龚著《硕果亭诗》卷上，《近代中国史料丛刊（第九十一辑）》，文海出版社，1966～1989年，129页。

嘉州道中

抱城绿野与江平，路入嘉州水更清。松气日光三百里，峨眉天半片云横。

李宣龚著《硕果亭诗》卷上，《近代中国史料丛刊（第九十一辑）》，文海出版社，1966~1989年，282页。

峨眉龙门峡

龙门从天开，一洞破两石。唯闻地中乡，不见行水迹。藤虹挂人首，皤腹斗松枥。绳桥千丈强，叠涧趋一白。同游去如驶，独我贪暂息。危阑风欲动，脚底走霹雳。分明玉盘盂，阴黑有不测。须臾漏日影，摆出鱼尾赤。

李宣龚著《硕果亭诗》卷上，《近代中国史料丛刊（第九十一辑）》，文海出版社，1966~1989年，283页。

登燕子矶

燕矶侧坐东南岸，钟山横掩城之半。雪迹难平野烧骄，江天直与风帆乱。古洞楠榴世不名，荒洲芦荻为谁生？袖中看尽量江手，独试人间却曲行。

李宣龚著《硕果亭诗》卷下，《近代中国史料丛刊（第九十一辑）》，文海出版社，1966~1989年，187页。

兆丰公园晚坐

辛夷已吐玉千盘，细草如茵渐耐看。无限赏心当日暮，最难携手是春寒。销魂南浦才终尽，对泣新亭泪易干。只有眼前真实意，不随物我作悲欢。

李宣龚著《硕果亭诗》卷下，《近代中国史料丛刊（第九十一辑）》，文海出版社，1966~1989年，195页。

丁丑九日作

天狗频闻坠地声，却疑瓯脱是围城。园中犹可来宾客，菊外谁知有死生？
一雨暂教兵气洗，九秋难遣壮心平。世间身手真何罪？请赋无衣为我鸣。

李宣龚著《硕果亭诗》卷下，《近代中国史料丛刊（第九十一辑）》，文海出版社，1966～
1989年，297页。

呈雪桥师

举国甘心败是求，更无余地可分忧。澶渊敢再轻孤注，曹社谁知尽鬼谋？
独有文章尊滏水，任从槌毁到黄楼。琼华未划西山在，北望犹容两眼收。

李宣龚著《硕果亭诗》卷下，《近代中国史料丛刊（第九十一辑）》，文海出版社，1966～
1989年，312页。

为杨无恙题湖山无恙卷子

闭关不出未一纪，蹙地何堪日百里。似知立马有完颜，先取西湖藏袖里。
工愁善病老维摩，笔端能挽旧山河。倘留一发中原在，陌上来听缓缓歌。

李宣龚著《硕果亭诗》卷下，《近代中国史料丛刊（第九十一辑）》，文海出版社，1966～
1989年，328页。

辛夷花下

不使春光入画屏，东风吹冷昼冥冥。涌来积雪三分白，点破遥天一半青。
看似楼台还似塔，望成车盖又成亭。孤芳皎洁须何世，只对高花作醉醒。

李宣龚著《硕果亭诗》卷下，《近代中国史料丛刊（第九十一辑）》，文海出版社，1966～
1989年，330页。

陈衡恪

陈衡恪（1876~1923）字师曾，号槐堂、朽道人，祖籍江西义宁（今修水）。陈三立长子。曾留学日本，攻读博物学。归国后从事美术教育与研究。有《陈师曾遗诗》《中国绘画史》等传世。

招饮有作

清清泠泠非松风，凄凄切切如秋虫。急弦裂帛声转雄，玲琮不辨商与宫。
我独侧耳听无穷，触我郁勃悲来胸。是时宵雨昏帘栊，云蔽宙合天无瞳。
举座但以灯飞红，烛照年少胭脂容。主人鼻息能吹虹，大笑一掷金尊空。
咳唾恢诡惊凡庸，百夫莫或撄其锋。且复顾盼为和融，有时渺虑追冥鸿。
何物我汝一世逢，有若舟楫江流中。前路正复波涛汹，后途淫潦方奔渫。
险则利之安则凶，更欲凌驾攀天龙。表立千仞观迷蒙，横睇大陆真尘封。
以彼要妙开奇宏，毕竟老死犹童蒙。万象迭变焉有终，未必及我居其功。
径须迈往神毋恫，但愿继者追吾踪。昔与范子盟厥衷，今君亦与心魂通。
乐昌芳华谁最工，相视而嘻吾将东。

陈衡恪著，刘经富辑注《陈衡恪诗文集》，《义宁陈氏文献史料丛书》，江西人民出版社，2009年，19页。原题"赴日本之前数日，扬州方大招饮，时有妓援琴作歌，感而有诗"。

出门

出门惘惘见残阳，万柳迷尘人浑茫。浪迹何曾关去住，绝弦谁与说宫商。
钿车暗感当时路，蕙叶先凋昨夜霜。过尽层楼归未晚，乱鸦空绕汉宫墙。

陈衡恪著，刘经富辑注《陈衡恪诗文集》，《义宁陈氏文献史料丛书》，江西人民出版社，2009年，44页。

月下写怀

丛竹绿到地，月明影斑斑。不照死者心，空照生人颜。

陈衡恪著，刘经富辑注《陈衡恪诗文集》，《义宁陈氏文献史料丛书》，江西人民出版社，2009年，49页。

忆石湖旧游

已去盟鸥不可呼，此心如水冷菰蒲。扁舟无力回天地，雨打风吹过石湖。

陈衡恪著，刘经富辑注《陈衡恪诗文集》，《义宁陈氏文献史料丛书》，江西人民出版社，2009年，51页。

题春绮遗像

人亡有此忽惊喜，兀兀对之呼不起。嗟余只影系人间，如何同生不同死？
同死焉能两相见，一双白骨荒山里。及我生时悬我睛，朝朝伴我摩书史。
漆棺幽闼是何物？心藏形貌差堪拟。去年欢笑已成尘，今日梦魂生泪沘。

陈衡恪著，刘经富辑注《陈衡恪诗文集》，《义宁陈氏文献史料丛书》，江西人民出版社，2009年，58页。

大明湖杂诗七首（选一）

南北游踪了不关，芰荷香里觅清闲。济南城郭家家雨，裹着拖泥带水山。

陈衡恪著，刘经富辑注《陈衡恪诗文集》，《义宁陈氏文献史料丛书》，江西人民出版社，2009年，110页。

王国维

王国维（1877～1927），初名国桢，字静安，亦字伯隅，初号礼堂，晚号观堂，又号永观，谥忠悫。浙江省海宁人。著有《人间词话》《曲录》《观堂集林》等。

蜀道难

对案辍食惨不欢，请为君歌蜀道难。蜀江委蛇几千折，峰峦十二烟云间。中有千愁与万冤，南山北山啼杜鹃。借问谁化此？幽愤古莫比。云是江南开府魂，非复当年蜀天子。开府河朔生名门，文章政事颇绝伦。早岁才名揭曼硕，中年书札赵王孙。簪笔翩翩趋郎署，绣衣一着飞腾去。十年持节遍西南，万里皇华光道路。幕府山头幕府开，黄金台畔起金台。主人朱毕多时誉，宾客孙洪尽上才。奉使山林绝驰道，幸缘薄谴归田早。宝华庵中足百城，更将何地堪娱老。

王国维著《王国维先生全集初编》第三册，台湾大通书局，1976年，1190页。

红豆词

一

南国秋深可奈何，手持红豆几摩挲。累累本是无情物，谁把闲愁付与他。

二

门外青骢郭外舟，人生无奈是离愁。不辞苦向东风祝，到处人间作石尤。

三

别浦盈盈水又波，凭栏渺渺思如何？纵教踏破江南种，只恐春来苗更多。

四

匀圆万颗争相似，暗数千回不厌痴。留取他年银烛下，拈来细与话相思。

王国维著《王国维先生全集初编》第四册，台湾大通书局，1976年，1528页。

杂感

侧身天地苦拘挛，姑射神人未可攀。云若无心常淡淡，川如不竞岂潺潺。
驰怀敷水条山里，托意开元武德间。终古诗人太无赖，苦求乐土向尘寰。

王国维著《王国维先生全集初编》第四册，台湾大通书局，1976年，1530页。

重游狼山寺

不过招提半载余，秋高重访素师居。揭来桑下还三宿，便拟山中构一庐。
此地果容成小隐，百年那厌读奇书。君看岭外嚣尘土，讵有吾侪息影区！

王国维著《王国维先生全集初编》第四册，台湾大通书局，1976年，1534页。

晓步

兴来随意步南阡，夹道垂杨相带妍。万木沉酣新雨后，百昌苏醒晓风前。
四时可爱唯春日，一事能狂便少年。我与野鸥申后约，不辞旦旦冒寒烟。

王国维著《王国维先生全集初编》第四册，台湾大通书局，1976年，1537页。

高旭

高旭（1877~1925）字天梅，号剑公、钝剑等，江苏金山（今属上海）人。南社创始
人之一。著有《天梅遗集》等，后人辑有《高旭集》。

春日杂感

海样荒愁日日新，最难消遣眼前春。挑灯夜雨英雄梦，学剑空山阅历身。
化到沙虫终寂寂，坑余乌狗太陈陈。骚经鹏赋伤心极，独抱区区笑煞人。

高旭著《高旭集》上编《天梅遗集》卷一《未济庐诗》，社会科学文献出版社，2003年，4页。

侠客行

深沉好读书，少小励奇节。梦中常缚虎，只身探虎穴。大叫为惊醒，
妻孥笑其怯。金瓯忽破碎，五内益生热。发愿度众生，生性真痴绝。
眼底少可儿，雄心不可说。结交轻薄子，碌碌意不屑。荆卿歌市中，
闻者肝胆裂。渐离击筑和，相乐更相泣。心事无人知，酒酣千里别。
归来孤灯耿，静听流泉咽。拂拭匣中剑，叩之铮铮铁。名姓镌其背，
万古肯磨灭。

高旭著《高旭集》上编《天梅遗集》卷一《未济庐诗》，社会科学文献出版社，2003年，8页。

爱祖国歌（五首选一）

汝亦世界上无价之产物兮，汝岂不足以骄夸！我愿为祥风兮，恣披拂扫
荡而莫我遮，以激起汝自由之锦潮兮，以吹开汝文明之鲜花！

高旭著《高旭集》上编《天梅遗集》卷一《未济庐诗》，社会科学文献出版社，2003年，23页。

元旦

新朝甲子旧神州，老子心期算略酬。摇笔动关天下计，倾樽常抱古人忧。
剧怜肝胆存屠狗，失笑衣冠尽沐猴。满地江湖容放浪，明期待钓弄扁舟。

高旭著《高旭集》上编《天梅遗集》卷四《未济庐诗》，社会科学文献出版社，2003年，89页。

自题《未济庐诗集》

岂真词笔挽颓波？侠骨行看渐折磨。海内诗人谁第一？江南国士本无多。
问天呵壁浑难解，击剑高歌竟若何？写与人间都不识，那堪桃棘涕滂沱。

高旭著《高旭集》上编《天梅遗集》卷四《未济庐诗》，社会科学文献出版社，2003年，94页。

白下思亲

挑灯起坐意难销，欲抚青琴尾半焦。秋后几家红树老？望中秋里白云遥。
依稀梦里团圆月，来往心头日夜潮。恨不偕来同蜡屐，枉教一度负诗瓢。

高旭著《高旭集》上编《天梅遗集》卷五《未济庐诗》，社会科学文献出版社，2003年，127页。

对菊感赋

聊复持螯且自夸，万千心事乱如麻。天生傲骨差相似，撑住残秋是此花。

高旭著《高旭集》上编《天梅遗集》卷八《变雅楼诗》，社会科学文献出版社，2003年，214页。

代石达开撰马上口占

苍天意茫茫，群生何太苦！大江横我前，临流曷能渡。惜哉无舟楫，
浮云西北顾。到耳多哭声，中原白日暮。

高旭著《高旭集》下编《天梅遗集补编》卷十八《天梅佚诗》，社会科学文献出版社，
2003年，384页。

汪荣宝

汪荣宝（1878~1933）字衮父，一作衮甫，号太玄。江苏元和（今苏州）人。光绪
二十三年（1897）拔贡。后留学日本早稻田大学，尝师事章太炎。归国后任京师译学
馆教习、民政部右参议等。曾先后出任驻比利时、瑞典大使。著有《思玄堂诗集》《法
言义疏》《汪荣宝日记》等。

埃及残碑

古国五千岁，榛芜独早开。象形同诘诎，画革有胚胎。与汝深檐覆，
因谁巨舶来？嗟余钳在口，欲读重徘徊。

尼路河边草，春来依旧青。霸图无影响，文治日飘零。鬼物荒祠画，莓苔废塔铭。犹余一片石，天上炳华星。

汪荣宝著《思玄堂诗》，《近代中国史料丛刊》（598），文海出版社，1966～1989年，5页。

纪变

九县凌迟日，三灵震动年。欻惊星入斗，真恐海为田。草木纷摇落，乾坤孰转旋。此时天帝醉，未敢诉缠绵。

不觉鹃啼痛，宁知燕啄伤？高名虚四皓，哀咏动三良。卫国棋无定，周京燎不扬。小臣魂魄散，不信有巫阳。

直道今何在？奇悲古未曾。侧身思柱石，雪涕望觚棱。蹄迹方交错，川原况沸腾。诸公行老矣，何语谢长陵？

汪荣宝著《思玄堂诗》，《近代中国史料丛刊》（598），文海出版社，1966～1989年，7页。

早春即事

乡国惊心万象春，中原北望雪摧轮。岂闻墨翟能存宋，会见辛垣欲帝秦。宣室未忘前席对，沧江空望属车尘。国家成败谁能料，已有天书誓卧薪。

汪荣宝著《思玄堂诗》，《近代中国史料丛刊》（598），文海出版社，1966～1989年，24页。

浩浩太平洋

浩浩太平洋，波涛接莽苍。几家权力论，来日战争场。海市春云曙，楼船晓日凉。齐烟渺天末，西望一回肠。

汪荣宝著《思玄堂诗》，《近代中国史料丛刊》（598），文海出版社，1966～1989年，26页。

壬子元旦

赤县讴歌改，金源历数移。霜棱消剑戟，虹气动旌旄。世欲除秦法，
人今识汉仪。乾坤日扰攘，收拾恐难为。

汪荣宝著《思玄堂诗》，《近代中国史料丛刊》（598），文海出版社，1966～1989年，
59页。

登埃腓塔

埃腓造塔何亭苕？井干直上千云霄。熔铸精铁作天柱，百里能见青霞标。
振策来登千仞顶，轩轩衣袂生微飙。坐致不用费腰脚，须臾万象俱光昭。
路易故宫动烟霭，拏翁陵殿凌尘嚣。瑶光四射白石阙，金马对矗青铜桥。
蜂房蚁垤万楼阁，缭以杂树葱苍交。西旋北折一江水，有如匹练萦堂坳。
我来欧土忽三岁，名都八九容乘轺。民风国故且勿道，独惊建筑穷嶕峣。
错峙往往觇古物，意匠恢诡谁能描？远寻希腊近罗马，千年杰构无动摇。
神州楼观妙仪态，矫若翠翼乘风飘。所恨土木有陊剥，况经兵火纷摧烧。
三辅丹碧不留景，六朝琳绀随烟销。江山词赋盛涂泽，玉卮无当空镂雕。
儒术由来美朴僿，爱惜物力惩人傜。周旧秦余苟因袭，戎臣翟使工訾謷。
晚近官私益凋敝，所过都邑同萧条。库枝取足蔽风雨，坐令举国为鹪鹩。
吴兴丈人广我意，善谈名理何清超。东西结宇各有法，欲知缘起椎轮遥。
西法积石本营窟，我法架木原曾巢。禽栖兽蛰倘殊致，性天所适无讥嘲。
闻君语妙颐为解，绝胜斗酒开胸浇。引吭试复发长啸，虚空鸾鹤相招邀。

汪荣宝著《思玄堂诗》，《近代中国史料丛刊》（598），文海出版社，1966～1989年，
77页。

法兰西革除日

火树银花向夕惊，途歌同庆自由生。百年信此基民福，群盗于今假汝名。
北徼烟尘增黯淡，中原戎马日纵横。羁人欲贺更相吊，独对寒灯耿耿明。

汪荣宝著《思玄堂诗》，《近代中国史料丛刊》（598），文海出版社，1966～1989年，92页。

周达

周达（1878~1948）字美权，一作梅泉，号今觉，安徽建德（今东至）人。清诸生。为诗少学西昆，后学同光。著有《今觉庵诗》《今觉庵诗续》等。

初入京师客邸

土锉篝灯夜倍长，凤城羁思感新霜。边风欺柳成颓绿，微月笼沙写淡黄。入洛衣冠从世谤，原心功罪付天亡。驼铃不识西来意，也送繁声搅客肠。

周榘良编《安徽东至周氏近代诗选：东至周氏家乘之一》第四册，2004年，10页。原题"辛亥后，初入京师客邸，感赋"。

秋感十首（选四）

点缀秋声到雁边，登楼吾土故依然。石林空有知宫感，辜负青山十四年。

野菜荒畦傍浅流，近人积水最宜秋。水边着个孤吟客，来与芦花竞白头。

水驿风灯记客程，孤篷听雨最分明。油衣鸳瓦同萧瑟，并作秋窗一夜声。

冷淡秋心熨不温，伶俜旧事忆难真。初寒分与虚帷月，来照云屏选梦人。

周榘良编《安徽东至周氏近代诗选：东至周氏家乘之一》第四册，2004年，99页。

黄炎培

黄炎培（1878～1965）字任之，上海川沙人。早年加入同盟会。1941年成立民主同盟，被选为常委。1945年成立民主建国会，选为常务理事。曾任政务院副总理、轻工业部部长、全国人大常委会副委员长。著有《苞桑集》《天长集》《延安归来》等。

温泉峡

深江峡束奔流住，幻作琉璃碧凝洰。春山怓怓云醉之，破晓初醒还睡去。
山楼百丈临江开，绛桃玉兰锦绣堆。佛殿铁瓦青崔巍，琴庐磐室相依偎。
藤根温瀑若泼醅，我身既澡心绝埃。善与众乐诚快哉。抱云一枕客梦回，
江声泉声惊喧豗，千军万骑疑敌来，与子同仇宁徘徊。棹讴上濑凄以哀，
如诉民隐心为摧。何处笙歌沸遥夕，云外楼台自金碧，嘉陵江上神仙宅。

黄炎培著《苞桑集》，开明书店，1949年，58页。

黔山血

长沙二日忽不守，衡阳死守亦莫救。敌骑骎骎及桂柳，市民火梃宵登陴。
去去无启中枢疑，旦日尽室无一丝。身为民望先去之，哀哉流人人一命。
行行敢抗将军令。欲渡无楫出无车，土著犹可可则那。黔山西望森槎桠，
蠕蠕一迳奔长蛇。后方飚毂何辘辘，有车载客级凡六。坐者立者各局促，
壁厢大索络客腹。窗外秋千舞客足，方丈之顶立百鹄。自余尤足刿心目，
车底版支前后轴。客卧其上动则覆，须臾无死死转速。始信人间地有狱。
此非地狱乃天堂，仅乃得之金倾囊。道旁千万穷饿者，逃威无所泪如泻。
一声铁笛扶摇风，横冲直捣人潮中。石梁窄窄何能容，蚁群洞底血溅红。
穴壁纳车通一窦，车顶纷纷舞秋叶。或碎其颅削其颊，死者有魂宁及慑。
山回路绝金城江，夜车成列众杂咙。轰然巨声震天发，连珠演响爆万骨。
道旁居者无一活，杀人者谁抑自杀！子失其母妻失夫，襁负不胜掷路隅。
神丧魄夺唯怪呼，骨肉不识如醉愚。亦有仁浆远莫致，迟迟索我枯鱼肆。
朔风连宵山雪雺，槁饿不死亦冻僵。斯时文武官何在，未闻寇至先气馁。
人人明哲藏身待。斯时百万兵何在，若者黄巾若赤眉。嗟哉敌骑百有奇，
纵横劫杀听客为。独山拱手灞上嬉，非不桓桓饥且疲。一夕数惊寇潮涌，

筑垣斗大麕万众。谁欤守者此城瓮，偾军之将贾余勇。

黄炎培著《芭桑集》，开明书店，1949年，162页。

陈曾寿

陈曾寿（1878~1949）字仁先，湖北浠水人。光绪年间，官至监察御史。辛亥革命后，卜居杭州西湖。张勋复辟，出任学部侍郎。后担任末代皇后婉容师傅兼清室驻津办事处顾问，伪"满洲国"成立，任执政府特任秘书，内廷局长、近侍处长等，因多次反对日人干政而辞职。与江西义宁陈三立、福建闽侯陈衍并称"海内三陈"。著有《苍虬阁诗集》《旧月簃词》等。

观油画庚子之役感作

我昔东游何所睹，山川步步伤甲午。忽观壁画使我惊，身入庚子天津城。
干霄烽火飞霹雳，合围房骑纷纵横。残军一旅据水次，鼓声已死犹力争。
大旗红折惊飙斜，半残马字飘尘沙。颓垣下照白日淡，妖红一丈龙船花。
神伤魄动愁逼视，太息沙场生尺眮。却归故国吊遗墟，不见烟尘双阙起。
天崩地坼无由逃，其雨杲杲寒霾消。谁翻残局作胜势，气盈脉偾酣醲醪。
水晶之宫何岧峣，五侯甲第争相高。龙武新军气矜豪，劫人黑夜胡国刀。
河伯汪洋轻海若，大人游戏连群鳌。寸地尺田树荆棘，中央四角酬天骄。
不闻韶州遣使祭，谁当社饭长攀号。挂冠汲黯留不得，吞声杜老空悲骚。
出辱下殿那可再，坐抚往事忧心忉。云愁海思无断绝，五陵石马风萧萧。

陈曾寿著，张寅彭、王培军校点《苍虬阁诗集》卷一，上海古籍出版社，2009年，11页。原题"甲辰岁，日本观油画庚子之役，感近事作"。

和人咏松二首

孤松

万雪一东道，雄担嵯尔能。枯心生世界，寒色起锋棱。绝谷空无待，弥天气若凭。风来助呜咽，无泪洗峻嶒。

疏松

坚瘦入松骨，疏疏天色中。何心动鳞甲，无力补秋空。叶劲风犹满，翎寒鹤未丰。冷筇久孤倚，寥阔思何穷？

陈曾寿著，张寅彭、王培军校点《苍虬阁诗集》卷一，上海古籍出版社，2009年，31页。

咏怀十首（选一）

哀哉道丧世，消息畴知之。母子一念忍，机发倾天维。决流没一日，鱼鱼鱼头悲。有鸟名姑恶，哀哀三月时。广室无空虚，再摘蔓离离。黄美不在裳，娲羿相推移。有物何不仁，刍狗天地为。蜉蝣旦夕死，见晓何由期？

陈曾寿著，张寅彭、王培军校点《苍虬阁诗集》卷二，上海古籍出版社，2009年，34页。

落花四首（选一）

一片俄惊万点新，更劳车马碾成尘。费声林际催归鸟，负手阑干独立人。愿以虚空为息壤，偶回庭砌聚残春。青天淡薄难充纸，欲写芳悰迹已陈。

陈曾寿著，张寅彭、王培军校点《苍虬阁诗集》卷二，上海古籍出版社，2009年，57页。

游西溪归

行尽西溪三百曲，忽开天镜晚晴中。仙山楼阁无限好，碧海银河何处通？落日千峰横紫翠，中流一叶在虚空。时无小李将军手，奇影当前付散翁。

陈曾寿著，张寅彭、王培军校点《苍虬阁诗集》卷二，上海古籍出版社，2009年，86页。原题"游西溪归，湖上晚景绝佳，同散原作"。

落花十首（选二）

微裹春衣寸角风，依然三界落花中。身来旧院玄都改，名署仙班碧落空。
一往清狂曾不悔，百年惆怅与谁同。天回地转愁飘泊，犹傍残阳片影红。

历劫风轮日夜驰，赏心动是隔年期。记从卢橘含酸后，看到青梅如豆时。
舞罢清光凝翠袖，道成黄土作燕支。昌昌春物寻销歇，芳意终然寄一枝。

陈曾寿著，张寅彭、王培军校点《苍虬阁诗集》卷三，上海古籍出版社，2009年，107页。

观瀑亭

百丈飞泉挂一亭，岩栏危坐俯冥冥。松身独表诸天白，石气寒嘘太古青。
涧草无心来鸟啄，梵潮如梦起龙腥。元坛真宰愁何事？瀜涌炉香会百灵。

陈曾寿著，张寅彭、王培军校点《苍虬阁诗集》卷三，上海古籍出版社，2009年，137页。

泪

万幻犹余泪是真，轻弹能湿大千尘。不辞见骨酬天地，信有吞声到鬼神。
文叔同仇唯素枕，冬郎知己剩红巾。桃花如血春如海，梦里西台不见人。
自注：拟义山。

陈曾寿著，张寅彭、王培军校点《苍虬阁诗集》卷五，上海古籍出版社，2009年，160页。

河坪上冢

独来云物益凄其，孤愤唯应地下知。跬步灰心犹忍事，残生求志恐无期。
霜干野草回荣易，风蓄寒松欲静迟。水远山重更回首，魂伤眼冷不多时。

陈曾寿著，张寅彭、王培军校点《苍虬阁诗集》卷六，上海古籍出版社，2009年，176页。

落花简白玉

风信番番付谬悠，闲庭开谢只供愁。亦知轻命难酬顾，可奈同心不自由。
梦里楼台存息壤，尊前涕笑此鸿沟。落红一片犹难惜，才尽蓬山第一流。

陈曾寿著，张寅彭、王培军校点《苍虬阁诗集》卷七，上海古籍出版社，2009年，205页。

堪叹

沉沉一绿罨窗纱，落角银河影半斜。夜起惯看四更月，老来偏爱九秋花。
清凉况味人谁觉，收敛心情晚未差。堪叹触蛮同一尽，残蜇霸穴尚争哗。

陈曾寿著，张寅彭、王培军校点《苍虬阁诗集》卷十，上海古籍出版社，2009年，290页。

悲凉

不曾萧瑟叹平生，绝世悲凉亦可惊。时至则行原不恪，死而后已竟何成。
冬郎解笑东方朔，汉武能知司马卿。漫效实斋书感遇，负恩深处涕先倾。

陈曾寿著，张寅彭、王培军校点《苍虬阁诗集》卷十，上海古籍出版社，2009年，304页。

偶成

曝书忽见故人书，猛觉虚光未扫除。只此心事犹昨昔，居然三十竟何如。
惯愁出入公超市，小付生涯范粲车。白日青春花气午，不多时梦尚蘧蘧。

陈曾寿著，张寅彭、王培军校点《苍虬阁诗集》外集，上海古籍出版社，2009年，400页。

胡朝梁

胡朝梁（1879~1921）字子方，一字梓方，号诗庐，江西铅山人。早年肄业于震旦、复旦二校，精通英文，协助林纾翻译西方小说。曾游于陈三立门下，称诗弟子。中华民国时，为徐又铮幕僚。晚年潜心学佛，著有《诗庐诗文钞》。

夏日即事

人生快意是会合，尽日好风来东南。芳塘半亩水清浅，茅屋一间人两三。
看水看山殊未厌，栽桑栽竹粗已谙。青云可致不须致，我愿食贫如荠甘。

胡朝梁著《诗庐诗文钞》，民国十二年（1923）铅印本。

赠陈师曾

陈家兄弟文章伯，佳句流传江海间。已尝读之为倾折，亦复强和忘愚顽。
归来道气照人眼，可有奇方起我孱。风暖日长关底事，荒城月上抱书还。

胡朝梁著《诗庐诗文钞》，民国十二年（1923）铅印本。原题"赠陈师曾，时师曾自日本归"。

岁暮杂诗五首

黄犬汝何来，毋亦为饥驱。瘦骨托馋吻，首尾才尺余。灶妪鞭逐之，
忍痛声呜呜。无已听其饿，饿不出庖厨。邻家小花犬，短鼻气象粗。
遣僮抱送来，举室争迎呼。喜新益薄故，有食不得俱。黄犬当门卧，
终日腹空虚。花大饱食去，曾不少恋余。物情不可测，爱憎空纷如。

方春买鸡雏，千钱可十数。扑簌地上行，雄雌相奔赴。彼雄啼声低，
英气固已具。无何毛羽丰，渐复壮音吐。时时有割烹，意意无恐怖。
所余犹四雌，入室烦儿驱。客来具鸡黍，忽乃代以鹜。临食知为给，
颇用责仆妪。曰有卵可探，窠必日再顾。主翁岂于此，而不加宠遇。
闻言还自责，诚不知世务。雁以能鸣生，庄生得其趣。

证父未为直，誉儿宁非恙。吾家之长男，要为天所贶。一晬濒九死，
五岁称佼壮。始能举跬步，约略名物状。毁齿诵书篇，十九能无忘。
口受佉卢文，清婉鸟弄咙。每效黄舍儿，出入杂歌唱。客来小垂手，
既去巧相况。政赖慰眼前，时复加膝上。公卿亦等闲，愚鲁殊不妨。
儿其记吾言，吾不视儿狂。

丈夫爱少子，无乃甚妇人。人间更何物，夺此天伦亲。阿华我娇儿，
堕地才三年。顽硕十倍兄，慧利亦过焉。腾腾气食牛，汹汹力追逸。
生与北人习，吐语逼清唇。学得卖浆翁，高呼欺四邻。终朝啼声稀，
有时闻怒嗔。背人偷书诵，往往绝其编。又好翻墨池，拭之以衣巾。
一岁犯此数，戒律徒虚申。母复巧为辞，谓可传青毡。吾家无长物，
相守唯一贫。守贫在守拙，早慧宁儿贤。

举俗循汉腊，粗记甲子某。南街买果栗，北市沽鱼酒。东家报礼先，
西邻投赠厚。纤悉丰啬间，斟酌施与受。兹事政匪易，付托幸有妇。
我但拥书坐，兀兀当窗牖。冷眼看仆姁，奔凑恐失后。欢笑翻倍常，
酒食恣饱取。苟活我正同，攘攘端为口。

胡朝梁著《诗庐诗文钞》，民国十二年（1923）铅印本。

于右任

于右任（1879～1964）原名伯循，别署骚人、髯翁，陕西三原人。同盟会会员，参加辛亥革命，曾任陕西靖国军总司令、国民党政府监察院院长等职。工诗书。著有《右任文存》《右任诗存》等。

出京

十年薪胆风云梦，万里河山鼓角声。怨气千寻仍未解，劳歌一曲不胜情。
何堪西狩伤麟凤，忍见东阿泣豆羹。我佛无言应一笑，长虹莽莽九州横。

于媛主编《于右任诗词曲全集》，世界图书出版公司，2006年，41页。

归里省斗口巷老屋

堂前枯槐更着花，堂后风静树阴斜。三间老屋今犹昔，愧对流亡说毁家。

1938年

于媛主编《于右任诗词曲全集》，世界图书出版公司，2006年，188页。

骑登鸣沙山

立马沙山上，高吟天马歌。英雄不复出，天马更如何？

1941年

于媛主编《于右任诗词曲全集》，世界图书出版公司，2006年，220页。

渝台机中

粤北万山苍，重经新战场。白云飞片片，野水接茫茫。天意仰人意，他乡似故乡。高空莫回首，雷雨袭衡阳。

于媛主编《于右任诗词曲全集》，世界图书出版公司，2006年，268页。

望大陆歌

葬我于高山之上兮，望我故乡；故乡不可见兮，永不能忘。葬我于高山之上兮，望我大陆；大陆不可见兮，只有痛哭。天苍苍，野茫茫，山之上，国有殇。

于媛主编《于右任诗词曲全集》，世界图书出版公司，2006年，341页。

陈蝶仙

陈蝶仙（1879~1940）原名寿同，字昆叔；后改名栩，改字栩园，号蝶仙，别署天虚我生。浙江钱塘（今杭州）人。著有《天虚我生诗词曲稿》《栩园唱和录》《栩园诗剩》《瓜山竹枝词》等。

阳历新年竹枝词（十首选一）

世界如何得大同，中原礼俗杂西东。邮筒投刺千张白，报纸增刊一例红。

陈蝶仙著《栩园丛稿初编》，香雪楼藏版、家庭工业社民国间刊本。

客次书感（三首选一）

人间无处避烦嚣，天作牢笼不可逃。一舸烟波犹未稳，夜闻游子失征袍。

陈蝶仙著《栩园丛稿初编》，香雪楼藏版、家庭工业社民国间刊本。

高燮

高燮（1879~1958）字吹万，别署志攘，又号黄天，江苏金山人。曾参加南社，倡言革命，并组织国学商兑会和寒隐社。著有《吹万楼诗文集》《吹万楼日记》。

结社有作（选二）

人海丛中怅独行，不成避世转愁生。暂凭寤寐留清梦，聊托音书寄远情。窗下晚风闻病蟀，草间凉月见残萤。年年寂寞吾能惯，忍把浮名与俗争。

芳草斜阳剧可哀，全荒兰蕙长蒿莱。经秋文字丝丝泪，入世心肝寸寸灰。只觉愁多窥古镜，不妨情重伺妆台。商量欲辟东篱地，更觅黄花烂漫栽。

柳亚子主编《南社诗集》第四册，民国二十五年（1936），中学生书局，98页。原题"己酉秋，结寒隐社，作诗述意"。

与友同饮

只谈风月莫谈时，倚遍栏干有所思。山色平分人澹宕，灯光照见柳参差。相将南社排诗垒，收拾西湖入酒卮。如此豪情如此客，不成狂醉亦成痴。

柳亚子主编《南社诗集》第四册，民国二十五年（1936），中学生书局，117页。原题"与沈半峰、王澍岩、平复苏、柳亚子、丁不识、展庵、陈虑尊、越流、姚石子同饮湖楼，分得支韵"。

胡朴安

胡朴安（1879～1947）原名有忭，学名韫玉，字仲明、颂明，号朴庵。安徽泾县人。南社社员。早年加入同盟会。曾在多家报刊任职，并担任中国公学、复旦公学教授，福建省立图书馆馆长等。毕生致力于文献学、语言学研究。著有《中国文字学史》《和寒山子诗》等。

即事

西风吹绿叶，飞上朱栏杆。儿童不解事，当作蝴蝶看。

柳亚子主编《南社诗集》第三册，民国二十五年（1936），中学生书局，253页。

次韵和鹨雏楚伧

四海皆秋不独春，书琴酒剑自相亲。乾坤已乱莫为主，名实相淆尽是宾。赖有文章纤郁结，恨无花鸟寄精神。沧桑变幻浑难料，世局茫茫莫认真。

柳亚子主编《南社诗集》第三册，民国二十五年（1936），中学生书局，253页。

宿图书馆感赋

年来不如意，挟策事远游。远游欲何之，泛棹闽海陬。闽海多瘴疠，
阴噎我心忧。心忧不能寐，长夜何悠悠。风雨太萧萧，狐鼠亦啾啾。
悄然心惊惧，起坐如有求。青灯照古壁，寂寞寡良俦。良俦隔山海，
欲从道无由。思之不得已，深情托书邮。情深语难短，笔秃尚未休。
耿耿天欲曙，鱼虾供早馐。强饭以为宝，客愁不可幽。此意持告君，
念君亦忧忧。

柳亚子主编《南社诗集》第三册，民国二十五年（1936），中学生书局，263页。原题"宿
图书馆，风雨狐鼠之声彻夜不绝，感而赋此"。

赠小柳

小柳吾旧友，聚首在榕城。夜雨凄凉共，孤灯笑语倾。颠狂偏入世，
激愤欲逃名。彼此家山远，相逢亦弟兄。

柳亚子主编《南社诗集》第三册，民国二十五年（1936），中学生书局，265页。

答三弟寄尘

海外成孤客，荒城夕照微。梦随春草远，心逐暮云飞。南国芳初歇，
东皋愿救违。殷勤书寄与，何日赋同归。

柳亚子主编《南社诗集》第三册，民国二十五年（1936），中学生书局，265页。

游西湖和子实韵

一湖烟水自清清，绿满郊原雨后生。波荡微风云断续，山留夕照树阴晴。
轻鸥逐艇浮沉见，游女寻芳珠翠明。宝马香车归路晚，黄莺犹自弄新声。

柳亚子主编《南社诗集》第三册，民国二十五年（1936），中学生书局，270页。

吕美荪

吕美荪（1879~？）行名贤钤，后改名眉孙、眉生，又易名美荪，字清扬，号仲素，别署齐州女布衣。吕碧城二姐。历任天津北洋女子公学监督，奉天女子师范学堂总教习，奉天女子美术学校教员，安徽第二女子师范校长。著有《眉生诗稿词稿》（《吕氏三姐妹集》之一种）、《辽东小草》、《葹丽园诗》、《阳春白雪词》、《瀛洲诗访记》等。

任公书至却寄

江石锦斑斑，江水清湛湛。中有双鲤鱼，剖之得瑚琰。清辞比瑶华，嘉函重金简。感子珍重意，问我居何遣。吴天秋气微，霜华在菡萏。叹彼青枫林，黄绿自回转。亦惜春华枝，朱碧看纷反。穷居观众态，慷慨信多感。沉冥谢时誉，萧寂闭凉馆。古音稀真赏，我犹素徽掺。旁人易见嘘，孤心讵知返。蕨食挥不余，蕙带制已懒。畸士悦岩阿，岂怨搴英晚。

吕美荪著《葹丽园诗》，民国二十二年（1933）铅印本，31页。

秋兴三首（之二）

故山回首恨重重，尽在齐梁夕照中。已分余生槁穷道，更谁招隐望幽丛。秋高苜蓿肥戎马，月黑江潭斗鬼雄。多少沙虫可怜化，敢随蓬草怨西东。

吕美荪著《葹丽园诗》，民国二十二年（1933）铅印本，40页。

秋兰（选二）

秋兰能媚我，我亦媚枯兰。同愧人间弃，孤移几上看。
不花饶劲态，作意结清欢。松柏而今外，相期底岁阑。

吕美荪著《葹丽园诗》，民国二十二年（1933）铅印本，62页。

自伤

生世五十年，忆往伤孤露。南北极国境，乞食宛佣雇。辛苦独归来，
玄鬓已非故。帛粟无饥寒，何及贫时趣。六籍言载道，再诵疑复惧。
仁义学为人，遭逢痛谁诉。思欲投空王，一往不复顾。眷眷家室情，
未忍一身去。儒释终何归，彷徨在中路。

吕美荪著《蔷丽园诗续》，民国二十二年（1933）铅印本，5页。

书梁星海（鼎芬）遗集

衰吟犹写义熙年，岂为风花斗丽妍。独抱封章同古道，终怜宣室起斯贤。
一哀大地无殷蕨，三谒崇陵哭杜鹃。公有才华乃余事，更何工拙论诗篇。

吕美荪著《蔷丽园诗续》，民国二十二年（1933）铅印本，15页。

罗惇㦡

罗惇㦡（1880～1924，一说生于1885年）字淡东，号瘿庵，晚号瘿公。广东顺德人。
早年就读于广雅书院，后康有为在广州万木草堂讲学，曾从之游，与陈千秋、梁启超
并称高弟。民国后历任总统府秘书、参议、顾问、国务秘书等职，又曾为袁克定师。
袁世凯称帝，拒不受禄。有《瘿庵诗集》传世。

登清凉山

烟峦林杪出云扃，欲挈江流赴石城。袖底三山收紫翠，尊前六代入空冥。
一流向尽伤颓照，千劫苍茫剩此亭。收拾湖光从倦鸟，疏杨归路带寒星。

罗惇㦡著《瘿庵诗集》，番禺叶恭绰民国十七年（1928）刻本。

壬子正月十二日作

夜半惊闻戍卒呼，咸阳一炬变榛芜。饱飏今识鹰难养，非种谁言蔓易图？
辇下已成肮箧尽，道旁空见窃钩诛。九门禁夜行人断，萧瑟春城冷月孤。

罗惇曧著《瘿庵诗集》，番禺叶恭绰民国十七年（1928）刻本。

重宿泰山斗姥宫大雨

坐赏风泉万玉鸣，忽惊雨势挟山倾。全收岱顶千岩水，并作楼前一夜声。
积潦路愁明日阻，禅床梦与来年清。曼陀花已经秋谢，踏遍苍阶惜此行。

罗惇曧著《瘿庵诗集》，番禺叶恭绰民国十七年（1928）刻本。

孙景贤

孙景贤（1880～1919）字希孟，号龙尾，别署阿员、藤谷古香。江苏常熟人。同盟会
会员、南社成员。曾随同乡张鸿东渡日本，就读于明治大学法律科，并任职于清政府
驻长崎领事馆。历任湖北、江苏高等检察所检察官、国务院参议。著有《轰天雷》以
及《龙尾集》《龙吟草》《梅边乐府》等。

正阳门行

正阳门外气象新，缨铃答响车交轮。出自观音寺，来问海王村。三条九
陌佳丽地，一时裙屐何缤纷。绣衣新御史，罗襦贵将军。大腹乘时贾，
长眉绝世人。往如流水来如云，无人不道皇居尊。道旁老翁独长叹，
昔年胡虏来酣战。飞弹直逼青琐门，快马齐奔紫宸殿。此时登城徒歔欷，
家家插竹标朱楣。三百年来惯浆食，伤心又竖顺民旗。中朝达官识时务，
金缯都辇强胡去。裹头宫监传旨忙，残民喜见回龙驭。皇都非复一年前，
妆点繁华信可怜。尽许赓歌归太液，还闻卤簿幸甘泉。中兴事业甚哀痛，
金床玉几难成梦。鸣毂能穿百雉高，禁门已失双犀捧。官家柔远万人知，
一寸山河要护持。纵有亲王夸绣骑，纷纷走避虬髯儿。虬髯气概本豪壮，

摇鞭走马怒相向。扶醉曾诃豹尾车，寻芳更入蜂窠巷。左呼右走尽锦衣，
坐令万姓暗嗟咨。生儿不羡为卿相，羡为胡人作厮养。先朝云物皆零落，
唯有梨园盛弦索。紫髯供奉九天归，至今犹唱升平乐。呜呼世事如转轮，
我闻此语重返巡。翠微残局不可道，黄旗皇远何无人，却令羁客徒沾巾。

孙景贤著《龙吟草甲乙》，虹隐楼民国间铅印本。

闻秋舫故妓事感赋

十样蛮笺纪事新，月坊风陌省前尘。楼名重译标南部，户聚三星拱北辰。
长爪教量沧海浅，细眉愁见远山颦。绿衫年少休轻薄，谁倚鹅笼顷刻身。

双凤城西一水斜，狄鞮妙绝旧倡家。新妆巧作朝天髻，故锦轻縻奉使槎。
秘殿仓根深宿燕，明湖高树少藏鸦。游人目送金车过，错认天家女史花。

赭衣元鬓意难平，但祝啼乌似有情。太学党人初逐捕，灞陵老将昔知名。
罪标青简冤难洗，骨腐缣囊裹不成。一样楚囚应对泣，燕支零乱异平生。

车马阊门老大回，青楼大道驻轻雷。前身因果三生石，小劫河山一寸灰。
锁骨容光夸绝世，画眉图史见惊才。水天赌说长安酒，拥髻休灯有剩哀。

孙景贤著《龙吟草甲乙》，虹隐楼民国间铅印本。原题"客有道秋舫故妓事者，感叹赋四律"。

宁寿宫词

章皇当日入关初，要县弧矢定坤兴。一代龙兴征秘史，众生鱼烂奉文书。
庙谋宏连威尺咫，特铸金牌葆寀史。犹恐宫邻后代忘，欲知殷鉴前朝是。
貂珰不得位诸卿，狗监那教越禁城。四星黯淡无颜色，只为中央帝座明。
诏语森严布方册，甲令相传年二百。总稽七政握璇玑，安镇九州类磐石。
从来天命惯无常，涓涓祸水本荒唐。热河一哭官车晚，留得山婴问上皇。
百官拜表纷言事，白帕早定临朝制。抱帝初知国步难，正衙不废廷臣议。
寿山佳气郁葱葱，罢讲楼船水战功。胡天后劫换前劫，桑水新宫胜旧宫。
盘蛇枙鸟三百丈，天家富贵真无两。电火齐悬日月灯，云阶新结珍珠网。

避暑晨游赌水嬉，深宫行乐少人知。
长秋一去梦恍惚，谁奉金篦司玉拂。
辂车谁复擅专房，莲貌依稀似六郎。
绣衣贵宠嗟无比，诙谐能博慈颜喜。
宝镜盘龙四面开，官家侵晓问安回。
中山家世婵娟子，城南小吏何足齿。
咳珠唾玉弄乾坤，歌翻连臂啄王孙。
鹤发老珰泪盈掬，铁册犹存谁能读。
寝殿晨昏侍从余，反云覆雨天嚅嗫。
鸾台凤阁傅刀敕，征兵谋起清君侧。
金吾厅事一朝开，森沉兵幕生风哀。
含桃颜色飞蓬首，毁容暗乞慈恩救。
官家孝思作民伦，早日难忘调护恩。
鱼龙变幻如游戏，两宫谣诼真无忌。
城西烜赫门如云，豪贵纷交歧路轮。
兰盟重叠称兄弟，走谒王侯惊倒屣。
九重宵旰启皇衷，诏为昆夷讲武功。
北门筦钥宵传警，鸡筹催起犀环瑾。
苍黄车骑出重城，愁听铃声杂雨声。
龙盘虎踞审狐兔，夫容镜槛归无路。
麻鞋踏破豆田荒，金床玉几梦旁皇。
秦关四扇索清渭，如过稠桑泪相对。
明年哀痛诏回銮，正是黄河十月寒。
园陵冷落山川改，旧时金碗今何在？
重楼新起仿祇洹，残砖剩瓦出仪銮。
似闻昨日瑶池寿，后庭酒肉有余臭。
鹅笼书客醉梦余，水天话旧每唏歔。
甘泉玉树多枯槁，唯有李花颜色好。
刑余自古有英雄，索隐能存史笔公。

乌药含香贡罗斛，鸱巾奏技舞句丽。
老佛螺鬐添几丝，小臣蚁命轻一发。
描取江南时样髻，携来试改内家妆。
人生难得是无愁，天下兴亡如敝屣。
莲叶偷看鱼戏乐，杨花飞入燕窠来。
愿执狮环奉至尊，宁寿宫中宣凤纸。
高官竞逐千金价，小妹还承再顾恩。
看取汉家土一抔，未抵晋人书千轴。
史馆但颁时政记，谏垣那有匿名书。
王璠枉遣募英豪，何进空成误家国，
衣带似闻新旨下，罘罳已劫软舆来。
岂有浮云蔽日兄，愿填清露答天后。
重请临朝施紫帐，忍令执法议黄门。
阁门婴罜问妖祥，园林虫迹成文字。
座中宾客谁第一，气概终推同姓人。
长缨请得缚天骄，吞刀吐火寻常技。
枉习阵图作鹅鹳，可怜军士化猨虫。
阿监先奔花萼楼，贵妃已堕燕支井。
五台山上栴檀坐，七宝鞭前草木兵。
山鸟惊呼帝奈何，波臣欲劝公无渡。
行在辟风兼辟雨，去程愁露复愁霜。
水自东流人自西，安得迎侬归大内。
卤簿闲闻征百僚，属车重见拥千官。
已判灵沼化灰尘，又见花楼赌金彩。
搜到大都宫殿簿，灵光更在翠微间。
侏儒饱死臣朔饥，南台诏复宫钱旧。
原头几失上林鹿，市中曾换昆池鱼。
青龙本是可怜虫，赤凤原如同命鸟。
亡秦却是赵公子，未许陈王第一功。

孙景贤著《龙吟草甲乙》，虹隐楼民国间铅印本。

抵浦口二首

车音轣辘梦沉酣，过尽千程总未谙。吴语渐多燕客少，起看山色是江南。

少年行脚惯天涯，三宿空桑即是家。及此春光好归去，故园开到杜鹃花。

孙景贤著《龙吟草甲乙》，虹隐楼民国间铅印本。

刘大白

刘大白（1880～1932）原名金庆棪，字伯贞。辛亥革命后，改名为刘靖裔，字大白，曾用笔名汉胄。浙江绍兴人。清举人。早期积极参加了"五四"新文化革命运动，是新诗的倡导者之一。著有新诗集《旧梦》《邮吻》，旧诗集《白屋遗诗》，诗话《白屋说诗》《旧诗新话》等。

眼波

眼波脉脉乍惺忪，一笑回眸恰恰逢。秋水双瞳中有我，不须明镜照夫容。

刘大白著《白屋遗诗·东瀛小草》，书目文献出版社，1984年，48页。

图南

万里长风激浪青，无端吹我向南冥。九天虎豹饥思啖，大陆龙蛇梦未醒。海气苍茫吞日月，天声砰磕走雷霆。扶摇负翼翱翔远，鹦笑鸠嘲不耐听。

刘大白著《白屋遗诗·南冥小草》，书目文献出版社，1984年，57页。

匕首行

腰有一匕首，手有一樽酒。酒酣匕首出，仇人头在手。匕首复我仇，樽酒浇我愁。一饮愁无种，一挥仇无头。匕首白如雪，樽酒红如血。把酒奠匕首，长啸暮云裂。

刘大白著《白屋遗诗·附录》，书目文献出版社，1984年，79页。

柳诒徵

柳诒徵（1880~1956）字翼谋，号劬堂，一号盦山翁。江苏镇江人。光绪举人。著有《中国文化史》《劬堂诗录》《劬堂文录》等。

程生丧母为赋一诗

十载无母儿，常羡有母人。粒粟得所遗，欢娱出艰辛。望云意有寄，旅食亦足珍。千别得一归，蔼蔼充胸春。程生席斯祜，何遽歌鲜民。语我万亿言，同泪洒异巾。儿时一饼屑，回首皆泪因。儿身今不殊，顿觉非昔神。惘惘空客馆，宁识昏与晨？奔走乞铭诔，私冀酬微尘。微尘亦何补，拾菽逾镌珉。愿抱无穷悲，更立百世身。

《学衡》第9期，1922年9月。

日观峰观初日

浩荡天风日观峰，衾毡媛彦喜攀从。_{夜起寒甚，登峰士女十七人，各以衾毡自裹。}欲披氛雾窥初气，肯畏高寒却客踪？久伫共怜山月寂，群呼忽破海云浓。沄沄晓梦知谁醒，迅策羲和驾万龙。

《学衡》第十期，1922年10月。

湖楼晓起

清簟卧湖风，一濯长夏热。绮疏绿空明，环枕万岫列。晨光镜波影，翔鹭白于雪。虚廊迅披襟，凉意透喉舌。微见疏梧颠，一舸半明灭。

《学衡》第三十七期，1925年1月。

咏钱塘江大桥

秦皇鞭石不入海，钱江浩浩三千载。吾门茅生短且悍，麾斥风霆泣真宰。
手提八百钢铁梁，齿衔轮凑随圆方。植之波窟数十丈，高栋矗立天中央。
浼口郑州安足比，彼籍客卿此自起。万夫邪许忘昕宵，粤赣宁苏旋通轨。
潮为人用永载桥，锋车坦坦潮头驶。杭人惊诧破天荒，钱镠铁弩诚无俚。
嗟予读书嗜考工，轮舆图疏攻难通。茅生绩学乃祖风，水工独步江之东。
为予摄影临长虹，真人天际招髯翁。誓将从汝江头镇蛟蜃，悔绝往日牖
下笺鱼虫。

《国闻周报》，1937年3月29日。

青岛海水浴场

朱楼嵌树碧玲珑，白浪排山绿蒨葱。天发杀机沉净土，人无固志凿华风。
千魔戏水蓉肤黝，万趾翘沙蔻甲红。堪笑老夫从裸浴，舞场残奏听丁东。

吴宓著《吴宓日记续编（第二册）（1954~1956）》，生活·读书·新知三联书店，2006
年，54页。

陈撄宁

陈撄宁（1880~1969）原名元善、志祥，后改名撄宁，字子修，号撄宁子，安徽怀宁
人。精通道家之学，"仙学巨子"之誉。著有《孙不二女丹诗注》等。

送高鹤年居士朝五台

海陆兼程达上方，霎时炎热化清凉。曾于祇树参经座，又向云峰礼法王。
饮水自知冷暖味，逢僧应问木犀香。金刚窟里传消息，话到三三莫较量。

胡海牙，武国忠主编《陈撄宁仙学精要》（下册），宗教文化出版社，2008年，767页。

天台纪游诗

双涧回澜春复秋，国清寺外好淹留。寒山拾得今何在，空听丰干掉舌头。

胡海牙，武国忠主编《陈撄宁仙学精要》（下册），宗教文化出版社，2008年，769页。

赠别道友黄邃之（选一）

财侣由来不两全，年年空说买山钱。君平卖卜韩康药，忧患余生愿比肩。

胡海牙，武国忠主编《陈撄宁仙学精要》（下册），宗教文化出版社，2008年，778页。

马君武

马君武（1881~1940）原名道凝，字厚山，号君武，祖籍湖北蒲圻，生于广西桂林。同盟会章程八位起草人之一，《民报》的主要撰稿人。曾担任孙中山革命政府秘书长、广西省省长，北洋政府司法总长、教育总长。1924年，马君武逐步投入教育事业，先后担任大夏大学、北京工业大学、中国公学、国立广西大学等学校校长。著有《马君武先生文集》《马君武诗稿》等。

自由

西来黄帝胜蚩尤，莫向森林问自由。圣地百年沦异族，夕阳独自吊神州。
为奴岂是先民志，纪事终遣后史羞。太息英雄浪淘尽，大江呜咽水东流。

马君武著《马君武诗稿》，文明书局民国三年（1914）铅印本，4页。

去国辞（五首选一）

黑龙王气黯然销，莽莽神州革命潮。甘以清流蒙党祸，耻于亡国作文豪。

鸟鱼惊恐闻钧乐，恩怨模糊问佩刀。行矣高丘更无女，频年吴市倦吹箫。

马君武著《马君武诗稿》，文明书局民国三年（1914）铅印本，5页。

赠某

悲凉弦管新闻怨，破碎河山一美人。苍狗红羊惊旧劫，坠萍飞絮话前因。
英雄末路悲醇酒，恋爱新词写素裙。金字塔前同一笑，愿身成骨骨成尘。

马君武著《马君武诗稿》，文明书局民国三年（1914）铅印本，5页。

身家

身家小比蝼蚁卵，世界多于恒河沙。重重叠叠古今法，生生死死春秋花。

马君武著《马君武诗稿》，文明书局民国三年（1914）铅印本，8页。

漓江舟中

断岸凄风扑扑吹，远村群犬吠声悲。夜深短艇思往事，茫茫前路我何之。

马君武著《马君武诗稿》，文明书局民国三年（1914）铅印本，8页。

归桂林途中

苍茫古今天地演，剧烈争存遍地球。匹马远乡怀故旧，孤灯深夜读离忧。
迷漫朝野真长夜，破碎山河又暮秋。游罢南溟思故里，有亲白发欲盈头。

马君武著《马君武集》，华中师范大学出版社，1991年，397页。

无题

已伤流血遍神州，未见人民得自由。吴郭尚悬子胥目，秦庭欲戮於期头。
屡抄瓜蔓伤元气，未辟阴霾盛鬼谋。独上西台歌楚些，几人今日属清流。

马君武著《马君武集》，华中师范大学出版社，1991年，431页。

鲁迅

鲁迅（1881~1936）原名周树人，字豫才，浙江绍兴人。1902年赴日本留学，1909年归国后在杭州、绍兴等地任教。1918年，参加《新青年》编辑工作。1930年，参加左翼作家联盟。著有《呐喊》《彷徨》《朝花夕拾》《野草》《摩罗诗力说》《中国小说史略》等。

自题小像

灵台无计逃神矢，风雨如磐暗故园。寄意寒星荃不察，我以我血荐轩辕。

鲁迅著《鲁迅诗歌全集》，长江文艺出版社，2007年，31页。

惯于长夜过春时

惯于长夜过春时，挈妇将雏鬓有丝。梦里依稀慈母泪，城头变幻大王旗。
忍看朋辈成新鬼，怒向刀丛觅小诗。吟罢低眉无写处，月光如水照缁衣。

鲁迅著《鲁迅诗歌全集》，长江文艺出版社，2007年，67页。

无题

大野多钩棘，长天列战云。几家春袅袅，万籁静愔愔。下土唯秦醉，中流辍越吟。风波一浩荡，花树已萧森。

鲁迅著《鲁迅诗歌全集》，长江文艺出版社，2007年，75页。

自嘲

运交华盖欲何求？未敢翻身已碰头。破帽遮颜过闹市，漏船载酒泛中流。横眉冷对千夫指，俯首甘为孺子牛。躲进小楼成一统，管他冬夏与春秋。

鲁迅著《鲁迅诗歌全集》，长江文艺出版社，2007年，106页。

题《彷徨》

寂寞新文苑，平安旧战场。两间余一卒，荷戟独彷徨。

鲁迅著《鲁迅诗歌全集》，长江文艺出版社，2007年，148页。

程潜

程潜（1882~1968）字颂云，生于湖南醴陵官庄。同盟会会员。日本陆军士官学校第六期毕业。国民党陆军一级上将。曾任湘军都督府参谋长、非常大总统府陆军总长，广东大本营军政部长。中华人民共和国成立后，任中央人民政府委员，全国人民代表大会常务委员会副委员长，湖南省省长等。有《程潜诗集》。

战城南

战晋南，争湘北，尸横旷野乌争食。乌争食，鹊争啼，男儿当战死，腐肉委地充汝饥！车声辚辚，马鸣萧萧。将军号令肃，士卒意气豪。鼓鼙息，生以出，死以入，出生入死国与立，愿为干城战必捷。嘉我干城，干城诚可嘉。东夷未平，誓不还家。

一九三九年冬

程潜著《程潜诗集》，黑龙江人民出版社，1984年，156页。

秋风辞

流火逝兮秋风清，风萧萧兮雨零零。山有桂兮皋有兰，挹芬芳兮不能欢。
南瞻粤兮北望燕，中吴楚兮烽连天。顺长江兮下武昌，渡黄河兮济洺漳。
出榆关兮指沈阳，举修矢兮射天狼。旌飘飘兮意扬扬。势浩荡兮江与河，
声澎湃兮涛连波。揽六辔兮钟山阿，急鼙鼓兮摧东倭。悲壮极兮欢情多，
六合一兮奏凯歌。

一九四○年秋

程潜著《程潜诗集》，黑龙江人民出版社，1984年，166页。

七哀诗

陪都冬春雾积，夏秋气清，敌机辄于立夏后肆虐，秋夜尤甚。悲既深于子建，
哀更切于仲宣，言何能已。

秋夜月华明，高照笳声疾。四顾何茫茫，人天共严栗。老幼相扶携，
窟穴争蟠屈。俄然万籁静，即目灯火灭。有声空中来，忽忽如雷发。
响同山崖崩，震若地维折。眚焰凌清霄，栖禽纷出没。向来繁盛区，
景物摧七八。谁家罹暴殃，骨肉齐喋血。残虐尔思逞，感愤我情热。
穷黩安可常？神灵痛终雪！

一九四○年秋　重庆

程潜著《程潜诗集》，黑龙江人民出版社，1984年，168页。

沈尹默

沈尹默（1883~1971）原名沈君默，字中，号秋明、瓠瓜。早年游学日本，归国后执教北京大学、北京女子师范大学，与陈独秀、李大钊、鲁迅、胡适等共同创办《新青年》。曾出任河北教育厅厅长，北平大学校长等职。著有《秋明集》《秋明室杂诗》《沈尹默诗词集》等。

以酒赏残菊

淡淡霜花缀细茎，一丛冷艳古今情。篱边山色看犹是，陇上歌声久不赓。
正气乾坤随岁尽，沉忧风雨一时生。不应独抱江湖感，来向荒畦醉落英。

沈尹默著《沈尹默诗词集》，书目文献出版社，1982年，29页。

秋明室杂诗（选二）

风吹庭前树，不复分昨今。花花更新朵，叶叶生旧阴。月照堂上樽，
何由别浅深。朱颜映潋滟，华发看侵寻。泠泠七弦琴，寥寥万古心。
一弹再三叹，持此感知音。

中夜弹鸣琴，阮公起徘徊。无夕不饮酒，陶令胡为哉？一灯暗照室，
五字蕴奇才。今情殊未已，古意却渐回。持此一卷书，叩彼千载怀。
佳城闭已久，郁郁谁为开？

沈尹默著《沈尹默诗词集》，书目文献出版社，1982年，81页。

马浮

马浮（1883~1967）字一浮，号湛翁，晚号蠲叟、蠲戏老人。浙江绍兴人。曾赴美国、日本留学。1912年，出任国民政府教育部秘书长。抗日战争爆发后，避寇走四川，任乐山复性书院院长。著有《蠲戏斋诗前集》《避寇集》《蠲戏斋诗编年集》。

从军行

云暗关山迥，风吹塞草低。九州瀛海外，落日大荒西。劳士征求急，无家远近齐。蓬蒿纷满眼，早晚制鲸鲵。

马一浮著，虞万里校点《马一浮集》第3册《避寇集》，浙江古籍出版社，1996年，99页。

大麦行

小麦青青大麦枯，垄上老翁行负刍。问之不敢道困苦，有男战死妇嫁夫，国仇当赴后者诛。已闻征发空里闾，官中有令仍索租。虽然长吏多仁慈，所恨亦有狼与狐。去年米贵急军食，今年雨少麦又无。敢辞荷戈备征戍，但愿膏泽民再苏。翁言一何悲，道路侧听为嗟吁。古来立国尚宽大，中土自与夷狄殊。大宛罢归汗血驹，南海长留照夜珠。天生万物各有性，谁为宰割谁颛愚？宁饲山中白额虎，莫效今日赤须胡。赤须胡，尔终俘。一战破坚垒，再战隳名都。更贪百战好，岂知战胜国已墟？狂心只见蛇吞象，佛法空言酪出酥。胡亡有麦犹可刈，胡来无麦人尽屠。羝羌酷烈虾夷薉，天乎彼族俱何辜？

马一浮著，虞万里校点《马一浮集》第3册《避寇集》，浙江古籍出版社，1996年，119页。

怅望

白首复春前，羁栖似旧年。雪侵松骨瘦，风带犬戎膻。高鸟连云栈，轻鸥下水船。怀归兼念乱，怅望绿杨边。

马一浮著，虞万里校点《马一浮集》第3册《蠲戏斋诗编年集》，浙江古籍出版社，1996年，194页。

蜗角行

石上蜗牛齐两角，扬扬自许骄山岳。负甲行涎能几时，丸泥已被群鸡啄。胡人高鼻恃强梁，上相缁衣故不祥。猛士如云终就槛，孱王一诏示牵羊。昔日连镳今断臂，海滨水草非无地。古寺犹闻报晓钟，名都只见弹棋戏。西邻厮走驱貔貅，东邻鹅鸭逐轻鸥。北窗一枕羲皇梦，到耳松风似水流。

马一浮著，虞万里校点《马一浮集》第3册《蠲戏斋诗编年集》，浙江古籍出版社，1996年，229页。

猛虎行

乐山有虎夜食人，向晚家家皆闭门。半月已食百余口，肢裂脑碎如鸡豚。时危久知民命贱，山深始信百兽尊。周公力驱不能尽，至今虎窟多儿孙。烈风哮吼岩谷动，道傍行者惊心魂。君不见乌鸢战场啄人肉，草间唯有皮骨存。填沟塞壑收不得，跨州连郡徒空村。流亡纵使免枕藉，余命又以膏馋唇。飞弹一击逾十万，虎也区区尔何算？寝皮食肉谅有时，磨牙砺爪毋相怨。众生业力难思议，牛哀不待轮回变。长鲸奋鬣凌四海，瞋龙失水蟠沙岸。单豹无全张毅殂，豺狼狐狸俱涂炭。虎视横行能几日，侧足焦原同一贯。朝作猛虎吟，暮接昆阳战。不畏猛虎咥，但怪矛头爨。安得驺虞不践生草根，仲尼永息山下叹。

马一浮著，虞万里校点《马一浮集》第3册《蠲戏斋诗编年集》，浙江古籍出版社，1996年，342页。

费树蔚

费树蔚（1883～1935）字仲深，号韦斋，又号愿梨、左癖、迂琐，祖籍江苏吴江同里。柳亚子表舅。早年中秀才，娶吴大澂女为妻。袁世凯称帝，费树蔚劝谏未遂，拂袖归隐，卜居苏州。著有《费韦斋集》，收诗词三千余首。

元夕寄袁云台

北平龙虎竟难双，酒半怀人气未降。老去信陵无食客，近来邺下又名邦。
鼓声不废明王梦，笛谱曾传上苑腔。火树鳌山成一叹，年年花月暗春江。

费树蔚著《费韦斋集》，1951年铅印本。

吕碧城

吕碧城（1883～1943）一名兰清，字遁天，号明因，晚年号宝莲。安徽旌德人。曾受聘天津《大公报》，创办北洋女子公学。袁世凯聘其为公府秘书。后赴美，入哥伦比亚大学。晚年宣扬佛学。著有《吕碧城集》。

书怀

眼看沧海竟成尘，寂锁荒陬百感频。流俗待看除旧弊，深闺有愿作新民。
江湖以外留余兴，脂粉丛中惜此身。谁起平权畅独立，普天尺蠖待同伸。

吕碧城著，李保民校笺《吕碧城集》，上海古籍出版社，2015年，251页。

登庐山作

绝巘成孤往，鸾靴破藓痕。放观尽苍翠，洗耳有潺湲。秋老风雷厉，山空木石尊，烦忧渺何许，到此欲忘言。

吕碧城著，李保民校笺《吕碧城集》，上海古籍出版社，2015 年，258 页。

过白下丰润门见匋斋德政碑有感

寒日凄风丰润门，李陵归汉有残魂。几多竖子身名泰，画载排衙更策勋。

吕碧城著，李保民校笺《吕碧城集》，上海古籍出版社，2015 年，266 页。

偶成

寒夜悄无声，虚廊走风叶。忽忽疑有人，欲窥心转怯

吕碧城著，李保民校笺《吕碧城集》，上海古籍出版社，2015 年，280 页。

日内瓦湖短歌四截句（选二）

循环数七桥，七桥有长短。桥短系情长，情长响屧远。

今日到湖头，昨宵宿湖尾。头尾尚相连，坠欢如逝水。

吕碧城著，李保民校笺《吕碧城集》，上海古籍出版社，2015 年，306 页。

梦中所得诗

护首探花亦可哀，平生功绩忍重埋。匆匆说法谈经后，我到人间只此回。

吕碧城著，李保民校笺《吕碧城集》，上海古籍出版社，2015 年，312 页。

汤国梨

汤国梨（1883~1980）字志莹，号影观，章太炎夫人，出生于浙江乌镇。工诗书，著有《影观词》《影观诗》。

怅别

断雁兼葭怅别思，药炉吟榻苦支离。怪君也解相轻薄，频说归期未有期。

汤国梨著，章念祖、章念驰、章念翔初订《影观诗稿》，《文教资料》，2001年第1期，61页。

寄外子南洋

袁世凯既殁，君得解放南归，即去南洋。

问君何所为，飘然走远方。若为百世名，斐然有文章。若为千金利，妻子安糟糠。南方瘴疠地，奚乐滞行藏。出嫁为君妇，辗转怯空房。阳春骄白日，枉自惜流光。朱颜艳明镜，顾影只自伤。独坐不成欢，一日如岁长。

汤国梨著，章念祖、章念驰、章念翔初订《影观诗稿》，《文教资料》，2001年第1期，67页。

涉江后步行赴义乌

抗战时奉老母携儿辈流亡之作，时老母七十，奇儿十三。

平沙蔓草没荒烟，四面危峰势插天。日落征骑嘶故垒，风前断雁下惊弦。自搔白发悲亲老，更抚黄童想父怜。莫效楚囚相对泣，艰难家国要同肩。

汤国梨著，章念祖、章念驰、章念翔初订《影观诗稿》，《文教资料》，2001年第1期，104页。

张默君

张默君（1883~1965）名昭汉，以字行，湖南湘乡人。与其父张伯纯同为南社社员。辛亥革命时，曾策动江苏巡抚程德全宣布独立。先后任江苏省第一女子师范学校校长、杭州市教育局长、国民党中央监察委员等职。著有《白华草堂诗》（附《玉尺楼诗》）、《红树白云山馆词草》等。

故乡六忆（选二）

三户遗风

国殇满地漫招魂，一炬长沙事忍论。三户遗风须记取，年年铁血铸乾坤。

潇湘幽梦

曾侯珂里是吾乡，并世人豪萃一方。万树梅花半轮月，水云无际梦潇湘。

张默君著《白华草堂诗》，民国二十三年（1934）刻本。

鸥园美枞堂（选二）

明月媚瑶池，清辉入梦迟。六朝金粉地，绝代雪霜姿。岂与夏虫语，难教鼷鼠知。岁寒见风骨，况乃秉天彝。

壮志全未酬，风雷说石侯。恩仇托孤剑，成败总千秋。乔木凌霄健，长江挟日流。狂来杯在手，扶醉看神州。

张默君著《白华草堂诗》，民国二十三年（1934）刻本。

吴梅

吴梅（1884~1939）字瞿安，号霜厓。江苏吴县人。光绪末入上海东文学社习日文，先后任教北大、东南大学等。抗日战争爆发后，流转于湘、滇数省。著有《中国戏曲概论》《曲学通论》《词学通论》《霜厓诗录》《霜厓词录》等。

悲哉行

江左形胜推南都，六朝陈迹今模糊。一自靖难兵肆毒，金川门启天地污。
厥后弘光下殿去，杀戮何异扬州屠。洪杨作祸十三载，髑髅千万填城郛。
中兴将士恤民瘼，但歼渠魁未献俘。岂意天心未厌乱，钟山又见虎负嵎。
南中雅重孙仲谋，河北况有袁本初。车书文轨乍统一，潢池盗弄诗亦疏。
一朝弃甲曳兵走，金汤百里皆荒芜。北方健儿好身手，焚廪胠箧过崔蒲。
坐令万户遭涂炭，流离赪尾痛切肤。城中多少良家子，道旁涕泣求为奴。
牙门画角声呜呜，临江大将重分符。军前但闻呼雉卢，民间乃至无妻孥。
千骑饮腾万骨枯，吾侪小民难吁呼。自昔此间多偏霸，独与士庶相安孚。
元嘉盛治光史册，不罹兵革四海苏。末世人心更险谲，驱策群盲作乱徒。
事克则称南面孤，不成便作东海逋。降此大庶彼丈夫，谁绘一幅流民图？
凤凰台前啼鹧鸪，乌衣巷里巢鼪鼯。狐鸣篝火事已徂，只今元气何人扶！

吴梅著《吴梅全集·作品卷》，河北教育出版社，2002年，20页。

观荷遇雨

江城得秋气，天意亦悭晴。水过青山湿，风吹白纻轻。塘蒲已摇落，
潭水尚澄清。静掩篷窗卧，似闻弹泪声。

吴梅著《吴梅全集·作品卷》，河北教育出版社，2002年，54页。

戊寅除夕忆仲培弟

去岁南湘夜，三家共苦辛。眼前举杯处，只有一家人。地僻疏今雨，山深得早春。吴山忆予季，东望几沾巾。

吴梅著《吴梅全集·作品卷》，河北教育出版社，2002年，104页。

苏曼殊

苏曼殊（1884～1918）字子谷，又名玄瑛。广东香山县（今中山市）人。父苏杰生，为旅日华侨。母为日本人若子。早年居日，随父回国后又返回日本。1902年，加入留日革命人士组织的青年会。次年，削发为僧，改名曼殊。著有《曼殊全集》《燕子龛诗》。

本事诗（其三）

春雨楼头尺八箫，何时归看浙江潮。芒鞋破钵无人识，踏过樱花第几桥？

苏曼殊著《中国现代文学名家作品集·苏曼殊作品集2》，河南大学出版社，2004年，11页。

樱花落

十日樱花作意开，绕花岂惜日千回？昨宵风雨偏相厄，谁向人天诉此哀？忍见胡沙埋艳骨，空将清泪滴深怀。多情漫作他年忆，一寸春心早已灰。

苏曼殊著《中国现代文学名家作品集·苏曼殊作品集2》，河南大学出版社，2004年，17页。

过若松町有感示仲兄

契阔死生君莫问，行云流水一孤僧。无端狂笑无端哭，纵有欢肠已似冰。

苏曼殊著《中国现代文学名家作品集·苏曼殊作品集2》，河南大学出版社，2004年，18页。

失题二首

禅心一任蛾眉妒，佛说原来怨是亲。雨笠烟蓑归去也，与人无爱亦无嗔。

偷尝天女唇中露，几度临风拭泪痕。日日思卿令人老，孤窗无那正黄昏。

苏曼殊著《中国现代文学名家作品集·苏曼殊作品集2》，河南大学出版社，2004年，19页。

吴门依易生韵（十一首选二）

江南花草尽愁根，惹得吴娃笑语频。独有伤心驴背客，暮烟疏雨过阊门。

姑苏台畔夕阳斜，宝马金鞍翡翠车。一自美人和泪去，河山终古是天涯。

苏曼殊著《中国现代文学名家作品集·苏曼殊作品集2》，河南大学出版社，2004年，36页。

憩平源别邸赠玄玄

狂歌走马遍天涯，斗酒黄鸡处士家。逢君别有伤心在，且看寒梅未落花。

苏曼殊著《中国现代文学名家作品集·苏曼殊作品集2》，河南大学出版社，2004年，61页。

郁华

郁华（1884～1939）字曼陀，浙江富阳人。郁达夫之长兄，南社成员。光绪二十五年（1899），以杭州府学堂肄业资格应院试，取第一。赴日留学归国，供职外务部，后从事法政工作。抗日战争中遭暗杀。著有《静远堂诗画集》。与其夫人陈碧岑诗合刊为《郁曼陀陈碧岑诗抄》。

黄海舟中

的烁初阳照海门，一波一抶荡秋魂。万家巷哭逢新战，六幕天骄失外藩。
生事渐随华发尽，狂名犹拥布衣尊。昆仑可作归墟想，却恐虬蟠卧帝阍。

郁华著《郁曼陀陈碧岑诗抄》，学林出版社，1983年，21页。

抵大沽口

七载投荒客，今仍落魄归。浑河浮地出，群水背天飞。才短难谋国，
时危敢息机。万方争战处，凭吊一沾衣。

郁华著《郁曼陀陈碧岑诗抄》，学林出版社，1983年，45页。

题画赠李纪云

试院煎茶与共尝，十年人事已沧桑。老来同上榆关道，写到家山总断肠。

郁华著《郁曼陀陈碧岑诗抄》，学林出版社，1983年，72页。

辛未中秋渤海舟中

时由沈阳亡归天津。

忍见名城作战场，不辞接淅办严装。橹楼灯火秋星碧，席帽烟尘海月黄。
正借长风谋急渡，暂偷余息进颓觞。眼前无限伤心事，那有闲情忆故乡。

郁华著《郁曼陀陈碧岑诗抄》，学林出版社，1983年，75页。

挽徐季强表弟

十年心事付飘蓬，英气全销簿领中。文武道从今夜尽，流亡人报本州空。
临风枉把延陵剑，射日争弯后羿弓。煮豆燃其同一烬，遑将得失论鸡虫。

郁华著《郁曼陀陈碧岑诗抄》，学林出版社，1983年，81页。

陈匪石

陈匪石（1884～1959）名世宜，号小树，又号倦鹤，南京人。曾赴日学习法律，加入同盟会。归国后，任法政学堂教员，又随朱祖谋研究词学，并参加南社。中华人民共和国成立后，任上海市文物保管委员会编纂。著有《宋词举》《倦鹤近体乐府》《陈匪石先生遗稿》等。

丁丑秋兴和少陵（选四）

云罗万里接新林，虎踞龙盘壁垒森。断角几声侵客梦，骄阳满地靳秋阴。
大鱼宁有吞舟力，老骥休忘伏枥心。坐待凉飚清漏转，六街如水不闻砧。

凄凉残月又斜晖，呜咽桑干拥翠微。匝地烽烟惊夜猎，绕枝乌鹊怆南飞。
雨云翻覆天如醉，衡泌栖迟愿已违。那有稻粱供燕啄，东来胡马正秋肥。

居庸翠绕几重山，寒雨丁沽指顾间。无量沙虫归浩劫，倘留客雁度间关。
夷歌野祭收残泪，月黑天低动惨颜。重振军声张汉帜，兰台可有虎头班。

远绍陶唐弹日功，文经武纬运筹中。照人皎皎清宵月，还我泱泱大国风。
秋老洞庭柑橘绿，尘飞蜀道荔枝红。男儿不作家居想，得失何须问塞翁。

陈匪石著《陈匪石先生遗稿·旧时月色斋诗》，黄山书社，2012年，7页。

得孟硕狱中诗，依韵奉怀（选一）

珍重余生患难中，玄黄血染晚枫红。斩蛟何地寻周处，走马而今尽古公。
不信人情成鬼蜮，可怜浩劫共沙虫。与君同抱无穷感，黑狱沉沉又一重。

柳亚子主编《南社诗集》第四册，民国二十五年（1936），中学生书局，292页。

春暮集朴学斋

我爱胡安定，春生经义斋。醉人浮白酒，划恨踏青鞋。好句应同续，
多愁忍自埋。晦明风雨里，一笑脱形骸。

柳亚子主编《南社诗集》第四册，民国二十五年（1936），中学生书局，294页。

海舟中寄沪上诸友

歇浦三年客，燕台一夕征。伤离鲛有泪，破阵雁无声。羁旅文章贱，
波涛风雨惊。诗成逢驿使，聊以报行程。

柳亚子主编《南社诗集》第四册，民国二十五年（1936），中学生书局，304页。

董必武

董必武（1885~1975），字用威，湖北黄安（今红安）人。抗战时期，曾任国共谈判代表。一九四五年曾作为中国解放区的代表赴旧金山参加联合国会议。中华人民共和国成立后，历任全国政协副主席、中共中央监察委员会书记、中华人民共和国副主席。著有《董必武诗稿》。

旅居美国旧金山杂诗五首（选一）

一九四五年六月十八日夜草于旧金山旅次。

竟是平生一快游，空行万里总悠悠。乘风破浪非虚语，障眼浮云在下头。欧陆暂无锋镝苦，东瀛将献寇仇囚。前途尽有光明路，莫忘中藏曲折幽。

董必武著《董必武诗稿》，文物出版社，1979年，7页。

李济深

李济深（1885~1959）字任潮，原籍江苏，生于广西苍梧。国民党高级将领。1933年因联合十九路军在福建成立"中华共和国人民革命政府"被国民党政府免职，后去香港。1948年发起成立民革，任主席。中华人民共和国成立后任中央人民政府副主席、全国人大常委会副委员长。著有《李济深诗文选》。

过北流

舆马分驰到北流，两旁父老尽凝眸。旁人那解余心苦，惆怅将军已白头。

一九四四年作

李济深著《李济深诗文选》，文史资料出版社，1985年，12页。

周实

周实（1885～1911）原名桂生，字实丹、剑灵，号无尽，山阳（今江苏淮安）人。光绪间秀才。后入南京两江师范学校学习。宣统元年（1909）参加南社。武昌起义时，回乡组织学生军及各界人士数千人，宣布光复，被诱杀。著有《无尽庵遗集》等。

登山

长江浩浩日夜东，豪杰落落古今同。四顾寂寥万籁绝，众山皆小天地空。

周实著，朱德慈校理《无尽庵遗集（外一种）》，陕西人民出版社，2009年，54页。

痛哭（选一）

瘴雨蛮烟路几千，楝花落尽一潸然。三年化碧心难灭，九转成舟目已穿。誓起鲁阳麾赤日，忍叫胡月犯黄天。匣中夜夜青锋啸，愿作人豪不羡仙。

周实著，朱德慈校理《无尽庵遗集（外一种）》，陕西人民出版社，2009年，60页。

睹江北流民有感

江南塞北路茫茫，一听嗷嗷一断肠。无限哀鸿讵不尽，月明如水满天霜。

周实著，朱德慈校理《无尽庵遗集（外一种）》，陕西人民出版社，2009年，65页。

感事

薪胆生涯剧苦辛，莫忧孱弱莫忧贫。要从棘地荆天里，还我金刚不坏身。

周实著，朱德慈校理《无尽庵遗集（外一种）》，陕西人民出版社，2009年，67页。

拟决绝词

卷施拔心鹃叫血，听我当筵歌决绝：信有人间决绝难，一曲歌成鬓飞雪！鬓飞雪，拚决绝，我不怨尔颜色劣，尔无怨我肠如铁！请决绝，如雷之奋如电掣，如机之断如帛裂，千古万古惩此覆辙！惩覆辙，长决绝，海枯石烂乾坤灭，无为瓦全宁玉折。

周实著，朱德慈校理《无尽庵遗集（外一种）》，陕西人民出版社，2009年，111页。

忆天梅云间（选一）

少陵身世一沙鸥，深恐蹉跎便白头。我剑无灵君剑钝，人间何处托恩仇。

周实著，朱德慈校理《无尽庵遗集（外一种）》，陕西人民出版社，2009年，118页。

陈模

陈模（？～1913）字勒生，号子范，侯官县（今福建福州）人。早年入福建船政学堂。与林森、魏怀结为挚友，林森号子超，魏怀号子杞，合称"三子"。清光绪三十一年（1905），加入同盟会。辛亥革命爆发，全力支持革命。后为制造炸弹反袁，不慎爆炸身亡。柳亚子编有《陈烈士勒生遗集》。

吊林颂亭

哭罢桃源更哭公，海枯石烂痛无穷。在天倘念中原事，看领雄师唱《大风》。

柳亚子主编《南社诗集》（第四册），中学生书局，民国二十五年（1936），282页。

黄侃

黄侃（1886～1935）字季刚，湖北蕲春人。早年留学日本，从章太炎学，加入同盟会。归国后，历任北京大学、东南大学、武昌高等师范学校、金陵大学教授。著有《绣秋华室诗第一集》《北征集》《云悲海思庐诗钞》《云悲海思庐外集》《丁丁集》《石桥集》《游庐山诗》《寄勤闲室诗抄》《量守庐诗抄》等。

绝句

鹊语无凭集晚枝，山眉有恨瞰空帷。不知秋意添多少，但觉新来屡换衣。

黄侃著《黄侃文集·黄季刚诗文集》，中华书局，2016年，171页。

五月五日作

人好生，胡为发杀机？天好生，胡为降大戾？生斯国土为斯民，无可如何但流泪。举家十口三遇兵，所忧此世无宁岁。却顾街衢十空九，令节良辰总虚置。暗雾愁云欲压城，此中冤气兼兵气。吁嗟乎！华山之冠空自高，天下安宁不可冀。

黄侃著《黄侃文集·黄季刚诗文集》，中华书局，2016年，189页。

书愤

八月十八日。

恸哭秋风忽一年，谁令辽海陷腥膻？力微难挽沉渊日，劫尽真逢倚杵天。此夜苍涛掀大地，今时碣石抵穷边。受生何苦依兹土，欲向蒲团问宿缘。

黄侃著《黄侃文集·黄季刚诗文集》，中华书局，2016年，213页。

喜晤公铎

丙寅十月在北京。

握手相看白发新，依然四海两畸人。伤心师友多为鬼，呕血诗篇尚有神。
冻雀山头非健翮，蛰龙地底亦穷鳞。悲吟无益还成笑，坐待严冬转好春。

黄侃著《黄侃文集·黄季刚诗文集》，中华书局，2016年，256页。

哀渝关

辽东已失碣石沦，穷冬杀气连高旻。蹙国岂须论百里，厌军曾不待侵晨。
临渝枉自夸天险，荷戟从来在有人。九域藩篱何所恃，休将巢苇诮边民。
呜呼！履霜早识坚冰至，他日剥肤寻灭鼻。中夏蝍蛆房虎狼，赐秦何怪
天心醉。痁蚀浸淫不暇防，二十年来事堪唷。本图宛转避刀砧，毕竟藏
身且无地。雨雪纷纷朔雁来，北人南渡敢裹回。岂知呜咽秦淮水，持比
滦河倍可哀。

黄侃著《黄侃文集·黄季刚诗文集》，中华书局，2016年，260页。

杨白花

杨白花，本自因风起。飘风自南复自北，杨花常在飘风里。飘风一夕起
天涯，人间无处不杨花。杨花已尽风无力，独对垂杨泪沾臆。

黄侃著《黄侃文集·黄季刚诗文集》，中华书局，2016年，293页。

柳亚子

柳亚子（1887~1958），江苏吴江人，初名慰高，更名弃疾，字亚子。南社主要发起人之一。曾任孙中山总统府秘书、国民党中央监察委员、上海通志馆馆长等。中华人民共和国成立后，任全国人大常委、中央文史研究馆副馆长等职。著有《磨剑室诗集》。

题《张苍水集》

北望中原涕泪多，胡尘惨淡汉山河。盲风晦雨凄其夜，起读先生正气歌。

柳亚子著《磨剑室诗词集》第一辑《初集》卷二，上海人民出版社，1985年，22页。

吊鉴湖秋女士（四首选二）

饮刃匆匆别鉴湖，秋风秋雨血模糊。填平沧海怜精卫，啼断空山泣鹧鸪。
马革裹尸原不负，蛾眉短命竟何如！凭君莫把沉冤说，十日扬州抵得无？

漫说天飞六月霜，珠沉玉碎不须伤。已拼侠骨成孤注，赢得英名震万方。
碧血摧残酬祖国，怒潮呜咽怨钱塘。于祠岳庙中间路，留取荒坟葬女郎。

柳亚子著《磨剑室诗词集》第一辑《初集》卷五，上海人民出版社，1985年，48页。

自题磨剑室诗词后

剑态箫心不可羁，已教终古负初期？能为顽石方除恨，便作词人亦大痴。
但觉高歌动神鬼，不妨入世任妍媸。只惭洛下书生咏，洒泪新亭又一时。

柳亚子著《磨剑室诗词集》第一辑《初集》卷六，上海人民出版社，1985年，82页。

孤愤

孤愤真防决地维，忍抬醒眼看群尸？美新已见扬雄颂，劝进还传阮籍词。
岂有沐猴能作帝？居然腐鼠亦乘时。宵来忽作亡秦梦，北伐声中起誓师。

柳亚子著《磨剑室诗词集》第二辑《二集》卷三，上海人民出版社，1985年，230页。

酒边一首为一瓢题扇

酒边拨触动牢愁，万恨峥嵘苦未休。祈死已烦宗祝请，偷生忍为稻粱谋！
栖栖桑海无多泪，落落乾坤剩几头！一盏醇醪三斗血，可能词笔换兜鍪？

柳亚子著《磨剑室诗词集》第二辑《二集》卷四，上海人民出版社，1985年，242页。

哭苏曼殊（选二）

白马投荒计未能，歌姬乞食亦何曾。鬓丝禅榻寻常死，凄绝南朝第一僧。

潇潇暮雨过吴门，一水红梨旧梦痕。无那落梅时节近，江城五月为招魂。

柳亚子著《磨剑室诗词集》第二辑《二集》卷六，上海人民出版社，1985年，284页。

胡怀琛

胡怀琛（1886～1938）字季仁，号寄尘，安徽泾县人。早年参加南社。辛亥革命后与柳亚子在上海主持《警报》《太平洋报》。曾任职于文明书局、商务印书馆、沪江大学、中国公学等。晚年编刊外籍人汉诗总集《他山诗钞》，著有《胡怀琛诗歌丛稿》等数十种。

小病一首

偶然卧病在胡床，一病萧萧鬓已苍。衣角纹生千缕皱，砚凹霉积一分长。

脾伤渐畏新茶烈，脑损能教熟字忘。强为驱饥出门去，吾行何往亦茫茫。

胡怀琛著《胡怀琛诗歌丛稿》，商务印书馆，民国十五年（1926）初版，18页。

津浦火车中作

莫道火轮速，归梦犹过之。不作同方行，而作背道驰。梦魂几往返，车行犹迟迟。日出泰山曙，天寒燕草衰。车行何时已，客愁无尽期。

胡怀琛著《胡怀琛诗歌丛稿》，商务印书馆，民国十五年（1926）初版，94页。

任鸿隽

任鸿隽（1886～1961）字叔永。今重庆市垫江县人。同盟会会员。曾在日本东京高等工业学校，美国康奈尔大学、哥伦比亚大学学习化学。归国后，先后担任北京大学化学教授，教育部专门教育司司长，商务印书馆编辑，中国科学社理事长，东南大学副校长等。著有《科学概论》等。

题桂溪影片（两首）

鸿泥卅载感迟栖，城郭依稀认桂溪。指点云山曾到处，一楼高出画桥西。

纯树人家密如鳞，旧游回首总飞尘。一道炊烟留屋上，认是当年旧次邻。

抢救民间家书项目组委会编《任鸿隽陈衡哲家书》，商务印书馆，2007年，22～23页

朱经农

朱经农（1887~1951）原名有畇，后改名经农。江苏宝山（今上海市）人。曾赴日美留学，加入中国同盟会。先后任教北京大学、沪江大学，出任教育部次长等职。1948年出席联合国文教会，任中国首席代表，会后留美，在哈特福德神学院从事教学与研究。著有《爱山庐诗钞》等。

湘漓鼙鼓吟

客有以湘战感事诗七首见寄者，作此歌以和之。

中原板荡苍生苦，胡骑凭陵下三楚。汉皋四望尽烽烟，湖南千里闻鼙鼓。
汨罗不守更长沙，雄师十万散如花。云麓宫前闻野哭，定王台畔起悲笳。
千村万户行人绝，湘江碧浪空鸣咽。犹劳盟友设空防，愁见将军弃城邑。
洞庭波影接天浮，衡岳霜飞大地秋。归马残旗千嶂黯，孤城落日一军愁！
敌骑衔枚走吴集，海倒山崩不可抑。从兹风鹤尽成兵，万姓流离难喘息！
忽闻战鼓起衡阳，一将能争祖国光。士卒同心共生死，五旬苦斗日昏黄。
重围不解知谁咎？关山力尽空回首！孤军十九殉疆场，留得英名垂不朽。
后军不战弃全州，独秀云深烽火稠。三日坚城委强虏，空余高垒与深沟！
久闻三杰有心盟，编练闾阎负盛名。未见背城拼一战，竟成纸上误谈兵！
十年教训归何处？漓水长流带哭声！战车如潮敌军至，直下龙州入交趾。
金兰湾上怒涛翻，螳螂捕蝉黄雀伺。噫吁嚱！海外求仙自秦始，童稚东
迁留后嗣。萁豆相煎直到今，当年徐福诚多事！

朱经农著《爱山庐诗钞》，台湾商务印书馆，1965年，3页。

中秋杂感四首（选一）

兵车满临岳，月色带愁来。树影参差舞，庭花寂寞开。两儿千里隔，
一梦五更回。惊起披衣坐，遥天晓角催。

朱经农著《爱山庐诗钞》，台湾商务印书馆，1965年，11页。

哭杨杏佛

雄谈侃侃气纵横，历尽风波意未平。志士原期为国死，英雄无奈以诗名。
抚棺忍见如生面，挂剑难酬未了情。千里独来还独去，一舸江上月空明。

朱经农著《爱山庐诗钞》，台湾商务印书馆，1965年，15页。

汪辟疆

汪辟疆（1887~1967）原名国垣，字辟疆，后以字为名，一字笠云，号方湖，别号展
庵。江西彭泽人。宣统元年（1909）入京师大学堂，为陈宝琛所赏识。后至上海，陈
三立对其奖掖备至，并结识邵力子、于右任、叶楚伧、苏曼殊、张继等。著有《汪辟
疆文集》。

得胡步曾加利佛尼亚书却寄

惘惘书来正掩扉，江涛海色飒成围。凿空博望真能健，避地梁鸿事已非。
堆眼丛残谁料理，寒心国事世交讧。落矶山下春如海，应有归魂故国飞。

《制言》，1936年第29期，505页。

冬日登豀蒙楼

镇日无由得好怀，豀蒙楼上独徘徊。前山过雨云犹湿，老树依檐风欲来。
久坐觉无僧可语，行歌聊与月同回。钟声一路经行处，还为钟山倦眼开。

《制言》，1936年第29期，514页。

清明

又是清明上冢时，极天兵火阻归期。生儿似我诚何益？来日如今更可知。
客里光阴看晼晚，梦中松桧总凄其。野棠如雪陶冈路，麦饭何年荐一卮。

一九四一年

自注：彭泽陶村，先茔所在。

《中国学报》，1943 年第 1 卷第 1 期，534 页

失题

万顷芙蕖记旧游，今来顿失一湖秋。年时倘更逢幽赏，要为枯荷听雨留。

汪辟疆著，张亚权编《汪辟疆诗学论集·方湖诗钞》，南京大学出版社，2011 年，559 页。

陈中凡

陈中凡（1888~1982）原名钟凡，号觉元，江苏盐城人。曾任南京大学中文系教授、南京文联副主席、江苏省文史研究馆馆长。著有《中国文学批评史》《古书读校法》《诸子通义》《中国韵文通论》《汉魏六朝文学》《清晖集》等。

金陵叟

叟从金陵来，为述金陵事。未言先欷歔，太息更流涕。行年七十余，
几曾见烽燧？岂料风烛龄，白日遭妖魅。迄今一回首，神魂犹惊悸。
时当丁丑冬，十一月近晦。传闻东战场，我军已失利。苏淞忽不守，
寇且旦夕至。人心日惶惶，全城顿鼎沸。富户举室迁，贫者及身避。
唯我老且病，重以妻孥累。家无担石储，出门何所指？闻有难民区，
老弱堪托寄。妇孺相提携，径往求荫庇。喘息尚未安，景象日可畏。
腊月十二日，夜半势特异。火光上烛天，杀声震大地。巨炮响若雷，
弹丸飞如织。妇泣兼儿啼，心胆为破碎。次早坚城堕，满目尽殊类。

枪林列森森，战车阵前卫。狼奔而豕突，四城逞蜂虿。屠戮及鸡犬，
纵火遍阛阓。曩时繁华区，一夕成荒秽。尸骸积通衢，血肉填溷厕。
模糊不堪看，腥臭触人鼻。按户复搜查，巨细无遗弃。汽车往复驰，
衣饰尽捆载。宅中见男丁，强迫充伕役。力竭不复顾，殉即加残害。
妇女为瞥见，奸淫逞所快。枝梧稍拂意，剜割成人彘。更入避难所，
掳掠选少艾。次日或送返，遍体如鳞介。哀号不移时，宛转遂就毙。
直至腊月杪，布告命登记。力迫诸难民，速各返旧第。倘敢违律令，
严惩不稍贷。可怜众无辜，为求活命计。鹄立风雪中，争先报名字。
年事差较幼，被目曾执锐。别真大道旁，一一加拘系。何来汉奸某，
自称检查吏。极口颂皇军，对众施狡狯。汝等曾服官，爵秩仍可觊。
善后正需材，幸勿失交臂。如敢故隐瞒，论罪同奸细！其言似可信，
同声悉感戴。顷刻两千人，举手被捕逮。与前诸少年，同日共弃市。
苍髯一老贼，更组维持会。甘心作虎伥，百般求献媚。四出搜妇女，
昕夕娱贼意。狼心果何居？诚别有肝肺？维新伪政府，百事讲统制。
捐税苛牛毛，粮食亦专卖。嗷嗷数万口，饘粥不能继。吞声忍饥寒，
尸居仅余气。老妻暨孤孙，相继遂长逝。孑然剩此身，偷活人间世。
跋涉千百里，浪迹在旅次。谨贡所见闻，愿世知激励。万众得生存，
共申山河誓！

陈中凡著《清晖集》，书目文献出版社，1987年，8页。

武汉相继失守

叶落花飞剩秃枝，凄风何苦太支离。汉阳月黯芦花冷，楚岸霜横雁阵迟。
百劫难忘墟国恨，廿年谁树沼吴规？材亡实落嗟何及，且走巴渝待后期。

陈中凡著《清晖集》，书目文献出版社，1987年，12页。

登岳麓山

岳麓山头秋气清，遥闻金鼓撼军城。霜林一片红如许，散作流霞十万兵。

陈中凡著《清晖集》，书目文献出版社，1987年，21页。

闻日寇败退

从来好胜愿终违，海澨惊传一弹飞。戎马八年随逝水，河山百战剩斜晖。盈廷金壬传堪怖，极目污莱胡不归？一轨同风成泡影，伯图梦里尚依稀。

一九四五年秋

陈中凡著《清晖集》，书目文献出版社，1987年，21页。

胡光炜

胡光炜（1888~1962），字小石，号倩尹。江苏南京人，原籍浙江嘉兴。从事古文字学、书学、楚辞、杜诗、文学史研究，曾任金陵大学教授，中央大学文学院院长，南京大学文学院院长，南京大学图书馆馆长。著有《愿夏庐诗词钞》等。

明孝陵看花 （选二）

几日薰风上冻鳞，江南二月已残春。飘樱如雪君休叹，勉作花前倒载人。

城角凄于塞上笳，狂飙劈面起惊沙。青袍短策随身在，满眼江山对落花。

胡小石著《胡小石论文集·愿夏庐诗词钞》卷一，上海古籍出版社，1982年，245页。原题"二月十五日，同礴果、白匋太平门明孝陵看花，还饮市楼三首"。

台儿庄大捷书喜

乍有山东捷，腾欢奋九州。不缘诛失律，安得断横流。淮淝屏藩固，风堁早晚收。低回思白羽，一写旅人忧。

胡小石著《胡小石论文集·愿夏庐诗词钞》卷二，上海古籍出版社，1982年，247页。

中原

倭行速如鬼，飞火入中原。楚塞成边塞，夔门即国门。剖心卫江汉，
拊背虑襄樊。早撤谈空坐，墙头铁鸟翻。

胡小石著《胡小石论文集·愿夏庐诗词钞》卷二，上海古籍出版社，1982年，249页。

翁文灏

翁文灏（1889~1971）字咏霓，浙江鄞县（今属宁波）人。清末留学比利时，专攻地
质学，获理学博士学位，1912年归国，从事地质学研究。擅诗，著有《蕉园诗稿》《翁
文灏诗集》等。

蕉园晚眺

初晴风色豁胸襟，鸟语涧泉鸣好音。擎水芰荷遍有盖，经年楝木已成林。
沿堤绿树增生气，满地繁茵感雨霖。唯念兵戈犹未已，岂容幽处自闲吟。

一九四一年七月

翁文灏著《蕉园诗稿》，《上海文史资料选辑》（第四十五辑），上海人民出版社，1984年，
52页。

汉留侯庙

细雨微风伴壮游，登阶古庙谒留侯。赤松子道仙更侠，紫柏山容净且幽。
养性全真见伟略，兴邦建国展良谋。复兴汉室人安在？绕柱徘徊费策筹。

一九四二年五月

翁文灏著《蕉园诗稿》，《上海文史资料选辑》（第四十五辑），上海人民出版社，1984年，
53页。

哭心翰抗战殒命四首（选二）

自小生来志气高，愿卫国土拥征旄。燕郊习武增雄气，倭贼逞威激怒涛。<small>翰儿生于北平，民国二十四年师长关麟征及黄杰初办军训，翰儿与同学因感日敌侵迫，受训特为热心。乃日敌屡次强迫吾国停止军训，消息传布，翰儿等愤不欲生，乃决投考空军，誓雪国耻。</small>誓献寸身防寇敌，学成飞击列军曹。<small>翰儿家书曾言终生只愿为国家御敌。</small>河山未复身先死，尔目难瞑血泪滔。

艰苦吾家一代人，同舟风雨最酸辛。上哀老父凄怆泪，<small>余父于翰儿钟爱最深，耄年遭此，惨痛特甚。</small>下念新婚孤独亲。<small>媳周勤培与翰儿识于成都，上年初同来重庆成婚，突遭此变，哀哭可知。</small>痛切连枝齐息涕，悲怀身世更沾巾。宗邦如此阽危甚，何日江山得再春。

一九四四年九月

翁文灏著《蕉园诗稿》，《上海文史资料选辑》（第四十五辑），上海人民出版社，1984年，54页。

陈寅恪

陈寅恪（1890~1969）字鹤寿，江西修水人。毕业于上海复旦大学，后相继就读于德国柏林大学、瑞士苏黎世大学、法国巴黎大学、美国哈佛大学等。回国后曾任清华大学、西南联合大学、香港大学、燕京大学、岭南大学教授。中华人民共和国成立后，任教中山大学，被聘为中央文史研究馆副馆长。著《寅恪先生诗存》《元白诗笺证稿》《隋唐制度渊源略论稿》等。

挽王静安先生

敢将私谊哭斯人，文化神州丧一身。越甲未应公独耻，湘累宁与俗同尘。吾侪所学关天意，并世相知妒道真。赢得大清干净水，年年呜咽说灵均。

陈寅恪著《陈寅恪集·诗集》，生活·读书·新知三联书店，2015年，11页。

阅报戏作二绝（选一）

弦箭文章苦未休，权门奔走喘吴牛。自由共道文人笔，最是文人不自由。

陈寅恪著《陈寅恪集·诗集》，生活·读书·新知三联书店，2015年，20页。

残春（选一）

家亡国破此身留，客馆春寒却似秋。雨里苦愁花事尽，窗前犹噪雀声啾。群心已惯经离乱，孤注方看博死休。袖手沉吟待天意，可堪空白五分头。

一九三八年五月

陈寅恪著《陈寅恪集·诗集》，生活·读书·新知三联书店，2015年，23页。

忆故居

渺渺钟声出远方，依依林影万鸦藏。一生负气成今日，四海无人对夕阳。破碎山河迎胜利，残余岁月送凄凉。松门松菊何年梦，且认他乡作故乡。

陈寅恪著《陈寅恪集·诗集》，生活·读书·新知三联书店，2015年，42页。

癸巳七夕

离合佳期又玉京，灵仙幽怨总难明。赤城绛阙秋闺梦，碧海青天月夜情。云外自应思往事，人间犹说誓来生。笑他欲挽银河水，不洗红妆洗甲兵。

陈寅恪著《陈寅恪集·诗集》，生活·读书·新知三联书店，2015年，97页。

陈衡哲

陈衡哲（1890~1976）笔名莎菲，祖籍湖南衡山，生于江苏常州。1914年考取清华学校赴美留学生，先后在美国瓦沙女子大学、芝加哥大学学习，获硕士学位后回国。先后在北京大学、东南大学任教。著有《西洋史》《陈衡哲散文集》等。

月

初月曳轻云，笑隐寒林里。不知好容光，已映清溪水。

胡适著《胡适留学日记》，岳麓书社，2000年，734页。

风

夜间闻敲窗，起视月如水。万叶正乱飞，鸣飙落松子。

胡适著《胡适留学日记》，岳麓书社，2000年，734页。

胡适

胡适（1891~1962）乳名嗣穈，学名洪骍，字适之，笔名天风、胡天、蝶儿等。安徽省绩溪县人。早年留学美国，毕业于美国哥伦比亚大学哲学系。1917年，在《新青年》发表《文学改良刍议》，开启新文学革命。先后任北京大学哲学系教授、校长等。著有《胡适的诗》《尝试集》《胡适文存》等。

去国行

木叶去故枝，游子将远离。故人与昆弟，送我江之湄。执手一为别，惨怆不能辞。从兹万里役，况复十年归！金风正萧瑟，别泪沾客衣。丈夫宜壮别，而我独何为？

扣舷一凝睇，一发是中原。扬冠与汝别，征衫有泪痕。高邱岂无女，
狰狞百鬼蹲。兰蕙日荒秽，群盗满国门。褰裳渡重海，何地招汝魂！
挥泪重致词：祝汝长寿年！

胡适著《胡适诗存》，人民文学出版社，1989年，45页。

秋声

出门天地阔，悠然喜秋至。疏林发清响，众叶作雨坠。山蹊罕人迹，
积叶不见地。枫榆但余枝，槎枒具高致。大橡百年老，败叶剩三四。
诸松傲秋霜，未始有衰态。举世随风靡，何汝独苍翠？虬枝若有语，
请代陈其意："天寒地脉枯，万木绝饮饲。布根及一亩，所得大微细。
本干保已难，枝叶在当弃。脱叶以存本，休哉此高谊！吾曹松与柏，
颇以俭自励。取诸天者廉，天亦不吾废。故能老岩石，亦颇耐寒岁。
全躯复全叶，不为秋憔悴。"拱手谢松籁，"与君勉斯志"。

胡适著《胡适诗存》，人民文学出版社，1989年，103页。

刘半农

刘半农（1891~1934）名复，原名寿彭，江苏江阴人。曾参加《新青年》编辑工作，
后留学英国伦敦大学、法国巴黎大学，获博士学位，回国后任北京大学教授。著有诗
集《扬鞭集》《半农杂文》等，采编方言民歌集《瓦釜集》等。

听雨

我来北地已半年，今日初听一宵雨。若移此雨在江南，故园新笋添几许？

刘半农著《扬鞭集》，中国文联出版公司，1998年，14页。

卖乐谱

巴黎道上卖乐谱，一老龙钟八十许。额襞丝丝刻苦辛，白须点滴湿泪雨。喉枯气呃欲有言，哑哑格格不成语。高持乐谱向行人，行人纷忙自来去。我思巴黎十万知音人，谁将此老声音传入谱？

刘半农著《扬鞭集》，中国文联出版公司，1998年，81页。

郭沫若

郭沫若（1892~1978），原名郭开贞，字鼎堂，号尚武，笔名沫若。四川乐山人。早年留学日本，曾任北伐军总政治部副主任。中华人民共和国成立后，历任中央人民政府政务院副总理、中国科学院院长等职。著有《郭沫若文集》《郭沫若诗词集》等。

归国杂吟（录二）

一

又当投笔请缨时，别妇抛雏断藕丝。去国十年余血泪，登舟三宿见旌旗。欣将残骨埋诸夏，哭吐精诚赋此诗。四万万人齐蹈厉，同心同德一戎衣。

二

此来拼得全家哭，今往还将遍地哀。四十六年余一死，鸿毛泰岳早安排。

郭沫若著《郭沫若全集·文学编》第二卷，人民文学出版社，1982年，44页。

感怀

蓼莪篇废憾何涯，公尔由来未顾家。仅得斯须承菽水，深怜万姓化虫沙。中宵舞剑人无几，到处张弧鬼一车。庙祭他年当有告，王师终已定中华。

郭沫若著《郭沫若全集·文学编》第二卷，人民文学出版社，1982年，269页。

偶成

五年戎马亦栖遑，秋菊春茶取次尝。泽畔吟余星殒雨，夷门人去剑横霜。柔荑已折传香海，兰佩空捐忆沅湘。屹立嶙峋南岸塔，月中孤影破苍茫。

郭沫若著《郭沫若全集·文学编》第二卷，人民文学出版社，1982年，301页。

华禽吟

华禽思振翮，乳虎力攀追。丛中跃起拥禽尾，翎落如花萎。华禽俯首生怜爱，奈何虎重不能载？乳虎堕入草丛中，禽已高飞在天外。从此虎心悲，丛中长殒泪。残翎几片抱在怀，寸寸肝肠碎。

郭沫若著《郭沫若全集·文学编》第二卷，人民文学出版社，1982年，347页。

别季弟

少时忧戚最相关，卅载暌违幸活还。二老俱归同抱恨，四郊多垒敢偷闲？飘摇日夕惊风雨，破碎乾坤剩蜀山。自分已将身许国，各倾余力学双班。

郭沫若著《郭沫若全集·文学编》第二卷，人民文学出版社，1982年，393页。

有感

比来人怕夕阳殷，月黑仍令梦不闲。探照横空灯影乱，烧夷遍地弹痕斑。相煎萁豆何犹急？已化沙虫敢后艰？朔郡健儿身手好，驱车我欲出潼关。

郭沫若著《郭沫若全集》第二卷，人民文学出版社，1982年，397页。

惨目吟

五三与五四，寇机连日来。渝城遭惨炸，死者如山堆。中见一尸骸，一母与二孩。一儿横腹下，一儿抱在怀。骨肉成焦炭，凝结难分开。呜呼慈母心，万古不能灰！

郭沫若著《郭沫若全集》第二卷，人民文学出版社，1982年，398页。

徐翼存

徐翼存（1893～1977）原名瑱，又名声懿，晚号持半偈庐老人，安徽合肥人。徐家谟之女，杨虎城副官王翰存之妻。晚年寓居南京。工诗词，有《徐翼存诗词选辑》存世。

过灞桥

烟波两岸水迢迢，车上行人指灞桥。我是人间惆怅客，不须折柳已魂销。

徐翼存著，王晓琪、王平易编注《徐翼存诗词选辑》，世界图书出版公司，2005年，9页。

女权振兴，诗述怀抱二首（选一）

坤仪秩秩际明时，欲上燕京献俚辞。心似芭蕉求叶展，身如花影上阶迟。渔翁不采鲛人泪，医士偏遗败鼓皮。倘借尺阶容吐气，愿披肝胆答红旗。

徐翼存著，王晓琪、王平易编注《徐翼存诗词选辑》，世界图书出版公司，2005年，138页。

赖和

赖和（1894～1943）原名赖河，笔名懒云、甫三、安都生、灰、走街先等。台湾彰化人。赖和行医为生，但在文学上颇富盛名，被公认是台湾最有代表性的民族诗人之一。著有《赖和诗文集》等。

庭上菊被偷折去

几支秋色竹篱遮，寂寂空庭白日斜。一任行人攀折去，废园无主负名花。

赖和著，安然选编《赖和诗文集》卷二，台海出版社，2009年，39页。

初夏书事

不再人间问是非，独怜红惨绿偏肥。空枝蛛网像天表，细雨若纹作地衣。
满院薰风花寂寂，过墙春色蝶飞飞。小园尽日无车马，自掩柴门对落晖。

赖和著，安然选编《赖和诗文集》卷三，台海出版社，2009年，52页。

石井

漫将遗事访延平，故老酸辛说有明。五马江中沙已涨，余潮犹自作军声。
不信芝龙为豪杰，咸知有子是英雄。草鸡未应真王讖，俯仰江山落照中。

赖和著，安然选编《赖和诗文集》卷十三，台海出版社，2009年，219页。

姚锡钧

姚锡钧（1893~1954）字雄伯，号鹓雏、宛若、龙公、红豆词人等，江苏松江（今属上海市）人。南社成员，民国时期任国民政府监察院监察委员，中华人民共和国成立后曾任松江县副县长。著有《恬养簃诗》《红豆簃诗》《苍雪词》等。后人辑有《姚鹓雏文集》等。

中夏偶书

归来生事足淹留，名饮清言倚市楼。出入蹉跎骑户限，声闻寂灭作堂头。炷香读曲梅花落，高枕看云水簟秋。终古文渊成底事？少游款段更何求。

姚鹓雏著《姚鹓雏文集·诗词卷》，上海古籍出版社，2009年，232页。

杂诗（二首）

高踞元龙百尺楼，卷帘白水对梳头。夕阳都与成疏宕，鬓影茶烟漫不收。

漫把春阴颧画裳，楼头微雨十分凉。酒痕泪点分明在，虚费金炉几篆香。

姚鹓雏著《姚鹓雏文集·诗词卷》，上海古籍出版社，2009年，235页。

漫成

腾腾堆鬟远山霞，历历翻衾晓塞笳。饭了茶枪横舌本，雨余蜗篆湿苔花。深衣自照长谭地，大月微窥短世嗟。应许诚斋同刻意，试拈句律斗槎枒。

姚鹓雏著《姚鹓雏文集·诗词卷》，上海古籍出版社，2009年，243页。

正月二日试笔

心远何妨得地偏，南归袖手对吴天。凌空翔隼高圆外，破寂鸣鸡午景前。
白下溪流向大静，紫金山色入春妍。闲中把玩消何物，却办微吟遣壮年。

姚鹓雏著《姚鹓雏文集·诗词卷》，上海古籍出版社，2009年，247页。

丙辰元旦

城根水落石峥嵘，秃柳枯枝一望横。描写春寒须晓吹，破除雪意在微晴。
韭盘朋辈扶头共，爆竹儿童掩耳惊。却要流连风物感，毫端酝酿一诗成。

姚鹓雏著《姚鹓雏文集·诗词卷》，上海古籍出版社，2009年，248页。

胡先骕

胡先骕（1894~1968）字步曾，号忏盦，江西新建人。从事植物学研究，先后任南京
高等师范学校、东南大学、北京大学、北京师范大学等校教授，中正大学校长，"中央
研究院"评议员、院士。著有《胡先骕诗文集》等。

香港

一湾罗列屿，楼阁极崔嵬。士女迷金粉，工商疗货财。即今夸海市，
自昔割珠崖。志士知谁在，相从话劫灰。

胡先骕著，熊盛元、胡启鹏编校《胡先骕诗文集》，黄山书社，2013年，85页。

九月十八日感赋

十载沉沦左衽中，不堪化鹤认辽东。牵丝孰与屠汗计，击楫唯应祖逖同。

填海冤深伤怨魄，移山功巨赖愚公。白山黑水英灵在，一夕从看汉帜红。

胡先骕著，熊盛元、胡启鹏编校《胡先骕诗文集》，黄山书社，2013年，126页。

闻收复南昌有策作

南昌景物吾能说，压鬓西山岚翠高。带叶松枝燔紫笋，盈街沙户卖蒌蒿。
儿时语笑欢如昨，劫后田庐梦亦劳。消息然疑系心魄，荡除腥秽赖贤豪。

胡先骕著，熊盛元、胡启鹏编校《胡先骕诗文集》，黄山书社，2013年，135页。原题"南昌陷敌五年，近闻收复有策，感而赋此"。

杂感

塞北风云剧可哀，治安愧乏贾生才。沉沉刁斗罗兵象，莽莽川原遍劫灰。
湖海孑身渺沧粟，龙蛇大陆走风雷。难拼一醉将愁遣，漫把新亭浊酒杯。

胡先骕著，熊盛元、胡启鹏编校《胡先骕诗文集》，黄山书社，2013年，168页。

春日游海滨

海国春无极，遥山入望青。野烟笼远树，斜日下平汀。沙鸟忘机立，
渔舟傍岸停。流连不知晚，天际见疏星。

胡先骕著，熊盛元、胡启鹏编校《胡先骕诗文集》，黄山书社，2013年，169页。

杨无恙

杨无恙（1894～1952）原名元恺，字冠南，以宅邻让塘，号让渔。江苏常熟（今属张家港市）人。抗日战争时期，流寓沪上，不曾屈节。有《无恙吟稿》《无恙后集》等。

薄暮立江之岛长桥

落日燕支海水黄，遥青拥岳满头霜。高波一客骑虹过，星岛千灯入夜光。

钱仲联编著《近代诗钞》，江苏古籍出版社，2001年，2127页。

叶山望富士

仙枕麟洲借我游，海陬鹄立看山浮。神龙飘忽挂沧海，云雾中间出一头。

人寿天和萃海陬，女夷歌鼓此夷洲。寒花下界温丹土，一朵芙蓉白了头。

钱仲联编著《近代诗钞》，江苏古籍出版社，2001年，2127页。

黄山杂诗三十首（选五）

黄山以画拟，刻画类北宗。天都独浑古，钩勒避浮松。壁穿漏高泉，石裂囚矮松。峰界各不犯，峰路各不通。若问桂林山，异曲而同工。

黄山绝樵人，仅仅采石耳。舍身千仞岩，长绳结蟢子。失足无底壑，枵腹饱豺虎。石耳其如何，留待人滋补。

泰山严道貌，相形落凡庸。北黟创奇格，与世罕雷同。此山擅三绝，厥唯松云峰。峰色太古火，石缝千年松。云来不得行，出首青芙蓉。

峰头快秋晴，下方若阴晦。云分两世界，上下颇隔碍。银涛无边际，日华耀云背。潒瀁一万里，舒卷发光彩。云收海枯涸，云合山填海。

虚文孙无言，客死终后悔。

拳曲黄山松，志趣郁奇古。何以形容之，苍官兼短簿。托根石不让，殊遇获寸土。挣扎成名松，淘汰已难数。

钱仲联编著《近代诗钞》，江苏古籍出版社，2001年，2131页。

喜闻长沙大捷

背城还背水，兵气盛湖湘。跛鳖绐泥足，羝羊怒触墙。齐师方夜遁，楚卒本精强。指顾平残虏，前锋向岳阳。

钱仲联编著《近代诗钞》，江苏古籍出版社，2001年，2136页。

内海粟岛

水面晴岚远近峰，村村烟影吐层松。恰如雾鬓临汝镜，帘縠窗纱隔几重。

《董康东游日记》，《中国近现代日记丛刊》，上海人民出版社，2018年，248页。

南园雁来红

七尺珊瑚碎有声，更堪低首受秋盟。猩红总借霜渲染，算与西风血战成。

杨无恙著，钱仲联、祁薇谷辑《无恙后集》，1960年影印本。

唐玉虬

唐玉虬（1894～1988）名鼎元，字玉虬，号髯公，以字行。江苏武进人。以行医、教书为生，中华人民共和国成立后，曾任南京中医学院图书馆馆长等职。有《荆川公年谱》八卷，诗集有《五言楼诗草》《国声集》《入蜀稿》《怀珊集》等。

病起窥镜

木榤风里废高吟，伏枕何堪越四旬。已见形容尽消瘦，只余肝胆自轮困。
难期宇宙销兵气，未许江湖作散人。拔剑床头三起舞，茫茫对此独伤神。

唐玉虬著《唐玉虬诗文集》，黄山书社，2014年，33页。

台儿庄大捷二首

四月八日作。

此战存亡华夏系，协谋天地荷成功。汉廷公琰饶遐算，唐室临淮出苴戎。
地接彭城无百里，类倾沧海绝群凶。捷铙传遍春风里，泣喜淋漓八表同。

岂有大邦逃小丑，哀深率土赋同仇。地含血气皆陈力，天与人神尽送谋。
将帅真皆匹龙虎，士兵还得迈貔貅。试看逐北追奔夜，明月长空为倒流。

唐玉虬著《唐玉虬诗文集》，黄山书社，2014年，361页。

忆舍弟镇元衡阳

九月寒霜木叶稀，黄花处处照征衣。思君我愧衡阳雁，未作云天一路飞。

唐玉虬著《唐玉虬诗文集》，黄山书社，2014年，395页。

十一月十六日作

去年今日别西湖，越赣经湘入蜀都。屈指到来仅三月，长沙回首已成墟。

唐玉虬著《唐玉虬诗文集》，黄山书社，2014年，399页。

成都春日杂诗四十六首（选一）

春风何事解予怀，回首东南鼓角哀。战后乾坤浑血色，桃花红上蜀江来。

唐玉虬著《唐玉虬诗文集》，黄山书社，2014年，404页。

叶圣陶

叶圣陶（1894～1988）原名叶绍钧，字秉臣。江苏苏州人。曾担任出版总署副署长、人民教育出版社社长、教育部副部长、中央文史研究馆馆长、民进中央委员会主席、政协全国委员副主席等职。著有小说《倪焕之》、童话集《稻草人》等。

今见

来时霜桔拦街贱，今见榴花满树朱。汉水蜀山行路远，江烟峦瘴寄廛孤。情超哀乐三杯足，心有阴晴万象殊。颇愧后方犹拥鼻，战场血肉已模糊。

叶圣陶著《叶圣陶集》第八卷，江苏教育出版社，2004年，146页。

移居（选一）

避寇七千里，寇至展高翼。轰然乱弹落，焰红烟尘黑。吾庐顿燔烧，生命在顷刻。夺门循陋巷，路不辨南北。涉江魂少定，回顾心怆恻。

嘉州亦清嘉，一旦成荒域。焦骸相抱持，火墙欲倾侧。酒浆和血流，街树烧犹植。国人方同命，伤残知何极？死者吾弟兄，毁者吾货殖。惊讯晨夕传，深恨填胸臆。吾庐良区区，奚遑复叹息。

叶圣陶著《叶圣陶集》第八卷，江苏教育出版社，2004年，164页。原题"乐山寓庐被炸，移居城外野屋"。

吴宓

吴宓（1894～1978）字雨僧。陕西泾阳人。1921年获美国哈佛大学文学硕士学位。回国后，曾讲学东南大学、清华大学、西南联合大学、武汉大学，担任《学衡》总编辑。中华人民共和国成立后，历任重庆大学、西南师范学院教授。著有《吴宓诗集》等。

落花诗八首（选二）

色相庄严上界来，千年灵气孕凡胎。含苞未向春前放，离瓣还从雨后开。根性岂无磐石固，蕊香不假浪蜂媒。辛勤自了吾生事，瞑目浊尘遍九垓。

本根离去便天涯，随水飘零感岁华。历劫何人求净乐，寰中无地觅烟霞。生前已断鸳鸯梦，天上今停河汉槎。渺渺香魂安所止，拼将玉骨委黄沙。

吴宓著，吕效祖主编《吴宓诗及其诗话·京国集（下）》，陕西人民出版社，1992年，121～122页。

壬申岁暮述怀四首（选二）

至德唯诚敬，真爱存理想。世缘日萧条，吾生益孤往。成败等齐观，苦乐同欣赏。托体红尘中，寄意青云上。夙慧明本原，奇功追幻象。大道自圆融，末俗徒纷攘。无我绝悔吝，得仁何怏快。栩栩任浮游，未死脱重网。

读史鉴得失，自然神智广。兴衰因果赜，推详瞭指掌。今古事无殊，东西迹岂两？陆沉痛神州，横流谁砥嗓。邪说增聋瞽，私利分朋党。国亡天下溺，贤圣急奔抢。可能毁椟匣，珠玉辉天壤。愧非执梃徒，掩泪倚书幌。

吴宓著，吕效祖主编《吴宓诗及其诗话·故都集》，陕西人民出版社，1992年，160页。

周瘦鹃

周瘦鹃（1895~1968）真名国贤，别署紫罗兰庵主人，江苏吴县人。曾任《申报·自由谈》《礼拜六》主编，自办《半月》《紫罗兰》小说杂志。著有《周瘦鹃小说集》《紫罗兰集》等。

寄包天笑

莽荡中原日已沉，风饕雨虐苦相侵。羡公蓬鸟留高躅，老我荒江思素心。排闷无如栽竹好，恋家未许入山深。何时重订看花约，置酒花前共细斟。

周瘦鹃著《拈花集·第一辑·花前琐记》，上海文化出版社，1983年，41页。

兵连

兵连六月河山变，劫火弥天惨不收。我亦他乡权作客，寒衾夜夜梦苏州。

周瘦鹃著《拈花集·第一辑·花前琐记》，上海文化出版社，1983年，43页。

黄昏细雨

疏风杨柳院，细雨菊花天。小步驱愁思，微吟耸瘦肩。黄昏又今日，贫寒似去年。明灯更煮茗，来读晚窗前。

张恨水著《剪愁集》，北岳文艺出版社，1993年，67页。

有感（四首选一）

劫后空余笔一枝，替人儿女说相思。强为欢笑谁能识，字字伤心是血丝。

张恨水著《剪愁集》，北岳文艺出版社，1993年，73页。

咏史四首（选一）

盗寇可怜侵卧榻，管弦犹自遍春城。书生漫作长沙哭，只有龙泉管不平！

张恨水著《剪愁集》，北岳文艺出版社，1993年，79页。

健儿词七首（选一）

含笑辞家上马呼，者番不负好头颅。一腔热血沙场洒，要洗关东万里图。

张恨水著《剪愁集》，北岳文艺出版社，1993年，80页。

《弯弓集》补白诗

百岁原来一刹那，偷生怕死计何差！愿将热血神州洒，化作人间爱国花！

张恨水著《剪愁集》，北岳文艺出版社，1993年，81页。

徐悲鸿

徐悲鸿（1895~1953）原名徐寿康。江苏宜兴人。擅长国画、油画，曾任北平大学艺术学院院长、中央美术学院院长。著有《徐悲鸿文集》等。

丙寅元旦梦觉忆内（二首）

衫迭盈高阁，侵椽万卷书。香衾惊异昨，凄绝客身孤。

不解憎还爱，忘形十载来。知卿方入夜，灯影对低徊。

徐悲鸿著，王震编《徐悲鸿文集》，上海画报出版社，2005年，214页。

题《自写》

乱石依流水，幽兰香作威。遥看群动息，伫立待奔雷。

徐悲鸿著，王震编《徐悲鸿文集》，上海画报出版社，2005年，216页。

初秋即事

急雨狂风避不禁，放舟弃棹匿亭阴。剥莲认识中心苦，独自沉沉味苦心。

徐悲鸿著，王震编《徐悲鸿文集》，上海画报出版社，2005年，216页。

题《立马》

伏枥生憎恨，穷边破寂寥。风尘动广漠，霜草识秋高。青海有狂浪，天山非不毛。终当引俦侣，看落日萧萧。

徐悲鸿著，王震编《徐悲鸿文集》，上海画报出版社，2005年，217页。

招魂两章（选一）

恭奠香花沥酒陈，丕显万古国殇辰。星河耿耿凄清夜，魂兮归来荡寇氛。

徐悲鸿著，王震编《徐悲鸿文集》，上海画报出版社，2005年，218页。

吴芳吉

吴芳吉（1896～1932）字碧柳，别号白屋，自称白屋先生。四川江津县（今属重庆）人。参与编辑《强国报》《新群》等报刊，担任湖南省立第一女师、西北大学、东北大学、成都大学教授等。著有《白屋吴生诗歌》《白屋诗选》等。

婉容词

婉容，某生之妻也。生以元年赴欧洲，五年渡美，与美国一女子善，女因嫁之。而生出婉容。婉容遂投江死。

天愁地暗，美洲在那边？剩一身颠连，不如你守门的玉兔儿犬。残阳又晚，夫心不回转。自从他去国，几经了乱兵劫。不敢治容华，恐怕伤妇德。不敢出门闾，恐怕污清白。不敢劳怨说酸辛，恐怕亏损大体成琐屑。牵住小姑手，围住阿婆膝。一心里，生既同衾死同穴。那知江浦送行地，竟成望夫石；江船一夜雨，竟成断肠诀。离婚复离婚，一回书到一煎迫。我语他，无限意；他答我，无限字。在欧洲进了两个大学，在美洲得了一重博士。他说："离婚本自由，此是欧美良法制。"他说：

"我非负你,你无愁,最好人生贵自由,世间女子任我爱,世间男子随你求。"他说:"你是中国人,你生中国土。中国土人但可怜,感觉那知乐与苦?"他说:"你待我归,归路渺。恐怕我归来,你的容颜槁。百岁几人偕到老?不如离别早。你不听我言,麻烦你自讨!"他又说:"我们从前是梦境,我何尝识你的面,你何尝知我的心?但凭一个老媒人,作合共衾枕。这都是,野蛮滥具文,你我人格为扫尽,不如此,黑暗永沉沉,光明何日醒?"他又说:"给你美金一千圆,赔你的,典当路费旧钗钿。你拿去,买套时新好嫁衣。不枉你,空房顽固守六年。"我心如冰眼如雾,又望望半载,音书绝归路。昨来个,他同窗好友言不误,说他到,绮色佳城_{美纽约州一城名},欢度蜜月去。我无颜,见他友,只低头,不开口。泪向眼包流,流了许久。应半声:"先生劳驾,真是他否?"小姑们,生性慧,闻声来,笑相向,说:"我哥哥不要你,不怕你如花娇模样。"顾灿灿灯儿,也非昔日清;那皎皎镜儿,不比从前亮。只有床头蟋蟀听更真,窗外秋月亲堪望。错中错,天耶命耶,女儿生是祸?欲留我不羞,只怕婆婆见我情难过;欲归我不辞,只怕妈妈见我心伤堕。想姊姊妹妹当年伴许多,奈何孤孤单单只剩我一个?一个兔牵挂,这薄情世界,何须再留恋。只妈妈老了,正望他儿女陪笑颜。不然,不然,死,虽是一身冤;生,也是一门怨。喔喔鸡声叫,哐哐狗声咬,铛铛壁钟三点渐催晓。如何周身冰冷,尚在著罗绡?这簪环齐抛,这书札焚掉;这妈妈给我荷包,系在身腰。再对镜一瞧瞧,可怜的婉容啊,你消瘦多了。记得七年前此夜,洞房一对璧人娇。手牵手,嘻嘻笑。转瞬今朝,与你空知道。茫茫何处?这边缕缕鼾声,那边紧紧闭户,暗摩挲,偷出后园来四顾:闪闪晨星,瀼瀼零露。一瓣残月,冷挂篱边墓。那黑影团团,可怕是强梁追赴。竟来了啊,亲爱的犬儿玉兔。玉兔啊,你偏知恩义不忘故。一步一步,芦苇森森遮满入城路。何来阵阵炎天风,蒸得人浑身如醉,搅乱心情愫。讶,那不是我的阿父?看他鬓发蓬蓬,杖履冉冉,正遥遥等住。前去前去,去去牵衣诉。却是株,江边臼杨树。白杨何丫丫,惊起栖鸦。正是当年离别地,一帆送去,谁知泪满天涯。玉兔啊,我喉中梗满是话,欲语只罢。你好自还家,好自还家。一刹那,砰磅,浪碰花;镗嗒,岸声答;悉悉索索,泡影浮沙。野阔秋风紧,江昏落月斜。只玉兔儿双脚泥上抓,一声声,哀叫她。

吴芳吉著《吴芳吉集》,巴蜀书社,1994年,86页。

师梅寄我红叶

师梅寄我红叶，寄我长安孤客。开函读罢欣欣，浑忘人世离别。浑忘人世离别，师梅寄我红叶。师梅寄我红叶，寄自潇湘之侧。爱我一何情深，山川虽远无隔。山川虽远无隔，师梅寄我红叶。师梅寄我红叶，叶叶美如蛱蝶。我为簪佩衣襟，照眼秋光瑟瑟。照眼秋光瑟瑟，师梅寄我红叶。师梅寄我红叶，叶叶形似肝膈。朗然历久弥新，想见长歌激烈。想见长歌激烈，师梅寄我红叶。师梅寄我红叶，叶底题诗娇绝。缠绵何以和君，关山弥望风雪。关山弥望风雪，师梅寄我红叶。

吴芳吉著《吴芳吉集》，巴蜀书社，1994年，227～228页。

巴人歌

壬申春暮，旅渝西。侨文、幼章等邀余讲演儒家思想与耶教精神，明日更令朗吟拙作诗篇，因成此歌以酬在座同仁。

巴人自古擅歌词，我亦巴人爱竹枝。巴渝虽俚有深意，巴水东流无尽时。可爱的同学，可敬的牧师！可喜的嘉宾自泰西！可感的主席美言辞。并世有友我心仪，昼读其书夜梦之。一南一北阻山陂，甘地托翁大智悲。一介不取一切施，两途相反两相宜。爱人爱国非矛盾，立德立功不背驰。吁嗟！沪滨三万好男儿，方为民族苦斗作牺牲。此际安知壕堑里，几人血肉溅淋漓！知君意有属，来听吾歌曲。我心惨不欢，长歌聊当哭！不唱苏杭花鸟娇，不奏潇湘烟雨宿；不颂巫山十二峰，不赋罗浮五百瀑；不咏匡庐谢公镜，不弄蓝关丽人玉；不赞天台访仙居，不弹泰岱看日出。但道存亡百战间，叱咤呜咽无名数小卒。新年密雪似花开，探道敌军夜半来。笑索民家布万匹，前军素服真奇哉！雪下密如筛，健儿雪里埋。雪光莹不夜，瑶台复玉阶。沉沉冻宇无氛埃，睡起倭儿喜满怀。狼头鼠目千夫长，鸭足蟹行一字开。健儿一齐起，起从深雪里。猛进寂无声，纷如聚白蚁。血热失天寒，挥刀汗被体。何物大和魂？软弱如裁纸！东方欲曙人不归，舰中盐泽愁欲死。"四小时间淞沪平，曾经万国共知矣。皇军利器最堪夸，无敌人间坦克车。踏破支那人民齐俯首，踏开帝国版图西向斜。腾腾阵势走长蛇，旭旗飘处天威加。逢人射击轻尘扫，明日看遍春申花。"不须掩护不须遮，我军突出俨排衙。前锋倒地委泥沙，后队奔来集晚鸦。好似乱麻方理净，弥漫旷野又生芽。枕藉车前满，满地英雄胆。炸弹风雨来，我士齐声喊。一跃上车争捕捉，轮陷人堆不可辗。瞑目忽泪凝，叩头求饶免。余子可怜竟反奔，投身租界唯忧晚。笑杀十九军，史册行收卷。甲午传闻尽圣神，今朝相遇只豚犬！惨莫惨兮天通庵，毒莫毒兮炮台湾。虏我无辜压阵前，不前一弹腹间穿。衣裳剥落赤鲜鲜，釜底游鱼待火煎。驱之上路来蝉联，为敌冲锋与御坚。阿儿阿母呼喧喧，尽是同胞老幼年。枪头无眼鸣呼天，捍国卫民不两全。勇莫勇兮庙行镇，敢莫敢兮浏河口。三十兵船百飞机，领空领海迅雷吼。流弹自相击，田田裂深臼。势若倒乾坤，那能容蚁蝼。我军战壕中，高唱彻南斗。沉着不轻击，见惯若无有。待尔百步间，炮鸣龙出湫。待尔十步间，枪发鱼穿柳。待尔跬步间，弹掷泥封瓿。待尔分寸间，剑回春剪韭。倭儿休想肆鲸吞，寸地尺天吾职守。烦冤复烦冤，肉食何心肝？恒怏天中逝，逍遥壁上观。南翔令下哭声酸，叹息撤兵百胜间。敌势包围千万盘，一声突出康庄安。海滨炮重尘飞翻，头上机轰行步艰。三千子弟令如山，不徐不疾来蜿蜒。征衣未浣血斑斑，银枪斜挂气轩轩。前导谁欤翁照垣，四十年纪光琅玕。诸君苦矣且加餐，吾侪父老只壶箪。且加餐兮君苦矣，胜固足欣败亦喜。长期抵抗不因今日休，民族醒来要从此时起。便把歇浦楼台全烧剩劫灰，便把西湖山水踏平无余滓；便把姑苏苑囿抛荒委麋鹿，便把金陵关塞椎碎沉海底。丝毫不惧也不忧！我今获得无上慰安世难比，何妨再战复三战，周旋半纪还一纪。战出诸生知气节，战出百工有生理；战出军人严纪律，战出官方首廉耻。觉悟精神开创力！那怕国仇不刷洗！且若阿毛胡，墙隅汽车夫。所营唯一饱，那得解诗书。诱令敌军供转输，行程一次百金租。一朝五返千两储，妻儿笑乐衣冠都。数贼监临敢自逋，车中何物累连珠。一枚毒弹几头颅，几许吾民血应枯。无须挂虑笛呜呜，公大纱厂门前途。波光一闪识黄浦，波臣含笑遥招呼。车身猛转波间去，风定波平万象苏。君听取，君莫怪，我今正言宣世界。千年古国植根深，假寐一时岂足害？好似血轮我身周，滴滴饶有生机在。活泼自流行，光辉复澎湃。不因岁月衰，只有新陈代。一回觉醒一少年，独创文明开草芥。皇天与我东方东，性爱和平国号中。世界明知终大同，有如璞玉待磨砻。我非排外好兴戎，我为正义惩顽凶。我知前路险重重，我宁冒险前冲锋。我今遭遇何所似，我似孩提失保姆，倭儿蠢蠢似蝼蚁。群盗嚣嚣似蚍虼，诸公衮衮似蛔虫。荡涤行看一扫空，还我主权兮还我衷。和平奋斗救中国，紫金山下葬孙公。

吴芳吉著《吴芳吉集》，巴蜀书社，1994年，337页。

罗卓英

罗卓英（1896～1961）字尤青，广东大埔人。曾任国民党第十八军军长。抗战期间，参加保卫上海、南京、武汉战役，指挥上高战役等，任第十九集团军总司令、第九战区总司令等职。抗战结束后曾任广东省政府主席，东北行辕副主任等职。有《呼江吸海楼诗》《正气歌注》。

卢沟曲二首

七月七日桑干水，忽起惊涛诉不平。最后关头今已到，战尘扬处马蹄轻。

今日卢沟桥上血，东流入海涌狂涛。卅载深仇终一洗，中华儿女尽英豪。

罗卓英著《呼江吸海楼诗》，《近代中国史料丛刊》（769），文海出版社，1966～1989年，1页。

落日歌

一个子弹一个敌，一寸河山一寸血。战到斜阳欲暮天，浩气如虹吞落日。

罗卓英著《呼江吸海楼诗》，《近代中国史料丛刊》（769），文海出版社，1966～1989年，2页。

上高会战奏捷

又报前线战鼓催，寇气直犯上高来。休夸扫荡侵三路，且看包围奋一锤。诸葛阵图终有价，临淮壁垒不容开。应知万马埋轮日，莫使虾夷片甲回。

罗卓英著《呼江吸海楼诗》，《近代中国史料丛刊》（769），文海出版社，1966～1989年，125页。

凭栏

莫负凭栏万里心，遥峰倒影入江深。秋随疏雨微云淡，暮送青天碧海沉。
几杵钟声添远意，四山岚影结层阴。丈夫记取平生事，要把强胡一战擒。

罗镝楼编撰《罗卓英先生年谱》，志泰印制有限公司，1995年，9页。

曾缄

曾缄（1896~1968）字圣言、慎言，四川叙永县人。早年就读北京大学中文系，师事
黄侃，有"黄门侍郎"之誉。曾任国民政府四川省第一届省议会议员、江北县县长等
职。中华人民共和国成立后，任四川大学中文系教授。工诗文，与程穆庵、刘芦隐等
唱酬，结集成《三山雅集》。另有《人外庐绮语》《青松馆笔记》等。

译六世达赖情歌六十六首（选三）

曾虑多情损梵行，入山又恐别倾城。世间安得双全法，不负如来不负卿。

卦箭分明中鹄来，箭头颠倒落尘埃。情人一见还成鹄，心箭如何挽得回？

结尽同心缔尽缘，此生虽短意缠绵。与卿再世相逢日，玉树临风一少年。

《近代巴蜀诗钞》，巴蜀书社，2005年，1407页。

双雷引

何人捶碎鸳鸯弦，大雷小雷飞上天。
朝来喧动成都市，焚琴煮鹤真奇事，
不逐纷华好雅音，虽栖城市等山林，
双雷制出霄威手，玉轸金徽光不朽。
比似干将与莫邪，双龙会合在君家，
秋月春花朝复暮，手挥目送何曾住。
换羽移宫随手变，冰丝迸出长门怨，
问君何处得此曲，使我魄动心魂摇。
峨眉山高巫峡长，天回地转归清籁。
片云终古傍琴台，远山依旧横眉黛。
远人知爱阳春曲，海外争传大小雷。
绝代销魂惜此身，愿人长寿花长好。
岂必交通房次律，偶然挂误董庭兰。
随身唯剩两张琴，周鼎重轻来楚问。
忍将神物付他人，我固蒙羞琴亦耻。
不遣双雷污俗指，长教万古仰清风。
夫妻相对悄无言，玉绳低共回肠转。
清商变徵千般响，死别生离万种情。
共工头触不周山，砉然一声天地裂。
不复瓦全宁玉碎，焚琴原是鼓琴人！
后羿轻抛弹日弓，嫦娥懒窃长生药。
流水落花春去也，人间天上两茫茫。
但使有情成眷属，不应含恨为沧桑。
豰豹养生俱一死，木雁有时还两失。
问君身后竟何有，绝笔空余数行墨。
昔日沙堰弹琴处，高冢峨峨起墓田。
声声犹似当年曲，只有空山泣杜鹃！

已恨广陵成绝调，更堪锦瑟怨华年。
少城西角有幽人，卜居近在君平肆，
晚为天女云英婿，家有唐时雷氏琴。
丹漆班班蛇附文。题名隐隐龙池后。
朱弦巧绾同心结，枯木长开并蒂花。
万壑松风指下生，三峡流泉弦上鸣。
倏然急转声嘈嘈，天风浪浪吹海涛。
双雷捧出人人爱，自倚蜀琴开蜀派。
操缦何如长卿好，知音况有文君在。
海客乘槎万里来，得闻古调亦徘徊。
可怜中外同倾倒，名手名琴俱国宝，
那知春色易阑珊，花蕊凋零柳絮残。
负郭田空家业尽，萧条一室如悬磬，
归来长叹语妻子，幸与斯琴作知己。
何如撒手向虚空，人与两琴俱善终。
支机石畔深深院，庭漏丁丁催晓箭。
已过三更又五更，丝桐切切吐悲声。
最后哀弦增惨烈，鬼神夜哭天雨血。
双雷阅世已千春，为感相知岂顾身？
一段风流兹结束，人生何以长眠乐？
郎殉瑶琴妾殉郎，人琴一夕竟同亡。
刘安拔宅腾鸡犬，秦女吹箫跨凤凰。
我闻此事三叹息，天有风云人不测。
嵇康毕命尚弹琴，向秀何心听邻笛？
玉轸相随地下眠，金徽留作买棺钱。
从此九京埋玉树，更谁三叠舞胎仙？

《近代巴蜀诗钞》，巴蜀书社，2005年，1409页。

茅盾

茅盾（1896~1981）原名沈雁冰。浙江桐乡人。中国作家协会主席。著有《茅盾文集》《茅盾诗词集——茅盾古典文学论文集外编》。

渝桂道中口占

存亡关头逆流多，森严文网欲如何？驱车我走天南道，万里江山一放歌。

一九四一年三月

茅盾著《茅盾诗词集》，上海古籍出版社，1985年，4页。

无题

偶遣吟兴到三秋，未许闲情赋远游。罗带水枯仍系恨，剑铓山老岂割愁。搏天鹰隼困藩溷，拜月狐狸戴冕旒。落落人间啼笑寂，侧身北望思悠悠。

一九四二年秋

茅盾著《茅盾诗词集》，上海古籍出版社，1985年，5页。

感怀

炎夏忽已尽，金风搧萧瑟。渐觉心情移，坐立常哆哆。煎迫讵足论，但愁智能竭。桓桓彼多士，引领向北国。双双小儿女，驰书诉契阔。梦晤如生平，欢笑复呜咽。感此倍怆神，但祝健且硕。中夜起徘徊，寒螿何凄切！

一九四二年秋，桂林

茅盾著《茅盾诗词集》，上海古籍出版社，1985年，7页。

溥儒

溥儒（1896～1963）字心畲，号西山逸士，后以字行。辽宁长白山人。祖恭忠亲王，清宣宗第六子。毕业于北京法政大学。辛亥革命后隐居北平西山戒檀寺，旋居颐和园，专事绘画，钻研经史小学。1949年迁台湾。著有《四书经义集证》《寒玉堂诗集》等。

塞下曲

戌楼烟断草萋萋，万里寒冰裂马蹄。闻道汉家开战垒，边沙如雪玉关西。

溥儒著《寒玉堂诗集》，新世界出版社，1994年，19页。

石塘道中

远树鸣寒角，横烟晓色分。不闻归战马，争道募新军。古寺高陵变，荒碑野火焚。客愁如落雁，随意渡江云。

溥儒著《寒玉堂诗集》，新世界出版社，1994年，32页。

过陈苍虬侍郎故庄

空馆余乔木，寒塘尚泊船。菱花飘碧水，杨叶散浮烟。蕙帐人何在？衡门月自圆。江南未归客，来对旧山川。

溥儒著《寒玉堂诗集》，新世界出版社，1994年，39页。

郁达夫

郁达夫（1896~1945）原名郁文，字达夫，浙江富阳人。早年留学日本，归国后从事文学创作及教育，曾与郭沫若、成仿吾组织创造社，与鲁迅发起组织"左联"。抗战中赴南洋群岛，被日本宪兵杀害。著有《郁达夫诗词钞》等。

席间口占

醉拍阑干酒意寒，江湖牢落又冬残。剧怜鹦鹉中州骨，未拜长沙太傅官。一饭千金图报易，五噫几辈出关难。茫茫烟水回头望，也为神州泪暗弹。

郁达夫著《郁达夫诗词钞》，浙江人民出版社，1981年，16页。

赠隆儿（选一）

我意怜君君不识，满襟红泪奈卿何。烟花本是无情物，莫倚箜篌夜半歌。

郁达夫著《郁达夫诗词钞》，浙江人民出版社，1981年，29页。

钓台题壁

不是尊前爱惜身，伴狂难免假成真。曾因酒醉鞭名马，生怕情多累美人。劫数东南天作孽，鸡鸣风雨海扬尘。悲歌痛哭终何补，义士纷纷说帝秦。

郁达夫著《郁达夫诗词钞》，浙江人民出版社，1981年，128页。原题"旧友二三相逢海上，席间偶谈时事，嗒然若失，为之衔杯不饮者久之。或问昔年走马章台，痛饮狂歌意气今安在耶，因而有作"。

星洲旅次有梦而作

钱塘江上听鸣榔，夜梦依稀返故乡。醒后忽忘身是客，蛮歌似哭断人肠。

郁达夫著《郁达夫诗词钞》，浙江人民出版社，1981年，205页。

乱离杂诗（选二）

千里驰驱自觉痴，苦无灵药慰相思。归来海角求凰日，却似隆中抱膝时。
一死何难仇未复，百身可赎我奚辞？会当立马扶桑顶，扫穴犁庭再誓师。

草木风声势未安，孤舟惶恐再经滩。地名末旦埋踪易，榾指中流转道难。
天意似将颁大任，微躯何厌忍饥寒。长歌正气重来读，我比前贤路已宽。

郁达夫著《郁达夫诗词钞》，浙江人民出版社，1981年，244～245页。

王统照

王统照（1897～1957）字剑三，山东诸城人。毕业于中国大学，参加过五四运动，后到欧洲各国考察，回国后专事创作。先后在暨南大学、山东大学任教授。有《王统照文集》等。

凉夜吟

凉夜耿耿灯花碧，清月如霜照寒壁。阶下寒蛩抵死鸣，惊人秋梦了无迹。
三更向尽漏声残，愁向窗前听鹧鹕。冥然危坐悄无言，懒拂砑笺执花笔。
芙蓉泪落堕秋红，荷花又为嫁秋死。梭掷韶光煞催人，蛮吟蛙鼓徒喽啰。
我生琐尾动不辰，洗逢此世皆狂猗。滔滔横流去不回，东扶西倒互颠踬。
玄黄血战争食人，抢攘干戈惊怵惕。一寸山河万骨枯，一将封侯万闺哭。
竞名攘利古无休，诡遂诈虞相鸣吒。如今神州丧国魂，恍若孤舟撄飔飔。
金汤城塞如脱瓯，虎视蚕食竞吞噬。侮伐自甘宁陆沉，千秋万世留笑哑。

乌乎今之少年人，曷目自励勿逸佚。我生飘荡倏冠年，万事无成徒吟唧。
羁旅风雨罩秋城，萧瑟词成抚刀泌。万籁音闻感不绝，长歌凄咽以当哭。
抒笔聊为秋夜吟，声摇星斗听觿箓。

王统照著《王统照文集》第四卷，山东人民出版社，1982年，466页。

船行印度洋望月

繁星去海荡空明，一线沧溟纪旅程。海外风云惊客梦，域中烽火念苍生。
低吟恐搅蛟龙睡，微感能无儿女情？独立船头惆怅意，夜深唯见乱云横。

王统照著《王统照文集》第四卷，山东人民出版社，1982年，509页。

经锡兰岛航行三日至孟买城

炎飚日狂吹，浩渺天海阔。弥望尽碧波，骄阳耀灼灼。舟行环坤舆，
巨浸得一角。凉燠变气候，南洲炎蒸结。草木硕且蕃，密林奄绿叶。
天天绮红花，灿丽眼生缬。殖生鸟兽群，狮虎与蛇鳄。到处可怜虫，
面黧复体裸。各自全其生，一例为奴孽。彩巾蔽头颅，片布缠丝络。
和答鸩舌音，妇孺恣笑乐。不见有主人，崇楼施丹艧。颐指千万夫，
威权炙手热。昔年盛荆棘，土民诚浑噩。开国自何年，广衢陈百货。
峨峨巨艑来，疆土随开扩。增富有多方，驭众持橐籥。咻尔卑贱民，
从兹欣有托。裨史下西洋，前代世如昨。煌煌锡兰岛，佛迹今落寞。
龙象泣何从，空山无留偈。瞻拜古丛林，荒秽神明亵。披衫沥血僧，
但知索钱帛。法象徒庄严，世法历圆缺。比量如露电，留此香火劫。
城中飙轮驰，广厦竞烟博。主人饮醇醴，遗尔以糟粕。怅念古文明，
微光无余爝。孰谓思往情，茫昧如可诘。但见诸少年，日学鹦鹉舌。
骄纵空尔为，健悦忘束缚。行往古印度，云是狮子国。玄思极天人，
造艺何精彻。千万白佛言，智慧能解脱。我行巨室中，仰礼诸象觉。
臣武何赫奕，农工守其业。浩文备图史，前民有功烈。今唯睹疲氓，
园林逗鸟雀。苦工遍海陬，劳劳无休歇。箪食与陋居，强自忍龌龊。
日日肆纷呶，所求乃微薄。坐失昔良图，种族自相斫。佛乘已东航，
言文亦卑弱。河山信美佳，举手他人属。半日古方游，所历多奇愕。

航行来圣地，惭愧见肤廓。好鸟歌友声，巨竹抽新箨。沙上烧炱廖，楼头耀珠箔。徒令游子悲，遐思将焉著？别矣孟买城，云天积炎喝。大海日扬波，或亦有时涸。木落水澄期，祝尔返营魄。

王统照著《王统照文集》第四卷，山东人民出版社，1982年，510页。

林庚白

林庚白（1897~1941）原名学衡，字凌南，又字众难，自号摩登和尚。福建福州人，早年加入同盟会和南社。抗战爆发后，先赴重庆，后转至香港九龙。香港沦陷后，被日军枪杀。著有《庚白诗存》等。

甲戌岁暮杂诗十首（选一）

少年万口说仪秦，曾是投荒出塞身。志行轻售吾所耻，岂能更作靖康人。

林庚白著《丽白楼自选诗》，开明书店，1946年，2页。

夜雨中抵九龙

百年换尽海滨尘，吾土翻疑去国人。南渡东迁时世异，九夷四裔乱离均。器新铸铁真成错，阴极生阳便转春。犹得双飞巢幕燕，雨窗灯火墨痕新。

林庚白著《丽白楼自选诗》，开明书店，1946年，74页。原题"香港割让英国既百年，值辛巳初冬垂尽，余与北丽自重庆飞至，夜雨中抵九龙"。

难民来

炮火开，难民来，吴淞战舰乱云堆。谁为戎首实致此，真见黎庶罹奇灾。妻子爷娘走离散，蓬头跣足狼狈哉。蛇行里巷动千百，呻吟老弱啼婴孩。无食无衣但僵卧，室家行李天一涯。胡人高鼻不相恤，囊沙网铁横路隈。亦有奔车出巨厦，顾盼意态殊巍巍。汝曹共尽初不料，自天飞弹焚千骸。或资盗粮或为寇，心死直使肝肠摧。市廛强者半袖手，流亡载道行谁哀？万众同仇出处异，事急豪富皆奸回。吁嗟乎，难民难民尔何辜，不为雄鬼争前驱，不为千金之子全其躯。仓皇牵率到妇孺，喜怒死生悬众狙。吁嗟乎，难民难民尔何辜，不生两翼腾天衢，不生江海为潜鱼。遭逢乱世宁有幸，君不见欧洲大战人相屠。我闻昔在土耳其，浴血三年与故都。又闻近在西班牙，肉搏举国无完肤。苟免终为民族耻，会须以一当千夫。劳师袭远古所忌，骄兵必败只区区。难民难民尔莫悲，长江天堑曾吞胡。共尔挥戈更逐日，幽燕指顾收舆图。

林庚白著《丽白楼自选诗》，开明书店，1946年，55页。

感怀

酒酣拔剑气纵横，不学穷途阮步兵。万里关河双鬓短，十年湖海一身轻。哀时涕泪狂犹昔，乱世文章负此生。怪底中原豪杰少，纷纷竖子尽成名。

柳亚子主编《南社诗集》（第二册），中学生书局，民国二十五年（1936），330页。

登陶然亭

二月不见花，青山在城北。独有伤心人，陶然亭上立。

柳亚子主编《南社诗集》（第二册），中学生书局，民国二十五年（1936），331页。

顾随（1897～1960）字羡季，别号苦水，晚号驼庵，河北清河人。毕业于北京大学英文系。历任天津、山东等地中学教师，燕京大学、辅仁大学、天津师院、河北大学中文系教授。天津市政协委员，河北省人大代表。著有作品集《顾随文集》，诗词曲集《无病词》《味辛词》《荒原词》《霰集词》《濡露词》《苦水诗存》等。

中年

一过重阳秋意深，问君何事百忧侵。早知多病难中寿，争奈群谣谓善淫。
漠漠海波霞镀水，萧萧黄叶日穿林。中年最怕看残照，且把酒杯事苦吟。

顾随著《顾随全集》卷一《创作卷》，河北教育出版社，2000年，326页。

岁暮

家居还似客，岁暮自心惊。眼看扶床女，心如退院僧。流年催我老，
到处欠人情。莫洒途穷泪，犹堪仗友生。

顾随著《顾随全集》卷一《创作卷》，河北教育出版社，2000年，327页。

守岁

今夕何夕灯烛红，新春之始旧岁终。娇女簪花自睡去，窗纸时透丝丝风。
妻谓斗酒储已久，今夕莫使酒樽空。连举数觞亦不醉，双颊微晕鬓云松。
我念旧时同门友，天涯流落如转蓬。举觞不饮心已醉，哦诗怀人语难工。
我妻笑我徒自苦，肩耸山字眉如峰。绕村爆竹声渐起，拍拍剥剥鸣不已。
并肩起向镜中看，妻尚年少我老矣。

顾随著《顾随全集》卷一《创作卷》，河北教育出版社，2000年，328页。

欲雪

欲雪不雪天公懒，似阴非阴客子情。新岁新春人落漠，此时此地意纵横。填词心绪真无那，多病形骸太瘦生。到得中年哀乐减，始知来日是归程。

顾随著《顾随全集》卷一《创作卷》，河北教育出版社，2000年，334页。

潘天寿

潘天寿（1897~1971）原名天授，字大颐，自署阿寿、雷婆头峰寿者。浙江宁海人。曾在浙江省立第一师范学校就读，受教于经亨颐、李叔同等。曾任中国美术家协会副主席、浙江美术学院院长等职。著有《潘天寿诗存》等。

登莫干

直上最高顶，群峰眼底归。岩花明谷雨，苔色上征衣。避世吾何敢，寻山愿不违。欲求铸剑处，唯有白云飞。

潘天寿著，王翼奇、钱伟疆、吴亚卿、顾大朋校注《潘天寿诗集注》，浙江古籍出版社，2009年，12页。

答个簃海上

海上洵何似，新章慰我思。淡交乱世见，独往苦心知。旧学花春浦，微澜绮砚池。何时烽火熄，抵掌共谈诗。

潘天寿著，王翼奇、钱伟疆、吴亚卿、顾大朋校注《潘天寿诗集注》，浙江古籍出版社，2009年，74页。

过桃源车中口占

春酽凝之薄笨车，黛螺山色岸眉斜。桑麻鸡犬知如旧，一路红深魏晋花。

潘天寿著，王翼奇、钱伟疆、吴亚卿、顾大朋校注《潘天寿诗集注》，浙江古籍出版社，2009年，75页。

陈声聪

陈声聪（1897~1987）字兼与，亦字兼于，号荷堂、壶因、弱持，福建福州人。上海市文史研究馆馆员、中国国民党革命委员会上海市委员会宣传工作委员会委员、中国书法家协会会员、中华诗词学会顾问。著有《兼于阁诗》《壶因词》《兼于阁诗话》。

晨发马尾抵琯江

江楼晓趁赶鲜舟，十里张帆遇石尤。估客看天有忧色，先生只管被蒙头。

陈声聪著《兼于阁诗》，1980年手写自印本，2简页下。

九日同南社诸子作

霜林冉冉对行窝，照见衰颜不酒酡。宛在尘封余梦寐，隐然草满断经过。梓州望信恒三月，同谷怀人有七歌。犹是重阳古风雨，定谁句里得秋多。

陈声聪著《兼于阁诗》，1980年手写自印本，5简页上。

中秋怡园望月

重归真似梦，得此几中秋。天外初收雨，人间一倚楼。松阴圆旧影，虫语撩新愁。一片清光里，常看自远州。

陈声聪著《兼于阁诗》，1980年手写自印本，11筒页上。

丰子恺

丰子恺（1898～1975）原名丰润，浙江桐乡人。早年从李叔同学习绘画、音乐、日文等。留学日本，归国后参与创办立达学园。抗战期间，曾参加中华全国文艺界抗敌协会。中华人民共和国成立，历任全国政协委员、上海市美术家协会副主席、上海市文联副主席、上海中国画院院长等职。著有《缘缘堂随笔》《丰子恺散文选集》《丰子恺漫画全集》等。

避寇中作

昨夜春风上旅楼，飘然吹梦到杭州。湖光山色迎人笑，柳舞花飞伴客游。楼阁玲珑歌舞地，笙歌宛转太平讴。平明角鼓催人醒，行物萧条一楚囚。

丰子恺著《丰子恺文集·文学卷三》，浙江文艺出版社、浙江教育出版社，1992年，740页。

和表侄徐益藩

寇至余当去，非从屈贾趋。欲行焦土策，岂惜故园芜？白骨齐山岳，朱殷染版图。缘缘堂亦毁，惭赧庶几无。

丰子恺著《丰子恺文集·文学卷三》，浙江文艺出版社、浙江教育出版社，1992年，742页。

蜀道

蜀道难行景色饶，元宵才过柳垂条。中原半壁沉沦后，剩水残山分外娇。

丰子恺著《丰子恺文集·文学卷三》，浙江文艺出版社、浙江教育出版社，1992年，752页。

邵祖平

邵祖平（1898~1969）字潭秋，别号培风老人，室名培风楼，江西南昌人。早年肄业于江西高等学堂，师从章太炎。1922年后历任《学衡》杂志编辑，东南大学、之江大学、浙江大学教授等。中华人民共和国成立后，历任四川大学、中国人民大学教授等。著《培风楼诗存》《培风楼诗续存》《培风楼诗》《峨眉游草》《关中游草》等。

江浙奉直诸役叠作感赋

袖手关河泪眼枯，家居曾说属吾徒。风尘作健多枭将，炮烙伸威有独夫。
江国凄凉秋雁唳，洛桥昏莽暮鹃呼。早知赌掷乾坤暗，尽与山窗著竖儒。

邵祖平著《培风楼诗》，浙江大学出版社，2000年，50页。

祝融峰顶观日出

维岳诸峰尊祝融，南天门北雄崇墉。我扶暮色不暇谒，佛髻万丈青芙蓉。
夜止岩殿梦突兀，私祷杲日生于东。才薄性傲神岂福，翻驱云阵开鸿濛。
老僧撞钟唤客起，暖覆毡帽携轻筇。寺门西出山雾湿，水烟埋却渔家篷。
千岩欠伸万壑醒，扪槃扣烛堪发蒙。须臾万鬣鱼尾赤，平地绝海光瞳眬。
半轮彤璧耀奇采，昭融神火洪炉中。妖氛远豁瑕秽涤，七十二峰玻璃溶。
忽焉微霭掩纨扇，绛河惊遣星槎通。雌霓连蜷云暖娃，翼殿不逝神乌恫。
幸逢风伯风动天，涌出精实仍腾空。大哉宇宙有真赏，光明俊伟人宜同。

子美望岳漾舟过，退之别峰难重逢。我今得闲逞腰脚，堪娱南服骄两公。
登高壮思苦溢发，六龙羲驭周无穷。游山五岳自兹始，朝阳鸣凤声其雝。

邵祖平著《培风楼诗》，浙江大学出版社，2000年，119页。

朝阳峰

山川雄两戒，华岳崒厥长。纲缊含阴阳，混沌苞元象。河岳初未分，
淳峙苦纷攘。传有巨灵神，高瞻卓仙掌。擘山为五歧，决河使东往。
至今东峰间，奇迹尚昭朗。亭亭芙蓉华，灿秀初阳上。伟观拓神皋，
灏瀚惬玄赏。黄河一带微，潼关蓁蚁壤。焉知虾夷狂，坐觊尧封广。
登高望中原，惨淡悲秋爽。蹙国亦由人，弃甲竞帑镪。何当乞巨灵，
倒河一洗荡。恐此非偶然，临风默慨慷。

邵祖平著《培风楼诗》，浙江大学出版社，2000年，254页。

田汉

田汉（1898~1968）字寿昌，湖南长沙人。早年留学日本，与郭沫若等组织创造社。
创办南国艺术学院、南国社。中华人民共和国成立后曾任中国文联副主席、中国戏剧
家协会主席。著有《田汉文集》《田汉诗选》等。

上海南市狱中四首（选一）

平生一掬忧时泪，此日从容作楚囚。安用螺纹留十指，早将鸿爪付千秋。
娇儿且喜通书字，剧盗何妨共枕头。极目风云天际恶，手挟铁槛使人愁。

田汉著《田汉诗选》，人民文学出版社，1982年，8页。

闻聂耳溺死

一系金陵五月更，故交零落几吞声。高歌正待惊天地，小别何期隔死生。
乡国只今沦巨浸，边疆次第坏长城。英魂应化狂涛返，重与吾民诉不平。

一九三六年

田汉著《田汉诗选》，人民文学出版社，1982年，18页。原题"一九三六年出狱，闻聂耳在日本千叶海边溺死"。

京沪征尘（选三）

别金陵

空战朝朝裂巨雷，征东今日绕湖来。荷花残破池鱼死，千古严城未可摧！

过苏州

又是江南烟雨秋，却将敌忾换清愁。黛娥不见湖光远，兵火仓皇过虎丘。

过松江

水光如带夜云低，挈妇携雏过大堤。此是人间凄绝处，石湖荡上铁桥西。

一九三七年十月

田汉著《田汉诗选》，人民文学出版社，1982年，21~22页。

重返劫后长沙

长驱尘雾过湘潭，乡国重归忍细谈！市烬元灯添夜黑，野烧飞焰破天蓝。
衔枚荷重人千百，整瓦完垣户二三。犹有不磨雄杰气，再从焦土建湖南。

一九三八年十一月

田汉著《田汉诗选》，人民文学出版社，1982年，28页。

长衡道上十首（选一）

停车九渡铺边道，流水潺潺接小桥。桥上何人泣歧路，可怜饥病已连朝。

一九三八年

田汉著《田汉诗选》，人民文学出版社，1982年，33页。

朱自清

朱自清（1898～1948）原名朱自华，字佩弦，号秋实。江苏扬州人，原籍浙江绍兴。曾任清华大学中国文学系主任，抗战时任教西南联大。著有《背影》《欧游杂记》《伦敦杂记》《诗言志辨》《朱自清全集》等。

有感

垂髫逢鼎革，逾壮尚烟尘。翻覆云为雨，疮痍越共秦。坐看蛇豕突，未息触蛮瞋。沉饮当春日，行为离乱人。

朱自清著《朱自清全集》第五卷《诗歌编》江苏教育出版社，1999年，186页。

昔游

听风听水梦微醒，漠漠长天昼欲暝。六翮浮沉云外影，一山涌现眼中青。娉婷应惜灵肩瘦，飘拂微闻翠发馨。廿载别来无恙否，两鬓今已渐凋零。

朱自清著《朱自清全集》第五卷《诗歌编》江苏教育出版社，1999年，192页。

漓江绝句（选一）

招携南渡乱烽催，碌碌湘衡小住才。谁分漓江清浅水，征人又照鬓丝来。

朱自清著《朱自清全集》第五卷《诗歌编》江苏教育出版社，1999年，243页。

林散之

林散之（1898~1989）原名以霖，号散之。祖籍安徽和县，生于江苏江浦。先后师从张青甫、范培开、张栗庵、黄宾虹，习诗书画。著有《江上诗存》《林散之诗书画选集》等。

淫雨五首（选三）

自抱兴亡恨，干戈又合肥。山川形不改，草木事全非。新鬼夜方哭，故人战未归。那堪风雨里，苦见鹧鸪飞。

闻说黄河里，决堤十里长。可怜百万姓，同日付沧浪。霸业中原劫，民权四海张。自将三尺箭，磨洗射天狼。

远望江南路，侵淫可奈何。波来平地隘，云起乱山多。鼫鼠成偷窃，蜘蛛有网罗。汉皇久不作，空诵大风歌。

林散之研究会整理《林散之诗集：江上诗存》（增订本），文物出版社，2004年，41页。

都中

白日凄迷路，仓皇走故都。川途忆仿佛，血肉认模糊。玄武多新垒，黄炎空旧图。苍凉一天雨，洒遍莫愁湖。

林散之研究会整理《林散之诗集：江上诗存》（增订本），文物出版社，2004年，45页。

闻一多

闻一多（1899~1946）本名家骅，后改名多，笔名一多。湖北浠水人。1912年考入清华学校，次年赴美留学。归国后在武汉大学、青岛大学、清华大学、西南联大等校任教。有《闻一多全集》传世。

读《项羽本纪》

垓下英雄仗剑泣，淫淫泪湿乌江荻。早知天壤有刘邦，宁学吴中一人敌。

闻一多著，蓝棣之编《闻一多诗全编》，浙江文艺出版社，1995年，305页。

春柳

垂柳出宫斜，春来尽发花。东风自相喜，吹雪满山家。

闻一多著，蓝棣之编《闻一多诗全编》，浙江文艺出版社，1995年，306页。

昆山午发

半日疲车驾，风尘顿仆仆。停午发昆山，登船如入屋。孤帆抱山转，一转图一幅。万树拥古塔，绀彩挺众绿。出石生片云，贴空漾文縠。曲岸卧僵柳，碍楫数株秃。当空跨危梁，舟穿巨虹腹。捉鼻吟未成，浩歌骇幽鹜。清飔荡丛薄，鸣禽隔深木。溪回值朝宗，胞帆风如镞。一苇寄弥漫，向若吾生蹙。

闻一多著，蓝棣之编《闻一多诗全编》，浙江文艺出版社，1995年，313页。

绝句

六载观摩傍九夷，吟成鴃舌总猜疑。唐贤读破三千纸，勒马回缰作旧诗。

闻一多著，蓝棣之编《闻一多诗全编》，浙江文艺出版社，1995年，321页。

沈轶刘

沈轶刘（1898～1993）名桢，上海浦东高桥人。毕业于中国公学中国文学系，长期从事报刊编辑工作。著有《沈吴诗合刻》《小瓶水斋诗存》《繁霜榭诗词集》等。

壬申春感（三首）

草木无声起野烟，青郊兵气塞吴天。江桃红照沙场血，歇浦春深又一年。

扬子江流压阵云，苏台春色掩妖氛。东风二月吴淞道，第一伤心十九军。

断送阳和满地腥，故园残梦半忪惺。由他木屐长驱过，踏遍江南一路青。

沈轶刘著，刘梦芙编校《繁霜榭诗词集》，黄山书社，2009年，8页。

朱大可

朱大可（1898～1978）名奇，字大可，号莲垞，又号亚凤巢主，以字行，浙江嘉兴人。曾任上海大厦大学（大夏大学）、无锡国专上海分校教授。有《莲垞古文字考释集》，与其子朱夏合著《父子诗词选集》，内收其诗集《耽寂宧诗》。

春感四首

老去逢春又一回，忍看花落与花开。蘼芜巷陌寻如梦，杨柳楼台问已灰。

乱世难图身后计，名流不讳贼中来。凭谁说似庾开府，何止江南是可哀。

白门回首镇无聊，寂寞荒城打晚潮。三匝无依怨乌鹊，一枝易失叹鹪鹩。收京争盼将军李，避地还思处士焦。草长莺飞人不见，惊心上巳又明朝。

萋萋芳草满汀洲，选胜何年续远游。风雨惨闻雄鬼啸，江山悔与竖儿谋。失身宰相称长乐，倾国佳人唤莫愁。不信成亏终不定，有人冷眼对纹楸。

东风陌上起惊尘，潦倒谁怜老大身。把酒纵拼千日醉，寻芳又负一年春。中原跃马看儿辈，蜀道骑驴忆故人。一例伤时兼惜别，牧之那得不凄神。

朱大可、朱夏著《父子诗词选集·耽寂宦诗》，香港南岛出版社，2003年，31页。原题"春感四首，次郑质庵韵"。

老舍

老舍（1899～1966）原名舒庆春，字舍予，北京人。抗战前任教于山东大学、齐鲁大学，创作大量小说。抗战期间主持中华全国文艺界抗敌协会工作。中华人民共和国成立后，任中国文联副主席、北京市文联主席。有今人整理《老舍文集》《老舍旧体诗辑注》等行世。

诗三律（选一）

故人南北东西去，独领江山一片哀。从此桃源萦客梦，共谁桑海赏天才？三更明月潮先后，万事浮云雁往回。莫把卖文钱浪掷，青州瓜熟待君来。

老舍著、张桂兴辑注《老舍旧体诗辑注》，中国国际广播出版社，2000年，45页。

流亡

弱女痴儿不解哀，牵衣问父何去来？话因伤别潜应泪，血若停流定是灰。

已见乡关沦水火，更堪江海逐风雷。徘徊未忍道珍重，暮雁声低切切催。

老舍著、张桂兴辑注《老舍旧体诗辑注》，中国国际广播出版社，2000年，49页。

村居

历世于今五九年，愿尝死味懒修仙。一张苦脸唾犹笑，半老白痴醉且眠。
每到艰危诗入蜀，略知离乱命由天。若应啼泪须加罪，敢盼来生代杜鹃！

一九四三年

老舍著、张桂兴辑注《老舍旧体诗辑注》，中国国际广播出版社，2000年，106页。

乡思

茫茫何处话桑麻，破碎山河破碎家。一代文章千古事，余年心愿半庭花。
西风碧海珊瑚冷，北岳霸天羚角斜。无限乡思愁日晚，夕阳白发待归鸦。

一九四五年十二月

老舍著、张桂兴辑注《老舍旧体诗辑注》，中国国际广播出版社，2000年，第114页。

王力

王力（1900~1986）字了一，广西博白人。早年入清华国学研究院，后赴法国巴黎大学攻读语言学，归国后曾任西南联大、北京大学教授。有《龙虫并雕斋诗集》。

无题

东海共欣驱有扈，北窗何计梦无怀？剧怜臣朔饥将死，却羡刘伶醉便埋。
衮衮自甘迷鹿马，滔滔谁复问狼豺？书生漫诩澄清志，六合而今万里霾！

王力著《王力全集》第22卷《龙虫并雕斋诗集》，中华书局，2015年，20页。

冯沅君

冯沅君（1900～1974）原名冯淑兰，笔名淦女士、沅君、易安、大琦、吴仪等。河南唐河人。早年留学法国，获巴黎大学文学博士，曾在上海暨南大学、中山大学、东北大学、山东大学等校任教。著有《四余诗稿》《四余词稿》等。

北平事变（三首选二）

地室避兵朝复夕，亲朋生死两茫茫。相逢事后无他语，骨肉平安谢上苍。

正欣失地俱收复，忽报大军去析津。两日悲欢浑一梦，河山梦里属他人。

袁世硕、严蓉仙编《冯沅君创作译文集·四余诗稿》，山东人民出版社，1983年，207页。

涧水

涧水尔何恨，奔流午夜时。萧萧惊急雨，切切竞哀丝。勇迈更谁惜，清明只自知。辛勤终到海，会看起蛟螭。

袁世硕、严蓉仙编《冯沅君创作译文集·四余诗稿》，山东人民出版社，1983年，232页。

夏承焘

夏承焘（1900～1986）字瞿禅，少号仲炎，晚号瞿髯，永嘉城区（今温州鹿城区）人。先后在西北大学、之江大学、无锡国学专修学校、太炎文学院和浙江大学讲学。中华人民共和国成立后任浙江师范学院、杭州大学教授，并任第四届全国政协委员、中国科学院文学研究所特约研究员等。著有《瞿髯诗》《天风阁诗集》《域外词选》《夏承焘词集》等。

之江寓楼看日出

千金不须买画图，之江旦景画难摹。江楼忍寒四更起，沮兴幸无妻孥呼。

片练茫茫挂窗户，雨脚满江不见雨。天鸡未唤颓云开，水底孤暾却先吐。
初看卵色紫犹冻，旋展金蛇不可控。须臾异彩分江天，绛霞不动绯波动。
西兴诸山烟外青，烟中无数打鱼声。琉璃光中欹帆过，榜人指发见分明。
长空转眼展晴碧，雁飞不尽江无极。乍惊衣袂染红云，返见鱼龙动素壁。
江山缩手叹奇哉，才弱定受江神咍。短吟未就闻惊雷，天边又报早潮来。

夏承焘著，吴无闻注《天风阁诗集》，浙江人民出版社，1982年，25页。

三原

三原兵气昼昏昏，战地无春但断魂。开遍杜鹃仍血色，去年野哭几
人存？

夏承焘著，吴无闻注《天风阁诗集》，浙江人民出版社，1982年，26页。

寻尸行四首

寻夫者谁语吞声：吾夫足跣衫裤青。众中一尸同衣着，邻娃抚之啼其
兄。问娃娃亦半疑信，千唤夫名终不应。呜呼！黑风吹去红髑髅，认夫
何处寻夫头。

寻妻者谁得之数，索乳初婴在尸肘。抚尸抚婴啼向人，遥指街头一孕妇。
昨朝腹破露其胎，今朝胎出逢饿狗。呜呼！啾啾鬼语妻勿呻，幸君临死
先免身。

寻爹者谁童三尺，喘似吹筒喊无力。扶墙欲跌还扑人，路犬遇之亦辟易。
问渠姓氏频摇头，对人说爹只泪流。呜呼！寻爹不归娘正病，寻爹儿未
知爹姓。

寻儿者谁抱破席，检得烧焦臂似墨。九死穿行炮火丛，数节儿尸抛不得。
一寸人间母子心，铁汉回肠佛泪滴。呜呼！狂胡来自木更津，岂尽空桑
无母人？

夏承焘著，吴无闻注《天风阁诗集》，浙江人民出版社，1982年，49～52页。

寄内人温州

检梦思乡两不禁，江干夜雨十年心。米盐胜我书滋味，灯火知人语浅深。
劫蠌今难逃藕孔，歌腔旧爱醉花阴。年年负汝看潮约，谁料神州有陆沉。

1937 年

夏承焘著，吴无闻注《天风阁诗集》，浙江人民出版社，1982 年，54 页。

莫干山杂咏之一

乱蝉如沸一灯孤，月下遥山淡欲无。谁共风床话诗思，万松浮梦到西湖。

夏承焘著，吴无闻注《天风阁诗集》，浙江人民出版社，1982 年，122 页。

俞平伯

俞平伯（1900~1990）原名铭衡。浙江德清人。早年参加新文学运动，加入新潮社、
文学研究会等文学团体。中华人民共和国成立后任北京大学教授，中国科学院哲学社
会科学部文学研究所研究员。著有《俞平伯选集》，诗集《冬夜》《雪朝》《西还》《忆》
《右槐书屋词》等。

西泠早春

桥头曳杖暂行吟，髻子青罗染薄阴。欲讨轻舟泛寒渌，不知春涨一时深。

俞平伯著，乐齐、孙玉蓉编《俞平伯诗全编》，浙江文艺出版社，1992 年，343 页。

湖上

湖上春晴向晚赊，一杯匀挹紫流霞。微阳已是无多恋，更许遥青着意遮。

俞平伯著，乐齐、孙玉蓉编《俞平伯诗全编》，浙江文艺出版社，1992年，344页。

湖楼之夜 （选一）

出岫云娇不自持，好风吹上碧琉璃。卷帘爱此朦胧月，画里青山梦后诗。

俞平伯著，乐齐、孙玉蓉编《俞平伯诗全编》，浙江文艺出版社，1992年，348页。

清华早春

余寒疏雪杏花丛，三月燕郊尚有风。随意明眸芳草绿，春痕一点小桥东。

俞平伯著，乐齐、孙玉蓉编《俞平伯诗全编》，浙江文艺出版社，1992年，364页。

眉绿

眉绿珠楼一晌残，夕阳红后又春寒。深杯檀印还如昨，留与沧波驻笑看。

俞平伯著，乐齐、孙玉蓉编《俞平伯诗全编》，浙江文艺出版社，1992年，381页。

湖船怅望

南屏凄迥没浮屠，宝石娉婷倩影孤。独有青山浑未改，湿云如梦画西湖。

俞平伯著，乐齐、孙玉蓉编《俞平伯诗全编》，浙江文艺出版社，1992年，390页。

徐震堮

徐震堮（1901～1986）字声越，浙江嘉善人。华东师范大学教授。有《梦松风阁诗文集》《徐震堮诗文选》《世说新语校笺》等。

十月廿四日纪事

是日晨，舟抵福清口外，去岸尚数十里。午后风浪大作，余等以海关小汽艇先行。不一二里，风浪转剧，夜色沉沉，不辨方向。欲折回不可，鼓轮强进。几覆溺者无虑数十百次，与风涛搏战数小时，仅乃得达。

十月二十四，岁在庚辰秋。晨泊闽海外，倦程始一休。怪石列虎豹，
荒波绝凫鸥。去岸尚卅里，极望徒凝眸。亭午关吏至，侣以戎服侜。
姓名苦盘诘，行李恣爬搜。日昃风波恶，欲去皆不由。独许小艇送，
亦见遇我优。大副苦相阻：恶浪大如牛。何为冒此险，曷不须臾留？
我侪勇贪程，久蛰同傫囚。闻言曾不顾，箱箧已盈舟。余地才容膝，
拱坐如猿猴。同行十余辈，默对无献酬。况复船骨朽，岁久忘漆髹。
上漏雨簌簌，旁罅风飕飕。解缆不数里，訇然浪打头。柁工失主使，
一覆几难收。欲退不可得，欲前道路修。鼓勇卒盲进，性命轻阳侯。
移时天昏黑，风急雨更稠。海若故相嬲，舞船如舞毬。或缓如陨羽，
或急如转旒。或作失手坠，万丈深渊投。俄然奋一掷，跳空若云浮。
四壁共啾唧，欲唤骾在喉。机声出后舱，轧轧增煎忧。老郭诚痛而呻，
惊呼出暗陬。林子馨侯师低眉坐，默祷天垂庥。我坐执其手，谅不遗我不。
鬼伯去我咫，微闻鼻息咻。了知必不活，焉能无冀求。男儿死有地，
岂屑壑与沟。嗟我历百险，亦为升斗谋。此时灯影下，道远思悠悠。
妻子夜不寐，转侧风雨愁。安知千里外，乃逐波臣游！忽然心断绝，
步步临九幽。偶尔浪稍定，又觉生意抽。生死俄万变，眩转盆中骰。
舟子亦旁皇，疾进无他筹。时时探首望，沉绵冀自瘳。良久风势挫，
不与先时侔。忽闻岸上语，失喜相挽搂。二鼓到海口，四无灯火楼。
戴觫立檐下，相顾如病鹙。投止得贤主，进我粥一瓯。人情穷易好，
气血皆和柔。夜深上小阁，单枕无衾裯。梦中屡起坐，塞耳风涛齁。

徐震堮著《梦松风阁诗文集》，华东师范大学出版社，1991年，29页。

十二月二十九日始得家书

当年出门游，累月无一书。无书亦不忆，心知两何如。今我隔山海，
慰情唯一纸。斜封字数行，到手千金比。开缄何所有？闵我行路难。
又说家中事，旁皇起长叹。小儿不见爹，念爹常在口。牵娘出门望，
待爹来吃酒。岂独儿忆爹，我亦念而翁。衰年走风雪，所为救困穷。
世乱迫饥驱，不得依骨肉。有家难坐守，有书难坐读。

徐震堮著《梦松风阁诗文集》，华东师范大学出版社，1991年，31页。原题"十二月
二十九日始得家书，别家已二月矣"。

秋日山居即事

高下山村路，秋光集短筇。寺门红叶画，溪碓白云舂。坐石敲新句，
镌苔识旧松。晚来几案上，随意两三峰。

徐震堮著《梦松风阁诗文集》，华东师范大学出版社，1991年，38页。

望断（二首）

细雨苍梧外，归魂不可招。几人歌帝力，何日破天骄？旧事千秋节，
悲风万里桥。仍将孤客泪，一寄冶城潮。

望断南枝信，沉吟有所思。渐看花落尽，长恨燕来迟。芳草巴人国，
空山白帝祠。年年寒食节，再拜杜鹃诗。

徐震堮著《梦松风阁诗文集》，华东师范大学出版社，1991年，57页。

刘希武

刘希武（1901~1956），四川省江安县人。曾随军出川抗战，负伤回川，从事文教工作。曾任重庆市图书馆馆长等职。著有诗集《希武诗词集》《瞿塘诗集》和《遗瓠堂诗草》等。

西归

事败将何往，慨然返故乡。孤鸿几死别，匹马幸生还。忍对中秋月，愁看旧晚山。入内慰妻子，相见泪痕斑。

刘希武著《瞿塘诗集》，二十世纪四十年代铅印本，28页。

壮士

系马垂杨上酒楼，腰悬虏首佩吴钩。酒酣又上桃花马，报到胡儿掠代州。

刘希武著《瞿塘诗集》，二十世纪四十年代铅印本，50页。

廿哀诗（选三）

妙舞清歌锦帐前，辽阳城郭忽烽烟。绿流千里麦何秀，红遍万山花可怜。掌上儿皇春好梦，关东豪杰夜难眠。松江呜咽思归汉，南望旌旗已十年。

春申江上鼓鼙鸣，一代繁华梦乍惊。绮丽舞场今战垒，悲凉胡笛昔秦筝。商通万国余灰烬，力尽孤军斗死生。闻说敌营多故妓，踏歌依旧到天明。

八月银涛万马嚣，伤心又见浙江潮。雷峰夕照悲遗迹，霞岭寒钟吊断桥。无奈狂风摧弱柳，更谁画舫弄清箫。鄂王坟土千秋恨，空有南枝对北朝。

刘希武著《瞿塘诗集》，二十世纪四十年代铅印本，70~75页。

台静农

台静农（1902～1990）本姓澹台，字伯简，安徽霍邱叶集人。先后执教于辅仁大学、齐鲁大学、厦门大学。曾参加"北方左翼作家联盟"，并当选为五人执行常委之一。抗战胜利后，应邀去台湾推广国语，任台湾大学中文系教授。著有《台静农诗集》等。

夜起

大圜如梦自沉沉，冥漠难摧夜起心。起向荒原唱山鬼，骤惊一鸟出寒林。

许礼平编注《台静农诗集》，瀚墨轩出版有限公司，2001年，11页。

陈小翠

陈小翠（1902～1968）又名翠娜，别署翠吟楼主。余杭（今属浙江杭州）人。陈栩园（即陈蝶仙）之女，陈定山之妹。诗书画兼擅，曾任上海女子文学专科学校教员、无锡国专教授。中华人民共和国成立后，为上海中国画院画师、中国美术家协会上海分会会员、上海中国书法篆刻研究会会员。著有《翠楼吟草》十三卷。

绘笺自题

阑干九曲是回肠，欲卷湘帘怯嫩凉。吩咐门前一溪水，替侬流梦到横塘。

陈小翠著，刘梦芙编校《翠楼吟草》卷二《天风集》，黄山书社，2010年，22页。

夜阑曲 观卡尔登跳舞作

仙人宫里擒蟾蜍，珍珠络月垂流苏。双成倚醉弄瑶瑟，丁丁捣碎红珊瑚。曲阑复殿深千转，蛮鸦点地无声软。放出情天蝶万双，翩跹舞影花阴乱。碧城窈窕围春风，烛奴十二骑铜龙。沧海倒立神斧工，丽人笑镜回青瞳。玉阶一夜车如水，香风夹道生芙蓉。

陈小翠著，刘梦芙编校《翠楼吟草》卷三《心弦集》，黄山书社，2010年，24页。

对酒歌

楼上卷帘雪千里，辽风驱云扑天地。二十五弦动天紫，南山峨峨为君死。黄河倒泻玻璃钟，匣剑夜深吟古龙。人生二十不得意，拂衣欲去如奔虹。蓬莱一水通仙槎，千山万山悬月华。月中素女颜如花，招我五云缥缈之鸾车。后车载酒三万斛，飘然一笑凌紫霞。

陈小翠著，刘梦芙编校《翠楼吟草》卷三《心弦集》，黄山书社，2010年，38页。

偶成

暮色全吞野，涛声欲上楼。月临千嶂出，风逼满城秋。独客怀归思，起看江水流。潇潇芦叶响，应有未眠鸥。

陈小翠著，刘梦芙编校《翠楼吟草》卷四《香海集》，黄山书社，2010年，50页。

将进酒

瑶台夜晏灯煌煌，龙头泻雾闻酒香。美人娇慵舞无力，回眸一笑断君肠。边关铁骑起风雨，万里军书飞白羽。羽书飞报到樽前，将军犹抱如花舞。露似珍珠月似弦，芙蓉鸳帐困春眠。不闻垓下歌虞兮，甘把倾城付小怜。沙场大雪边关里，夕下齐城七十二。黑水全沉鼓角声，白山又见风云气。中原从此失边关，釜破舟沉再不还。北望三军齐恸哭，覆巢遗卵几人完？遗民白骨横沙漠，橐驼东下河流浊。有子真同刘景升，何人不忆骠姚霍。南朝半壁尚繁华，断送英雄又几家。山鬼不知明岁事，女儿都唱后庭花。嗟嗟乎！江南自古多佳丽，未必美人皆祸水。君不见宫中月落城乌起，越王警醒吴王醉。

陈小翠著，刘梦芙编校《翠楼吟草》卷八《丹青集》，黄山书社，2010年，135页。

招魂

既为《自挽曲》，重之以《招魂》。

呼巫咸兮击鼍鼓，焚椒兰兮香气苦。噀酒云兮满空，灵之来兮如风。拂若木兮御飞龙，悲日暮兮谁可从？魂兮归来，无往东些。一斛死水，藏仙蓬些。火山炎炎，地怔怵些。其鬼三寸，如沙虫些。此者皆甘，人顽且凶些。归来归来，无为所中些。魂兮归来，无往南些。南方不可以处些。赤日消灼，魂魄苦些。椰树千丈，擎酷暑些。蜂房如轮，当要路些。鳄鱼摆甲，出沙渚些。归来归来，无为毒楚些。魂归来兮，无往西些。峨眉秋雪，高巇巇些。蚕丛万古，不见光些。天崩石裂，栈道长些。豺虎守关，目有芒些。磨牙吮血，嗜人肝肠些。归来归来，无为所伤些。魂兮归来，无往北些。寒门飞霜，没人足些。长城信美，非故国兮。一夫九首，往来僬忽兮。雨下如血，鬼夜哭兮。提头颅兮礼国殇，魂归来兮入洞房。玉为栋兮玳为梁，蛾眉二八鸣笙簧。环珮起舞声琳琅，金盘脍鲤杂椒芳。琉璃作碗兮荐琼浆，歌千岁兮乐且康。魂兮归来无四方兮，天迷密兮地苍黄。信灵修之自芳，世不容其何伤。抚金徽兮弦绝，酌美酒以谁觞。感死生之微渺，怀忠信以难忘。佩香草之陆离，整奇服之异常。忽怆然而涕下，乃起倚而彷徨。哀尘世之昧昧兮，吾将返乎灵虚之故乡。呼造父兮为吾御，从文豹兮驾凤凰。生何慕而忽来，死何恨而忽蛰。念千古之悠悠，独兰生乎蓬泽。惊江淹之赋恨，仿宋玉以招魂。知天命之有常，甘没世以何言。

陈小翠著，刘梦芙编校《翠楼吟草》卷十三《翠楼曲稿》，黄山书社，2010年，197页。

感时

尺布由来尚可缝，弟兄何忍不相容？羞闻葛伯能仇饷，愁见哀鸿又坠弓。
尽有三人成市虎，断无下士好真龙。江湖十载孤民泪，诗在天崩地坼中。

陈小翠著，刘梦芙编校《翠楼吟草》卷十五《中兴集》，黄山书社，2010年，220页

徐英

徐英（1902~1980）字澄宇，湖北汉川人。毕业于北平中国大学哲学系，历任上海交通大学、暨南大学、大夏大学、安徽大学等校文科教授。1958年赴新疆，后为上海文史研究馆馆员。著有《诗经学纂要》《甲骨文理惑》《天风阁诗》等。

江行感赋

楚寒江空望欲迷，南来帆影与山齐。峰回落日凭潮尽，天压浮云向晚低。

万里萍蓬归有梦，百年身世赋无题。孤舟未系暝烟合，更听寒猿彻耳啼。

徐英、陈家庆著《澄碧草堂集·黄山揽胜集》，黄山书社，2012年，21页。

春事书愤四首（选二）

塞北风尘犹苦寇，江南烟景自春秋。已输辽海三千里，更道莺花百万重。赌墅围棋方镇静，纶巾挥扇诩从容。和戎毕竟全非策，又报甘泉十二烽。

正气凋刓运自移，龟趣马渡复何为？休夸魏国勋名重，终觉晋阳大业危。烽火接天聊极目，江山如画一颦眉。东皇不管兴亡事，依旧新芳满故枝。

徐英、陈家庆著《澄碧草堂集·黄山揽胜集》，黄山书社，2012年，60页。

莲花峰

莲华峰，出冥杳，一径才能通飞鸟。蜀道难于上青天，我今直出青天表。青天之外更何有，造化神工丹青手。眼底太空一片云，飞来忽傍悬崖走。须臾奔腾莽六合，咫尺不辨无前后。倏尔云从高空堕，雷转天惊石欲破。眼前屼嵲起孤峰，绝顶天都拥危柁。峰底纵横百丈练，秋水春波弹指见。真成万里海茫茫，茫茫海天唯一线。远岭遥峰几点青，回荡波光浮海面。鳌身一抹映天黑，鲸波万顷荡溟渤。怀山襄陵此浩然，岛屿微茫出还没。我欲跨海无长虹，遥看彼岸心兀兀。银海滚滚潮声急，中有蛟龙日夜泣。须臾倒海复排山，巨浪翻空百道环。危坐直成孤舟势，置身绝海复何计。吁嗟乎！世事虚空俄顷改，何况翻腾变幻之云海。周回一望总茫然，真拟乘槎到日边。风卷云驰空复尽，晴岚依旧满长天。

徐英、陈家庆著《澄碧草堂集·黄山揽胜集》，黄山书社，2012年，248页。

钟敬文

钟敬文（1903～2002）原名钟谭宗，出生于广东汕尾市公平鱼街。毕生致力于教育事业，专注于民间文学、民俗学的研究和创作工作。有《钟敬文文集》。

曼殊上人墓二首（选一）

刺水偶闻鱼跃声，林阴如梦日胧明。禅心可似青荷盖，一度风来一侧倾？

钟敬文著《钟敬文文集（诗词卷）》，安徽教育出版社，2002年，7页。

得秋帆桂林书诗以答之

三月断消息，书来慰渴饥。军行无定迹，宵梦亦相思。柴米老筹策，烽烟亘岁时。匈奴尚骄悍，未许说归期。

钟敬文著《钟敬文文集（诗词卷）》，安徽教育出版社，2002年，28页。

秋怀

炎虎当秋正逼人，塘芦忽见白头新。风酣待听千林叶，世变难为一室春。孰使连城暗鼓角？未妨遥夜望星辰。伤秋岂是平生意，剧乱心长特苦辛。

钟敬文著《钟敬文文集（诗词卷）》，安徽教育出版社，2002年，50页。

一九四五年一月八日即事

耻作逃亡想，逃亡况复难。狡胡如泻汞，微命又危滩。已见市街死，空云大地宽。痴儿宁解事，舞手说游观。

钟敬文著《钟敬文文集（诗词卷）》，安徽教育出版社，2002年，56页。

陈家庆

陈家庆（1904~1970）字秀元，号碧湘，湖南宁乡人。徐英夫人。早年随吴梅学词，曾执教于上海松江女中、安徽大学、重庆大学等校。1958年赴新疆，南归后任上海文史研究馆馆员。著有《碧湘阁集》《碧湘阁词》等。

甲子秋兴七首（选四）

西风黄叶接秋阴，独抱闲愁拥髻吟。乱后山河聊极目，樽前丝管总伤心。
南来鸿雪音书少，北望燕云太息深。怕向琼楼高处立，客中何计慰登临。

他乡黄菊正含英，检点秋光暗自惊。照水狂花都带泪，出山小草孰知名？
刀环昨夜谁家梦，刁斗今宵何处声。残照西风来白下，不堪重忆故园情。

蒹葭秋水渺愁予，天末乡思梦与俱。晓雨帘纤寒薄袷，晚凉风细动流苏。
轻雷似报来塘外，玉勒分明去海隅。一角湖山今在眼，荒荒残日下平芜。

白门秋老断啼鸦，关塞萧条日已斜。故国青山迷旧梦，新歌锦瑟惜韶华。
葒蒁盈室愁何限，萧艾当门恨转赊。欲撷湘兰同纫佩，玉人消息隔天涯。

徐英、陈家庆著《澄碧草堂集·碧湘阁集》，黄山书社，2012年，第132~134页。

潘伯鹰

潘伯鹰（1904~1966）原名式，字伯鹰，安徽怀宁人。国共和谈时，曾担任国方代表章士钊的秘书。中华人民共和国成立后，曾任上海中国书法篆刻研究会副主任委员、同济大学教授。著有《玄隐庐诗》等。

女挽车行

有客有客行呼车，狂飙播雪和尘沙。严宵深巷久无应，孤行缩项如寒鸦。
天沉地墨见星火，黄碧光微荧道左。知是街车候遣驱，超然高跨昂然坐。

褐衣蔽体嗟悬鹑，车如破枢灯如蟒。挽辕无力但鳌楚，促之唯有哀蛮呻。
惢然起责忽惊诧，凄皇瘦骨双眉颦。黑巾裹头畏人识，穷探始肯言酸辛。
良人三十七，倚此赡其室。得钱方举火，前日卧寒疾。冻毙饥亡底不同，
风号雪虐孤身出。不能为君驰，不敢求善价。但得饥肠暂不鸣，良人病
苦如天赦。宁教雪片渗微躯，不忍啼儿死膝下。白日畏不出，抗饿悲悬
磬。国都皇皇警卒多，安能纵此伤观听。岂无可耕三亩田？隔年一战成
烽烟。岂无微智业商贾？税则如麻吏如虎。初时哭泣双眸枯，及今心死
泪亦无。穷家无田势所限，丑年翻免催寅租。安能听汝诉烦冤，南北东
西尽怨魂。棘矜除是揭竿起，弦管声高自不闻。

潘伯鹰著《玄隐庐诗》卷一，黄山书社，2009年，12页。

万虑

万虑人间总谬悠，此身唯合喻虚舟。枯禅渊默初澄慧，灵雨飘萧更洗秋。
坐觉文殊来丈室，欲呼明月共高楼。无心底用安心法，檐角银河自在流。

潘伯鹰著《玄隐庐诗》卷二，黄山书社，2009年，23页。

诸儿喧哗作剧

铎男九岁日跳跶，迟睡懒起挥拳狂。惯将书册掷满房，纸裁小燕迎风翔。
弟弟顽劣不可当，贪馋好哭溺一床。往往攀登书卓子，滚地泼叫污衣裳。
小妹乖巧四岁强，劝爷莫怒来爷旁，为爷歌唱声琅琅。唯有痴骏小珠子，
双拖鼻涕三尺长。读书似以水沃石，潜走出门奔鹿獐。温侬文褓最小女，
举体浑圆肥且香。吁嗟汝长亦溺我，何以解忧呼杜康。

潘伯鹰著《玄隐庐诗》卷三，黄山书社，2009年，61页。

题何学愚《苍回阁图》

山翠如岚合，烟岚深复深。劫灰埋不尽，唯有读书心。

潘伯鹰著《玄隐庐诗》卷八，黄山书社，2009年，165页。原题"题何学愚《苍回阁图》，
其师冯君木所命名也"。

缪钺

缪钺（1904~1995）字彦威。江苏溧阳人。曾在河南大学、广州学海书院、浙江大学、华西大学、四川大学等校任教。著有《冰茧庵诗词稿》《灵溪词说》（合撰）等。

京都旅舍中作

不作他乡客，焉知行路难？逢人皆不识，独自强为欢。饱食甘粗粝，单衾耐暖寒。孤灯愁绝处，未觉是长安。

缪钺著《冰茧庵诗词稿》卷二，《缪钺全集》第八卷，河北教育出版社，2004年，第2页。

抵家小住，将赴旧京

秋水生时去，南风吹又归。抗尘素衣在，换节物华非。阅世乌同黑，论才马举肥。云鸿有奇翼，懒向故园飞。

缪钺著《冰茧庵诗词稿》卷二，《缪钺全集》第八卷，河北教育出版社，2004年，12页。

感事

屏障先亡十六州，河山三晋草惊秋。已闻马谡诛军令，未见刘琨运妙谋。上党空为天下脊，清汾愁向乱中流。归元先轸应遗恨，花发空山血未收。

缪钺著《冰茧庵诗词稿》卷二，《缪钺全集》第八卷，河北教育出版社，2004年，29页。

卢前

卢前（1905~1951）字冀野，自号饮虹、小疏。江苏南京人。南京东南大学毕业，吴梅弟子。曾先后在暨南大学、光华大学、东南大学、成都大学、河南大学、金陵大学、中央大学讲学，主编过《民族诗坛》等。著有《饮虹五种》《中兴鼓吹》等。

宅门

夕阳何限意，写影宅门南。老树犹如此，流人更不堪。无疑归是梦，回味蔗同甘。叶落乌啼处，衔愁孰可谙。

卢前著《卢前诗词曲选》，中华书局，2006年，66页。

下城

下城今昔已沧桑，屈折江流绕胃肠。兵气每于文字见，秋心不与壮夫凉。康衢曾识崎岖路，荒瘠看成稻麦场。独为人间留两眼，旌旗峡水共低昂。

卢前著《卢前诗词曲选》，中华书局，2006年，69页。

四年（二首）

漂泊支离过四年，几回东望隔云天。平生不作伤心语，忆到金陵一惘然。

波谲鱼龙又上场，大风吹动太平洋。收京只是来朝事，说与流人莫断肠。

卢前著《卢前诗词曲选》，中华书局，2006年，81页。

施蛰存

施蛰存（1905～2003）名德普，笔名施青萍、安华等，浙江杭州人。20世纪30年代主编大型文学月刊《现代》，抗战期间，先后在云南、福建、江苏、上海等地多所大学任教，其间一度旅居香港。有《北山楼诗》。

敝庐毁于兵火作

去家万里艰消息，忽接音书意转烦。闻道王师回濮上，却教倭寇逼云间。
屋庐真已雀生角，妻子都成鹤在樊。忍下新亭闻涕泪，夕阳明处乱鸦翻。

施蛰存著《北山楼诗》，华东师范大学出版社，2000年，23页。原题"得家报，知敝庐已毁于兵火"。

游路南石林归作

两峰突兀忽当路，嶙峋百丈如束关。侧身俯首牵马过，磋砑气象森朱颜。
千岩万崿开竹田，琅玕磊砢难跻攀。虎牙桀峙荆门竦，天光隐遁日脚黮。
望夫插灶罗星躔，督邮亭长趋朝班。苍鹰静发山鬼笑，杜鹃乱作洪荒殷。
始知女娲炼石处，鼎炉乃在西南蛮。

施蛰存著《北山楼诗》，华东师范大学出版社，2000年，34页。原题"游路南石林，诧其奇诡，归而作诗"。

坑田道中得六诗 （其四）

下坂走官路，有屋颇栉比。小女嬉门前，见客肆评指：某也有行色，
番客归桑梓；某也两重音，窄袖东吴士。仆夫解国语，为我译其旨。
黠慧善知人，娟娟奈此豸。

施蛰存著《北山楼诗》，华东师范大学出版社，2000年，39页。

闻罢兵受降喜而有作（四首存三）

薄醉方酣睡，喧呼搅梦思。忽闻稚子语，已是罢兵时。推枕犹难信，
巡街始不疑。并将羁旅恨，一笑展双眉。

仁者终无敌，王师遂格夷。八年张戾气，一夕竖降旗。破国嗟何及，
凶虚悔已迟。维新趋左计，黩武亦奚为。

东晋兼南宋，何曾胜此棋。九州昌禹甸，百姓解戎衣。天步艰方尽，
鹰扬会有时。喜心和泪眼，感激抚疮痍。

施蛰存著《北山楼诗》，华东师范大学出版社，2000年，80页。

洪传经

洪传经（1906～1972）字敦六，号还读轩主，晚年又自号盾叟。1930年毕业于南京中
央大学，又赴英、法两国留学深造，获经济博士学位。归国后，先后任教于安徽、长
沙、成都、兰州各大学。著有《黄叶集》《长啸集》等。

明孝陵怀古

钟陵依旧古崔峨，六百年来一刹过。乔木烽烟余石兽，故宫禾黍泣铜驼。
应天王业埋荒草，往日英雄付逝波。剩有衣冠翁仲在，江山无语夕阳多。

洪传经著《敦六诗存·黄叶集》，钱塘诗社，1995年自印本，1页。

中秋感赋

银河泻净碧琉璃，凉透青衫觉露滋。故里去年兵燹日，他乡今夜月明时。
临风一曲秋江冷，对影三人画角悲。遥在淞滨思阿母，也知阿母正思儿。

洪传经著《敦六诗存·黄叶集》，钱塘诗社，1995年自印本，2页。

王季思

王季思（1906～1996）原名王起，浙江永嘉人。毕业于东南大学文学系，先后在杭州之江大学、广州中山大学任教。中华人民共和国成立后，先后担任中山大学中文系主任、国务院学位委员会文学组评议员、大百科全书戏曲卷副主编、古籍整理出版委员会顾问等职。著有《王季思诗词录》等。

枫树叶

谚有"男子心是枫树叶做的"语，感温州近事，赋此诗。

西风萧萧吹枫树，枫叶纷纷红无主。谁怜好颜色，旦夕污泥土。去岁大军驻王庄，戎衣马上谁家郎。金星耀日黄欲语，长靴照人黑有光。胭脂一匣粉一袋，买得东家小玉爱。那知转眼即长征，消息沉沉石投海。吁嗟乎！男子心，枫树叶，今日红，明日谢。不见东家王大姐，夜夜冤啼到深夜。

王季思著《王季思诗词录》，浙江人民出版社，1981年，38页。

西湖

却来柳下度春宵，帘卷依稀见六桥。一水因人成缱绻，万灯照镜各妖娆。群臣南渡何时返，风物西湖又见招。不待鸡鸣径东去，留将朝气看江潮。

王季思著《王季思诗词录》，浙江人民出版社，1981年，84页。

阿垅

阿垅（1907～1967）原名陈守梅，又名陈亦门，浙江杭州人。七月派著名诗人。生前曾任天津市文联委员、创作组组长，天津市文学工作者协会（作家协会前身）编辑部主任。有《阿垅诗文集》存世。

无题

江南烟水路茫茫，三月成都枉断肠。团扇已遗明玉坠，蓬门犹记郁金香。
来如飞马虹桥乍，散作孤鸯荇汕旁。细数相思红豆子，一珠一泪不寻常。

阿垅著《阿垅诗文集》，人民文学出版社，2007年，150页。

夕阳

戚戚顾苍生，四方有战争。高空一雁疾，荒野万骑鸣。悲愤同司马，
疏狂说步兵。夕阳无限好，黯淡石头城。

阿垅著《阿垅诗文集》，人民文学出版社，2007年，154页。

王沂暖

王沂暖（1907～1998）字春沐，笔名春冰，原名王克仁。吉林九台人。西北民族学院教授，长期从事藏文教学与研究工作。著有《春沐诗词草》《王沂暖诗词选》。

西去舟中（自镇江向汉口）感怀

西来万众尽仓皇，一舸飘飘入大荒。吾道真成浮海去，蝮蛇还发噬人狂。
诗情终古怀牛渚，天险中流望马当。谁倩长缨行万里，三山东畔缚倭王。

王沂暖著《王沂暖诗词选》，青海人民出版社，1987年，13页。

移武昌居

鹦鹉洲边落日斜，虽非吾土暂移家。浑怜王粲飘零甚，不信淄川礼法差。
故里只今思白下，断鸿何意叫汀沙。前车未报收松沪，江上风高急暮笳。

王沂暖著《王沂暖诗词选》，青海人民出版社，1987年，14页。

敌机日事轰炸感赋

人成灰烬土全焦，皖水吴山入望遥。细柳营中嘶万马，将军何日破
天骄？

王沂暖著《王沂暖诗词选》，青海人民出版社，1987年，21页。原题"京芜各地，敌机日
事轰炸，已成焦土，感而赋诗"。

钱仲联

钱仲联（1908~2003）原名萼孙，号梦苕，浙江湖州人，生于江苏常熟。苏州大学教
授，从事文史研究。著有《清诗纪事》《近代诗钞》《广清碑传集》《梦苕庵诗词》等。

涩枕

涩枕尖风苦闭门，刹幡心动向谁论？意中芳草经霜变，泪底残山抱月温。
一病愈知秋有味，放言自觉道弥尊。寒螿落叶声如海，来绕灯前独夜魂。

钱仲联著《梦苕庵诗词》，北京图书馆出版社，2004年，6页。

闻雁

为谁辛苦此长征，枕上关山一雁鸣。曾是黑龙江上过，南来犹带战场声。

钱仲联著《梦苕庵诗词》，北京图书馆出版社，2004 年，9 页。

胡蝶曲

罗浮影幻宫妆立，片片春云作裙叶。化出人天绝代姝，前身合是仙山蝶。
仙蝶飞来南海家，珊珊锁骨擅容华。明珠擎出争相看，白璧生成未有瑕。
豆蔻梢头刚十六，年年揽镜春江绿。谢逸诗篇拟未工，滕王画本摹难足。
郎罢当时北度关，一官盐铁又南还。极天风浪收帆早，携取文姬向海山。
海山遍吸人间电，玉奴一到开生面。幻魂初传谢氏情，断肠替写英台怨。
笼眼琉璃一笑温，娟娟过幔影留痕。夺来天上三分月，消得江南十万魂。
小姑居处原芳洁，无奈怀春情内热。宋玉墙东倩影来，因风吹上梅边雪。
花为郎貌雪为怀，有约双飞好事谐。鸳带从教亲手结，绣帘长为画眉开。
南园草绿春如海，片石三生盟誓在。凤子呼名最有情，韩凭抵死期无悔。
好梦如云不自由，是乡那得老温柔。欢场横被钱神误，孽海曾难宿愿酬。
翻云覆雨高唐恶，铸就黄金成大错。纨扇何曾便弃捐，粉衣早识多轻薄。
剪断连环更换新，公庭对簿翠眉颦。沟头蹀躞东西水，从此萧郎是路人。
春驹却向燕台住，一曲霓裳人尽顾。太息燕脂北地颜，为他金粉南朝误。
虎帐牙旗督八州，十三年少富平侯。才惊相见还相许，彼是无愁此莫愁。
凤城正值中秋夜，罗袜香尘生舞榭。玉笛梅花并较量，琼枝璧月双无价。
酒阑人倦画楼阴，拥髻灯前意不禁。绣被焚香魂欲醉，良宵何止值千金。
此际有人鼾榻侧，徒辽燕喜仍羁国。绝塞谣惊白雁来，狄泉谶兆苍鹅出。
金钉衔璧可怜宵，犹道军帐抱舞腰。十二琼楼春栩栩，何心河上赋消摇。
军书火急来行馆，倒趿靴尖浑不管。只觉憆腾绮梦酣，那知东北胡尘满。
纷纷修竹上弹章，谁放周师入晋阳。毕竟倾城更倾国，还须分谤到红妆。
红妆有恨凭谁诉，检点云裳江海去。此局全看玉袜输，有金还买花铃护。
依然画里见真真，百亿莲花尽化身。一世群芳输玉貌，诸天尊号拟金轮。
将军划尽琼花了，婵娟情重江山小。兵柄多年解玉符，仙槎万里通蓬岛。
青天碧海照双心，此日难为邂逅吟。万一微波通缱绻，可能旧梦试追寻。
英雄儿女情何限，今昔秋云分聚散。刚把桃根渡口迎，又闻骏足瑶池返。

菊部声名动冶城，秦台傅粉一含情。忽惊金弹抛林外，毋复琼花唱后庭。美人漂泊年涯久，婆娑生意江潭柳。此日桓公病汉南，不堪影事重回首。一场恩怨诉琵琶，艳曲争翻姊妹花。闻说栖梧谐凤侣，还看掷果傍羊车。堕溷花残何足算，念家山破星霜换。未必名娃竟沼吴，难言祸水能亡汉。小劫红桑入叹嗟，游仙枕上说南华。还倾铜狄千行泪，来写金茎一朵花。

钱仲联著《梦苕庵诗词》，北京图书馆出版社，2004年，36页。

闻平型关大捷喜赋

垂天绛霓下雄关，捷报传来一破颜。出手便翻三岛日，挥戈欲铲万重山。笼东诸将应知愧，逐北孤军誓不还。我病捶床犹起舞，长城赤纛梦中攀。

钱仲联著《梦苕庵诗词》，北京图书馆出版社，2004年，72页。

吴世昌

吴世昌（1908~1986）字子臧。浙江海宁人。以红学研究而著称于世，著有《红楼梦探源》《红楼梦探源外编》等红学专著。另有《罗音室诗词存稿》传世。

社日登采石矶太白楼

不以登临倦，春袍试暂游。江山留短梦，风雨猎危楼。岸削鱼窥网，崖巉浪狎鸥。断虹消未尽，天际一帆收。

吴世昌著《罗音室学术论著》第4卷《罗音室诗存》，社会科学文献出版社，1998年，924页。

黄稚荃

黄稚荃（1908～1993）又名黄先泽。生于四川江安县水清乡。曾任四川省政协常委、中华诗词学会顾问、四川诗书画院顾问、四川诗词学会名誉会长等职。著有《杜邻存稿》等。

莫愁湖

北地胭脂故国忧，桂堂兰室捧阿侯。分明有恨东流水，何事旁人唤莫愁。

黄稚荃著，林孔翼注《杜邻诗存注》，上海古籍出版社，2019年，65页。

丁丑秋避寇还蜀杂诗

佳丽南朝地，偏安不可求。风掀黄海浪，兵逼白门秋。未觉还家乐，翻成避地忧。覆巢悲累卵，何处足淹留。

黄稚荃著，林孔翼注《杜邻诗存注》，上海古籍出版社，2019年，91页。

沈祖棻

沈祖棻（1909～1977）字子苾，别号紫曼，笔名绛燕、苏珂。浙江海盐人。1934年毕业于南京中央大学中国文学系。曾任教于金陵大学、南京师范学院、武汉大学。著有《涉江诗》《涉江词》等。

江山晚归，对月有怀

数峰江上失残晖，新月如弓送客归。今夜长安风露里，有人相对忆蛾眉。

沈祖棻著，程千帆笺《涉江诗词集》，河北教育出版社，2000年，149页。

忆苏州故居三首

一带朱楼护碧纱，千山烽火望中赊。从今纵行江南梦，明月梅花属别家。

乔木伤心说故家，断钗零钿委尘沙。重来燕子惊新主，空认庭前红杏花。

歌酒频开上日筵，华堂梦断十年前。只今漂泊西南际，却向朱门乞一椽。

沈祖棻著，程千帆笺《涉江诗词集》，河北教育出版社，2000年，153页。

冒效鲁

冒效鲁（1909~1988）字景璠，又名孝鲁，别号叔子，江苏如皋人。冒鹤亭第三子。曾任中国驻苏联外交官。中华人民共和国成立后，先后任教于复旦大学、安徽大学。著有《叔子诗稿》。

望月有怀

清辉似怨迢迢夜，独客能无悄悄悲？万里羁孤此身贱，九秋懔栗百虫凄。娇儿恋父知谁枕，弱母将雏赖子慈。愁绝吟成唯苦语，临风忍便说相思。

冒效鲁著《叔子诗稿》，安徽文艺出版社，1992年，12页。原题"八月十六夜广州望月，有怀内子北平"。

还家作

妇腐犹堪看，儿啼那忍嗔？吾生如转毂，诗笔尚有神。丧志宁知分，无官已累亲。空持悲闷意，留眼对扬尘。

冒效鲁著《叔子诗稿》，安徽文艺出版社，1992年，19页。

吴鹭山

吴鹭山（1910~1986）名艮，又名匏，字天五，晚号鹭叟。浙江乐清人。先后执教浙江师范学院中文系、浙江教师进修学院，从事文史研究。著有《光风楼随笔》《光风楼诗词》《雁荡诗话》等。

龙蟄轩题壁

春风杜宇乱峰深，隔世黄垆不可寻。一自云龙归大蟄，但余楼阁荡层阴。黄尘久负看山约，白首难酬蹈海心。莫问湘累身后事，飞湫千丈有哀音。

吴鹭山著，卢礼阳、方韶毅编校《吴鹭山集》上，线装书局，2013年，505页。

感遇（二首选一）

长缩曹刘手，难招屈宋魂。霜灯无软语，野哭有烦冤。狼跋天心定，鸡鸣夜气存。应余三户恨，揽涕望中原。

吴鹭山著，卢礼阳、方韶毅编校《吴鹭山集》上，线装书局，2013年，509页。

钱钟书

钱钟书（1910~1998）原名仰先，字哲良，后改名钟书，字默存，号槐聚。江苏无锡人。毕业于清华大学外国语文系，先后赴英国牛津大学、法国巴黎大学留学。归国后，曾任西南联合大学教授、北京图书馆英文馆刊顾问、南京中央图书馆外文部总纂。著有《管锥编》《谈艺录》《槐聚诗存》等。

苦雨

生憎一雨连三日，亦既勤渠可小休。石破端为天漏想，河倾弥切陆沉忧。

徒看助长浇愁种，倘许分沾补爱流。交付庭苔与池草，蚓箫蛙鼓听相酬。

钱钟书著《槐聚诗存》，生活·读书·新知三联书店，2001年，30页。

斯世

斯世非吾世，何乡作故乡？气犹埋剑出，身自善刀藏。朴学差成札，
芳年欲缩杨。分才敢论斗，愁固斛难量。

钱钟书著《槐聚诗存》，生活·读书·新知三联书店，2001年，74页。

秋怀

啼声渐紧草根虫，似絮停云抹暮空。疏落看怜秋后叶，高寒坐怯晚来风。
身名试与权轻重，文字徒劳计拙工。容易一年真可叹，犹将有限事无穷。

钱钟书著《槐聚诗存》，生活·读书·新知三联书店，2001年，88页。

潘受

潘受（1911~1999）原名潘国渠，字虚之，号虚舟，福建南安人。早年南渡新加坡，
初任《叻报》编辑，先后执教华侨中学、道南学校。1940年任"南洋华侨回国慰问
团"团长，率团取道缅甸回国，慰劳抗日将士。著有《海外庐诗》。

燕京杂诗（选三）

观大刀队表演

大刀出鞘凛纵横，荡决时闻杀一声。五百健儿喜峰口，记将血肉补长城。

昌平明十三陵

中原夷狄苦膻腥，久矣江山气不灵。今日衣冠还上国，十三陵树又青青。

八达岭

天低风紧塞云浓，战垒萧萧尚有烽。独倚长城高处望，万山如戟护居庸。

潘受著《海外庐诗》，黄山书社，2010年，7页。

避寇印度洋舟中五首（选二）

一九四二年二月六日深夜，余苍黄挈眷登法国邮船腓力卢梭号出新嘉坡围城，同行多英军眷妇孺，翌晨始见前后左右有英战舰出没护航。途中七鸣空袭警报，三鸣潜袭警报，救生衣常不离身，闻远处曾有一敌机遭护航舰击落，亦有他船遭敌机炸沉。为避敌追袭，船纡回于印度洋风涛中者旬余日，然后渐脱危险地区。

也似春秋竞结盟，眼中战国各穷兵。祸深唇齿安危感，机迫风云变化情。
老我明朝添一岁，怀人今夜坐三更。死生间断亲知隔，默叩沧波卜太平。
壬午元日。

海为于思耻不流，一时东望泣同舟。惊传狂虏飞天坠，又见降旛出石头。
击楫人心宁尽死，倚阑吾泪独先收。分明彼蹈全输局，莫枉新亭作楚囚。
日本人力、资源皆极有限，在华已不能自拔，今复加开太平洋战场，识者固知是速其覆亡而已。

潘受著《海外庐诗》，黄山书社，2010年，59页。

卜居感事（选四）癸未至甲申

烈火发中夜，风云暗百蛮。窜身来蜀地，何路出巴山。天下兵常斗，
春归客不还。卜居期静处，缓步有跻攀。

几群沧海上，尽室畏途边。狂走终奚适，归来始自怜。形容真潦倒，
国步尚迍邅。易下杨朱泪，凄凉忆去年。

严警当寒夜，荒城鲁殿余。苦遭此物骇，不可好楼居。但自求其穴，休烦独起予。应论十年事，故国莽丘墟。

散地逾高枕，崩崖欲压床。梅花交近野，春色是他乡。露湿思藤架，天寒割蜜房。此生那老蜀，迥立向苍苍。所居屋在悬崖下。

潘受著《海外庐诗》，黄山书社，2010年，108页。原题"避寇归国，卜居渝州嘉陵江滨。春日多暇，感时抚事，集杜少陵句成五言律五十首"。

碧瑶过日大将山下奉文乞降处

今日略一地，明日屠一城。山下挥刀喋血处，处处唯腾冤鬼声。忆昨东南海呜咽，百二重关尽虚设。齐旗赵帜壮飘扬，唾手忽为山下拔。我时危困新嘉坡，如鱼在釜雀在罗。举家赌命拼一脱，身前身后伏尸多。沧桑历历三年事，万骨亲朋收骨未。啼鹃海外与招魂，过雁书中皆带泪。吁嗟乎！羿弓射日日终颓，鲁戈挽日日岂回。嬴颠项踬惨相吊，始信佳兵是祸胎。君不见，碧瑶营垒悲风起，山下屯此降亦此。遭天之怒天切齿，缳首高台山下死。

潘受著《海外庐诗》，黄山书社，2010年，164页。原题"碧瑶过日大将山下奉文乞降处，亦即其占领菲律宾时之驻军处也"。

启功

启功（1912~2005）字元白，北京人。曾任教北京师范大学，担任国家古籍整理规划小组成员、国家文物鉴定委员会主任委员、中央文史研究馆馆长等职。著有《古代字体论稿》《诗文声律论稿》《启功丛稿》《论书绝句》等。

秋水

一寸横波最泥人，东流西去总无因。洞庭木落佳期远，洛浦风生往迹湮。壁月终残天外路，余霞空染镜中身。从今楚客登临处，红蓼青苹未是春。

启功著《启功韵语》，北京师范大学出版社，1996年，4页。

止酒

三十不自立，狂妄近旨酒。量仄气偏豪，叫嚣如虎吼。一盏才入唇，
朋侪翕相诱。宿醉怯余醒，峻拒将返走。欢笑逾三巡，技痒旋自取。
蚁穴溃堤防，长城失其守。舌本忘醇醨，甘辛同入口。席终顾四座，
名姓误谁某。踯躅出门去，团囷堕车右。行路讶来扶，不复辨肩肘。
明日一弹冠，始知泥在首。醒眼冷相看，赧颜徒自厚。贱体素尫羸，
殷忧贻我母。披诚对皎日，撞破杯与斗。沉湎如履霜，坚冰在其后。
戒慎如几微，匡直望师友。

启功著《启功韵语》，北京师范大学出版社，1996年，4页。

自题新绿堂图

窗前种竹两竿，榜曰"新绿"。心畬公为作新绿堂图，自题一首。

乔木成灰倚旧墀，庭前又得玉参差。改柯易叶寻常事，要看青青雨后枝。

启功著《启功韵语》，北京师范大学出版社，1996年，10页。

杨柳枝二首

绮思余春水一湾，流将残梦出关山。王孙早惜鹅黄缕，留与今朝荡子攀。

青骢回首忆长杨，玉塞春迟月有霜。一样东风吹客梦，独听羌管过临潢。

启功著《启功丛稿（诗词卷）·启功赘语》，中华书局，1999年，278页。

芦荻

芦荻（1912～1994）原名陈培迪，广东南海人。抗战期间在桂林担任《广西日报》副刊《漓水》编辑。著有诗集《桑野》《驰驱集》《芦荻诗选》等。

沅江凭吊

夕阳芳草吊湘魂，呜咽江声日夜吞，沅芷澧兰伤萎落，洞庭波影血痕新。

一九四三年八月

芦荻著《芦荻诗选》，花城出版社，1986年，239页。

洞庭舟中

八月秋风下洞庭，萧萧芦苇傍沙明。大江涛卷征帆急，又听华客鼙鼓声。

一九四三年八月

芦荻著《芦荻诗选》，花城出版社，1986年，240页。

程千帆

程千帆（1913～2000）原名逢会，改名会昌，字伯昊，别号闲堂。湖南长沙人。南京大学教授，从事文史研究。有影印手抄本《闲堂诗文合抄》行世。

将之打箭炉喜得小夫消息

好语知无敌，深杯忆旧游。一为兵里别，又入隔年秋。巴字沧浪水，京尘颎洞愁。如何复行役，还慨为身谋。

程千帆著《程千帆全集》第十四卷《闲堂诗文合抄》，河北教育出版社，2000年，8页。

诵避寇集怀鹤戏老人

无还犹有地，一老抱遗经。周礼知存鲁，新篇胜发硎。灯传山月白，圣解佛头青。举世非知识，何由判醉醒。

程千帆著《程千帆全集》第十四卷《闲堂诗文合抄》，河北教育出版社，2000年，15页。

世味

醒时何计了悲欢，短梦依依到晓残。万事乘除总天意，百年歌哭付谁看。坐惊烽燧愁来日，渐恶情怀有至难。还伴杵钟参世味，可怜长夜正漫漫。

程千帆著《程千帆全集》第十四卷《闲堂诗文合抄》，河北教育出版社，2000年，17页。

甲申除夕

沉沉王气未全收，行胜依然据上游。乐府旧传三妇艳，儒冠新负百年忧。侵肌海色灵山迥，逐鹿围场绝域秋。七度西川送今夕，所惭江令渐皤头。

程千帆著《程千帆全集》第十四卷《闲堂诗文合抄》，河北教育出版社，2000年，22页。

寄石斋夷门

读雨尝漂麦，歌樵略近狂。寇深同审蜀，齿暮独游梁。会合嗟何日，交期故不忘。喜闻效熊鸟，却老得仙方。

程千帆著《程千帆全集》第十四卷《闲堂诗文合抄》，河北教育出版社，2000年，43页。

孔凡章

孔凡章（1914～1999）原名繁祎，号礼南，四川成都人，祖籍浙江萧山临浦镇。中央文史研究馆馆员。有诗词集《回舟集》《回舟续集》等。

由南京返上海

别矣怅南京，凝眸倍有情。可怜星月色，长照管弦声。乐土无兵甲，官场有战争。热河频告急，何以答升平？

孔凡章著《回舟集》，巴蜀书社，1990年，8页。

独酌

尘债何年始尽偿？蛾眉恩怨太凄凉。吟边岁月余残腊，俎上山河正夕阳！绝塞笳声愁里听，故园梅影梦中香。飘零更际艰危日，寂寞空庭酒一觞。

孔凡章著《回舟集》，巴蜀书社，1990年，27页。

偶成

戏以新体诗意境入诗。

柳曳轻云让月辉，清宵长忆赠蔷薇。心弦溅泪声声慢，手泽留香事事非。歌德忏情情岂忏？拜伦归去去何归？春风导演流亡剧，三月杨花处处飞。

孔凡章著《回舟集》，巴蜀书社，1990年，29页。

乡思

梦影烧狂焰，心期沸怒涛。相思故乡水，幽恨北邙桥！

孔凡章著《回舟集》，巴蜀书社，1990年，30页。

林北丽

林北丽（1916~2006）字幼奇，福建福州人。徐蕴华、林寒碧之女。曾任中国科学院动物研究所、药物研究所图书馆负责人。著有《林北丽集》。

月牙山无名亭

高岩磴道到颠坡，一碧江流掠眼过。绿上征衣林罅客，风吹午日雾中波。全凭木石撑千劫，苦仗关山压百魔。布谷枝头频唤雨，春深得似两京么？

徐蕴华、林北丽著《徐蕴华、林寒碧诗文合集》，社会科学文献出版社，1999年，299页。

长日（二首）

长日无聊遣以诗，诗工只恐更流离。尽抛少壮忧患里，全局先输一着棋。

南人北客久无归，归向南都叹式微。见惯兴亡旧时燕，北朝送尽又南飞。

徐蕴华、林北丽著《徐蕴华、林寒碧诗文合集》，社会科学文献出版社，1999年，299页。

三月十日侵晓得句云

初日明霞一线金，遥青如黛点疏林。四围幽美娱孤抱，忍见神州竟陆沉。

徐蕴华、林北丽著《徐蕴华、林寒碧诗文合集》，社会科学文献出版社，1999年，300页。

蒋礼鸿

蒋礼鸿（1916～1995），字云从，浙江嘉兴人。1939年毕业于之江大学，先后在之江大学、湖南蓝田国立师范学院、重庆国立中央大学师范学院任教，从事语言学、敦煌学研究。擅诗词，与夫人盛静霞合刊《怀任斋诗词·频伽室语业》。

流落

莫将流落怨扁舟，借与孤吟尚有楼。四壁虫声能和我，满阶凉雨已延秋。
安心法但从蝉觅，彻骨贫非助客愁。何日鸳湖消劫火，略容归去听菱讴。

蒋礼鸿著《蒋礼鸿集》第6卷，浙江教育出版社，2001年，第561页。

盛静霞

盛静霞（1917～2006）字弢青，籍贯江苏扬州。浙江大学中文系教授。擅诗词，与丈夫蒋礼鸿合刊有《怀任斋诗词·频伽室语业》。

吊首都

一九三七年秋，日寇陷首都，溃军争渡，先登舟者刀斫攀舟者，江水尽赤。敌坦克入城，城上肝肠缠满。华人三十万被屠杀。

石头石头坚复坚，茫茫六代随风烟。山河未改王气黯，揭天妖火明无边。

江中一夕血肉满，都是健儿指与腕。曾执干戈卫上京，攀舷却向江头断。
风烟郁郁山苍苍，台城斜日昏且黄。满城不见尸与骸，积街盈尺醢作浆。
奔訇铁毂那可御，缠粘轮轴肝与肠。可怜百万生灵尽，胡马长嘶饮大江。

蒋礼鸿、盛静霞合著《怀任斋诗词·频伽室语业》，2000年2月自印本，第135页。

警钟行

长空杲杲白日静，钟声呜呜惊传警。狂飙蔽日走石沙，壮呼老啼汤沸鼎。
穴中尽作蛙鼁蛰，六街飒飒阴风冷。天崩地裂起奔雷，当头岩石訇然陨！
父母妻子颤相抱，生离死别在俄顷。震荡昏眩得不死，耳聋睛突犹为幸。
一弹中穴门，百口同灰陨，十里之外肢体飞，须发粘壁血肉紧；一弹中
居室，四邻火光迥，焦梁灼栋落纷纷，滚地抱头无处遁。一弹复一弹，
百弹千弹意未逞。毒雾下堕随风狂，轧轧机枪急雨猛。雕栏画栋焰冲天，
红尘顷刻群鬼骋。鲜血模糊不忍观，游丝一息声悲哽。呼儿唤女如痴狂，
遍街奔走双睛迸！龙钟老妪抱头颅，头颅半缺连儿颈。树头挂骸血淋漓，
破腹流肠枝穿挺。衰翁拾得锦衾归，衾中热血包双胫。百里楼台化劫灰，
万家骨肉忽异境。怒焰齐随弹火高，警钟震处痴聋醒。为谢东夷运无多，
人寰惨绝天安忍？黄昏山色照群骸，野犬无声细舐吮。

蒋礼鸿、盛静霞合著《怀任斋诗词·频伽室语业》，2000年2月自印本，第136页。

邓将军

自九一八后，东三省失守，而我游击队仍出没于白山黑水间，邓将军铁梅部，
亦其一也。枪械不足，给养困难，苦斗多年，终于某年冬，全军冻毙荒山，
凡三百人，皆立僵，持枪犹不放云。

将军邓氏讳铁梅，驰骋燕云名如雷。一朝塞上变风色，老林深山出复没。
朝埋三覆敌魂飞，夜袭羌营羌胆失。长征苦斗年复年，矢尽援绝穷益坚！
虮生铁甲犹着体，创刮金刀手自缠。黑龙江上水嘶血，长白山头雪暗天。
朔风一夜起，冻彻乾坤底。兼旬不九餐，千弓无一矢。军令如山敢缩瑟，
持枪鹄立朔风里。彻宵冰雪漫孤山，三百男儿一齐死。明日虏军窥军门，

狐疑鼠窜还惊奔。朝朝只见岩岩立，逼视始知化忠魂。金枪在握坚不放，银霜遍体容如生。全军尽僵阵未变，裂眥矗发闻叱声！胡儿眼泪双双落，孤鹗徘徊呜呜呜。年年长白山头雪，碧血丹心结为铁。古梅斥萼凝青霜，千秋万岁同芬芳！

蒋礼鸿、盛静霞合著《怀任斋诗词·频伽室语业》，2000年2月自印本，第142页。

千人针

千人针，千人针，针密密，线深深，半尺红绫出千人。出自岛夷女儿手，得自岛夷壮士身。壮士已死绫在胸，鲜血模糊绫更红。女儿闺里梳妆毕，日日拈针街上立。人持一片缝一针，线密针深更无隙。谓出一千女儿手，可化壮士胸前铁。枪刀炮弹俱不入，病瘟邪魔远可辟。三军人人佩在胸，掳掠奸淫仗神力。阵前壮士纷纷死，街头女儿缝不已。缝不已，千人针，针自密，线自深。低头缝缀口中祷："愿侬至诚上通神！"上通神，神若有灵，岂佑极恶穷凶人？

蒋礼鸿、盛静霞合著《怀任斋诗词·频伽室语业》，2000年2月自印本，第143页。

高旅

高旅（1918～1977）原名邵元成，字慎之，笔名高旅、邵家天，江苏常熟人。抗战中从事新闻宣传工作，中华人民共和国成立后到香港文汇报社工作。有《高旅诗词》存世。

沪战话别

百代炎黄各有秋，今逢烟雨共登楼。戎衣非为封侯着，碧血只宜对外流。沪渎军声振古国，卢沟月色满神州。别期且记今宵起，不死归来看白头。

高旅著《高旅诗词》，香港新华彩印出版社，2000年，18页。原题"八一三沪战起，从军诸友话别"。

兴化元宵夜不成眠

元夜笙箫动古城，柳堤隐隐寒烟轻。一川水色连灯晃，举国兵烽带月行。
征客高歌抗战曲，居人偏弄断肠声。阳春乍觉曦光下，渐识风情是国情。

高旅著《高旅诗词》，香港新华彩印出版社，2000年，23页。

参考文献

阿垅著《阿垅诗文集》，人民文学出版社，2007年。

曹元忠著《笺经室遗集》，吴县王氏学礼斋铅印本，民国三十年（1941）。

陈宝琛著《沧趣楼诗文集》，上海古籍出版社，2006年。

陈三立著，李开军校点《散园精舍诗文集》，上海古籍出版社，2003年。

陈衍著《陈石遗集》，福建人民出版社，2001年。

陈锐著，曾亚兰校点《抱碧斋集》，"湖湘文库"系列，岳麓书社，2012。

陈诗著，徐成志、王思豪编校《陈诗诗集》，黄山书社，2010年。

陈训正著《天婴室丛稿》，《近代中国史料丛刊》第六十三辑，文海出版社，1966～1989年。

陈去病著《陈去病全集》，上海古籍出版社，2009年。

陈衡恪著，刘经富辑注《陈衡恪诗文集》，《义宁陈氏文献史料丛书》，江西人民出版社，2009年。

陈曾寿著，张寅彭、王培军校点《苍虬阁诗集》，上海古籍出版社，2009年。

陈蝶仙著《栩园丛稿初编》，香雪楼藏板、家庭工业社民国间刊本。

陈撄宁撰，胡海牙、武国忠主编《陈撄宁仙学精要》，宗教文化出版社，2008年。

陈匪石著《陈匪石先生遗稿》，黄山书社，2012年。

陈中凡著《清晖集》，书目文献出版社，1987年。

陈寅恪著《陈寅恪集·诗集》，生活·读书·新知三联书店，2015年。

陈声聪著《兼于阁诗》，1980年手写自印本。

陈毅著《陈毅诗词选集》，人民文学出版社，1977年。

陈小翠著，刘梦芙编校《翠楼吟草》，黄山书社，2010年。

陈独秀著，安庆市陈独秀学术研究会编注《陈独秀诗存》，安徽教育出版社，2003年。

程潜著《程潜诗集》，黑龙江人民出版社，1984年。

程千帆著《程千帆全集》，河北教育出版社，2000年。

董必武著《董必武诗稿》，文物出版社，1979年。

《当代文艺》，1944年第1卷。

樊增祥著，涂晓马、陈宇俊校点《樊樊山诗集》，上海古籍出版社，2004年。

范当世著，马亚中、陈国安校点《范伯子诗文集》，上海古籍出版社，2003年。

方守彝、姚永朴、姚永概著，徐成志点校《晚清桐城三家诗》，黄山书社，2012年。

费树蔚著《费韦斋集》，1951年铅印本。

丰子恺著《丰子恺文集》，浙江文艺出版社、浙江教育出版社，1992年。

冯煦著《蒿庵类稿》，民国二年（1913）金坛冯氏刻本。

冯沅君著，袁世硕、严蓉仙编《四余诗稿》，《冯沅君创作译文集》，山东人民出版社，1983年。

高旭著《高旭集》，《国际南社学会·南社丛书》，社会科学文献出版社，2003年。

高旅著《高旅诗词》，香港新华彩印出版社，2000年。

巩绍英著《巩绍英诗词选注》，春风文艺出版社，1993年。

顾随著《顾随全集》，河北教育出版社，2000年。

郭沫若著《郭沫若全集·文学编》，人民文学出版社，1982年。

《国闻周报》，1937年3月29日。

何振岱著，刘建萍、陈叔侗点校《何振岱集》，福建人民出版社，2009年。

洪传经著《敦六诗存》，钱塘诗社自印本，1995年。

胡朝梁著《诗庐诗文钞》，民国十二年（1923）铅印本。

胡怀琛著《胡怀琛诗歌丛稿》，商务印书馆，民国十五年（1926）初版。

胡小石著《胡小石论文集》，上海古籍出版社，1982年。

胡适著《胡适留学日记》，岳麓书社，2000年。

胡适著《胡适诗存》，人民文学出版社，1989年。

胡先骕著，熊盛元、胡启鹏编校《胡先骕诗文集》，黄山书社，2013年。

黄遵宪著，钱仲联笺注《人境庐诗草笺注》，古典文学出版社，1957年。

黄宾虹著，程自信校点《宾虹诗草》，黄山书社，2013年。

黄人著，江庆柏、曹培根整理《黄人集》，上海文化出版社，2001年。

黄节著，刘斯奋选注《黄节诗选》，广东人民出版社，1984年。

黄炎培著《苞桑集》，开明书店，1949年。

黄侃著《黄侃文集》，中华书局，2016年。

黄稚荃著《杜邻诗存》，四川人民出版社，1995年。

霍松林著《唐音阁诗词集》，河北教育出版社，2000年。

蒋智由著《蒋观云诗钞》，上海进步书局石印本，民国九年（1920）。

蒋智由著，吕美荪辑《蒋观云先生遗诗》，民国二十二年（1933）铅印本。

蒋礼鸿著《蒋礼鸿集》，浙江教育出版社，2001年。

蒋礼鸿、盛静霞合著《怀任斋诗词·频伽室语业》，2000年2月自印本。

金蓉镜著《潜庐全集》，清末民初刻本。

金兆蕃著《安乐乡人诗集》，《近代中国史料丛刊续辑（第十二辑）》，文海出版社，1966～1989年。

金天羽著《天放楼诗文集》，上海古籍出版社，2007年。

《近代巴蜀诗钞》，巴蜀书社，2005年。

康有为著《康南海先生诗集》，《康南海先生遗著汇刊（二十、二十一）》，宏业书局，1976年。

孔凡章著《回舟集》，巴蜀书社，1990年。

老舍著《老舍旧体诗辑注》，中国国际广播出版社，2000年。

赖和著，安然选编《赖和诗文集》，台海出版社，2009年。

李希圣著《李希圣集》，华东师范大学出版社，2011年。

李宣龚《硕果亭诗》，《近代中国史料丛刊（第九十一辑）》，文海出版社，1966～1989

李济深著《李济深诗文选》，文史资料出版社，1985年。

林纾著《畏庐诗存》，《民国丛书·第四编》，上海书店，1992年。

林庚白著《丽白楼自选诗》，开明书店，1946年。

林散之著，林散之研究会整理《林散之诗集》，文物出版社，2004年。

柳亚子主编《南社诗集》，中学生书局，民国二十五年（1936）。

柳亚子著《磨剑室诗词集》，上海人民出版社，1985年。

刘大白著《白屋遗诗》，书目文献出版社，1984年。

刘半农著《扬鞭集》，中国文联出版公司，1998年。

刘希武著《瞿塘诗集》，二十世纪四十年代铅印本。

梁鼎芬著，黄云尔点校《节庵先生遗诗》，华东师范大学出版社，2012年。

梁启超著《饮冰室合集》8，中华书局，1989年。

鲁迅著《鲁迅诗歌全集》，长江文艺出版社，2007年。

卢前著《卢前诗词曲选》，中华书局，2006年。

芦荻著《芦荻诗选》，花城出版社，1986年。

罗惇曧著《瘿庵诗集》，番禺叶恭绰民国十七年（1928）刻本。

罗卓英著《呼江吸海楼诗》，《近代中国史料丛刊》第七六九辑，文海出版社，1966～1989年。

罗镝楼编撰《罗卓英先生年谱》，志泰印制有限公司，1995年。

吕惠如著《惠如诗稿》，安蹇斋（英敛之）选辑《吕氏三姐妹集》，清光绪三十一年（1905）。

吕美荪著《眉生诗稿词稿》，安蹇斋（英敛之）选辑《吕氏三姐妹集》，清光绪三十一年（1905）。

吕美荪著《葂丽园诗》，民国间铅印本。

吕美荪著《葂丽园诗续》，民国二十二年（1933）铅印本。

吕碧城著，李保民校笺《吕碧城集》，上海古籍出版社，2015年1月。

马君武著《马君武先生文集》，中华印刷厂，1984年。

马君武著《马君武集》，华中师范大学出版社，1991年。

马一浮著，虞万里校点《马一浮集》，浙江古籍出版社，1996年。

茅盾著《茅盾诗词集》，上海古籍出版社，1985年。

冒鹤亭著《小三吾亭诗》，如皋冒氏清光绪刻本。

冒效鲁著《叔子诗稿》，安徽文艺出版社，1992年。

缪钺著《冰茧庵诗词稿》，《缪钺全集》，河北教育出版社，2004年。

宁调元著，杨天石、曾景忠编《宁调元集》，湖南人民出版社，1988年。

潘飞声著《说剑堂集》，民国二十三年（1934）铅印本。

潘天寿著，王翼奇、钱伟疆、吴亚卿、顾大朋校注《潘天寿诗集注》，浙江古籍出版社，2009年。

潘受著《海外庐诗》，黄山书社，2010年。

潘伯鹰著《玄隐庐诗》，黄山书社，2009年。

溥儒著《寒玉堂诗集》，新世界出版社，1994年。

齐白石著，郎绍君、郭天民主编《齐白石全集》第10卷《诗文》，湖南美术出版社，1996年。

启功、袁行霈主编《缀英集——中央文史研究馆馆员诗选》，线装书局，2008年。

启功著《启功韵语》，北京师范大学出版社，1996年。

钱仲联著《梦苕庵诗词》，北京图书馆出版社，2004年。

钱仲联编《近代诗钞》，江苏古籍出版社，2001年。

钱仲联主编《清诗纪事·光绪宣统卷》，江苏古籍出版社，1989年。

钱钟书著《槐聚诗存》，生活·读书·新知三联书店，2001年。

丘逢甲著，丘铸昌校点《岭云海日楼诗钞》，上海古籍出版社，2009年。

秋瑾著，中华书局上海编辑所编《秋瑾集》，上海古籍出版社，1979年。

任鸿隽、陈衡哲著，抢救民间家书项目组委会编《任鸿隽陈衡哲家书》，商务印书馆，2007年。

单士厘著，陈鸿祥校点《受兹室诗稿》，湖南文艺出版社，1986年。

邵祖平著《培风楼诗》，浙江大学出版社，2000年。

商衍鎏著《商衍鎏诗书画集》，香港六十年代自印本。

沈曾植著，钱仲联校注《沈曾植集校注》，中华书局，2001年。

沈汝瑾著《鸣坚白斋诗集》，民国十年（1921）刊本。

沈瑜庆著《涛园集》，《近代中国史料丛刊》第六辑，文海出版社，1966～1989年。

沈钧儒著《寥寥集》，生活书店，1938年。

沈尹默著《沈尹默诗词集》，书目文献出版社，1982年。

沈轶刘著，刘梦芙编校《繁霜榭诗词集》，黄山书社，2009年。

沈祖棻著，程千帆笺《涉江诗词集》，河北教育出版社，2000年。

释敬安撰，梅季点校《八指头陀诗文集》，岳麓书社，2007年。

施蛰存著《北山楼诗》，华东师范大学出版社，2000年。

苏曼殊著《苏曼殊作品集》，《中国现代文学名家作品集》，河南大学出版社，2004年。

孙中山著《孙中山全集》四集《挽诗》，三民公司，1927年。

孙景贤著《龙吟草甲乙》，虹隐楼民国间铅印本。

《珊瑚》第4卷第一期，1934年1月。

谭嗣同著《谭嗣同全集》，生活·读书·新知三联书店，1954年。

汤国梨著，章念祖、章念驰、章念翔初订《影观诗稿》，《文教资料·学林纵横·佚文钩沉》，2001年第1期。

唐玉虬著《唐玉虬诗文集》，黄山书社，2014年。

田汉著《田汉诗选》，人民文学出版社，1982年。

王闿运著，马积高主编《湘绮楼诗文集》，岳麓书社，1996年。

王允皙著《碧栖诗词》，民国二十三年（1934）铅印本。

王瀣著《冬饮庐诗稿》，《南京文献·第二十一号》，南京市通志馆文献委员会，1948年。

王国维著《王国维先生全集初编》，大通书局，1976年。

王统照著《王统照文集》，山东人民出版社，1982年。

王力著《龙虫并雕斋诗集》，中华书局，2015年。

王季思著《王季思诗词录》，浙江人民出版社，1981年。

王沂暖著《王沂暖诗词选》，青海人民出版社，1987年。

汪荣宝著《思玄堂诗》，《近代中国史料丛刊》第五九八辑，文海出版社，1966~1989年。

汪辟疆著，张亚权编《汪辟疆诗学论集》，南京大学出版社，2011年。

闻一多著，蓝棣之编《闻一多诗全编》，浙江文艺出版社，1995年。

翁同龢著，谢浚美编《翁同龢集》，中华书局，2005年。

翁文灏著《蕉园诗稿》，《上海文史资料选辑（第四十五辑）》，上海人民出版社，1984年。

吴昌硕著，童音点校《吴昌硕诗集》，华东师范大学出版社，2009年。

吴趼人著《我佛山人文集》，花城出版社，1989年。

吴虞著《吴虞集》，四川人民出版社，1985年。

吴佩孚著《吴佩孚文存》，吉林文史出版社，2004年。

吴宓著《吴宓日记续编》，生活·读书·新知三联书店，2006年。

吴宓著，吕效祖主编《吴宓诗及其诗话》，陕西人民出版社，1992年。

吴梅著《吴梅全集》，河北教育出版社，2002年。

吴芳吉著《吴芳吉集》，巴蜀书社，1994年。

吴世昌著《罗音室学术论著》，社会科学文献出版社，1998年。

吴鹭山著，卢礼阳、方韶毅编校《吴鹭山集》，线装书局，2013年。

夏曾佑著《夏曾佑集》，上海古籍出版社，2011年。

夏敬观著《忍古楼诗续》，《近代中国史料丛刊（第九十七辑）》，文海出版社，1966~1989年。

夏敬观著《忍古楼诗钞》，王伟勇主编《民国诗集丛刊》，台湾文听阁图书有限公司，2009年。

夏承焘著，吴无闻注《天风阁诗集》，浙江人民出版社，1982年。

熊希龄著《熊希龄先生遗稿》，上海书店出版社，1998年。

徐世昌著《水竹村人诗集》，《近代中国史料丛刊（第六十七辑）》，文海出版社，1966～1989年。

徐自华著，郭延礼编校《徐自华诗文集》，中华书局，1990年。

徐翼存著，王晓琪、王平易编注《徐翼存诗词选辑》，世界图书出版公司，2005年。

徐悲鸿著，王震编《徐悲鸿文集》，上海画报出版社，2005年。

徐震堮著《梦松风阁诗文集》，华东师范大学出版社，1991年。

徐英、陈家庆著《澄碧草堂集·碧香阁集》，黄山书社，2012年。

许承尧撰，汪聪、徐步云点注《疑庵诗》，黄山书社，1990年。

许礼平编注《台静农诗集》，瀚墨轩出版有限公司，2001年。

新民社辑《清议报全编卷十六，第四集文苑下诗界潮音集》，《近代中国史料丛刊三编（第十五辑）》，文海出版社，1966～1989年。

《学衡》第九期，1922年9月。

《学衡》第十期，1922年10月。

《学衡》第三十七期，1925年1月。

严复著，王栻主编《严复集》，中华书局，1986年。

杨圻著，马卫中、潘虹校点《江山万里楼诗词钞》，上海古籍出版社，2003年。

杨无恙著《无恙初稿》，武进董氏诵芬室民国间刻本。

杨无恙著，钱仲联、祁薇谷辑《无恙后集》，陈叔通1960年影印本。

易顺鼎著，王飙校点《琴志楼诗集》，上海古籍出版社，2012年。

姚鹓雏著《姚鹓雏文集》，上海古籍出版社，2009年。

俞明震著，马亚中校点《觚庵诗存》，上海古籍出版社，2008年。

俞平伯著，乐齐、孙玉蓉编《俞平伯诗全编》，浙江文艺出版社，1992年。

于媛主编《于右任诗词曲全集》，世界图书出版公司，2006年。

郁华著《郁曼陀陈碧岑诗抄》，学林出版社，1983年。

郁达夫著《郁达夫诗词钞》，浙江人民出版社，1981年。

袁寒云编《洹上私乘附圭塘唱和诗、围炉唱和诗》，大东书局，民国十五年（1926）。

曾广钧著《环天室诗集·后集》，宣统元年（1909）刻本。

曾广钧著《环天室续刊诗集》，民国间铅印本。

曾习经著《蛰庵诗存》，岭南小荷花馆癸巳年（1953）刊印。

曾景志编注《蒋介石家书日记文墨选录》，团结出版社，2010年。

张锡銮著《张都护诗存》，清宣统二年（1910）铅印本。

张謇著，李明勋、尤世玮主编《张謇全集》，上海辞书出版社，2012年。

张鸿著《蛮巢诗词稿》，民国间铅印本。

张昭汉著《白华草堂诗》，民国二十三年（1934）刻本。

张恨水著《剪愁集》，北岳文艺出版社，1993年。

章太炎著《章太炎全集》，上海人民出版社，2014年。

赵熙著《赵熙集·香宋诗集》，浙江古籍出版社，2014年。

郑孝胥著，黄珅、杨晓波校点《海藏楼诗集》，上海古籍出版社，2014年。

钟敬文著《钟敬文文集》，安徽教育出版社，2002年。

周榘良编《安徽东至周氏近代诗选：东至周氏家乘之一》第四册，超星图书馆藏，2004年。

周实著，朱德慈校理《无尽庵遗集（外一种）》，陕西人民出版社，2009年。

周瘦鹃著《拈花集》第一辑《花前琐记》，上海文化出版社，1983年。

朱德著《朱德诗词选》，人民文学出版社，1986年。

朱经农著《爱山庐诗钞》，台湾商务印书馆，1965年。

朱自清著《朱自清全集》第五卷《诗歌编》，江苏教育出版社，1999年。

朱大可、朱夏著《父子诗词选集》，香港南岛出版社，2003年。

诸宗元著《大至阁诗》，民国二十三年（1934）年铅印本。

《浙江潮》癸卯年（1903）第七期。